Fred Vargas emprunte son nom de plume au personnage d'Ava Gardner dans le *La Comtesse aux pieds nus* de Joseph L. Mankiewicz.

Née à Paris en 1957, elle devient une éminente archéologue médiéviste travaillant pour le CNRS, avant d'entamer une carrière d'écrivain. Auteur d'une dizaine de « rompols », Fred Vargas dépeint, au-delà d'une intrigue policière captivante, un univers poétique où ses personnages n'ont de cesse de gratter la surface des choses, afin d'en dégager la véritable essence. Traduits dans plus de trente pays, ses romans ont été distingués par de nombreuses récompenses en France et à l'étranger, dont le Grand prix du Roman noir de Cognac pour *Pars vite et reviens tard* et pour *L'homme à l'envers* ; le prix des Libraires, le Grand prix des Lectrices de *ELLE* et le Duncan Laurie International Dagger pour *Debout les morts* et *Sous les vents de Neptune*. Plusieurs enquêtes du commissaire Adamsberg ont fait l'objet d'adaptations cinématographiques et télévisuelles par Régis Wargnier et Josée Dayan.

Sous les vents
de Neptune

FRED VARGAS

Sous les vents de Neptune

J'AI LU

1/9/17 FRE
FIC
VAR

À ma sœur jumelle, Jo Vargas

I

Adossé au mur noir de la cave, Jean-Baptiste Adamsberg considérait l'énorme chaudière qui, l'avant-veille, avait stoppé toute forme d'activité. Un samedi 4 octobre alors que la température extérieure avait chuté aux alentours de 1°, sous un vent droit venu de l'Arctique. Incompétent, le commissaire examinait la calandre et les tuyauteries silencieuses, dans l'espoir que son regard bienveillant ranime l'énergie du dispositif, ou bien fasse apparaître le spécialiste qui devait venir et qui ne venait pas.

Ce n'était pas qu'il fût sensible au froid ni que la situation lui fût désagréable. Au contraire, l'idée que, parfois, le vent du nord se propulsât directement sans escale ni déviation depuis la banquise jusqu'aux rues de Paris, 13e arrondissement, lui donnait la sensation de pouvoir accéder d'un seul pas à ces glaces lointaines, de pouvoir y marcher, y creuser quelque trou pour la chasse au phoque. Il avait ajouté un gilet sous sa veste noire et, s'il n'avait tenu qu'à lui, il aurait attendu sans hâte la venue du réparateur tout en guettant l'apparition du museau du phoque.

Mais à sa manière, le puissant engin terré dans les sous-sols participait pleinement à l'élucidation des affaires qui convergeaient à toute heure vers la Brigade criminelle, réchauffant les corps des trente-quatre radiateurs et des vingt-huit flics du bâtiment. Corps à présent engourdis par le froid, engoncés dans des anoraks, s'enroulant autour du distributeur à

9

café, appliquant leurs mains gantées sur les gobelets blancs. Ou qui désertaient carrément les lieux pour les bars alentour. Les dossiers se pétrifiaient à la suite. Dossiers primordiaux, crimes de sang. Dont l'énorme chaudière n'avait que faire. Elle attendait, princière et tyrannique, qu'un homme de l'art voulût bien se déplacer pour se mettre à ses pieds. En signe de bonne volonté, Adamsberg était donc descendu lui rendre un court et vain hommage et trouver là, surtout, un peu d'ombre et de silence, échapper aux plaintes de ses hommes.

Ces lamentations, alors qu'on parvenait à maintenir une température de 10° dans les locaux, auguraient mal du stage ADN au Québec, où l'automne s'annonçait rude – moins 4° hier à Ottawa et de la neige, déjà, par-ci par-là. Deux semaines ciblées sur les empreintes génétiques, salive, sang, sueur, larmes, urine et excrétions diverses à présent capturés dans les circuits électroniques, triés et triturés, toutes liqueurs humaines devenues véritables engins de guerre de la criminologie. À huit jours du départ, les pensées d'Adamsberg avaient déjà décollé vers les forêts du Canada, immenses, lui disait-on, trouées de millions de lacs. Son adjoint Danglard lui avait rappelé en maugréant qu'il s'agissait de fixer des écrans et en aucun cas les surfaces des lacs. Cela faisait un an que le capitaine Danglard maugréait. Adamsberg savait pourquoi et il attendait patiemment que ce grondement s'estompe.

Danglard ne rêvait pas aux lacs, priant chaque jour pour qu'une affaire brûlante cloue sur place la brigade entière. Depuis un mois, il ruminait son décès prochain au cours de l'explosion de l'appareil au-dessus de l'Atlantique. Cependant, depuis que le spécialiste qui devait venir ne venait pas, son humeur s'améliorait. Il misait sur cette panne impromptue de chaudière, espérant que ce coup de froid désamor-cerait les fantasmes absurdes que faisaient naître les solitudes glacées du Canada.

Adamsberg posa sa main sur la calandre de la machine et sourit. Danglard aurait-il été capable de bousiller la chaudière, prévoyant par avance ses effets démobilisateurs ? De retarder l'arrivée du répa-rateur ? Oui, Danglard en était capable. Son intelli-gence fluide se glissait dans les mécanismes les plus étroits de l'esprit humain. À condition toutefois qu'ils se calent sur la raison et la logique, et c'est bien sur cette ligne de crête, entre raison et instinct, que, depuis des années, Adamsberg et son adjoint diver-geaient diamétralement.

Le commissaire remonta l'escalier à vis et traversa la grande salle du rez-de-chaussée où les hommes évoluaient au ralenti, lourdes silhouettes épaissies par les écharpes et les pulls en surcharge. Sans qu'on en connaisse du tout la cause, on appelait cette pièce la salle du Concile, en raison sans doute, pensait Adamsberg, des réunions collectives qui s'y dérou-laient, des conciliations, ou bien des conciliabules. De même nommait-on la pièce attenante salle du Chapitre, espace plus modeste où se tenaient les assemblées restreintes. D'où cela venait-il, Adams-berg ne le savait pas. De Danglard probablement, dont la culture lui semblait parfois sans limites et presque toxique. Le capitaine était sujet à de brus-ques expulsions de savoir, aussi fréquentes qu'incon-trôlables, un peu à la manière d'un cheval qui s'ébroue dans un frisson bruyant. Il suffisait d'un fai-ble stimulus – un mot peu usité, une notion mal cer-née –, pour que s'enclenche chez lui un développé érudit et pas nécessairement opportun, qu'un geste de la main permettait d'interrompre.

D'un signe négatif, Adamsberg fit comprendre aux visages qui se levaient sur son passage que la chaudière se refusait à donner signe de vie. Il gagna le bureau de Danglard qui achevait les rapports urgents d'un air sombre, pour le cas désastreux où il devrait rejoindre le Labrador, sans même pouvoir l'atteindre, en raison de cette explosion au-dessus de l'Atlantique, suite à l'embrasement du réacteur gauche, encrassé par un vol d'étourneaux venu s'encastrer dans les turbines. Perspective qui, à son idée, l'autorisait pleinement à déboucher une bouteille de blanc avant six heures de l'après-midi. Adamsberg s'assit sur l'angle de la table.

— Où en sommes-nous, Danglard, de l'affaire d'Hernoncourt ?

— En bouclage. Le vieux baron est passé aux aveux. Complets, limpides.

— Trop limpides, dit Adamsberg en repoussant le rapport et en attrapant le journal qui reposait proprement plié sur la table. Voilà un dîner de famille qui tourne à la boucherie, un vieil homme hésitant, empêtré dans ses mots. Et brusquement, il passe au limpide, sans transition ni clair-obscur. Non, Danglard, on ne signe pas cela.

Adamsberg tourna bruyamment une des pages du journal.

— Ce qui veut dire ? demanda Danglard.

— Qu'on reprend à la base. Le baron nous promène. Il couvre quelqu'un et très probablement sa fille.

— Et la fille laisserait son père aller au casse-pipe ?

Adamsberg tourna une nouvelle feuille du journal. Danglard n'aimait pas que le commissaire lise son journal. Il le lui rendait froissé et démembré et il n'y avait rien à faire ensuite pour remettre le papier dans ses plis.

— Cela s'est vu, répondit Adamsberg. Traditions aristocratiques et, surtout, sentence bénigne pour un vieil homme affaibli. Je vous le répète, nous n'avons pas de clair-obscur et, cela, c'est impensable. La volte-face est trop nette et la vie n'est jamais si tranchée. Il y a donc tricherie, à un endroit ou à un autre.

Fatigué, Danglard ressentit la brusque envie d'attraper son rapport et de tout foutre en l'air. D'arracher aussi ce journal qu'Adamsberg déstructurait négligemment entre ses mains. Vrai ou faux, il serait contraint d'aller vérifier les foutus aveux du baron, au seul prétexte des molles intuitions du commissaire. Des intuitions qui, aux yeux de Danglard, s'apparentaient à une race primitive de mollusques apodes, sans pieds ni pattes ni haut ni bas, corps translucides flottant sous la surface des eaux, et qui exaspéraient voire dégoûtaient l'esprit précis et rigoureux du capitaine. Contraint d'aller vérifier car ces intuitions apodes se révélaient trop souvent exactes, par la grâce d'on ne sait quelle prescience qui défiait les logiques les plus raffinées. Prescience qui, de succès en succès, avait amené Adamsberg ici, sur cette table, à ce poste, chef incongru et rêveur de la Brigade criminelle du 13e. Prescience qu'Adamsberg déniait lui-même et qu'il appelait tout simplement les gens, la vie.

— Vous ne pouviez pas le dire plus tôt ? demanda Danglard. Avant que je ne tape tout ce rapport ?

— Je n'y ai songé que cette nuit, dit Adamsberg en fermant brusquement le journal. En pensant à Rembrandt.

Il repliait le quotidien à la hâte, déconcerté par un malaise brutal qui venait de le saisir avec violence, comme un chat vous saute sur le dos toutes griffes dehors. Une sensation de choc, d'oppression, une sueur sur la nuque, en dépit du froid du bureau. Cela allait passer, certainement, cela passait déjà.

— En ce cas, reprit Danglard en ramassant son rapport, il va nous falloir rester ici pour nous en occuper. Le moyen de faire autrement ?

— Mordent suivra l'affaire quand nous serons partis, il fera cela très bien. Où en sommes-nous de ce Québec ?

— Le préfet attend notre réponse demain à quatorze heures, répondit Danglard, le front plissé d'inquiétude.

— Très bien. Convoquez une réunion des huit membres du stage à dix heures trente dans la salle du Chapitre. Danglard, reprit-il après une pause, vous n'êtes pas forcé de nous accompagner.

— Ah non ? Le préfet a dressé lui-même la liste des participants. Et j'y figure en tête.

À cet instant même, Danglard n'avait pas précisément l'allure d'un des membres les plus éminents de la Brigade. La peur et le froid lui avaient ôté sa dignité ordinaire. Moche et mal servi par la nature – selon ses mots –, Danglard tablait sur une élégance sans faille pour compenser ses traits sans structure et ses épaules tombantes, et pour conférer quelque charme anglais à son long corps mou. Mais aujourd'hui, le visage étréci, le torse engoncé dans une veste fourrée et le crâne couvert d'un bonnet marin, tout effort de style était voué à l'échec. D'autant que le bonnet, qui devait appartenir à l'un de ses cinq enfants, était surmonté d'un pompon que Danglard avait coupé à ras, au mieux qu'il avait pu, mais dont la racine rouge était encore ridiculement visible.

— On peut toujours invoquer une grippe pour cause de chaudière en panne, proposa Adamsberg.

Danglard souffla dans ses mains gantées.

— Je dois passer commandant dans moins de deux mois, marmonna-t-il, et je ne peux pas risquer de manquer cette promotion. J'ai cinq gosses à nourrir.

— Montrez-moi cette carte du Québec. Montrez-moi où nous allons.

— Je vous l'ai déjà dit, répondit Danglard en dépliant une carte. Ici, dit-il en pointant son doigt à

14

deux lieues d'Ottawa. Dans un trou du cul du monde nommé Hull-Gatineau, où la GRC a installé un des quartiers de la Banque nationale des données génétiques.

— La GRC ?

— Je vous l'ai déjà dit, répéta Danglard. La Gendarmerie Royale du Canada. Police montée en bottes et habits rouges, comme au bon vieux temps où les Iroquois faisaient encore la loi sur les rives du Saint-Laurent.

— En habits rouges ? Ils sont toujours comme cela ?

— Pour les touristes seulement. Si vous êtes si impatient de partir, il serait peut-être bon de savoir où vous mettez les pieds.

Adamsberg sourit largement et Danglard baissa la tête. Il n'aimait pas qu'Adamsberg sourie largement quand il avait décidé de maugréer. Car, disait-on en salle des Racontars, c'est-à-dire dans le diverticule où s'entassaient les distributeurs à bouffe et à boissons, le sourire d'Adamsberg faisait ployer les résistances et liquéfiait les glaces arctiques. Et Danglard y réagissait de même, comme une fille, ce qui, à plus de cinquante ans, le contrariait beaucoup.

— Je sais tout de même que cette GRC est sur le bord du fleuve Outaouais, observa Adamsberg. Et qu'il y a des vols d'oies sauvages.

Danglard but une gorgée de blanc et sourit un peu sèchement.

— Des bernaches, précisa-t-il. Et l'Outaouais n'est pas un fleuve, c'est une rivière. Elle fait douze fois la Seine mais c'est une rivière. Qui se jette dans le Saint-Laurent.

— Bien, une rivière, si vous y tenez. Vous en connaissez trop pour reculer, Danglard. Vous êtes dans l'engrenage et vous partirez. Rassurez-moi et dites-moi que ce n'est pas vous qui avez nuitamment massacré la chaudière, ni tué sur son chemin le spécialiste qui doit venir et qui ne vient pas.

Danglard leva un visage offensé.

— Dans quel but ?

— De pétrifier les énergies, de geler les velléités d'aventure.

— Du sabotage ? Vous ne pensez pas ce que vous dites ?

— Sabotage mineur, bénin. Mieux vaut une chaudière en avarie qu'un Boeing explosé. Puisque c'est là le vrai motif de votre refus ? N'est-ce pas, capitaine ?

Danglard frappa brusquement du poing sur la table et des gouttes de vin s'écrasèrent sur les rapports. Adamsberg sursauta. Danglard pouvait maugréer, bougonner ou bouder en silence, toutes façons mesurées d'exprimer sa désapprobation si nécessaire, mais il était avant tout un homme policé, courtois, et d'une bonté aussi vaste que discrète. Sauf sur un seul sujet, et Adamsberg se raidit.

— Mon « vrai motif » ? dit sèchement Danglard, le poing toujours fermé sur la table. Que peut vous foutre mon « vrai motif » ? Ce n'est pas moi qui dirige cette Brigade et ce n'est pas moi qui nous embarque pour aller jouer les crétins dans la neige. Merde.

Adamsberg hocha la tête. En des années, c'était la première fois que Danglard lui disait merde de manière frontale. Bien. Il n'en fut pas affecté, en raison de ses capacités de nonchalance et de douceur hors norme, que d'aucuns nommaient indifférence et détachement, et qui brisaient les nerfs de ceux qui tentaient de circonvenir ce nuage.

— Je vous rappelle, Danglard, qu'il s'agit d'une proposition exceptionnelle de collaboration, et d'un des systèmes les plus performants qui soient. Les Canadiens sont en avance d'une tête dans ce domaine. C'est en refusant qu'on aurait l'air de crétins.

— Foutaises ! Ne dites pas que c'est votre éthique professionnelle qui vous commande d'aller nous faire cavaler sur la glace.

— Parfaitement oui.

Danglard vida son verre d'un seul coup et fixa le visage d'Adamsberg, le menton en avant.

— Quoi d'autre, Danglard ? demanda doucement Adamsberg.

— Votre motif, gronda-t-il. Votre vrai motif, à vous. Si vous en parliez au lieu de m'accuser de sabotage ? Si vous parliez de votre sabotage à vous ?

Voilà, songea Adamsberg. Nous y sommes.

Danglard se leva d'un coup, ouvrit son tiroir, sortit la bouteille de blanc et remplit largement son verre. Puis il tourna dans la pièce. Adamsberg croisa les bras, attentif à l'orage. Il n'était pas utile d'argumenter à ce stade de colère et de vin. Une colère qui explosait enfin, avec un an de retard.

— Allez-y, Danglard, si vous y tenez.

— Camille. Camille qui est à Montréal et vous le savez. Et c'est pour cela et rien d'autre que vous nous entassez dans ce foutu Boeing de l'enfer.

— Nous y voilà.

— Parfaitement.

— Et cela ne vous regarde pas, capitaine.

— Non ? cria Danglard. Il y a un an, Camille s'était envolée, sortie de votre vie par la grâce d'un de ces diaboliques sabordages dont vous avez le secret. Et qui désirait la revoir ? Qui ? Vous ? Ou moi ?

— Moi.

— Et qui l'a pistée ? Retrouvée, localisée ? Qui vous a fourni son adresse à Lisbonne ? Vous ? Ou moi ?

Adamsberg se leva et alla fermer la porte du bureau. Danglard avait toujours vénéré Camille, qu'il aidait et protégeait comme un objet d'art. À cela, il n'y avait rien à faire. Et cette ferveur protectrice s'accommodait très mal de la vie tumultueuse d'Adamsberg.

— Vous, répondit-il calmement.

— Exact. Alors ça me regarde.

— Plus bas, Danglard. Je vous écoute et il est inutile de crier.

Cette fois, le timbre particulier de la voix d'Adamsberg sembla opérer son effet. Comme un produit actif, les inflexions de la voix du commissaire enveloppaient l'adversaire, déclenchant une relâche, ou bien une sensation de sérénité, de plaisir ou d'anesthésie complète. Le lieutenant Voisenet, qui avait une formation de chimiste, avait souvent évoqué cette énigme en salle des Racontars mais personne n'avait pu identifier quel produit lénifiant, au juste, avait été introduit dans la voix d'Adamsberg. Du thym ? De la gelée royale ? De la cire ? Un mélange ? Danglard baissa d'un cran.

— Et qui, reprit-il plus bas, a couru la voir à Lisbonne et a fracassé toute l'histoire en moins de trois jours ?

— Moi.

— Vous. Une inanité, ni plus ni moins.

— Qui n'est pas votre affaire.

Adamsberg se leva et, écartant les doigts, laissa tomber le gobelet droit dans la poubelle, plein centre. Comme on tire, comme on vise. Il quitta la pièce d'un pas égal, sans se retourner.

Danglard serra les lèvres. Il savait qu'il avait passé la ligne, attaqué trop loin en des terres interdites. Mais alourdi par des mois de réprobation et exacerbé par l'affaire québécoise, il n'avait plus été capable de reculer. Il frotta ses joues avec la laine rugueuse des gants, hésitant, pesant ses mois de lourd silence, de mensonge, de traîtrise peut-être. C'était bien ainsi, ou mal. À travers ses doigts, son regard accrocha la carte du Québec étalée sur la table. À quoi bon se tourner les sangs ? Dans huit jours, il serait mort, et

Adamsberg aussi. Étourneaux avalés dans la turbine, réacteur gauche en feu, explosion sus-atlantique. Il leva la bouteille et but directement une gorgée au goulot. Puis il décrocha le téléphone et composa le numéro du réparateur.

II

Adamsberg croisa Violette Retancourt au distributeur à café. Il resta en recul, attendant que le plus solide de ses lieutenants ait tiré son verre des mamelles de la machine – car, dans l'esprit du commissaire, l'appareil à boissons évoquait une vache nourricière lovée dans les bureaux de la Criminelle, comme une mère silencieuse veillant sur eux, et c'est pour cela qu'il l'aimait. Mais Retancourt s'éclipsa dès qu'elle le vit. Décidément, songea Adamsberg en disposant un gobelet sous le pis du distributeur, ce jour ne lui était pas favorable.

Jour ou pas jour, le lieutenant Retancourt était néanmoins un cas rare. Adamsberg n'avait rien à reprocher à cette femme impressionnante, trente-cinq ans, un mètre soixante-dix-neuf et cent dix kilos, aussi intelligente que puissante, et capable, ainsi qu'elle l'avait exposé elle-même, de convertir son énergie à sa guise. Et en effet, la diversité de moyens dont Retancourt avait témoigné en un an, avec une force de frappe assez effarante, avait fait du lieutenant un des pivots de l'édifice, la machine de guerre polyvalente de la Brigade, adaptée tous terrains, cérébral, tactique, administratif, combat, tir de précision. Mais Violette Retancourt ne l'aimait pas. Sans hostilité, elle l'évitait, tout simplement.

Adamsberg récolta son gobelet de café, tapota la machine en signe de remerciement filial et rejoignit son bureau, l'esprit à peine encombré par l'éclat de

Danglard. Il n'avait pas l'intention de passer des heures à apaiser les effrois du capitaine, qu'il s'agisse du Boeing ou de Camille. Il eût simplement préféré qu'il ne lui apprenne pas que Camille se trouvait à Montréal, fait qu'il ignorait et qui perturbait légèrement son échappée québécoise. Préféré qu'il ne ravive pas des images qu'il enfouissait aux marges de ses yeux, dans le limon douceâtre de l'oubli, enlisant les angles des maxillaires, dissolvant les lèvres d'enfant, envasant de gris la peau blanche de cette fille du Nord. Qu'il ne ravive pas un amour qu'il désagrégeait sans bruit, au profit des paysages multiples que lui offraient les autres femmes. Une indiscutable compulsion de maraudeur, de chapardeur de jeunes fruits, qui heurtait Camille, très naturellement. Il l'avait souvent vue serrer les mains sur ses oreilles après l'une de ses promenades, comme si son mélodique amant venait de faire crisser ses ongles sur un tableau noir, introduisant une dissonance dans sa délicate partition. Camille était musicienne, ceci expliquant cela.

Il s'assit en travers de son fauteuil et souffla sur son café, portant son regard vers le panneau où étaient épinglés les rapports, les urgences et, au centre, les notes résumant les objectifs de la mission Québec. Trois feuilles proprement fixées côte à côte par trois punaises rouges. Empreintes génétiques, sueur, pisse et ordinateurs, feuilles d'érable, forêts, lacs, caribous. Demain, il signerait l'ordre de mission et, dans huit jours, il décollerait. Il sourit et avala une gorgée de café, l'esprit tranquille et même heureux.

Et il sentit soudain cette même sueur froide se déposer sur sa nuque, cette même gêne l'enserrer, ce chat griffu lui sauter sur les épaules. Il se courba sous le choc et reposa avec précaution son gobelet sur la table. Deuxième malaise en une heure de temps, trouble inconnu, comme un étranger en visite inopinée, déclenchant un qui-vive brutal, une alarme. Il s'obligea à se lever, à marcher. Hormis ce choc, cette suée, son corps répondait normalement. Il se passa les mains sur le visage, détendant sa peau, massant sa nuque. Un mal-être, une sorte de convulsion de défense. La morsure d'une détresse, la perception d'une menace et le corps qui se dresse face à elle. Et, à présent qu'il bougeait à nouveau facilement, lui demeurait une inexprimable sensation de chagrin, comme un sédiment terne que la vague abandonne au reflux.

Il termina son café et posa son menton dans sa main. Il lui était arrivé en des tas d'occasions de ne pas se comprendre, mais c'était la première fois qu'il échappait à lui-même. La première fois qu'il bascu-lait, le temps de quelques secondes, comme si un clandestin s'était glissé à bord de son être et s'était mis à la barre. De cela, il était certain : il y avait un clandestin à bord. Un homme sensé lui aurait expli-qué l'absurdité du fait et suggéré l'étourdissement d'une grippe. Mais Adamsberg identifiait tout autre chose, la brève intrusion d'un dangereux inconnu, qui ne lui voulait aucun bien.

Il ouvrit son placard pour en sortir une vieille paire de tennis. Cette fois, s'en aller marcher ou rêver ne suffirait pas. Il lui faudrait courir, des heures s'il le fallait, droit vers la Seine, puis tout au long. Et dans cette course, semer son poursuivant, le lâcher dans les eaux du fleuve ou, pourquoi pas, sur quelqu'un d'autre.

III

Décrassé, épuisé et douché, Adamsberg choisit de dîner aux *Eaux noires de Dublin*, un bar sombre dont l'atmosphère bruyante et l'odeur acide avaient souvent ponctué ses déambulations. Le lieu, exclusivement peuplé d'Irlandais dont il ne pouvait saisir un seul mot, présentait l'avantage unique de fournir humanité et bavardages à satiété en même temps que parfaite solitude. Il y retrouva sa table poisseuse de bière, l'air saturé des relents de Guinness, et la serveuse, Enid, à qui il commanda tranche de porc et pommes de terre. Enid servait les plats avec une antique et longue fourchette en étain qu'Adamsberg aimait bien, avec son manche en bois patiné et les trois dents irrégulières de sa broche. Il la regardait déposer la viande quand le clandestin ressurgit avec la brutalité d'un violeur. Cette fois, il lui sembla détecter l'attaque une fraction de seconde avant son déclenchement. Les poings crispés sur la table, il tenta de résister à l'intrusion. En tendant son corps, en appelant d'autres pensées, en imaginant les feuilles rouges des érables. Rien n'y fit et le mal-être passa sur lui comme une tornade dévaste un champ, prompte, imparable et violente. Et puis qui, négligente, abandonne sa proie et s'en va poursuivre son œuvre ailleurs.

Quand il put à nouveau étendre ses mains, il attrapa ses couverts mais ne fut pas capable de toucher à son plat. La traînée de chagrin que la tornade laissait derrière elle lui coupait l'appétit. Il s'excusa auprès d'Enid et sortit dans les rues, marchant au hasard, hésitant. Une pensée rapide lui rappela son grand-oncle qui, malade, allait se caler en boule dans un creux de rocher pyrénéen, jusqu'à ce que cela se passe. Puis l'ancêtre se dépliait et revenait à la vie, fièvre tombée, avalée par le roc. Adamsberg sourit. Il ne trouverait nulle tanière dans cette vaste ville pour s'y lover comme un ours, nulle anfractuosité pour absorber sa fièvre et gober tout cru son clandestin. Qui, peut-être, était à cette heure passé sur les épaules d'un voisin de table irlandais.

Son ami Ferez, le psychiatre, aurait sans doute cherché à identifier le mécanisme de l'irruption. À déceler l'embarras caché, le tourment inavoué qui, tel un prisonnier, secouait soudainement les fers de ses chaînes. Fracas qui déclenchait les suées, les contractions, rugissement qui lui faisait courber le dos. Voilà ce qu'aurait dit Ferez, avec cette gourmandise soucieuse qu'il lui connaissait devant les cas inhabituels. Il aurait demandé de quoi il parlait quand le premier des chats griffus lui était tombé sur le râble. De Camille peut-être ? Ou bien du Québec ?

Il marqua une pause sur le trottoir, fouillant dans sa mémoire, cherchant ce qu'il pouvait bien dire à Danglard quand cette première suée lui avait serré le cou. Oui, Rembrandt. Il parlait de Rembrandt, de l'absence de clair-obscur dans l'affaire d'Hernoncourt. C'était à ce moment. Et donc bien avant tout palabre sur Camille ou le Canada. Surtout, il lui eût fallu expliquer à Ferez qu'aucun souci ne lui avait jamais fait dégringoler un chat fielleux sur les épaules. Qu'il s'agissait d'un fait nouveau, du jamais vu, de l'inédit. Que ces chocs s'étaient produits dans des postures et des lieux différents, sans le moindre élément pour les relier. Quel rapport entre la brave Enid et son adjoint Danglard, entre la table des *Eaux noi-*

res et le panneau d'affichage ? Entre la foule de ce bar et la solitude du bureau ? Aucun. Même un type aussi fortiche que Ferez se casserait les dents là-dessus. Et refuserait d'entendre qu'un clandestin était monté à bord. Il frotta ses cheveux, ses bras et ses cuisses, réamorça son corps. Puis il reprit sa marche, s'efforçant de recourir à ses forces ordinaires, déambulation tranquille, observation lointaine des passants, esprit voguant comme du bois flotté.

La quatrième rafale s'abattit sur lui près d'une heure plus tard, alors qu'il remontait le boulevard Saint-Paul, à quelques pas de chez lui. Il plia sous l'attaque, s'appuya au réverbère, se figeant sous le vent du danger. Il ferma les yeux, attendit. Moins d'une minute après, il relevait lentement le visage, détendait ses épaules, faisait jouer ses doigts dans ses poches, en proie à ce désarroi que la tornade laissait dans son sillage, pour la quatrième fois. Une détresse qui faisait affluer les larmes aux paupières, un chagrin sans nom.

Et ce nom, il le lui fallait. Le nom de cette épreuve, de cette alarme. Car ce jour si banalement commencé, par son entrée quotidienne dans les locaux de la Criminelle, le laissait modifié, altéré, incapable de reprendre la routine de demain. Homme ordinaire au matin, bouleversé au soir, bloqué par un volcan surgi devant ses pas, gueule de feu ouverte sur une indéchiffrable énigme.

Il se détacha du réverbère et examina les lieux, comme il l'eût fait pour une scène du crime dont il eût été la victime, à la recherche d'un signe pouvant lui révéler le nom de l'assassin qui lui frappait dans le dos. Il se décala d'un mètre et se replaça dans la position exacte où il se trouvait à l'instant de l'impact. Son regard parcourut le trottoir vide, la vitre sombre de la boutique sur sa droite, le panneau publicitaire sur sa gauche. Rien d'autre. Seule cette affiche offrait une nette visibilité dans la nuit, éclairée dans son châssis de verre. Voilà donc la dernière chose qu'il avait perçue avant la rafale. Il l'examina. La reproduction d'un tableau de facture classique, barrée d'une annonce : *Les peintres pompiers du XIXe siècle. Exposition temporaire. Grand Palais. 18 octobre-17 décembre.*

Le tableau représentait un gars musclé à la peau claire et à la barbe noire, confortablement installé sur l'océan, entouré de naïades et trônant sur une large coquille. Adamsberg se concentra un moment sur cette toile, sans comprendre en quoi elle avait pu contribuer à déclencher l'assaut, pas plus que sa conversation avec Danglard, que son fauteuil de bureau ou la salle enfumée des *Dubliners*. Et pourtant, un homme ne passe pas ainsi de la normalité au chaos sur un claquement de doigts. Il faut une transition, un passage. Là comme ailleurs et dans l'affaire d'Hernoncourt, il lui manquait le clair-obscur, le pont entre les rives de l'ombre et la lumière. Il soupira d'impuissance et se mordit les lèvres, scrutant la nuit où rôdaient les taxis à vide. Il leva un bras, grimpa dans la voiture et donna au chauffeur l'adresse d'Adrien Danglard.

IV

Il dut sonner à trois reprises avant que Danglard, abruti de sommeil, ne vienne lui ouvrir la porte. Le capitaine se contracta à la vue d'Adamsberg, dont les traits semblaient s'être accusés, nez plus busqué et lueur sourde sous les pommettes hautes. Le commissaire ne s'était donc pas, comme d'ordinaire, assoupli aussi vite qu'il s'était tendu. Danglard avait franchi la ligne, il le savait. Depuis, il ressassait l'éventualité d'un affrontement, d'une semonce peut-être. Ou d'une sanction ? Ou pire ? Incapable de freiner les lames de fond de son pessimisme, il avait ruminé ses craintes ascendantes durant tout le dîner, s'efforçant de n'en rien montrer aux enfants, non plus que du problème du réacteur gauche. La meilleure parade étant encore de leur conter une nouvelle anecdote sur le lieutenant Retancourt, ce qui les divertissait à coup certain, et particulièrement le fait que cette forte femme – qu'on eût crue peinte par Michel-Ange qui, quel que fût son génie, n'était pas le plus adroit pour restituer la souple incertitude du corps féminin – portait le nom d'une délicate fleur sauvage, Violette. Ce jour, Violette parlait à voix basse avec Hélène Froissy, qui passait une période chagrine. Violette avait scandé l'une de ses phrases en frappant du plat de la main sur la photocopieuse, déterminant une relance immédiate de la machine dont le chariot était fermement bloqué depuis cinq jours.

Un des jumeaux de Danglard avait demandé ce qu'il serait advenu si Retancourt avait frappé la tête d'Hélène Froissy et non pas la photocopieuse. Aurait-il été possible de remettre ainsi en bonne route les pensées du lieutenant attristé ? Violette pouvait-elle faire évoluer les êtres et les choses en leur appuyant dessus ? Chacun avait ensuite pressé sur le téléviseur déficient pour tester sa propre puissance – Danglard n'avait autorisé qu'une seule pression par enfant – mais l'image n'était pas revenue à l'écran et le plus petit s'était fait mal au doigt. Une fois les enfants couchés, l'inquiétude l'avait à nouveau emporté dans de noires anticipations.

Face à son supérieur, Danglard se gratta le torse dans un geste d'autodéfense illusoire.

— Faites vite, Danglard, souffla Adamsberg, j'ai besoin de vous. Le taxi attend en bas.

Dégrisé par ce prompt retour au calme, le capitaine enfila à la hâte veste et pantalon. Adamsberg ne lui tenait aucune rigueur de sa rage, déjà oubliée, engloutie dans les nimbes de son indulgence ou de son insouciance coutumière. Pour que le commissaire vienne le chercher en pleine nuit, c'était qu'un meurtre venait de tomber sur la Brigade.

— Où est-ce ? demanda-t-il en rejoignant Adamsberg.

— À Saint-Paul.

Les deux hommes descendaient l'escalier, Danglard tentant de nouer sa cravate en même temps qu'une grosse écharpe.

— Une victime ?

— Dépêchez-vous, mon vieux, c'est urgent.

Le taxi les déposa à la hauteur de l'affiche publicitaire. Adamsberg régla la course pendant que Danglard, surpris, considérait la rue vide. Pas de gyrophares, pas d'équipe technique, un trottoir désert et des immeubles endormis. Adamsberg l'attrapa par le bras et le tira d'un pas pressé vers le panneau. Là, sans lâcher son adjoint, il lui désigna le tableau.

— Qu'est-ce que c'est, Danglard ?

— Pardon ? dit Danglard, décontenancé.

— Ce tableau, bon sang. Je vous demande ce que c'est. Ce qu'il représente.

— Mais la victime ? dit Danglard en tournant la tête. Où est la victime ?

— Ici, dit Adamsberg en pointant son torse. Répondez-moi. Qu'est-ce que c'est ?

Danglard secoua la tête, mi-dérouté, mi-choqué. Puis l'absurdité onirique de la situation lui parut soudain si plaisante qu'un pur sentiment de gaieté balaya sa rogne. Il se sentit empli de gratitude envers Adamsberg qui non seulement ne s'était pas formalisé de ses insultes, mais lui offrait ce soir, très involontairement, un moment d'exceptionnelle extravagance. Et seul Adamsberg était capable de distordre la vie ordinaire pour en extraire ces incartades, ces courts éclats de beauté saugrenue. Que lui importait alors qu'il l'arrache au sommeil pour le traîner par un froid mordant devant Neptune, à plus de minuit ?

— Qui est ce gars ? répétait Adamsberg sans lui lâcher le bras.

— Neptune sortant des flots, répondit Danglard en souriant.

— Vous êtes formel ?

— Neptune ou bien Poséidon, comme vous préférez.

— Est-ce le dieu de la Mer ou celui des Enfers ?

— Ils sont frères, expliqua Danglard, réjoui de se voir donner un cours de mythologie en pleine nuit. Trois frères : Hadès, Zeus et Poséidon. Poséidon règne sur la mer, sur ses azurs et ses tempêtes, mais aussi sur ses profondeurs et ses menaces abyssales.

Adamsberg avait à présent lâché son bras et, les mains croisées dans le dos, il l'écoutait.

— Ici, reprit Danglard en promenant son doigt sur l'affiche, le voici entouré de sa cour et de ses démons. Voici les bienfaits de Neptune, voici son pouvoir de châtier, figuré par son trident et le serpent maléfique qui entraîne dans les bas-fonds. La représentation est académique, la facture molle et sentimentale. Je ne peux pas identifier le peintre. Quelque inconnu officiant pour les salons bourgeois et probablement...

— Neptune, le coupa Adamsberg d'un ton pensif. Bien, Danglard, merci infiniment. Rentrez à présent, rendormez-vous. Et pardon de vous avoir réveillé.

Avant que Danglard ait pu demander une explication, Adamsberg avait arrêté un taxi et y avait fourré son adjoint. Par la vitre, il vit le commissaire s'éloigner d'un pas lent, mince silhouette noire et courbée, tanguant légèrement dans la nuit. Il sourit, se frotta machinalement la tête et rencontra le pompon rasé de son bonnet. Brusquement saisi d'inquiétude, il toucha trois fois l'embryon de ce pompon pour se porter chance.

V

Une fois chez lui, Adamsberg parcourut sa bibliothèque hétérogène à la recherche d'un livre quelconque susceptible de lui parler de Neptune Poséidon. Il y trouva un vieux manuel d'histoire où, page soixante-sept, le dieu de la Mer lui apparut dans toute sa splendeur, tenant à la main son arme divine. Il l'examina un moment, lut le petit commentaire qui légendait le bas-relief, puis, le livre toujours en main, il se jeta sur son lit tout habillé, rincé de fatigue et de chagrin.

Le hurlement d'un chat se battant sur les toits le réveilla vers quatre heures du matin. Il ouvrit les yeux dans l'obscurité, fixa le cadre plus clair de la fenêtre, face à son lit. Sa veste suspendue à la poignée formait une large silhouette immobile, celle d'un intrus apparu dans sa chambre le regardant dormir. Le clandestin qui avait pénétré son antre et ne le lâchait pas. Adamsberg ferma brièvement les yeux et les rouvrit. Neptune et son trident.

Cette fois, ses bras se mirent à trembler, cette fois son cœur s'accéléra. Rien de commun avec les quatre tornades qu'il avait subies, mais de la stupéfaction et de la terreur.

Il but longuement au robinet de la cuisine et s'aspergea le visage et les cheveux d'eau froide. Puis il ouvrit tous les placards à la recherche de quelque alcool, boisson forte, piquante, épicée, peu importe.

Il devait bien exister une chose de ce genre quelque part, au moins un reste abandonné, un soir, par Danglard. Il trouva enfin une bouteille en terre cuite inconnue dont il ôta rapidement le bouchon. Il colla son nez au goulot, examina l'étiquette. Du genièvre, 44°. Ses mains faisaient trembler l'épaisse bouteille. Il remplit un verre et le vida d'un coup. Deux fois de suite. Adamsberg sentit son corps se démembrer et alla s'affaler dans un vieux fauteuil, ne laissant qu'une petite lampe allumée.

À présent que l'alcool avait engourdi ses muscles, il pouvait réfléchir, commencer, essayer. Tenter de regarder le monstre que l'évocation de Neptune avait, enfin, fait émerger de ses propres cavernes. Le clandestin, le terrible intrus. L'assassin invincible et altier qu'il nommait le Trident. L'imprenable tueur qui avait fait chanceler sa vie, trente ans plus tôt. Pendant quatorze années, il l'avait pourchassé, traqué, espérant chaque fois le saisir et sans cesse perdant sa proie mouvante. Courant, tombant, courant encore.

Et tombant. Il y avait laissé des espoirs et, surtout, il y avait perdu son frère. Le Trident avait échappé, toujours. Un titan, un diable, un Poséidon de l'enfer. Levant son arme à trois pointes et tuant d'un seul coup au ventre. Laissant derrière lui ses victimes empalées, marquées de trois trous rouges en ligne.

Adamsberg se redressa dans son fauteuil. Les trois punaises rouges alignées au mur de son bureau, les trois trous sanglants. La longue fourchette à trois dents que maniait Enid, le reflet des pointes du Trident. Et Neptune, levant son sceptre. Les images qui lui avaient fait si mal, déclenchant les tornades, faisant affluer le chagrin, libérant en une coulée de boue son angoisse revenue.

Il aurait dû savoir, songeait-il maintenant. Relier la violence de ces chocs à l'ampleur douloureuse de sa longue marche avec le Trident. Puisque nul ne lui avait causé plus de douleur et d'effroi, de détresse et de rage que cet homme. La béance que le tueur avait creusée dans sa vie, il avait fallu, il y a seize ans, la colmater, la murer et puis l'oublier. Elle s'ouvrait brutalement sous ses pas, ce jour et sans raison.

Adamsberg se leva et arpenta la pièce, bras croisés sur son ventre. D'un côté, il se sentait délivré et presque reposé d'avoir identifié l'œil du cyclone. Les tornades ne reviendraient plus. Mais la brutale réapparition du Trident l'effarait. En ce lundi 6 octobre, il ressurgissait tel un spectre passant soudainement les murailles. Réveil inquiétant, retour inexplicable. Il rangea la bouteille de genièvre et rinça soigneusement son verre. À moins qu'il ne comprenne pourquoi, qu'il ne sache pour quelle raison le vieil homme avait ressuscité. Entre sa paisible arrivée à la Brigade et le surgissement du Trident, il lui manquait à nouveau un lien.

Il s'assit au sol, le dos contre le radiateur, les mains enserrant ses genoux, songeant au grand-oncle ainsi calé dans un creux de rocher. Il lui fallait se concentrer, fixer un point, plonger son œil au plus profond sans lâcher prise. Revenir à la première apparition du Trident, à la rafale initiale. Lorsqu'il parlait de Rembrandt donc, lorsqu'il expliquait à Danglard la faille de l'affaire d'Hernoncourt. Il se repassa cette scène en esprit. Autant mémoriser les mots exigeait de lui un effort laborieux, autant les images s'incrustaient aisément en lui comme des cailloux dans la terre molle. Il se revit assis sur l'angle du bureau de Danglard, il revit le visage mécontent de son adjoint sous son bonnet à pompon tronqué, le gobelet de vin blanc, la lumière qui venait de la gauche. Et lui, parlant du clair-obscur. Dans quelle attitude ? Bras croisés ? Sur les genoux ? Main sur la table ? Dans les poches ? Que faisait-il de ses mains ?

Il tenait un journal. Il l'avait attrapé sur la table, déplié, et feuilleté sans le voir durant sa conversation. Sans le voir ? Ou bien au contraire en le regardant ? Si fort qu'une lame de fond avait jailli de sa mémoire ?

Adamsberg consulta sa montre, cinq heures vingt du matin. Il se releva rapidement, réajusta sa veste chiffonnée et sortit. Sept minutes plus tard, il déverrouillait l'alarme du portail et pénétrait dans les locaux de la Brigade. Le hall était glacé, le spécialiste qui devait venir à dix-neuf heures n'était pas venu.

Il salua le planton de garde et se glissa sans bruit dans le bureau de son adjoint, évitant d'alerter l'équipe de nuit de sa présence. Il n'alluma que la lampe du bureau et chercha le journal. Danglard n'était pas homme à le laisser traîner sur sa table et Adamsberg le trouva rangé dans le meuble classeur. Sans prendre le temps de s'asseoir, il en tourna les pages en quête de quelque signe neptunien. Ce fut pire. En page sept, et sous le titre « Une jeune fille assassinée de trois coups de couteau à Schiltigheim », une mauvaise photo révélait un corps sur une civière. En dépit de la trame clairsemée du cliché, on distinguait le pull bleu pâle de la jeune fille et, au haut du ventre, trois trous rouges en ligne.

Adamsberg contourna la table et s'assit dans le fauteuil de Danglard. Il tenait entre les doigts le dernier fragment du clair-obscur, les trois blessures entraperçues. Cette marque sanglante tant de fois vue par le passé, signalant le passage du tueur qui gisait dans sa mémoire, inerte depuis seize ans. Que cette photo avait réveillé en sursaut, déclenchant la terrible alarme et le retour du Trident.

À présent, il était calme. Il ôta la feuille du quotidien, la plia et la fourra dans sa poche intérieure. Les éléments étaient en place et les rafales ne reviendraient plus. Pas plus que le Trident, exhumé sur un simple croisement d'images. Et qui, après ce bref malentendu, irait rejoindre sa caverne d'oubli.

VI

La réunion des huit membres de la mission Québec se déroula à une température de 8° dans une morne ambiance alanguie par le froid. La partie eût pu être perdue sans la présence capitale du lieutenant Violette Retancourt. Sans gants ni bonnet, elle ne montrait pas le moindre signe de désagrément. Au contraire de ses collègues qui, les maxillaires crispés, s'exprimaient d'une voix tendue, elle conservait son timbre fort et bien trempé, accru par l'intérêt qu'elle accordait à la mission Québec. Elle était encadrée de Voisenet, nez baissé dans son écharpe, et du jeune Estalère, qui vouait au lieutenant polyvalent un véritable culte, comme à une déesse toute-puissante, une corpulente Junon mâtinée d'une Diane chasseresse et d'une Shiva à douze bras. Retancourt encourageait, démontrait, concluait. Elle avait visiblement converti aujourd'hui son énergie en force de conviction et Adamsberg, souriant, la laissait mener le jeu. Malgré sa nuit chaotique, il se sentait détendu et revenu à son étiage normal. Le genièvre ne lui avait pas même laissé une barre au front.

Danglard observait le commissaire qui se balançait sur son siège, toute nonchalance retrouvée, semblant avoir oublié son ressentiment de la veille et jusqu'à leur conversation nocturne avec le dieu de la Mer. Retancourt parlait toujours, contrant les arguments négatifs, et Danglard sentait qu'il perdait rapidement du terrain, qu'une force inéluctable le poussait vers les portes de ce Boeing aux réacteurs bourrés d'étourneaux.

Retancourt l'emporta. À douze heures dix, le départ pour la GRC de Gatineau fut voté, par sept voix contre une. Adamsberg leva la séance et partit annoncer leur décision au préfet. Il retint Danglard dans le couloir.

— Ne vous en faites pas, dit-il. Je tiendrai le fil. Je fais cela très bien.

— Quel fil ?

— Le fil qui tient l'avion, expliqua Adamsberg en serrant son pouce et son index.

Adamsberg hocha la tête pour valider sa promesse et s'éloigna. Danglard se demanda si le commissaire venait de se foutre de lui. Mais il semblait sérieux, comme s'il pensait réellement tenir les fils des avions, les empêchant de tomber. Danglard passa la main sur son pompon, devenu depuis cette nuit un apaisant repère. Et curieusement, l'idée de ce fil, et d'Adamsberg pour le tenir, le rassura un peu.

À l'angle de la rue se dressait une grande brasserie où l'on vivait bien et où l'on mangeait mal, tandis que s'ouvrait en face un petit café où l'on vivait mal et où l'on mangeait bien. Ce choix d'existence assez crucial s'imposait presque quotidiennement aux membres de la Brigade, qui hésitaient entre l'assouvissement du goût dans un lieu sombre et mal chauffé et le confort de la vieille brasserie, qui avait conservé ses banquettes des années trente, mais recruté un chef cuisinier calamiteux. Aujourd'hui, la question du chauffage l'emporta sur toute autre considération et une vingtaine d'agents conflua vers le restaurant. Il portait le nom de *Brasserie des Philosophes*, ce qui avait quelque chose d'incongru dès lors qu'une soixantaine de flics y défilait par jour, dans l'ensemble peu portés sur le maniement des concepts. Adamsberg observa la direction du flux de ses hommes et bifurqua vers le bistrot mal chauffé, *Le Buisson*. Il avait à peine mangé depuis vingt-quatre heures, ayant dû abandonner sa nourriture irlandaise aux souffles de la rafale.

En finissant le plat du jour, il sortit la page de journal qui se froissait dans sa poche intérieure et la déplia sur la nappe, attiré par ce meurtre de Schiltigheim qui l'avait égaré dans la tourmente. La victime, Élisabeth Wind, vingt-deux ans, avait été assassinée, probablement vers minuit, alors qu'elle rentrait à vélo depuis Schiltigheim jusqu'à son village, à trois kilomètres de là, un circuit qu'elle effectuait tous les samedis soir. Son corps avait été retrouvé dans les broussailles à une dizaine de mètres de la route cantonale. Les premières conclusions faisaient état d'une contusion au crâne et de trois coups de lame portés au ventre, ayant entraîné la mort. La jeune fille n'avait pas été violée, ni dénudée. Un suspect avait été rapidement placé en garde à vue, Bernard Vétilleux, trente-huit ans, célibataire et sans domicile, découvert à cinq cents mètres des lieux du crime, totalement ivre et dormant sur le bas-côté de la route. Les gendarmes assuraient détenir contre Vétilleux une preuve accablante alors que l'homme n'aurait gardé, selon ses dires, aucun souvenir de la nuit du meurtre.

Adamsberg lut l'article à deux reprises. Il secoua lentement la tête, fixant ce pull bleu clair perforé de trois trous. Impossible, évidemment. Il était mieux placé que quiconque pour le savoir. Il passa la main sur le papier journal, hésita, puis décrocha son portable.

— Danglard ?

Son adjoint lui répondit depuis *Les Philosophes*, la bouche pleine.

— Le commandant de la gendarmerie de Schiltigheim, dans le Bas-Rhin, pourriez-vous me trouver cela ?

Danglard connaissait sur le bout des doigts les noms des commissaires de toutes les villes de France, mais il était moins calé en gendarmerie.

— Est-ce aussi urgent que l'identification de Neptune ?

— Pas tout à fait mais, disons, du même ordre.

— Je vous rappelle dans un quart d'heure.

— Dans la foulée, n'oubliez pas de secouer le chauffagiste.

Adamsberg terminait un double café – beaucoup moins réussi que celui de la vache nourricière de la Brigade – quand son adjoint le rappela.

— Le commandant Thierry Trabelmann. Vous avez de quoi noter son numéro ?

Adamsberg l'inscrivit sur la nappe en papier. Il attendit que deux heures aient sonné à la vieille pendule du *Buisson* pour appeler la gendarmerie de Schiltigheim. Le commandant Trabelmann se montra relativement distant. Il avait entendu parler du commissaire Adamsberg, en bien et en mal, et hésitait sur la conduite à tenir.

— Je n'ai pas l'intention de vous dessaisir de l'affaire, commandant Trabelmann, l'assura d'entrée Adamsberg.

— On dit ça et on sait comment ça se termine. Les gendarmes s'appuient le sale boulot et sitôt que cela devient intéressant, ils se le font rafler par les flics.

— Une simple confirmation, c'est tout ce dont j'ai besoin.

— Je ne sais pas ce qui vous trotte dans la tête, commissaire, mais sachez qu'on tient notre bonhomme, et bien serré.

— Bernard Vétilleux ?

— Oui, et c'est du solide. On a retrouvé l'arme à cinq mètres de la victime, tout bonnement abandonnée dans les herbes. Correspondant exactement aux blessures. Avec les empreintes de Vétilleux sur le manche, tout bonnement.

Tout bonnement. Aussi simple que cela. Adamsberg se demanda brièvement s'il allait poursuivre ou reculer.

— Mais Vétilleux nie les faits ? reprit-il.

— Il était encore bourré comme un cochon quand mes hommes l'ont ramassé. À peine capable de tenir droit. Ses dénégations ne valent pas un clou : il ne se souvient de rien, sinon d'avoir picolé comme un trou.

— Il a un casier ? D'autres agressions ?

— Non. Il y a un commencement à tout.

— L'article parle de trois coups de lame. Il s'agit d'un couteau ?

— D'un poinçon.

Adamsberg garda le silence un instant.

— Plutôt inhabituel, commenta-t-il.

— Pas tant que ça. Ces sans-abri trimballent un véritable bric-à-brac. Un poinçon, ça sert à ouvrir les boîtes de conserve, à forcer des serrures. Ne vous mettez pas martel en tête, commissaire, je vous garantis qu'on tient notre gars.

— Une dernière chose, commandant, dit rapidement Adamsberg, sentant monter l'impatience de Trabelmann. Ce poinçon, il est neuf ?

Il y eut un blanc sur la ligne.

— Comment savez-vous cela ? demanda Trabelmann d'un ton soupçonneux.

— Il est neuf, c'est cela ?

— Affirmatif. Qu'est-ce que ça change ?

Adamsberg posa son front sur sa main et fixa la photo du journal.

— Soyez gentil, Trabelmann. Envoyez-moi des clichés du corps, des vues rapprochées des blessures.

— Et pourquoi le ferais-je ?

— Parce que je vous le demande aimablement.

— Tout bonnement ?

— Je ne vous dessaisis pas, répéta Adamsberg. Vous avez ma parole.

— Qu'est-ce qui vous chiffonne ?

— Un souvenir d'enfance.

— En ce cas, dit Trabelmann, soudain respectueux et baissant la garde, comme si les souvenirs d'enfance constituaient un motif sacré et un sésame indiscutable.

VII

Le spécialiste qui ne venait pas était parvenu à destination ainsi que quatre photos du commandant Trabelmann. L'un des clichés montrait clairement les blessures de la jeune victime, en vue de dessus, plane. Adamsberg se débrouillait bien à présent avec sa boîte électronique, mais il ne savait pas comment agrandir ces images sans l'aide de Danglard.

— Qu'est-ce que c'est ? marmonna le capitaine en s'asseyant à la place d'Adamsberg pour prendre les commandes de la machine.

— Neptune, répondit Adamsberg avec un demi-sourire. Imprimant sa marque sur le bleu des flots.

— Mais qu'est-ce que c'est ? répéta Danglard.

— Vous me posez toujours des questions, et ensuite, vous n'aimez jamais mes réponses.

— J'aime savoir ce que je manipule, éluda Danglard.

— Les trois trous de Schiltigheim, les trois impacts du trident.

— De Neptune ? C'est une idée fixe ?

— C'est un meurtre. Une jeune fille assassinée par trois coups de poinçon.

— C'est Trabelmann qui nous l'envoie ? Il est dessaisi ?

— Surtout pas.

— Alors ?

— Alors je ne sais pas. Je ne sais rien avant d'avoir cet agrandissement.

Danglard se renfrogna tout en commençant son transfert d'images. Il détestait ce « Je ne sais pas », l'une des phrases les plus récurrentes d'Adamsberg, qui l'avait maintes fois conduit sur des chemins indistincts, parfois de véritables vasières. C'était pour Danglard le prélude aux marécages de la pensée, et il avait souvent redouté qu'Adamsberg ne s'y engloutisse un jour corps et biens.

— J'ai lu qu'ils avaient serré le type, précisa Danglard.

— Oui. Avec l'arme du crime et ses empreintes.

— Qu'est-ce qui coince ?

— Un souvenir d'enfance.

Cette réponse ne fit pas sur Danglard l'effet apaisant qu'elle avait produit sur Trabelmann. Au contraire, le capitaine sentit croître son appréhension. Il cadra sur un agrandissement maximal de l'image et lança l'impression. Adamsberg surveillait la feuille qui sortait par hoquets de la machine. Il la saisit par un angle, la fit sécher rapidement dans l'air puis alluma la lampe pour l'examiner au plus près. Sans comprendre, Danglard le vit attraper une longue règle, mesurer dans un sens, dans un autre, tracer une ligne, marquer d'un point le centre des perforations sanglantes, tracer une autre parallèle, mesurer encore. Finalement, Adamsberg rejeta la règle et tourna dans la pièce, la photo pendant à la main. Quand il se retourna, Danglard lut sur ses traits une sorte de douleur étonnée. Et si Danglard avait vu cette émotion banale en mille occasions, c'était la première fois qu'il la rencontrait sur le flegmatique visage d'Adamsberg.

Le commissaire tira une chemise neuve de l'armoire, y rangea le mince dossier et y inscrivit proprement un titre, *Le Trident n° 9*, suivi d'un point d'interrogation. Il faudrait qu'il se rende à Stras-

bourg, qu'il voie le corps. Ce qui freinerait les démar-
ches urgentes à accomplir pour la mission Québec.
Il décida de les confier à Retancourt, puisqu'elle les
menait tous d'une tête sur ce projet.

— Accompagnez-moi chez moi, Danglard. Si vous
ne voyez pas, vous ne comprendrez pas.

Danglard passa dans son bureau récupérer sa
grosse sacoche de cuir noir, qui le faisait ressembler
à un professeur de collège anglais ou, parfois, à un
prêtre en civil, et suivit Adamsberg à travers la salle
du Concile. Adamsberg s'arrêta auprès de Retancourt.

— J'aimerais vous voir en fin de journée, dit-il.
J'aurais besoin que vous me déchargiez.

— Aucun problème, répondit Retancourt en
levant à peine les yeux de son classeur. Je suis de
service jusqu'à minuit.

— Parfait alors. À ce soir.

Adamsberg était déjà sorti de la salle quand il
entendit s'élever le rire trivial du brigadier Favre, puis
sa voix nasillarde.

— Il a besoin d'elle pour décharger, ricanait Favre.
C'est le grand soir, Retancourt, défloration de la violette. Le patron vient des Pyrénées, il n'a pas son égal
pour grimper les montagnes. Un vrai professionnel
des sommets impossibles.

— Une minute, Danglard, dit Adamsberg en retenant son adjoint.

Il revint dans la salle, suivi de Danglard, et se dirigea droit vers le bureau de Favre. Il s'était fait un
silence soudain. Adamsberg saisit la table métallique
par son côté et la repoussa violemment. Elle chavira
avec fracas, emportant dans sa chute papiers, rapports, diapositives, qui se dispersèrent au sol en
chaos. Favre, gobelet de café en main, resta saisi,
sans réaction. Adamsberg visa le bord de la chaise et
fit basculer le tout en arrière, le siège, le brigadier, le
café qui se répandit sur sa chemise.

— Retrait des paroles, Favre, excuses et repentir. J'attends.

Et merde, se dit Danglard en passant ses doigts sur ses yeux. Il observa le corps tendu d'Adamsberg. En deux jours, il avait vu se succéder chez lui plus d'émotions nouvelles qu'en des années de collaboration.

— J'attends, répéta Adamsberg.

Favre se redressa sur les coudes pour récupérer un peu de dignité devant les collègues qui, à présent, s'approchaient furtivement de l'épicentre de la bataille. Seule Retancourt, cible de la férocité de Favre, n'avait pas bougé. Mais elle ne classait plus.

— Retirer quoi ? brailla Favre. La vérité ? J'ai dit quoi ? Que vous étiez un as de l'escalade et c'est pas vrai ?

— J'attends, Favre, répéta Adamsberg.

— Des queues, répondit Favre qui commença à se relever.

Adamsberg arracha la serviette noire des mains de Danglard, en sortit une bouteille pleine et la fracassa sur le pied de métal de la table. Des éclats et du vin volèrent à travers la salle. Il fit un pas de plus vers Favre, bouteille brisée en main. Danglard voulut tirer le commissaire en arrière mais Favre avait dégainé d'un geste et pointait son revolver sur Adamsberg. Médusés, les membres de la Brigade s'étaient statufiés, dévisageant le brigadier qui osait braquer son arme sur le commissaire principal. Dévisageant aussi leur commissaire, dont ils n'avaient connu en un an que deux rapides emportements, s'éteignant aussi vite qu'embrasés. Chacun cherchait rapidement un moyen de dénouer l'affrontement, chacun espérait qu'Adamsberg retrouverait son détachement ordinaire, laisserait tomber la bouteille au sol et s'éloignerait en haussant les épaules.

— Pose ton arme de connard de flic, dit Adamsberg.

Favre jeta le revolver avec dédain et Adamsberg abaissa la bouteille d'un cran. Il ressentit la sensation désagréable de l'excès, la certitude furtive du grotesque, ne sachant trop qui, de Favre ou de lui-même, l'emportait sur ce point. Il desserra les doigts. Le brigadier se redressa et, en une détente rageuse, projeta le culot hérissé de la bouteille, entaillant le bras gauche aussi nettement qu'un coup de lame.

Favre fut tiré sur une chaise et immobilisé. Puis, les visages se levèrent vers le commissaire, attendant son verdict pour cette situation d'un nouveau genre. Adamsberg arrêta d'un geste Estalère qui décrochait le téléphone.

— Ce n'est pas profond, Estalère, dit-il d'une voix à nouveau calme, le bras replié contre lui. Prévenez notre légiste, il fera ça très bien.

Il fit un signe à Mordent et lui tendit la demi-bouteille fracassée.

— À mettre en sac plastique, Mordent. Pièce à conviction à charge de ma violence. Tentative d'intimidation sur un de mes subordonnés. Ramassez son Magnum et le culot, à charge de son agression, sans intention de donner...

Adamsberg passa la main dans ses cheveux, cherchant son mot.

— Si ! hurla Favre.

— Ta gueule, lui cria Noël. N'aggrave pas ton cas, t'as déjà fait assez de dégâts.

Adamsberg lui jeta un regard étonné. D'ordinaire, Noël épaulait d'un sourire les plaisanteries crasseuses de son collègue. Mais la fissure venait de se creuser entre la complaisance de Noël et la brutalité de Favre.

— Sans intention de nuisance grave, poursuivit Adamsberg en faisant signe à Justin de prendre en note. Motif du conflit, insultes du brigadier Joseph

Favre à l'encontre du lieutenant Violette Retancourt et diffamation.

Adamsberg leva la tête pour compter le nombre d'agents rassemblés dans la salle.

— Douze témoins, ajouta-t-il.

Voisenet l'avait fait asseoir, avait dénudé son bras gauche et s'activait aux premiers soins.

— Évolution de l'affrontement, reprit Adamsberg d'une voix lasse : sanction de la part du supérieur, violences matérielles et intimidation, sans coup porté au corps du brigadier Favre ni menace sur son intégrité physique.

Adamsberg serra les dents pendant que Voisenet écrasait un tampon sur son bras pour stopper l'hémorragie.

— Usage d'arme de service et d'accessoire tranchant de la part du brigadier, blessure mineure par tesson de verre. Vous connaissez la suite, achevez le rapport sans moi et adressez-le à la police des polices. N'oubliez pas de photographier la pièce en état.

Justin se leva et s'approcha du commissaire.

— Que fait-on pour la bouteille de vin ? murmura-t-il. On dit que vous l'avez sortie de la sacoche de Danglard ?

— On dit que je l'ai prise sur cette table.

— Motif de la présence de vin blanc dans les locaux à trois heures trente de l'après-midi ?

— Un pot donné à midi, suggéra Adamsberg, pour fêter le départ au Québec.

— Ah bien, dit Justin soulagé. Très bonne idée.

— Favre ? Qu'est-ce qu'on en fait ? demanda Noël.

— Suspension et retrait de l'arme. Au juge de décider s'il y a eu agression de sa part ou légitime défense. On verra cela à mon retour.

Adamsberg se leva, s'appuyant au bras de Voisenet.

— Gaffe, dit celui-ci, vous avez perdu beaucoup de sang.

— Ne vous inquiétez pas, Voisenet, je file chez le légiste.

Il quitta la Brigade soutenu par Danglard, laissant ses agents stupéfaits, incapables de rassembler leurs idées et, pour le moment, de juger.

VIII

Adamsberg était rentré chez lui, le bras en écharpe, bourré des antibiotiques et analgésiques que lui avait fait avaler de force Romain, le médecin légiste. La plaie avait nécessité six points de suture.

Le bras gauche insensibilisé par l'anesthésie locale, il ouvrit maladroitement le placard de sa chambre. Il appela Danglard à la rescousse pour en tirer un carton d'archives, rangé tout en bas avec de vieilles paires de chaussures. Danglard déposa le carton sur une table basse et les deux hommes s'installèrent de part et d'autre.

— Videz-le, Danglard. Pardonnez-moi, je ne peux rien faire.

— Pourquoi, bon dieu, avez-vous cassé cette bouteille ?

— Vous défendez ce type ?

— Favre est un tas de merde. Mais avec cette bouteille, vous l'avez acculé à la violence. C'est le genre du gars. Et normalement, ce n'est pas le vôtre.

— Faut croire qu'avec ce genre de gars, je change d'habitudes.

— Pourquoi ne pas l'avoir simplement mis à pied, comme la dernière fois ?

Adamsberg eut un geste impuissant.

— Tension ? proposa Danglard prudemment. Neptune ?

— Peut-être.

Entre-temps, Danglard avait sorti du carton huit dossiers étiquetés qu'il avait disposés sur la table, tous portant un titre, *Le Trident n° 1*, *Le Trident n° 2*, et à la suite jusqu'au numéro 8.

— Il faudra reparler de cette bouteille, dans votre sacoche. Ça part trop loin.

— Et ce n'est pas votre affaire, dit Danglard, reprenant les mots du commissaire.

Adamsberg acquiesça.

— D'ailleurs, j'ai fait un vœu, ajouta Danglard.

En touchant le pompon de son bonnet, mais cela, il ne jugea pas utile de le préciser.

— Si je reviens vivant du Québec, je ne boirai qu'un seul verre à la fois.

— Vous reviendrez parce que je tiendrai le fil. Vous pouvez donc appliquer dès maintenant votre résolution.

Danglard approuva mollement. Il avait oublié, dans la violence des dernières heures, qu'Adamsberg tiendrait l'avion. Mais à présent, Danglard avait plus confiance en son pompon qu'en son commissaire. Il se demanda fugitivement si un pompon rasé possédait les mêmes pouvoirs protecteurs qu'un pompon entier, un peu comme la question de la puissance de l'eunuque.

— Je vais vous raconter l'histoire, Danglard. Soyez vigilant, elle est longue, elle a duré quatorze ans. Elle a commencé quand j'en avais dix, elle a explosé quand j'en avais dix-huit, elle a brûlé ensuite jusqu'à mes trente-deux ans. N'oubliez pas, Danglard, que j'endors les gens quand je raconte.

— Aujourd'hui, ça ne risque rien, dit Danglard en se levant. Vous n'auriez pas une petite boisson ? Ces événements m'ont secoué.

— Il y a du genièvre, derrière l'huile d'olive, dans le placard du haut de la cuisine.

Danglard revint, satisfait, avec un verre et la lourde bouteille de terre cuite. Il se servit puis alla ranger la bouteille.

— Je commence, dit-il. Un verre à la fois.

— C'est tout de même du 44°.

— C'est l'intention qui compte, le geste.

— Alors c'est autre chose, bien sûr.

— Bien sûr. De quoi vous mêlez-vous ?

— De ce qui ne me regarde pas, comme vous. Même clos, les accidents laissent des traces.

— C'est exact, dit Danglard.

Adamsberg laissa son adjoint avaler quelques gorgées.

— Dans mon village des Pyrénées, commença-t-il, il y avait un vieux type que nous, les gosses, on appelait « le Seigneur ». Les grands l'appelaient par son titre et son nom : le juge Fulgence. Il habitait seul le *Manoir*, une grande baraque écartée entourée d'arbres et de murs. Il ne se mêlait à personne, ne parlait à personne, il détestait les mômes et nous foutait une peur bleue. On se mettait en groupe pour guetter son ombre le soir, quand il sortait dans la forêt pour faire pisser ses chiens, deux grands bas-rouges. Que vous dire, Danglard, à travers les yeux d'un môme de dix ou douze ans ? Il était vieux, très grand, les cheveux blancs lissés en arrière, les mains les plus soignées qu'on ait jamais vues au village, les habits les plus chics qu'on ait jamais portés. Comme si le gars rentrait de l'opéra tous les soirs, disait le curé, et pourtant, le curé avait l'indulgence pour mission. Le juge Fulgence s'habillait d'une chemise claire, d'une cravate fine, d'un costume sombre et, selon la saison, d'une cape courte ou longue de drap gris ou noir.

— Un faiseur ? Un cabotin ?

— Non, Danglard, un homme froid comme le congre. Quand il entrait au village, les vieux entassés sur les bancs le saluaient avec déférence, dans un murmure qui se propageait d'un bout à l'autre de la place, en même temps que les conversations s'arrêtaient. C'était plus que du respect, c'était de la fascination et presque de la veulerie. Le juge Fulgence laissait dans son sillage une traînée d'esclaves auxquels il ne jetait pas un regard, comme un navire lâche une route d'écume et poursuit sur son erre. On aurait pu s'imaginer qu'il rendait encore la justice, assis sur un banc de pierre, les gueux pyrénéens rampant à ses pieds. Mais surtout, on avait peur. Tous. Les grands, les petits, les vieux. Et personne n'aurait pu dire pourquoi. Ma mère nous empêchait d'aller vers le manoir et, bien sûr, c'était à qui, le soir, oserait le plus s'en approcher. On y tentait presque chaque semaine une nouvelle aventure, pour éprouver nos nerfs et nos couilles, probablement. Et pire que tout et malgré son âge, le juge Fulgence était d'une grande beauté. Les vieilles disaient en chuchotant, espérant que le Ciel ne les entendrait pas, qu'il avait la beauté du diable.

— Imagination d'un enfant de douze ans ?

De sa main valide, Adamsberg fouilla parmi les dossiers et en sortit deux photos noir et blanc. Il se pencha en avant et les lança sur les genoux de Danglard.

— Regardez-le, mon vieux, et dites-moi si c'est là le fantasme d'un gosse.

Danglard étudia les photographies du juge, l'une de trois quarts face, l'autre de presque profil. Il émit un sifflement muet.

— Beau ? Impressionnant ? demanda Adamsberg.

— Très, confirma Danglard en reclassant les photos.

— Et pourtant sans femme. Un corbeau solitaire. Tel était l'homme. Mais tels sont les gosses que, pendant des années, on n'eut de cesse de le harceler. C'était le grand défi du samedi soir. Qui descellait des pierres du mur, qui gravait un graffiti sur sa porte cochère, qui lançait des déchets dans son jardin, des pots de conserve, des crapauds morts, des corneilles éventrées. Tels sont les gosses, Danglard, dans ces petits villages, et tel j'étais. Dans la bande, il y en avait qui collaient une cigarette allumée dans la bouche des crapauds, et après trois ou quatre bouffées, ils explosaient. Comme un feu d'artifice qui leur faisait gicler les entrailles. Moi, je regardais. Je vous endors ?

— Non, dit Danglard en avalant une toute petite gorgée de son genièvre, qu'il économisait savamment d'un air triste, comme un pauvre.

Adamsberg ne se faisait pas de souci sur ce point, son adjoint ayant empli son verre à ras bord.

— Non, répéta Danglard, continuez.

— On ne lui connaissait pas de passé, pas de famille. On savait seulement cela, qui sonnait comme un coup de gong : qu'il avait été juge. Un juge si puissant que son influence ne s'était pas éteinte. Jeannot, un des plus ramenards de la bande...

— Pardon, coupa Danglard, soucieux. Le crapaud explosait-il réellement ou bien est-ce une image ?

— Réellement. Il gonflait, il atteignait la taille d'un melon verdâtre et soudain, il explosait. Où en étais-je, Danglard ?

— À Jeannot.

— Jeannot le ramenard, qu'on admirait sans réserve, passa carrément le haut mur du manoir. Une fois entre les arbres, il balança une pierre dans les carreaux de la maison du Seigneur. Le Jeannot fut traîné devant le tribunal de Tarbes. Au moment de son jugement, il portait encore les marques de l'attaque des bas-rouges, qui avaient manqué le déchiqueter. Le magistrat l'assigna à six mois en maison de redressement. Pour une pierre, pour un gosse de onze ans. Le juge Fulgence était passé par là. Il avait le bras si long qu'il pouvait balayer le pays tout entier d'un revers de main, et faire osciller la justice où bon lui semblait.

— Mais comment se fait-il que le crapaud fumait ?

— Dites, Danglard, vous m'écoutez ? Je vous raconte l'histoire d'un homme du diable, et vous revenez sans cesse à ce satané crapaud.

— J'écoute bien entendu mais, tout de même, comment se fait-il que le crapaud fumait ?

— C'était comme ça. Dès qu'on fourrait une cigarette allumée dans sa gueule, le crapaud se mettait à pomper. Pas comme un gars accoudé tranquillement au bar, non. Comme un crapaud qui se met à pomper comme un abruti, sans s'arrêter. Paf paf paf. Et soudain, il explosait.

Adamsberg décrivit une large courbe de son bras droit, évoquant la nuée d'entrailles. Danglard suivit l'ellipse des yeux et hocha la tête, comme s'il enregistrait un fait d'une considérable importance. Puis il s'excusa brièvement.

— Reprenez, dit-il en avalant un doigt de genièvre. Le pouvoir du juge Fulgence. Fulgence, c'était son patronyme ?

— Oui. Honoré Guillaume Fulgence.

— Drôle de nom, Fulgence. De *fulgur*, la foudre, l'éclair. Cela lui allait comme un gant, je suppose.

— C'est ce que disait le curé, je crois. Chez moi, on ne croyait à rien, mais j'étais sans cesse fourré chez ce curé. D'abord il y avait du fromage de brebis et du miel, et c'est très bon quand on les mange ensemble. Ensuite il y avait des quantités de livres en cuir. La plupart religieux bien sûr, avec de grandes images illuminées, en rouge et en or. J'adorais ces images. J'en recopiais des dizaines. Il n'y avait rien d'autre à recopier au village.

— Enluminées.

— Pardon ?

— Les images religieuses : enluminées.

— Ah bon. J'ai toujours dit *illuminées*.

— Enluminées.

— D'accord, si vous voulez.

— Tout le monde était vieux, dans votre village ?

— C'est ce qu'il semble, quand on est môme.

— Mais pourquoi, quand on lui mettait la cigarette, le crapaud se mettait-il à aspirer ? Paf paf paf, jusqu'à ce qu'il explose ?

— Mais je n'en sais rien, Danglard ! dit Adamsberg en levant les bras.

Ce mouvement instinctif lui arracha un spasme de douleur. Il rabattit vivement son bras gauche et plaqua la main sur son pansement.

— C'est l'heure de votre analgésique, dit Danglard en consultant sa montre. Je vais vous chercher ça.

Adamsberg acquiesça, essuyant une suée au front. Ce sinistre crétin de Favre. Danglard disparut dans la cuisine avec son verre, fit pas mal de raffut avec les placards et les robinets, et revint avec de l'eau et deux cachets qu'il tendit à Adamsberg. Adamsberg les avala, notant au passage que le niveau du genièvre avait magiquement remonté.

— Où en étions-nous ? demanda-t-il.

— Aux enluminures du vieux curé.

— Oui. Il y avait d'autres livres aussi, beaucoup de poésie, des volumes illustrés. Je copiais, je dessinais, et j'en lisais des bouts. À dix-huit ans, je le faisais encore. Un soir, je lisais et griffonnais chez lui, sur sa grosse table en bois qui puait la graisse rance, quand la chose arriva. C'est pourquoi je me souviens encore mot pour mot de ce fragment de poème, comme une balle coincée dans ma tête qui n'est plus jamais ressortie. J'avais rangé le livre et puis j'étais parti me balader dans la montagne, vers dix heures du soir. J'avais grimpé jusqu'à la Conche de Sauzec.

— Je vois, coupa Danglard.

— Pardon. C'est une éminence qui domine le village. Et j'étais assis sur ce promontoire, me répétant à voix basse ces lignes que j'avais lues et que, comme d'habitude, je pensais oublier dès le lendemain.

— Dites voir.

— *Quel dieu, quel moissonneur de l'éternel été, avait, en s'en allant, négligemment jeté cette faucille d'or dans le champ des étoiles.*

— C'est du Hugo.

— Ah oui ? Et qui se pose cette question ?

— Une femme au sein nu, Ruth.

— Ruth ? J'ai toujours pensé que c'était moi qui me le demandais.

— Non, c'est Ruth. Hugo ne vous connaissait pas, rappelez-vous. C'est la fin d'un long poème, *Booz endormi*. Mais dites-moi juste une chose. Est-ce que cela leur fait la même chose, aux grenouilles ? Je veux dire, fumer, paf paf paf et explosion ? Ou seulement aux crapauds ?

Adamsberg lui jeta un regard las.

— Désolé, dit Danglard en avalant une gorgée.

— Je récitais cela et ça me plaisait bien. Je venais de faire ma première année comme enquêteur de base, agent de la paix dans la police de Tarbes. J'étais revenu au village pour deux semaines de congé. On était en août, l'air se refroidissait la nuit et j'ai repris la route de la maison. Je me lavais sans faire de bruit – on vivait à neuf dans deux pièces et demie – quand Raphaël a surgi comme un halluciné et du sang plein les mains.

— Raphaël ?

— Mon jeune frère. Il avait seize ans.

Danglard posa son verre, interdit.

— Votre *frère* ? Je croyais que vous n'aviez que cinq sœurs.

— J'avais un frère, Danglard. Un presque jumeau, comme les deux doigts de la main. Cela va faire près de trente ans que je l'ai perdu.

Stupéfait, Danglard garda un silence respectueux.

— Il rencontrait une fille, là-haut le soir, sur le dessus du château d'eau. Pas une petite amourette mais un véritable coup de foudre. Lise, cette jeune fille, voulait l'épouser dès leur majorité. Ce qui déclenchait la terreur de ma mère et la fureur de la famille de Lise, qui s'opposait à ce que leur cadette s'engage avec un cul-terreux comme Raphaël. C'était la fille du maire, vous comprenez.

Adamsberg resta un moment silencieux avant de pouvoir aborder la suite.

— Raphaël m'a agrippé le bras et il a dit : « Elle est morte, Jean-Baptiste, elle est morte, elle est tuée. » Je lui ai plaqué la main sur la bouche, je lui ai lavé les mains et je l'ai entraîné dehors. Il pleurait. Je l'ai questionné et questionné. Que s'est-il passé, Raphaël ? Raconte, nom de dieu. « Je ne sais pas, a-t-il répondu. J'étais là, à genoux sur le château d'eau, avec du sang et un poinçon, et elle, Jean-Baptiste, elle était morte, avec trois trous dans le ventre. » Je l'ai supplié de ne pas crier, de ne pas pleurer, je ne voulais pas que la famille entende. Je lui ai demandé d'où venait le poinçon, si c'était le sien. « Je n'en sais rien, il était dans ma main. »

« Mais avant, Raphaël, qu'as-tu fait, avant ? »

« Je m'en souviens pas, Jean-Baptiste, je te le jure. J'avais beaucoup bu avec les copains. »

« Pourquoi ? »

« Parce qu'elle était enceinte. J'étais affolé. Je ne lui voulais pas de mal. »

« Mais avant, Raphaël ? Entre les copains et le château d'eau ? »

« Je suis passé par les bois pour la rejoindre, comme d'habitude. Parce que j'avais peur ou parce que j'étais bourré, je courais et je me suis cogné dans le panneau, je suis tombé. »

« Quel panneau ? »

« Celui d'Emeriac, qui est de travers depuis la tempête. Ensuite, il y a eu le château d'eau. Trois trous rouges, Jean-Baptiste, et moi, moi j'avais le poinçon. »

« Mais entre les deux, tu ne te souviens de rien ? »

« De rien, Jean-Baptiste, de rien. Peut-être que ce coup à la tête m'a rendu fou, ou peut-être que je suis fou, ou peut-être que je suis un monstre. Je ne peux pas m'en souvenir quand... quand je l'ai frappée. »

J'ai demandé où était le poinçon. Il l'avait lâché là-haut, près de Lise. J'ai regardé le ciel et j'ai dit, coup de veine, il va pleuvoir. Puis j'ai ordonné à Raphaël de bien se laver, de se foutre au lit et d'affirmer, si qui que ce soit se pointait, qu'on avait joué aux cartes dans la petite cour, depuis dix heures un quart du soir. Joué à l'écarté depuis dix heures quinze, c'est bien clair, Raphaël ? Il avait gagné cinq fois et moi quatre.

— Faux alibi, commenta Danglard.

— Parfaitement, et vous êtes seul à le savoir. J'ai couru là-haut et Lise était bien là, comme Raphaël me l'avait décrite, assassinée de trois coups de lame au ventre. J'ai ramassé le poinçon, poissé de sang jusqu'à la garde et le manche couvert de traces de doigts. Je l'ai appuyé sur ma chemise, pour en avoir l'empreinte et la longueur, puis je l'ai fourré dans ma veste. Une petite pluie tombait, brouillant les traces de pas près du corps. J'ai été balancer le poinçon dans la laune de la Torque.

— Dans la ?

— La Torque, une rivière qui sillonnait les bois et qui formait de grands creux, des launes. J'ai jeté le poinçon par six mètres de fond, et balancé une vingtaine de pierres par-dessus. Aucun risque qu'il ne remonte avant un bout de temps.

— Faux alibi et dissimulation de preuves.

— Exactement. Et je n'ai jamais regretté. Rien, pas le moindre remords. J'aimais mon frère mieux que moi-même. Vous croyez que j'allais le laisser plonger ?

— Cela ne regarde que vous.

— Ce qui me regardait aussi, c'était le juge Fulgence. Car pendant que j'étais juché sur la Conche de Sauzec, d'où je dominais la forêt et la vallée, je l'ai vu passer. Lui. Je m'en suis souvenu la nuit, pendant que je tenais la main de mon frère pour l'aider à dormir.

— La vue était si dégagée, de là-haut ?

— Le sentier de cailloux se distinguait bien, sur une partie. On pouvait y apercevoir des silhouettes en contraste.

— Les chiens ? C'est à cela que vous l'avez reconnu ?

— Non, à sa cape d'été. Son torse se découpait en forme de triangle. Tous les hommes du village étaient taillés en masses uniformes, épaisses ou minces, et tous bien plus petits que lui. C'était le juge, Danglard, marchant sur le sentier qui menait au château d'eau.

— Raphaël aussi était dehors. Et ses copains ivres. Et vous aussi.

— Je m'en fous. Le lendemain, j'ai passé le mur du manoir et j'ai été fouiner dans les bâtiments. Dans la grange, mêlé aux pelles et aux bêches, il y avait un trident. Un trident, Danglard.

Adamsberg éleva sa main valide et tendit trois doigts.

— Trois dents, trois trous en ligne. Regardez la photo du corps de Lise, ajouta-t-il en la tirant du dossier. Regardez l'impeccable alignement des blessures. Comment mon frère, bourré et paniqué, aurait-il pu planter trois fois son poinçon sans dévier ?

Danglard examina le cliché. Effectivement, les blessures s'alignaient sur une droite parfaite. Il comprenait maintenant les mesures qu'avait prises Adamsberg sur la photo de Schiltigheim.

— Vous n'étiez qu'un tout jeune enquêteur de base, un bleu. Comment avez-vous pu vous procurer ce cliché ?

— Je l'ai piqué, dit Adamsberg tranquillement. Ce trident, Danglard, était un vieil outil, au manche poli et décoré, à la barre de traverse rouillée. Mais ses dents étaient brillantes, astiquées, sans une trace de terre, sans une souillure. Nettoyé, indemne, vierge comme l'aurore. Qu'en dites-vous ?

— Que c'est gênant mais non accablant.

— Que c'est clair comme l'eau de la laune. Quand j'ai vu l'outil, l'évidence m'a explosé au visage.

— Tel le crapaud.

— À peu près. Une nuée de saloperies et de vices, les entrailles véritables du Seigneur des lieux. Mais il était là, justement, à la porte de sa grange, tenant en laisse ses deux chiens de l'enfer qui avaient bouffé Jeannot. Il m'observait. Et quand le juge Fulgence vous observait, Danglard, même à dix-huit ans, on n'en menait pas large. Il m'a demandé ce que je foutais chez lui, avec cette rage sèche si typique dans sa voix. J'ai répondu que je voulais lui jouer une saleté de tour, dévisser les écrous de son établi. Je lui en avais tellement fait depuis des années qu'il m'a cru et, d'un geste impérial, il m'a désigné la sortie en disant simplement : « Prends de l'avance, jeune homme. Je compte jusqu'à quatre. » J'ai couru comme un fou vers le mur. Je savais qu'à « quatre », il lâchait les chiens. Un des bas-rouges a arraché le bas de mon froc, mais j'ai pu me dégager et passer le mur.

Adamsberg releva son pantalon et posa son doigt sur sa jambe, à l'emplacement d'une longue cicatrice.

— Elle est là, toujours, la morsure du juge Fulgence.

— La morsure du chien, rectifia Danglard.

— Même chose.

Adamsberg vola une gorgée de genièvre dans le verre de Danglard.

— Au procès, il n'a pas été tenu compte du fait que j'avais vu Fulgence traverser les bois. Témoin subjectif. Mais surtout, ils n'ont pas retenu le trident comme pièce à conviction. Et pourtant, Danglard, l'espacement des blessures était exactement semblable à celui des pointes. Cette coïncidence les a emmerdés un sacré moment. Ils ont procédé à de nouvelles expertises, dans la terreur du juge qui accumulait ses menaces. Mais leurs nouveaux examens ont soulagé leurs angoisses : la profondeur des perforations ne correspondait pas. Trop longues d'un demi-centimètre. Des crétins, Danglard. Comme s'il n'était pas facile pour le juge, après avoir planté son trident, de plonger le long poinçon dans chacune des blessures et de le coller ensuite dans la main de mon frère. Pas même des crétins, mais des lâches. Le juge du tribunal aussi, un véritable laquais face à Fulgence. C'était plus simple de se rabattre sur un gosse de seize ans.

— La profondeur des impacts correspondait-elle à la longueur du poinçon ?

— La même. Mais je ne pouvais pas proposer cette théorie, dès l'instant où l'arme avait curieusement disparu.

— Très curieusement.

— Raphaël avait tout contre lui : Lise était son amie, il la rejoignait le soir au château d'eau, et elle était enceinte. Selon la conviction du magistrat, il avait pris peur et il l'avait tuée. Mais voilà, Danglard, il leur manquait l'essentiel pour le condamner : c'est-à-dire l'arme, introuvable, et la preuve de sa présence à cette heure sur les lieux. Or Raphaël n'y était pas puisqu'il jouait aux cartes avec moi. Dans la petite cour, vous vous souvenez ? J'ai déposé sous serment.

— Et, en tant que policier, votre parole valait double.

— Oui, et je m'en suis servi. Et oui, j'ai menti jusqu'au bout. À présent, si vous souhaitez récupérer le poinçon dans le fond de la laune, libre à vous.

Adamsberg regarda son adjoint en fermant les yeux à demi, et sourit, depuis la première fois de son récit.

— Peine inutile, ajouta-t-il. J'ai repêché le poinçon il y a bien longtemps, et je l'ai balancé dans une poubelle à Nîmes. Car l'eau n'est pas fiable, et son dieu non plus.

— Il a donc été acquitté ? Votre frère ?

— Oui. Mais la rumeur a persisté, enflé, menacé. Plus personne ne lui parlait et chacun le craignait. Et lui était hanté par ce blanc de mémoire, incapable de savoir si, oui ou non, il l'avait *fait*, Danglard. Vous comprenez ? Incapable de savoir s'il était un assassin. Si bien qu'il n'osait plus s'approcher de quiconque. J'ai éventré six vieux coussins pour lui montrer qu'en frappant à trois reprises, on ne pouvait pas obtenir une ligne *droite*. J'ai frappé deux cent quatre fois pour le convaincre, vainement. Il était détruit, il se terrait loin des autres. Je travaillais à Tarbes et je ne pouvais pas lui tenir la main chaque jour. C'est comme cela que j'ai perdu mon frère, Danglard.

Danglard lui tendit son verre et Adamsberg en avala deux gorgées.

— Ensuite, je n'ai plus eu qu'une seule idée, traquer le juge. Il avait quitté la région, acculé par la rumeur à son tour. Le traquer, le faire condamner, laver mon frère. Car moi et moi seul, je savais Fulgence coupable. Coupable du meurtre et coupable de la destruction de Raphaël. Je l'ai poursuivi sans relâche pendant quatorze années, dans le pays, dans les archives, dans la presse.

Adamsberg posa sa main sur les dossiers.

— Huit meurtres, huit assassinats présentent les trois trous en ligne. Échelonnés de 1949 à 1983. Huit affaires bouclées, huit coupables cueillis comme des mouches, quasiment l'arme en main : sept pauvres types en taule et mon frère disparu. Fulgence a échappé, toujours. Le diable s'échappe toujours. Consultez ces dossiers chez vous, Danglard, lisez-les à fond. Je file à la Brigade voir Retancourt. Je frapperai chez vous tard ce soir. Oui ?

IX

En chemin, Danglard ruminait ses découvertes. Un frère, un crime, et un suicide. Un presque jumeau inculpé de meurtre, exclu du monde, et mort. Un drame si lourd qu'Adamsberg n'en avait jamais parlé. Et, dans de telles conditions, quel crédit accorder à l'accusation, née de la seule silhouette du juge sur le chemin et d'un trident dans la grange ? À la place d'Adamsberg, il eût, lui aussi, cherché désespérément un coupable à poser en la place de son frère. En désignant instinctivement l'ennemi du village.

J'aimais mon frère mieux que moi-même. Il lui semblait qu'Adamsberg persistait, d'une certaine manière, à tenir seuls contre tous la main de Raphaël dans la sienne depuis la nuit du meurtre. S'écartant ainsi depuis trente ans de l'univers des autres, où il ne pouvait aller sans risquer de lâcher cette main, d'abandonner son frère à la culpabilité et à la mort. En ce cas, seul l'innocence posthume de Raphaël et son retour au monde pourraient libérer les doigts d'Adamsberg. Ou bien, se dit Danglard en serrant sa sacoche, la reconnaissance du crime de son frère. Si Raphaël avait tué, il lui faudrait l'admettre un jour. Adamsberg ne pouvait passer sa vie à donner forme à une erreur, sous les traits d'un terrifiant vieillard. Si le contenu des dossiers devait pencher en ce sens, il serait contraint de freiner le commissaire et de lui ouvrir les yeux en force, si brutale et douloureuse soit l'entreprise.

Après le dîner, une fois les enfants dans leurs chambres, il s'installa à sa table, soucieux, avec trois bières et huit dossiers. Tous s'étaient couchés beaucoup trop tard. Il avait eu l'idée malencontreuse de leur raconter au dîner l'histoire du crapaud qui fumait, paf paf paf et explosion, et les questions avaient été pressantes. Pourquoi le crapaud explosait-il ? Pourquoi le crapaud fumait-il ? Quel volume de melon atteignait-il ? Les entrailles montaient-elles très haut ? Cela faisait-il la même chose aux serpents ? Danglard avait fini par leur interdire toute forme d'expérimentation, toute introduction de cigarette dans la gueule d'un quelconque serpent, crapaud ou salamandre, tout autant que dans celle d'un lézard, d'un brochet ou de n'importe quelle foutue bestiole.

Mais enfin, à plus de onze heures, les cinq cartables étaient bouclés, la vaisselle faite et les lumières éteintes.

Danglard ouvrit les dossiers par ordre chronologique, mémorisant les noms des victimes, les lieux, les heures, l'identité des coupables. Huit meurtres, tous commis, nota-t-il, dans des années impaires. Mais enfin, une année impaire ne représente jamais qu'une chance sur deux, ce n'est pas même l'indice d'une coïncidence. Seule la conviction obstinée du commissaire avait relié entre eux ces cas disparates et rien pour l'instant ne prouvait qu'un seul homme en était la cause. Huit meurtres, en des régions différentes, Loire-Atlantique, Touraine, Dordogne, Pyrénées. Néanmoins, on pouvait imaginer que le juge avait souvent déménagé pour parer au danger. Mais les victimes étaient elles aussi très diverses, en âge, en sexe et en apparence : des jeunes gens et des vieillards, des adultes, des hommes et des femmes, des gros et des minces, des bruns et des blonds. Ce qui s'adaptait mal à l'étroite obsession d'un tueur en série. Les armes étaient également dissemblables : poinçons, couteaux de cuisine, opinels, couteaux de chasse, tournevis épointés.

Danglard secoua la tête, assez découragé. Il avait espéré pouvoir suivre Adamsberg mais l'ensemble de ces disparités constituait un sérieux obstacle.

Il était vrai toutefois que les blessures présentaient des points concordants : chaque fois, trois perforations profondes infligées au buste, sous les côtes ou dans le ventre, précédées d'une contusion crânienne pour étourdir la victime. Cependant, sur la totalité des meurtres commis en France depuis un demi-siècle, quelle probabilité avait-on de trouver trois blessures au ventre ? Beaucoup. L'abdomen offre une cible large, facile et vulnérable. Quant aux trois coups, ne découlaient-ils pas d'une sorte d'évidence ? Trois coups pour s'assurer de la mort de la victime ? Statistiquement, ce chiffre était fréquent. Cela n'avait rien d'une marque, d'une signature particulière. Juste trois coups, quelque chose d'assez commun, en quelque sorte.

Danglard décapsula une seconde canette et se pencha attentivement sur ces blessures. Il devait faire son boulot à fond, tenter d'acquérir une certitude dans un sens ou un autre. Ces trois coups, indiscutablement, se présentaient en ligne droite, ou presque. Et il était exact que les chances étaient minimes, en frappant trois fois, d'aligner parfaitement les blessures. Ce qui faisait bel et bien penser à un trident. Ainsi que la profondeur des perforations, que la puissance de l'outil emmanché rendait possible, alors qu'il est rare qu'un couteau pénètre trois fois jusqu'à la garde. Mais le détail des rapports détruisait cet espoir. Car les lames utilisées différaient en largeur et en profondeur. De plus, l'espacement entre les perforations variait d'un cas à l'autre, de même que leur alignement. Pas de beaucoup, parfois d'un tiers de centimètre, ou d'un quart, l'une des blessures pouvant se trouver légèrement décalée vers le côté, ou vers l'avant. Et ces divergences excluaient l'usage d'une seule arme. Trois coups très semblables, mais pas assez pour incriminer un seul outil et une seule main.

Toutes ces affaires avaient en outre été bouclées, les coupables arrêtés, parfois même avec des aveux. Mais, à l'exception d'un autre adolescent, tout aussi malléable et affolé que Raphaël, il s'agissait de paumés, d'ivrognes errants ou semi-vagabonds, tous présentant au moment de l'arrestation un taux d'alcoolémie spectaculaire. Guère difficile de pousser à la confession ces hommes en déroute, si prompts à s'abandonner eux-mêmes.

Danglard écarta le gros chat blanc qui s'était posé sur ses pieds. Il était chaud et lourd. Il n'avait pas changé de nom depuis qu'il y a un an Camille le lui avait laissé avant de partir pour Lisbonne. À l'époque, c'était une toute petite boule blanche aux yeux bleus, qu'il appelait donc « La Boule ». Elle avait grandi en douceur, ne sachant griffer ni les fauteuils ni les murs. Danglard ne la regardait jamais sans penser à Camille, qui n'était pas très calée en autodéfense. Il souleva le chat en l'attrapant par le ventre, saisit le bout d'une de ses pattes et gratta d'un ongle le coussinet. Mais les griffes ne sortirent pas. La Boule était un cas. Il la posa sur sa table puis, finalement, la replaça sur ses pieds. Si tu es bien là, reste là.

Aucun des coupables arrêtés, inscrivit Danglard, ne conservait de souvenir du meurtre, formant une étonnante répétition d'amnésies. Dans sa vie de flic, il avait connu deux cas de perte de mémoire après un meurtre, par refus de voir l'épouvante, par déni de l'acte. Mais ce type d'amnésie psychologique ne pouvait expliquer ces huit concordances. L'alcool oui, en revanche. Quand il buvait énormément, plus jeune, il lui arrivait de se réveiller avec un blanc, un fragment manquant que ses compagnons de beuverie lui restituaient le lendemain. Il avait commencé à freiner après avoir appris que tout un public l'avait applaudi, en Avignon, nu sur une table en train de réciter du Virgile. En latin. C'était à l'époque où il avait déjà du ventre et, à cette pensée, il frémissait du spectacle offert. Très joyeux d'après ses amis, très charmant d'après ses amies. Oui, l'amnésie alcoolique, il connaissait la bête, blanche, mais son irruption n'était jamais prévisible. Parfois, même ivre mort, on se souvenait de tout, et parfois non.

Adamsberg frappa deux coups légers à la porte. Danglard fourra La Boule sous son bras et alla ouvrir. Le commissaire y jeta un rapide coup d'œil.

— Elle va bien ? demanda-t-il.

— Comme ça peut, répondit Danglard.

Sujet clos, message reçu. Les deux hommes s'accoudèrent à la table et Danglard replaça l'animal sur ses pieds avant d'exposer les doutes que lui posait cette vraie ou fausse série de meurtres. Adamsberg l'écoutait, le bras gauche serré contre lui, sa main droite écrasant sa joue.

— Je sais, interrompit-il. Croyez-vous que je n'ai pas eu tout le temps d'analyser et comparer toutes les mensurations de ces blessures ? Je les connais par cœur. Je sais tout de leurs divergences, de leurs profondeurs, de leurs formes, de leurs écartements. Mais mettez-vous dans la tête que le juge Fulgence n'a rien, mais vraiment rien d'un homme ordinaire. Il n'aurait pas été assez sot pour tuer toujours avec la même arme. Non, Danglard, l'homme est puissant. Mais il assassine avec son trident. C'est son emblème et le sceptre de son pouvoir.

— Choisissez, objecta Danglard. Une seule arme ou plusieurs ? Les blessures divergent.

— Même chose. Ce qu'il y a de saisissant dans ces différences d'écartement, c'est qu'elles sont *faibles*, Danglard, *très faibles*. Les espacements entre les perforations, latéraux ou d'avant arrière, bougent, mais de peu. Revoyez, Danglard. Quelles que soient les variantes, la longueur totale de la ligne des trois blessures ne dépasse jamais 16,9 cm. C'était le cas pour le meurtre de Lise Autan, dont je tiens pour acquis que le juge a utilisé son trident : 16,9 cm, avec un espace de 4,7 cm entre la première perforation et la seconde, et de 5 cm entre la seconde et la troisième. Regardez les autres victimes. La n° 4, Julien Soubise, tué au couteau : 5,4 cm et 4,8 cm d'espacement sur une longueur totale de ligne de 10,8 cm. La n° 8, Jeanne Lessard, au poinçon : 4,5 cm et 4,8 cm, longueur totale 16,2 cm. Les plus longues lignes sont obtenues avec les poinçons ou les tournevis, les plus courtes avec les couteaux, en raison de la finesse de la lame. Mais jamais la ligne ne dépasse 16,9 cm. Comment expliquez-vous cela, Danglard ? Que huit meurtriers différents, frappant chacun trois coups, n'excèdent jamais une ligne de 16,9 cm ? Depuis quand existe-t-il une borne mathématique, quand on frappe au ventre ?

Danglard fronça les sourcils, silencieux.

— Quant à l'autre variation des impacts, reprit Adamsberg, celle d'avant en arrière, elle est plus réduite encore : pas plus de 4 mm d'écart quand il s'agit d'un couteau, encore moins quand c'est un poinçon. Largeur maximale de la ligne de frappe : 0,9 cm. Pas plus, jamais plus. C'était l'épaisseur des perforations sur le corps de Lise. Comment expliquez-vous ces limites d'amplitude ? Par une règle ? Par un code des meurtriers ? Tous bourrés qui plus est, avec la main qui tremble ? Tous amnésiques ? Tous perdus ? Mais pas un qui aurait osé frapper sur plus de 16,9 cm de long et 0,9 cm de large ? Par quel miracle, Danglard ?

Danglard réfléchissait vite et se ralliait à la justesse des arguments du commissaire. Mais il ne discernait pas comment ces disparités de blessures pouvaient s'accommoder d'une seule arme.

— Vous visualisez un trident de laboureur ? demanda Adamsberg en traçant un rapide croquis. Voici le manche, voici la barre de traverse renforcée et, ici, les trois pointes. Le manche et la barre demeurent, mais les pointes changent. Vous comprenez, Danglard ? *Les pointes changent*. Mais, bien sûr, dans la limite de la dimension fixe de la barre de traverse : soit 16,9 cm de long sur 0,9 cm de large, pour l'outil qui nous occupe.

— Vous voulez dire que l'homme dessoude chaque fois les trois pointes et soude provisoirement sur la traverse d'autres lames, changeantes ?

— Vous y êtes, capitaine. Il ne peut pas changer d'outil. Il y est névrotiquement attaché et cette fidélité donne la preuve de sa pathologie. Il faut que l'outil demeure et c'est pour lui une condition absolue. Le manche et la traverse en sont l'âme, l'esprit. Mais par sécurité, le juge en modifie chaque fois les pointes, y fixant des lames de couteaux, de poinçons, d'opinels.

— Ce n'est pas si simple, de souder.

— Si, Danglard, c'est plutôt facile. Et même si la soudure n'est pas très solide, n'oubliez pas que l'outil ne sert qu'une fois. Pour pénétrer verticalement, et non pour labourer.

— Ce qui oblige le tueur, selon votre idée, à se procurer pour chaque meurtre quatre couteaux ou quatre poinçons similaires : trois pour en détacher les pointes et les fixer sur le trident, et un pour le glisser dans la main du bouc émissaire.

— Précisément et ce n'est pas une tâche complexe. C'est bien pourquoi, chaque fois, l'arme du crime est commune et surtout, elle est *neuve*. Un outil tout neuf dans la main d'un vagabond, vous trouvez cela logique ?

Danglard passa longuement la main sur son menton.

— Il n'a pas opéré de cette manière pour la jeune Lise, dit-il. Il a tué avec son trident puis enfoncé le poinçon dans chacune des blessures.

— C'est aussi le cas du n° 4, celui de l'autre adolescent inculpé, dans un village également. Sans doute le juge a-t-il pensé qu'une enquête sur l'origine d'une arme neuve en possession d'un tout jeune homme allait mener à l'impasse et faire découvrir la supercherie. Il a préféré choisir un vieux poinçon, plus long que les pointes de son trident, et déformer ainsi les impacts.

— Ça se tient, reconnut Danglard.

— Ça se tient aussi serré que les pièces d'une marqueterie. Le même homme, le même outil. Car j'ai vérifié, Danglard. Après le déménagement du juge, j'ai visité le manoir de fond en comble. Les outils étaient restés dans la grange, mais pas le trident. Il avait emporté le précieux instrument.

— Si les liens sont si manifestes, comment la vérité n'a-t-elle pas été éventée plus tôt ? Durant les quatorze années de votre chasse ?

— Pour quatre raisons, Danglard. D'abord, pardonnez-moi, parce que chacun a raisonné comme vous et s'en est tenu là : diversité des armes et des blessures et donc, pas de tueur unique. Ensuite, cloisonnement géographique des enquêteurs, défaut de liaisons interrégionales, vous connaissez le problème. Enfin parce que chaque fois, un coupable idéal était offert clefs en main. Ne négligez pas non plus le pouvoir du juge, qui le rendait pour ainsi dire intouchable.

— Oui, mais vous, après avoir constitué cette accusation, pourquoi ne vous êtes-vous pas fait entendre ?

Adamsberg eut un rapide et triste sourire.

— Par manque total de crédibilité. Chaque magistrat savait aussitôt mon implication personnelle dans l'affaire et jugeait mon accusation subjective et obsessionnelle. Chacun était convaincu que j'aurais produit n'importe quelle folie pour innocenter Raphaël. Pas vous, Danglard ? Et mon hypothèse s'affrontait au puissant juge. On ne m'a jamais laissé aller bien loin. « Admettez une fois pour toutes, Adamsberg, que votre frère a tué cette fille. Sa disparition le prouve. » Puis, menace d'un procès en diffamation.

— Blocage, résuma Danglard.

— Êtes-vous convaincu, capitaine ? Comprenez-vous que le juge avait déjà tué cinq fois avant de s'en prendre à Lise, puis deux fois après ? Huit meurtres espacés sur une période de trente-quatre années. C'est plus qu'un tueur en série, c'est le travail sec et méticuleux de toute une vie, dosé, programmé, réparti. J'ai repéré les cinq premiers crimes par des recherches en archives et j'ai pu en manquer. Pour les deux suivants, je suivais le juge à la trace et je guettais l'actualité. Fulgence savait que je n'avais pas désarmé et je le forçais à une échappée sans fin. Mais il me glissait entre les doigts. Et voyez, Danglard, ce n'est pas terminé. Fulgence ressort de sa tombe : il vient de tuer une neuvième fois à Schiltigheim. C'est sa main, je le sais. Trois coups en ligne. Je dois aller sur place vérifier les mesures mais vous verrez, Danglard, que la ligne des coups ne dépassera pas 16,7 cm. Le poinçon était neuf. Le prévenu est un sans-abri, alcoolique, et frappé d'amnésie. Tout y est.

— Tout de même, dit Danglard avec une grimace, en intégrant Schiltigheim, cela nous donne une séquence de meurtres étendue sur cinquante-quatre années. C'est du jamais vu dans les annales du crime.

— Le Trident est du jamais vu. Un monstre d'exception. Je ne sais comment vous faire admettre cela. Vous ne l'avez pas connu.

— Tout de même, répéta Danglard. Il s'interrompt en 1983, et il reprend vingt ans plus tard ? Ça n'a pas de sens.

— Qui vous dit qu'il n'a pas tué entre-temps ?

— Mais vous. Vous avez guetté l'actualité sans relâche. Et pourtant, rien à signaler pendant vingt ans.

— Tout simplement parce que j'ai abandonné les recherches en 1987. Je vous ai dit que je l'avais traqué quatorze ans, mais pas trente.

Danglard leva la tête, surpris.

— Mais pourquoi ? Lassitude ? Pressions ?

Adamsberg se leva et tourna un moment dans la pièce, la tête baissée vers son bras replié. Puis il revint à la table, s'y appuya de la main droite et se pencha vers son adjoint.

— Parce qu'en 1987, il est mort.

— Pardon ?

— Mort. Le juge Fulgence est mort il y a seize ans, de sa belle mort, à Richelieu, dans sa dernière demeure, le 19 novembre 1987. Crise cardiaque cer-tifiée par le médecin.

— Bon dieu, vous en êtes sûr ?

— Évidemment. Je l'ai appris aussitôt et j'étais à son enterrement. Il y a eu des articles dans toute la presse. J'ai vu son cercueil descendre dans la fosse, et j'ai vu la terre recouvrir le monstre. Et ce jour noir, j'ai désespéré de jamais pouvoir innocenter mon frère. Le juge m'échappait pour toujours.

Il y eut un long silence que Danglard ne savait comment interrompre. Il lissait mécaniquement les dossiers avec le plat de la main, abasourdi.

— Allez-y, Danglard, parlez. Lancez-vous. Osez.

— Schiltigheim, murmura Danglard.

— Voilà. Schiltigheim. Le juge revient des enfers et j'ai de nouveau ma chance. Vous comprenez ? *Ma chance*. Et cette fois, je ne la laisserai pas passer.

— Si je vous suis bien, dit Danglard, hésitant, il aurait un disciple, un fils, un imitateur ?

— Rien de la sorte. Et pas de femme, pas d'enfant. Le juge est un prédateur solitaire. Schiltigheim est son œuvre et non celle d'un imitateur.

L'inquiétude ôtait les mots de la bouche du capitaine. Il oscilla, et opta pour la bienveillance.

— Ce dernier meurtre vous a touché. C'est une terrible coïncidence.

— Non, Danglard, non.

— Commissaire, énonça posément Danglard, le juge est mort depuis seize ans. Il est en os et en poussière.

— Et après ? Qu'est-ce que cela peut me foutre ? C'est la jeune fille de Schiltigheim qui m'importe.

— Bon sang, s'énerva Danglard, à quoi croyez-vous ? À la résurrection ?

— Je crois aux actes. C'est lui, et c'est ma chance qui revient. D'ailleurs, j'ai eu des signes.

— Comment cela, des « signes » ?

— Des signes, des signaux d'alerte. La serveuse du bar, l'affiche, les punaises.

Danglard se leva à son tour, effaré.

— Nom de Dieu, des « signes » ? Vous devenez mystique ? Après quoi courez-vous, commissaire ? Un spectre ? Un revenant ? Un mort-vivant ? Et qui loge où ? Dans votre crâne ?

— Je cours après le Trident. Qui logeait non loin de Schiltigheim il y a très peu de temps.

— Il est mort ! Mort ! cria Danglard.

Sous le regard alarmé du capitaine, Adamsberg entreprit de ranger d'une main les dossiers dans sa sacoche, un par un, avec soin.

— Et que peut faire la mort au diable, Danglard ?

Puis il attrapa sa veste et, sur un signe de son bras valide, il partit.

Danglard se laissa retomber sur sa chaise, désolé, portant la canette à ses lèvres. Perdu. Adamsberg était perdu, aspiré dans une spirale de folie. Des punaises, une serveuse de bar, une affiche et un mort-vivant. Égaré beaucoup plus loin qu'il ne l'avait craint. Foutu, perdu, emporté par un vent mauvais.

Après de courtes heures de sommeil, il arriva en retard à la Brigade. Une note l'attendait sur son bureau. Adamsberg avait pris le train du matin pour Strasbourg. Serait de retour le lendemain. Danglard eut une pensée pour le commandant Trabelmann et pria pour son indulgence.

X

De loin, sur le parvis de la gare de Strasbourg, le commandant Trabelmann avait l'air d'une petite brute solidement construite. Faisant abstraction de sa tonsure militaire, Adamsberg concentra son examen sur le rond central du visage du commandant et y décela quelque chose de ferme et gai. Une faible possibilité d'ouverture pour l'improbable dossier qu'il apportait. Trabelmann lui serra la main en riant brièvement sans raison, il parlait net et fort.

— Blessure de guerre ? lui demanda-t-il en désignant son bras en écharpe.

— Une arrestation un peu tumultueuse, confirma Adamsberg.

— Ça vous en fait combien ?

— D'arrestations ?

— De cicatrices ?

— Quatre.

— Et moi sept. Il n'est pas né le flic qui me battra aux coutures, conclut Trabelmann avec un nouveau rire. Vous avez apporté votre souvenir d'enfance, commissaire ?

Adamsberg désigna sa sacoche avec un sourire.

— Là-dedans. Mais je ne suis pas sûr qu'il vous plaise.

— Ça ne coûte rien de l'entendre, répondit le commandant en ouvrant sa voiture. J'ai toujours adoré les contes.

— Même meurtriers ?

— Vous en connaissez d'autres ? demanda Trabel-mann en démarrant. Le cannibale du Chaperon rouge, l'infanticide de Blanche-Neige, l'ogre du Petit Poucet.

Il freina au feu rouge et eut un nouveau petit rire.

— Des meurtres, partout des meurtres, reprit-il. Et la Barbe-Bleue, un beau tueur en série, celui-là. Ce qui me plaisait dans la Barbe-Bleue, c'était cette foutue tache de sang sur la clef qui ne partait jamais. On frottait, on l'enlevait, et elle revenait, comme une souillure de culpabilité. J'y pense souvent quand un criminel m'échappe. Je me dis, toi, mon petit gars, tu peux toujours courir mais la tache reviendra, et je te trouverai. Tout bonnement. Pas vous ?

— L'histoire que j'apporte a quelque chose de la Barbe-Bleue. Il y a trois taches de sang qu'on efface et qui reviennent toujours. Mais seulement pour qui veut les voir, comme dans les contes.

— Je dois passer par Reichstett prendre un de mes brigadiers, on a un petit bout de route à faire. Si vous commenciez votre histoire maintenant ? Il était une fois un homme ?

— Qui vivait seul dans un manoir avec deux chiens, enchaîna Adamsberg.

— Bon début, commissaire, ça me plaît beaucoup, dit Trabelmann dans un quatrième éclat de rire.

En s'arrêtant sur le petit parking de Reichstett, le commandant était devenu plus grave.

— Il y a des tas de choses convaincantes dans votre truc. Je ne discute pas cela. Mais si c'est votre homme qui a tué la jeune Wind – et je dis bien *si* –, cela ferait un demi-siècle qu'il battrait la campagne avec son trident à transformations. Vous réalisez ? À quel âge a-t-il commencé ses ravages, votre Barbe-Bleue ? À l'école primaire ?

Un autre style que Danglard, mais la même objec-tion, naturelle.

— Pas précisément, non.

— Allez-y commissaire : sa date de naissance ?

— Je ne la connais pas, éluda Adamsberg, je ne sais rien de sa famille.

— Cela ne nous donne pas un tout jeune gars quand même, hein ? Au minimum un type entre soixante-dix et quatre-vingts berges, pas vrai ?

— Si.

— Je ne vais pas vous apprendre la force qu'il faut pour neutraliser un adulte et enfoncer des coups de poinçon mortels ?

— Le trident démultiplie la puissance du coup.

— Mais le tueur a ensuite tiré sa victime et son vélo dans les champs, à une dizaine de mètres de la route, avec un fossé de drainage à passer et un talus à escalader. Vous savez ce que c'est que de traîner un corps inerte, pas vrai ? Élisabeth Wind pesait soixante-deux kilos.

— La dernière fois que j'ai vu l'homme, il n'était pas jeune et dégageait encore une grande puissance. Réellement, Trabelmann. Plus d'un mètre quatre-vingt-cinq, une impression de vigueur et d'énergie.

— Une « impression », commissaire, dit Trabelmann en ouvrant la porte arrière pour son brigadier, auquel il adressa un bref salut militaire. Et ça remonte à quand ?

— À vingt ans.

— Vous me faites rire, Adamsberg, au moins vous me faites rire. Je peux vous appeler Adamsberg ?

— Je vous en prie.

— On va filer droit sur Schiltigheim et contourner Strasbourg. Tant pis pour la cathédrale. Je suppose que vous vous en foutez pas mal ?

— Aujourd'hui, oui.

— Moi c'est tout le temps. Les vieux machins, ça ne me dit rien, tout bonnement. Je l'ai vue cent fois, remarquez, mais j'aime pas ça.

— Qu'est-ce que vous aimez, Trabelmann ?

— Ma femme, mes gosses, mon boulot.

Simple.

— Et les contes. J'adore les contes.

Moins simple, rectifia Adamsberg.

— Ce sont pourtant des vieux machins, les contes, dit-il.

— Oui, bien plus vieux que votre bonhomme. Continuez tout de même.

— Pourrait-on passer d'abord par la morgue ?

— Pour prendre vos petites mesures, je suppose ? Pas d'objection.

Adamsberg achevait son récit quand ils passèrent les portes de l'Institut médico-légal. Quand il oubliait de se tenir droit, comme en cet instant, le commandant n'était pas plus haut que lui.

— Quoi ? cria Trabelmann en s'immobilisant au milieu du hall. Le juge Fulgence ? Vous êtes cinglé, commissaire ?

— Et après ? demanda calmement Adamsberg. En quoi cela vous dérange ?

— Mais nom d'un chien, vous savez qui c'est, le juge Fulgence ? Ce n'est plus un conte, ça ! C'est comme si vous me disiez que c'est le Prince Charmant qui crache du feu et non pas le dragon.

— Beau comme un prince, oui, mais ça n'empêche pas de cracher le feu.

— Vous rendez-vous compte, Adamsberg ? Il existe un bouquin sur les procès de Fulgence. Ce ne sont pas tous les magistrats du pays qui ont droit à un bouquin, si ? C'était un type éminent, un juste.

— Juste ? Il n'aimait ni les femmes ni les enfants. Pas comme vous, Trabelmann.

— Je ne compare pas. C'était une grande figure, que tout le monde respectait.

— Redoutait, Trabelmann. Il avait la main tranchante, et lourde.

— Faut bien que justice passe.

— Et longue. Depuis Nantes, il pouvait faire trembler la cour de Carcassonne.

— Parce qu'il avait de l'autorité, et de la justesse de vues. Vous me faites rire, Adamsberg, au moins vous me faites rire.

Un homme en blanc accourut vers eux.

— Du respect, messieurs.

— Salut, Ménard, coupa Trabelmann.

— Pardon, commandant, je ne vous avais pas reconnu.

— Je vous présente un collègue de Paris, le commissaire Adamsberg.

— Je vous connais de nom, dit Ménard en lui serrant la main.

— C'est un rigolo, précisa Trabelmann. Ménard, conduisez-nous au caisson d'Élisabeth Wind.

Ménard replia le drap mortuaire avec application et découvrit la jeune morte. Adamsberg l'observa sans bouger pendant quelques instants, puis fit doucement basculer la tête pour examiner les ecchymoses sur la nuque. Il concentra ensuite son attention sur les perforations ventrales.

— Dans mon souvenir, dit Trabelmann, ça atteint quelque chose comme vingt et un ou vingt-deux centimètres de long.

Adamsberg secoua la tête, dubitatif, et sortit un mètre de sa sacoche.

— Aidez-moi, Trabelmann. Je n'ai qu'une main.

Le commandant déroula le mètre sur le corps. Adamsberg en cala précisément l'extrémité sur le bord externe de la première blessure et l'étendit jusqu'à la limite externe de la troisième.

— 16,7 cm, Trabelmann. Jamais plus, je vous l'ai dit.

— Hasard, tout bonnement.

Sans répondre, Adamsberg cala une règle en bois comme repère et mesura la hauteur maximale de la ligne des blessures.

— 0,8 cm, annonça-t-il en réenroulant son mètre.

Trabelmann eut un simple mouvement de tête, un peu troublé.

— Je suppose que vous pourrez me fournir la profondeur des impacts au poste, dit Adamsberg.

— Oui, avec le poinçon, et l'homme qui le tenait. Et avec ses empreintes.

— Vous accepterez tout de même de feuilleter mes dossiers ?

— Je ne suis pas moins professionnel que vous, commissaire. Je ne néglige aucune piste.

Trabelmann eut un court éclat de rire, sans qu'Adamsberg en vît la nécessité.

Au poste de Schiltigheim, Adamsberg déposa la pile de ses dossiers sur le bureau du commandant pendant qu'un brigadier lui apportait le poinçon sous sachet plastique. L'outil était de facture commune et parfaitement neuf, n'était le sang séché qui le souillait.

— Si je vous suis, dit Trabelmann en s'installant à sa table – et je dis bien *si* –, il nous faudrait mener une enquête sur l'achat de quatre poinçons et non pas d'un seul.

— Oui, et vous perdriez votre temps. L'homme – Adamsberg n'osait plus le nommer Fulgence – ne commet pas l'erreur d'acheter quatre poinçons d'un coup pour attirer l'attention sur lui comme le premier des amateurs. C'est pour cette raison qu'il choisit des modèles très courants. Il les acquiert dans plusieurs magasins, en espaçant les achats.

— C'est ce que je ferais.

Dans ce bureau, la fermeté du commandant gagnait en force et sa compulsion de gaieté se tarissait. La station assise, se dit Adamsberg, ou bien le cadre officiel, en bloquait peut-être l'épanchement.

— L'un des poinçons peut avoir été acheté à Strasbourg en septembre, dit-il, l'autre en juillet à Roubaix et ainsi de suite. Il est impossible de remonter la piste par ce biais.

— Ouais, conclut Trabelmann. Vous voulez voir notre gars ? Encore quelques heures de chauffe et il passe aux aveux. Pour vous dire, quand on l'a ramassé, il avait dans le corps au moins l'équivalent d'une bouteille et demie de whisky.

— D'où l'amnésie.

— Ces amnésies vous fascinent, hein ? Eh bien pas moi, commissaire. Parce qu'en plaidant l'amnésie et l'égarement mental, le type est assuré d'écoper dix ou quinze ans de moins. Ça compte drôlement, pas vrai ? Et tous connaissent le truc. Alors, leur amnésie, j'y crois comme à votre Prince Charmant transformé en dragon. Mais allez le voir, Adamsberg, rendez-vous compte par vous-même.

Bernard Vétilleux, la cinquantaine, un homme long et maigre au visage boursouflé, à moitié vautré sur sa couchette, regarda entrer Adamsberg avec indifférence. Lui ou un autre, qu'est-ce que cela pouvait lui foutre. Adamsberg lui demanda s'il acceptait de parler et l'homme acquiesça.

— J'ai rien à raconter, toute façon, dit-il d'une voix atone. J'ai plus rien là-dedans, je me souviens de rien.

— Je sais. Mais avant, avant que vous ne soyez sur cette route ?

— Ben je sais même pas comment j'y suis allé, toute façon. J'aime pas marcher. Trois kilomètres, ça fait une trotte quand même.

— Oui, mais avant, insista Adamsberg. Avant la route.

— Avant, je me souviens bien, forcément. Eh, mon gars, j'ai pas oublié toute ma vie, hein ? J'ai juste oublié cette foutue route et toute la suite.

— Je sais, répéta Adamsberg. Mais avant, que faisiez-vous ?

— Ben je picolais, tiens.

— Où ?

— Au début, j'étais au rade.

— Quel rade ?

— *Le Petit Bouchon*, à côté du marchand de légumes. Après ça, faut pas dire que j'ai pas de mémoire, hein.

— Et ensuite ?

— Ben ils m'ont foutu dehors, comme d'habitude, j'avais plus le rond. J'étais déjà tellement bourré que je me sentais pas de faire la manche. Alors j'ai cherché une encoignure où dormir. C'est que ça caille dur en ce moment. Mon encoignure de d'habitude, y avait des gars qui me l'avaient prise, avec trois clebs. J'ai tiré au large et je me suis foutu dans le square, dans l'espèce de cube en plastique jaune pour les gosses. Il fait plus chaud là-dedans. Ça fait comme une niche, avec une petite porte. Et par terre, c'est comme de la mousse. Mais attention, hein, de la fausse mousse, pour pas que les gosses ils se fassent mal.

— Quel square ?

— Ben le square où y a les tables de ping-pong, pas loin du rade. J'aime pas marcher.

— Et ensuite ? T'étais tout seul ?

— Y a un autre gars qui cherchait la même niche. Malchance, je me suis dit. Mais j'ai vite changé d'avis parce que le gars, il avait deux litrons dans les poches. Aubaine, je me suis dit, surtout que j'ai tout de suite annoncé la couleur. Si tu veux la niche, tu distribues le pinard. Il était d'accord. Partageux, le compagnon.

— Ce compagnon, tu t'en souviens ? Comment était-il ?

— Ben, c'est pas que j'ai pas de mémoire mais j'avais déjà pas mal éclusé, hein, faut tenir compte. Et il faisait nuit d'encre. Et puis à cheval donné, on

regarde pas les dents. C'était pas le gars qui m'intéressait, c'était sa bibine.

— Mais tu te souviens bien un peu. Essaie,
raconte-moi. Tout ce que tu te rappelles. Comment
il parlait, comment il était, comment il buvait. Grand,
gros, petit, jeune, vieux ?

Vétilleux se gratta la tête comme pour y activer ses
pensées et se redressa sur sa couchette, levant vers
lui ses yeux rouges.

— Eh, ils me donnent rien ici.

Adamsberg avait prévu le cas et glissé dans sa
poche une flasque de cognac. Il lança un regard à
Vétilleux, lui désignant le brigadier de garde dans la
cellule.

— Ouais, comprit Vétilleux.

— Tout à l'heure, lui dit Adamsberg, en formant
muettement les mots avec ses lèvres.

Vétilleux pigea au quart de tour et hocha la tête.

— Je suis convaincu que t'as une excellente
mémoire, reprit Adamsberg. Raconte-moi ce gars.

— Vieux, affirma Vétilleux, mais jeune en même
temps, je peux pas te dire. Un énergique, quoi. Mais
vieux.

— Ses habits ? Tu t'en souviens ?

— Il était fringué comme les gars qui se trimballent la nuit avec deux litrons, quoi. Et qui cherchent
une niche où dormir. Une vieille vareuse avec
l'écharpe, deux bonnets jusqu'aux yeux, des gros
gants, enfin tout le barda pour pas trop se geler les
couilles.

— Des lunettes ? Rasé ?

— Pas de lunettes, les yeux sous le bonnet. Pas de
barbe non plus, mais pas rasé de frais, quoi. Il sentait
pas.

— C'est-à-dire ?

— Je partage pas ma niche avec les gars qui sentent, c'est comme ça, c'est chacun son truc. Je vais
aux bains-douches deux fois la semaine, j'aime pas

sentir. Je pisse pas dans la niche des mômes non plus. Eh, dis donc, c'est pas parce qu'on picole qu'on respecte pas les mômes. Ils sont gentils les mômes. Ils causent aux clodos comme à n'importe qui d'autre. « T'as un papa ? T'as une maman ? » Ils sont gentils les mômes, ils pigent tout, jusqu'à ce que les grands leur foutent des saletés dans le crâne. Alors moi, je pisse pas dans leur niche. Ils me respectent, je les respecte.

Adamsberg se tourna vers le planton de garde.

— Brigadier, demanda Adamsberg, pourriez-vous m'apporter un verre d'eau et deux aspirines ? La blessure, expliqua-t-il en montrant son bras.

Le brigadier hocha la tête et s'éloigna. Vétilleux avait vivement tendu la main et empocha la flasque de cognac. Moins de cinquante secondes plus tard, le brigadier revenait avec un gobelet. Adamsberg s'obligea à avaler les cachets.

— Dis donc, ça me rappelle, dit Vétilleux en montrant le gobelet. Le gars partageux, il avait un truc qu'était pas ordinaire dans le partage, justement. Il avait un gobelet comme le tien. Et il avait sa bouteille et moi la mienne. Il buvait pas au goulot, tu vois ? Un peu classieux, il faisait des manières.

— Tu es certain de ça ?

— Sûr. Et je me suis dit, ça, c'est un gars qu'est tombé du haut. Tu sais, y en a qui tombent du haut. Une gonzesse qui les plaque et, bon, ils se collent à boire et ils dégringolent le toboggan. Ou bien c'est leur boîte qui capote et vas-y, ils se collent à boire. Moi je dis merde. On va pas dégringoler sous prétexte que ta gonzesse ou ta boîte t'a laissé sur le flanc. Moi je dis, faut s'accrocher, merde. Tandis que moi, tu comprends, c'est pas que j'ai manqué de cran. Je suis pas tombé du haut parce que j'étais déjà en bas. Alors j'y suis resté. Tu vois la différence ?

— Bien sûr, dit Adamsberg.

— Remarque, je juge pas, hein. Mais ça fait quand même une différence. Et c'est vrai que quand Josie m'a plaqué, ça m'a pas aidé, je reconnais. Mais attention, je picolais déjà avant. C'est pour ça qu'elle s'est tirée aussi. Je peux pas lui donner tort, je juge pas. Sauf les gros culs qui me donnent même pas une pièce. Alors là oui, des fois, j'ai été chier devant leur porte, je reconnais. Mais jamais dans la niche des mômes.

— Tu es sûr qu'il venait de là-haut ?

— Ouais, mon gars. Et ça faisait pas tant de temps que ça qu'il était tombé. Parce que dans ce milieu, tu restes pas longtemps à faire le dégoûté avec ton gobelet. Disons, tu t'accroches à ta timbale pendant trois quatre mois et puis après, fini, tu boirais au goulot de n'importe quel soiffard. Comme moi. Sauf que je picole pas avec ceux qui sentent, mais c'est autre chose, question d'odorat, je juge pas.

— Donc, tu dirais qu'il n'était pas à la rue depuis plus de quatre mois ?

— Eh, je suis pas un radar. Mais quand même, je dirais que c'était récent. Il avait dû se faire plaquer par sa gonzesse, se retrouver dehors, est-ce qu'on sait ?

— Et vous avez parlé ?

— Ben pas trop, quoi. On a dit que le pinard, il était bon. Que c'était pas un temps à faire coucher un chien dehors. Des trucs comme ça, des trucs de d'habitude.

Vétilleux avait la main posée sur son gros pull, à l'endroit de la poche chemise où il avait glissé la flasque.

— Il est resté longtemps ?

— Tu sais, le temps, je le compte pas.

— Je veux dire : il est reparti ? Il s'est endormi dans la niche ?

— M'en souviens pas. C'est là que j'ai dû piquer du nez. Ou partir marcher, je sais pas.

— Et ensuite ?

Vétilleux écarta les bras et les laissa retomber sur ses jambes.

— Ensuite, c'est la route. Le matin, les gendarmes.

— Est-ce que tu as rêvé ? Une image ? Une sensation ?

L'homme fronça les sourcils, perplexe, posant sa main sur son pull, ses ongles longs grattant la laine usée. Adamsberg se tourna à nouveau vers le brigadier, qui se dégourdissait les jambes en marchant sur place.

— Brigadier, auriez-vous la gentillesse de m'apporter ma sacoche ? J'aurais besoin de noter quelque chose.

Vétilleux sortit de sa langueur et avec une rapidité de reptile, extirpa la flasque, la déboucha et en avala plusieurs gorgées. Le temps que le brigadier revienne, tout était en place sous le pull-over. Adamsberg admira l'adresse et la célérité. La fonction crée l'organe. Vétilleux était un type intelligent.

— Un truc, dit-il soudain, les joues plus colorées. J'ai rêvé que j'avais dégotté un endroit confortable, bien au chaud pour roupiller. Et ça m'énervait de pas pouvoir en profiter bien.

— Pourquoi ?

— Parce que j'avais envie de dégueuler.

— Ça t'arrive souvent ? Envie de dégueuler ?

— Jamais.

— Et de rêver d'avoir chaud ?

— Dis donc, si je passais mes nuits à rêver que j'ai chaud, ce serait le Pérou, mon gars.

— Un poinçon, t'en possèdes un ?

— Non. Ou alors c'est le type d'en haut qui me l'a donné. Je veux dire, le type d'en haut qu'était en bas. Ou alors je l'ai braqué. Est-ce que je sais ? Tout ce qu'on voit, c'est que j'ai tué cette pauvre fille avec ce truc. Elle est peut-être tombée sur la route, peut-être que je l'ai prise pour un gros ours, qu'est-ce qu'on peut savoir ?

— Tu y crois ?

— Y a les empreintes, quand même. Et j'étais juste à côté.

— Et pourquoi aurais-tu traîné le gros ours et sa bicyclette dans les champs ?

— Va comprendre ce qui se passe dans la tête d'un poivrot, va comprendre. Ce qu'il y a, c'est que je regrette, parce que j'aime pas faire mal. Je tue pas les bêtes, alors pourquoi je tuerais les gens ? Même en ours ? Je crois pas que j'ai peur des ours. Paraît qu'ils en ont plein au Canada. Ils font les poubelles, comme moi. Ça me plairait de voir ça, de faire les poubelles avec eux.

— Vétilleux, si tu veux tout savoir des ours...

Adamsberg colla sa bouche contre son oreille.

— Ne dis rien, n'avoue rien, lui murmura-t-il. Boucle-la, ne dis que la vérité. Ton amnésie. Promets-moi.

— Eh ! interrompit le brigadier. Pardon, commissaire, mais c'est interdit de chuchoter avec les prévenus.

— Toutes mes excuses, brigadier. Je lui racontais une petite histoire leste sur un ours. Le gars n'a pas tant de distractions.

— Même, commissaire, je ne peux pas vous laisser faire.

Adamsberg fixa Vétilleux en silence. Il lui fit un signe qui voulait dire « Compris ? ». Et Vétilleux hocha la tête. « Promis ? » articula muettement Adamsberg. Nouveau hochement de tête, regard rouge mais précis. Ce gars-là lui avait donné la flasque, c'était un pote. Adamsberg se leva et, avant de sortir de la cellule, posa sa main libre sur son épaule, dans un serrement qui signifiait « Je te laisse, je compte sur toi ».

En reprenant le chemin du bureau, le brigadier demanda rapidement à Adamsberg si, sauf votre respect, il pouvait connaître l'histoire de l'ours. Adamsberg y échappa grâce à l'interruption de Trabelmann.

— Impression ? demanda Trabelmann.

— Bavard.

— Ah tiens. Pas avec moi, en tout cas. Il est mou comme une chiffe, ce type.

— Trop mou. Ne le prenez pas en mauvaise part, commandant, mais il est dangereux de sevrer brusquement un alcoolique aussi imbibé que Vétilleux. Il pourrait vous claquer dans les doigts.

— Je le sais parfaitement, commissaire. Il a droit à un verre à chaque repas.

— Eh bien, triplez les doses. Croyez-moi, commandant, c'est nécessaire.

— Entendu, dit Trabelmann, nullement vexé. Et dans tout son bavardage, reprit-il en s'asseyant à sa table, quoi de neuf ?

— Le type est intelligent et sensible.

— D'accord avec vous. Mais quand on a picolé comme un trou, ça ne vaut plus un clou. Les gars qui battent leur femme sont souvent de vrais agneaux jusqu'au soir.

— Mais Vétilleux n'a pas de casier. Pas une bagarre, n'est-ce pas ? C'est bien ce qu'ont confirmé les flics de Strasbourg ?

— Affirmatif. Un gars qui ne leur fait pas d'ennuis. Jusqu'au jour où ça déraille. Vous avez pris son parti ?

— Je l'ai écouté.

Adamsberg résuma objectivement son entrevue avec Vétilleux, exception faite du preste échange de la flasque.

— Rien ne s'oppose, conclut Adamsberg, à ce que Vétilleux ait été pris en charge dans une voiture, sur la banquette arrière. Il se sentait au chaud, confortable, mais écœuré.

— Et vous, vous reconstituez une voiture, un voyage, un chauffeur, juste avec une « sensation de chaud » ? Et c'est tout ?

— Oui.

— Vous me faites rire, Adamsberg. Vous me faites penser aux gars qui sortent un lapin d'un chapeau vide.

— Il n'empêche que le lapin sort.

— Vous pensez à l'autre clodo, peut-être ?

— Un clodo qui buvait dans sa propre bouteille et dans un gobelet. Un clodo qui venait du haut. Vieux.

— Mais un clodo quand même.

— Peut-être et pas sûr.

— Dites-moi, commissaire, dans toute votre carrière, quelqu'un a-t-il jamais pu vous faire changer d'avis ?

Adamsberg prit un instant pour réfléchir honnêtement à la question.

— Non, reconnut-il enfin, avec une pointe de regret dans la voix.

— C'est ce que je craignais. Et laissez-moi vous dire que vous avez un ego grand comme la table, tout bonnement.

Adamsberg plissa les yeux sans rien dire.

— Je ne dis pas cela pour vous vexer, commissaire. Mais dans cette affaire, vous débarquez avec un bloc d'idées personnelles en lesquelles personne n'a jamais cru. Puis vous ajustez tous les faits jusqu'à ce qu'ils vous conviennent. Je ne dis pas qu'il n'y a pas des choses intéressantes dans votre analyse. Mais l'autre partie, vous ne l'examinez pas, vous ne l'entendez même pas. Et moi, j'ai un gars bourré chopé à trois pas de la victime avec l'arme à ses côtés et ses empreintes dessus. Vous saisissez ?

— Je comprends votre point de vue.

— Mais vous vous en fichez pas mal et vous gardez le vôtre. Les autres, ils peuvent aller se faire voir, tout bonnement, avec leur travail, leurs idées et leurs impressions. Dites-moi juste une chose : des assassins qui courent en liberté, il y en a plein les rues. Des affaires que nous n'avons jamais bouclées, vous et moi, on en a plein les greniers. Et ce n'était même pas votre affaire. Alors ? Pourquoi celle-ci ?

— Quand vous lirez le dossier n° 6, année 1973, vous apprendrez que l'adolescent inculpé était mon frère. Ça lui a massacré la vie et je l'ai perdu.

— C'était cela, votre « souvenir d'enfance » ? Vous n'auriez pas pu le dire plus tôt ?

— Vous ne m'auriez pas écouté jusqu'au bout. Trop impliqué, trop personnel.

— Affirmatif. De la famille dans le merdier, il n'y a pas pire pour envoyer un flic dans le décor.

Il sortit le dossier n° 6 et le plaça sur le dessus de la pile avec un soupir.

— Écoutez, Adamsberg, reprit-il, eu égard à votre notoriété, je vais m'avaler vos dossiers. Ainsi, l'échange sera complet et impartial. Vous aurez vu mon terrain, j'aurai vu le vôtre. Correct ? On se revoit demain matin. Vous avez un bon petit hôtel à deux cents mètres d'ici, en remontant sur votre droite.

Adamsberg erra longtemps dans la campagne avant de se présenter à l'hôtel. Il n'en voulait pas à Trabelmann, qui s'était montré coopératif. Mais le commandant ne le suivrait pas plus que les autres. Partout, depuis toujours, il s'était heurté à des yeux incrédules, partout il portait seul le poids du juge sur ses épaules.

Car Trabelmann avait raison sur un point. Lui, Adamsberg, n'en démordrait pas. L'amplitude des blessures correspondait, une fois de plus, ne dépassant pas les limites de la traverse du trident. Vétilleux avait été choisi, suivi et achevé avec un litre de vin par le type au bonnet rabattu sur les yeux. Qui prenait garde de ne pas toucher la salive de son compagnon. Puis Vétilleux avait été embarqué en voiture et déposé tout près des lieux du crime, déjà accompli. Le vieux n'avait eu qu'à serrer le poinçon dans sa main et le jeter à ses côtés. Puis démarrer et s'éloigner tranquillement, abandonnant son nouveau bouc émissaire au zélé Trabelmann.

XI

En arrivant à neuf heures au poste, Adamsberg salua le brigadier de garde, celui qui avait voulu connaître l'histoire de l'ours. Celui-ci lui fit comprendre par un signe que les choses se présentaient au plus mal. Trabelmann avait en effet perdu toute sa convivialité de la veille et l'attendait debout dans son bureau, les mains croisées et le dos fixe.

— Vous vous foutez de ma gueule, Adamsberg ? demanda-t-il d'une voix chargée de colère. C'est une manie chez les flics de prendre les gendarmes pour des cons ?

Adamsberg resta debout face au commandant. Le mieux, en ce cas, est de laisser parler. Il devinait et c'était assez. Mais il n'avait pas imaginé que Trabelmann aurait fait aussi vite. Il l'avait sous-estimé.

— Le juge Fulgence est mort il y a seize ans ! cria Trabelmann. Décédé, claqué, mort ! Ce n'est plus un conte, Adamsberg, c'est un roman d'épouvante ! Et ne me dites pas que vous ne le saviez pas ! Vos notes s'arrêtent en 1987 !

— Je le sais, bien sûr. J'étais à son enterrement.

— Et vous me faites perdre ma journée pour votre histoire de dingue ? Pour m'expliquer que ce vieux a tué la petite Wind à Schiltigheim ? Sans vous figurer une seconde que le brave gendarme Trabelmann pourrait prendre quelques renseignements sur le juge ?

— C'est vrai, je n'y ai pas pensé et je m'en excuse. Mais si vous avez pris la peine de le faire, c'est que le cas de Fulgence vous intriguait assez pour désirer en savoir plus.

— À quoi jouez-vous, Adamsberg ? À traquer un fantôme ? Je préfère ne pas y croire ou bien votre place n'est plus chez les flics mais dans un asile de cinglés. Qu'est-ce que vous êtes venu foutre ici ? Au juste ?

— Prendre les mensurations des blessures, interroger Vétilleux, et vous signaler cette piste.

— Vous pensez à un émule peut-être ? Un imitateur ? Un fils ?

Adamsberg eut l'impression de revivre par étapes sa conversation de l'avant-veille avec Danglard.

— Pas de disciple et pas d'enfant. Fulgence opère seul.

— Vous rendez-vous compte que vous êtes en train de me dire froidement que vous avez perdu l'esprit ?

— Je me rends compte que vous le pensez, commandant. M'autorisez-vous à saluer Vétilleux avant de partir ?

— Non ! cria Trabelmann.

— Si cela vous convient de livrer un innocent à la justice, cela ne regarde que vous.

Adamsberg contourna Trabelmann pour récupérer ses dossiers et les fourrer gauchement dans son sac, une opération qui prenait du temps avec une seule main. Le commandant ne l'aida pas, pas plus que ne l'avait fait Danglard. Il tendit la main à Trabelmann pour le saluer mais celui-ci ne décroisa pas les bras.

— Eh bien, nous nous reverrons, Trabelmann, un jour ou l'autre, avec la tête du juge plantée sur son trident.

— Adamsberg, je me suis trompé.

Le commissaire leva les yeux, surpris.

— Votre ego n'est pas grand comme la table, mais comme la cathédrale de Strasbourg.

— Que vous n'aimez pas.

— Affirmatif.

Adamsberg se dirigea vers la sortie. Dans le bureau, les couloirs, le hall, le silence était tombé comme une averse, emportant voix, mouvements, bruits de pas. Ayant passé la porte, il vit le jeune brigadier l'escorter sur quelques mètres.

— Commissaire, l'histoire de l'ours ?

— Ne me suivez pas, brigadier, il en va de votre poste.

Il lui adressa un rapide clin d'œil et s'en alla à pied, sans une voiture pour le conduire à la gare de Strasbourg. Mais, contrairement à Vétilleux, quelques kilomètres à pied ne représentaient pas une « trotte » pour le commissaire, mais une balade à peine suffisante pour chasser de son esprit le nouvel adversaire que le juge Fulgence venait d'ajouter à sa collection.

XII

Son train pour Paris ne partait pas avant une bonne heure et Adamsberg décida, comme pour défier Trabelmann, d'aller rendre honneur à la cathédrale de Strasbourg. Il en fit tout le tour à pied puisque tel était son sort, selon le commandant, que son ego atteigne ces colossales dimensions d'un autre âge. Puis il en parcourut la nef, les déambulatoires, et s'appliqua à lire les affichettes. *Édifice de style gothique le plus pur et le plus hardi*. Eh bien, que voulait donc Trabelmann de plus ? Il leva la tête vers le sommet de la flèche, *chef-d'œuvre s'élevant à 142 m de hauteur*. Lui atteignait tout juste la taille réglementaire pour être accepté dans la police.

Dans le train, en passant par le bar, les rangées de petites bouteilles ramenèrent ses pensées à Vétilleux. À cette heure, Trabelmann le conduisait sans doute sur la voie des aveux, comme une bête ivre à l'abattoir. À moins que Vétilleux ne se souvienne de ses objurgations, à moins qu'il ne résiste. C'était étrange combien il en voulait à cette Josie inconnue d'avoir plaqué Vétilleux, l'abandonnant en pleine descente, alors que lui-même avait laissé Camille en une volte-face.

Au commissariat, il fut surpris par une odeur de camphre et s'arrêta dans la salle du Concile où Noël, chemise déboutonnée et front posé sur ses doigts croisés, se faisait masser la nuque par le lieutenant

Retancourt. Ses manipulations couraient des épaules à la racine des cheveux, imprimant des mouvements circulaires et longitudinaux qui semblaient avoir plongé Noël dans une béatitude d'enfant. Il sursauta en prenant conscience de la présence du commissaire et reboutonna sa chemise en hâte. Seule Retancourt ne manifesta pas la moindre gêne et reboucha tranquillement son tube de pommade, tout en adressant un bref salut à Adamsberg.

— Je suis à vous dans un instant, lui dit-elle. Noël, pas de mouvement brusque du cou durant deux à trois jours. Et si vous devez porter quelque chose de lourd, utilisez votre bras gauche plutôt que le droit.

Puis Retancourt se dirigea vers Adamsberg, pendant que Noël filait hors de la salle.

— Avec ce coup de froid, expliqua-t-elle naturellement, il y a eu des muscles noués et des torticolis.

— Vous savez les réparer ?

— Pas trop mal. J'ai préparé les dossiers pour la mission Québec, les formulaires sont envoyés et les visas sont prêts. Les billets d'avion nous parviendront après-demain.

— Merci, Retancourt. Danglard est dans les parages ?

— Il vous attend. Il a obtenu hier soir les aveux de la fille d'Hernoncourt. L'avocat a l'intention de plaider la démence passagère, ce qui semble être la vérité d'ailleurs.

Danglard se leva à son entrée et lui tendit la main avec un certain embarras.

— Au moins, vous me serrez la main, dit Adamsberg avec un sourire. Pour Trabelmann, il n'en est plus question. Passez-moi le rapport Hernoncourt à signer, et mes compliments pour le bouclage de l'enquête.

Pendant que le commissaire apposait sa signature, Danglard l'observa pour savoir s'il ironisait, puisque

Adamsberg lui-même avait refusé l'arrestation du baron et commandé cette piste à suivre. Mais non, pas trace de dérision sur son visage, ses félicitations semblaient sincères.

— Cela s'est mal passé à Schiltigheim ? demanda Danglard.

— D'un côté très bien. Un poinçon neuf et une ligne de blessures de 16,7 cm de longueur sur 0,8 cm de hauteur. Je vous l'avais dit, Danglard, la même traverse. Le coupable est un lapin sans terrier, inoffensif et bourré, la proie rêvée d'un faucon. Avant le drame, un vieil homme est venu lui donner le coup de grâce. Un soi-disant compagnon de misère. Mais qui buvait délicatement son vin dans un gobelet, refusant de toucher à la bouteille de notre lapin bourré.

— Et de l'autre côté ?

— Nettement moins bon. Trabelmann s'est braqué en contre. Il estime que je ne considère que mon seul point de vue sans envisager celui des autres. Pour lui, le juge Fulgence est un monument. Moi aussi, d'ailleurs, mais dans un autre genre.

— Lequel ?

Adamsberg sourit avant de répondre.

— Cathédrale de Strasbourg. Il dit que mon ego est aussi grand que la cathédrale.

Danglard émit un petit sifflement.

— Un des joyaux de l'art médiéval, commenta-t-il, portant une flèche de cent quarante-deux mètres élevée en 1439, chef-d'œuvre de Jean Hultz...

D'un léger geste de la main, Adamsberg interrompit le déroulé de la rubrique érudite.

— Ce n'est pas mince tout de même, conclut Danglard. Un édifice gothique pour un ego, pour un egothique. C'est un blagueur, votre Trabelmann ?

— Oui, par à-coups. Mais à cet instant, il était loin de rigoler, et il m'a foutu dehors comme un va-nu-pieds. Il faut dire à sa décharge qu'il a appris que le juge était mort depuis seize ans. Ça ne lui a pas tellement plu. Il y a des gens comme cela, que ce genre d'idées dérange.

Adamsberg leva une main pour contrer la repartie de son adjoint.

— Cela vous a fait du bien ? enchaîna-t-il. Le massage de Retancourt ?

Danglard sentit l'irritation le gagner à nouveau.

— Si, confirma Adamsberg. Vous avez la nuque rouge et vous sentez le camphre.

— J'avais un torticolis. Ce n'est pas un crime, que je sache.

— Au contraire. Il n'y a pas de mal à se faire du bien et j'admire les talents de Retancourt. Si cela ne vous ennuie pas, et puisque tout est signé, je vais aller marcher. Je suis fatigué.

Danglard ne releva pas la contradiction, typique d'Adamsberg, ni ne tenta d'avoir le quelconque dernier mot. Puisque Adamsberg le voulait, ce dernier mot, qu'il l'ait et qu'il l'emporte. Ce n'était pas une joute oratoire qui les sortirait de leurs conflits.

Dans la salle du Chapitre, Adamsberg fit signe à Noël.

— Favre ? Où en est-on ?

— Interrogé par le divisionnaire et mis à pied jusqu'aux conclusions de l'enquête. Votre interrogatoire contradictoire aura lieu demain à onze heures, au bureau de Brézillon.

— J'ai vu la note.

— Aucun problème si vous n'aviez pas cassé cette bouteille. Vu son caractère, il ne pouvait pas savoir si vous aviez l'intention ou non de vous servir de ce tesson contre lui.

— Moi non plus, Noël.

— Comment ?

— Moi non plus, répéta calmement Adamsberg. Sur le coup, je ne sais pas. Je ne pense pas que j'aurais attaqué mais je n'en suis pas certain. Ce crétin m'avait mis en fureur.

— Bon sang, commissaire, ne dites pas ce genre de choses à Brézillon ou vous êtes cuit. Favre plaidera la légitime défense et quant à vous, ça pourrait aller loin. Décrédibilisation, non-fiabilité, vous rendez-vous compte ?

— Oui, Noël, répondit Adamsberg, surpris de la sollicitude de ce lieutenant qu'il n'avait jusqu'ici jamais soupçonnée. Je m'emporte un peu ces temps-ci. J'ai un fantôme sur les bras et ce n'est pas pratique à porter.

Noël était habitué aux allusions incompréhensibles du commissaire et laissa filer.

— Pas un mot à Brézillon, reprit-il, anxieux. Pas d'examen de conscience, pas d'introspection. Dites que vous avez cassé la bouteille pour impressionner Favre. Que vous alliez la jeter au sol, bien entendu. C'est ce qu'on croyait tous et c'est ce qu'on dira tous.

Le lieutenant fixa les yeux d'Adamsberg, cherchant son assentiment.

— D'accord, Noël.

En lui serrant la main, Adamsberg eut la curieuse impression que les rôles avaient été brièvement inversés.

XIII

Adamsberg marcha longtemps dans le froid des rues, serrant les pans de sa veste, son sac de voyage toujours à l'épaule. Il traversa la Seine puis grimpa sans but vers le nord, pensées entrechoquées dans sa tête. Il aurait souhaité revenir au moment paisible où, trois jours plus tôt, il appliquait sa main sur la calandre froide de la chaudière. Mais depuis, il semblait s'être produit des explosions de tous bords, comme le crapaud qui fumait. Plusieurs crapauds qui fumaient ensemble en bonne compagnie et qui avaient explosé à de courts intervalles. Une nuée d'entrailles en tous sens, qui déversaient en pluie rouge leurs images mêlées. La remontée du juge en torpille, le mort-vivant, les trois trous de Schiltigheim, l'hostilité de son meilleur adjoint, le visage de son frère, la flèche de Strasbourg, cent quarante-deux mètres, le prince transformé en dragon, la bouteille brandie devant Favre. Des accès de colère aussi, contre Danglard, contre Favre, contre Trabelmann et, d'une façon insidieuse, contre Camille qui l'avait laissé. Non. C'est lui qui avait quitté Camille. Il mettait les choses à l'envers, comme le prince et le dragon. Colère contre tous. Colère contre vous-même, donc, aurait dit paisiblement Ferez. Va te faire foutre, Ferez.

Il s'arrêta de marcher lorsqu'il se rendit compte que, tanguant dans le chaos de ses pensées, il était en train de se demander si, en enfonçant un dragon

tout entier dans le portail de la cathédrale de Strasbourg, celle-ci aspirerait et paf paf paf, exploserait ?
Il s'adossa à un réverbère, vérifia qu'aucune image
de Neptune ne le guettait sur le trottoir et se passa
la main sur le visage. Il était fatigué et sa blessure
l'élançait. Il avala deux cachets à sec et, levant les
yeux, il s'aperçut que ses pas l'avaient porté jusqu'à
Clignancourt.

La route était donc tracée. Obliquant à droite, il
prit le chemin de la vieille maison de Clémentine
Courbet, coincée au fond d'une ruelle en marge du
marché aux puces. Il n'avait pas revu la vieille femme
depuis un an, depuis la grande affaire des 4. Et il
n'était pas prévu qu'il la revoie jamais.

Il frappa à la porte en bois, soudain heureux, espérant que la grand-mère serait bien à sa place, s'acti-
vant dans sa salle ou son grenier. Et qu'elle le
reconnaîtrait.

La porte s'ouvrit sur une grosse femme serrée dans
une robe à fleurs, enveloppée dans un tablier de cuisine d'un bleu passé.

— Excusez de pas pouvoir vous serrer la main,
commissaire, dit Clémentine en lui tendant son
avant-bras, mais je suis à ma cuisine.

Adamsberg secoua le bras de la vieille femme, qui
frotta ses mains enfarinées sur son tablier et retourna
à ses fourneaux. Il la suivit, rassuré. Rien n'étonnait
Clémentine.

— Posez donc votre sac, dit Clémentine, installez-
vous à vos aises.

Adamsberg s'assit sur une des chaises de la cuisine
et la regarda faire. De la pâte à tarte était étalée sur
la table en bois et Clémentine y découpait des ronds
à l'aide d'un verre.

— C'est pour demain, expliqua-t-elle. C'est des
galettes, je viens à manquer. Prenez-en dans la boîte,

j'ai du restant. Et puis versez-nous deux petits portos, ça vous fera pas de mal.

— Pourquoi, Clémentine ?

— Ben parce que vous avez des tracas. Vous savez que j'ai marié mon petit gars ?

— Avec Lizbeth ? demanda Adamsberg en se servant de porto et de galettes.

— Tout juste. Et vous ?

— Moi, j'ai fait l'inverse.

— Allons, elle vous faisait des misères ? À un bel homme comme vous ?

— Au contraire.

— Alors c'est vous.

— C'est moi.

— Ben c'est pas bien, annonça la vieille femme en vidant le tiers de son porto. Une gentille gosse comme ça.

— Comment le savez-vous, Clémentine ?

— Dites voir, j'en ai passé des moments dans votre commissariat. Alors ma foye, on joue, on s'occupe, on cause.

Clémentine enfourna ses galettes dans son vieil appareil à gaz, en referma la porte grinçante et les observa d'un œil sourcilleux à travers la vitre enfumée.

— Ce qu'il y a, reprit-elle, c'est que les coureurs de jupes, ils font des tracas quand ils ont le vrai béguin, c'est pas vrai ? Ils le reprochent à leur fiancée.

— Comment cela, Clémentine ?

— Ben vu que cet amour, ça leur fait des embarras pour courir. Alors la fiancée, faut qu'elle soye punie.

— Et comment la punit-il ?

— Dame, en lui faisant assavoir qu'il la trompe de droite et de gauche. Après quoye la gosse se fout à pleurer, et lui, c'est pas de son goût. Forcément, parce que c'est du goût de personne de faire pleurer les gens. Alors il la laisse.

— Et ensuite ? demanda Adamsberg, attentif au récit comme si la vieille femme lui dévidait quelque étonnante épopée.

— Ben le voilà emmerdé puisqu'il a perdu la gosse. Vu que courir, c'est une chose et qu'aimer, c'est autre chose. Ça fait deux.

— Pourquoi deux ?

— Parce que courir, ça fait pas le bonheur d'un homme. Et aimer, ça y gêne pour courailler. Alors le coureur, ça va d'un côté puis ça va de l'autre, et jamais content par-dessus le marché. C'est la gosse qui trinque et après, c'est lui.

Clémentine ouvrit la porte du four, observa, referma.

— C'est très vrai, Clémentine, dit Adamsberg.

— Faut pas être grand clerc pour comprendre, dit-elle en passant un large coup de chiffon sur la table. Je vais enrouter mes côtes de porc.

— Mais pourquoi le coureur couraille-t-il, Clémentine ?

La vieille femme cala ses gros poings sur sa taille.

— Ben parce que c'est plus facile. Pour aimer, faut donner de soye, au lieu que pour courailler, y en a pas besoin. La côte de porc, ça vous va avec des haricots ? Je les ai pluchés moi-même.

— Je dîne ici ?

— Ben c'est l'heure. Faut vous nourrir, vous avez plus de fesses.

— Je ne veux pas vous priver de côte de porc.

— J'en ai deux.

— Vous saviez que j'allais venir ?

— Je suis pas devineresse, dites. J'héberge une amie par ces temps. Mais ce soir, elle sera rendue plus tard. Ça m'embêtait pour ma côte. Je l'aurais mangée demain mais j'aime pas avoir du porc deux fois de suite. Je sais pas pourquoi, c'est mon idée. Je vais remettre du bois, vous me surveillez le four ?

La pièce principale, petite et encombrée de fauteuils à fleurs usés, n'était chauffée que par une cheminée. Dans le reste de la maison, deux poêles à bois.

La température dans la pièce ne dépassait pas 15°. Adamsberg mit la table pendant que Clémentine relançait la flambée.

— Pas dans la cuisine, objecta Clémentine en prenant les assiettes. Pour une fois que j'ai du beau monde, on va se mettre bien à notre aise dans le salon. Finissez votre porto, ça fait de l'énergie.

Adamsberg obéissait en toutes choses et se trouva en effet parfaitement à son aise à la table du petit salon, le dos aux flammes de la cheminée. Clémentine emplit son assiette et lui servit d'autorité un verre de vin jusqu'à ras bord. Elle glissa une serviette à fleurs dans son encolure et en tendit une à Adamsberg, qui s'exécuta.

— Je vais vous couper la viande, dit-elle. Vous pouvez pas, avec votre bras. Ça aussi, ça vous donne à penser ?

— Non, Clémentine, je ne pense pas beaucoup en ce moment.

— Quand on pense pas, ça amène des ennuis. Faut toujours se creuser la cervelle, mon petit Adamsberg. Ça vous gêne pas au moins que je vous appelle par votre nom, des foyes ?

— Non, pas du tout.

— Trêve de conneries, dit Clémentine en reprenant sa place. C'est quoi donc qui vous arrive ? Votre fiancée mise à part ?

— J'ai tendance à attaquer tout le monde en ce moment.

— C'est pour ça, votre bras ?

— Par exemple.

— Remarquez, je suis pas toujours contre la bagarre, ça passe les nerfs. Mais si c'est pas dans vos habitudes, faut se creuser la cervelle. Soye c'est les contrariétés à cause de la petite, soye c'est autre chose, soye c'est le tout à la fois. Vous allez pas me laisser de la côte, hein ? Faut finir votre assiette. On mange pas et puis après, on n'a plus de fesses. J'apporte le riz au lait.

Clémentine posa un bol de dessert devant Adamsberg.

— Je vous aurais quinze jours, je vous rembourrerais, moi, déclara-t-elle. C'est quoi d'autre qui vous mine ?

— Un mort-vivant, Clémentine.

— Bon, ben ça, ça peut s'arranger. C'est moins compliqué que l'amour. Qu'est-ce qu'il a donc fait ?

— Il a tué huit fois, et il vient de recommencer. Avec un trident.

— Et depuis quand qu'il est mort ?

— Seize ans.

— Et où ça qu'il vient de tuer ?

— Près de Strasbourg, samedi soir dernier. Une jeune fille.

— Elle y avait rien fait de mal, la jeune fille ?

— Elle ne le connaissait même pas. C'est un monstre, Clémentine, un beau et terrible monstre.

— Ben je veux bien le croire. C'est pas des façons, ça, neuf morts qui vous ont rien fait.

— Mais les autres ne veulent pas le croire. Personne.

— Ça, les autres, c'est souvent des têtes de bois. Faut pas s'user à leur faire entrer quelque chose dans le crâne s'ils veulent pas. Si c'est ce que vous essayez de faire, vous vous râpez les nerfs pour des noix.

— Vous avez raison, Clémentine.

— Bon, ben maintenant qu'on s'occupe plus des autres, trancha Clémentine en s'allumant une épaisse cigarette, vous allez me raconter votre affaire. Vous nous poussez les fauteuils devant la cheminée ? Ce coup de froid, on s'y attendait pas, hein ? Paraît que ça vient du pôle Nord.

Adamsberg prit plus d'une heure pour exposer paisiblement les faits à Clémentine, sans du tout savoir pourquoi il le faisait. Ils furent seulement interrompus par l'arrivée de la vieille amie de Clémentine, une femme presque aussi âgée qu'elle, de quelque quatre-vingts ans. Mais, au contraire de Clémentine, elle était maigre, menue et vulnérable, le visage froissé de rides régulières.

— Josette, je te présente le commissaire, sur qui je t'avais parlé un jour. Ne crains pas, c'est pas le méchant gars.

Adamsberg nota ses cheveux teints en blond pâle, son tailleur de dame et ses boucles d'oreilles en perle, souvenirs tenaces d'une vie bourgeoise depuis longtemps passée. En contraste, elle portait de grosses chaussures de tennis aux pieds. Josette salua timidement et s'éloigna à petits pas vers le bureau, encombré par les ordinateurs du petit gars de Clémentine.

— Qu'aurait-elle à craindre ? demanda Adamsberg.

— C'est quelque chose d'être flic, soupira Clémentine.

— Pardon, dit Adamsberg.

— On s'occupait de vos oignons, pas de ceux de Josette. C'était bien, le coup de dire que vous aviez joué aux cartes avec votre frère. C'est les idées simples, c'est souvent les meilleures. Dites, son poinçon, vous l'avez pas laissé tout ce temps dans la laune, des foyes ? Parce que ça va remonter.

Adamsberg poursuivit son récit, rechargeant le feu régulièrement, bénissant dieu sait quel souffle de l'avoir poussé chez Clémentine.

— C'est un con, ce gendarme, conclut Clémentine en lançant son mégot dans le feu. N'importe qui sait bien qu'un prince charmant peut se transformer en dragon. Faut quand même que ce soye bouché, un flic, pour pas comprendre ça.

Adamsberg s'allongea à moitié sur le vieux canapé, tenant son bras blessé sur son ventre.

— Dix minutes de repos, Clémentine, et je reprends la route.

— Je comprends que ça vous mine parce que avec votre mort-vivant, vous êtes pas tiré du pétrin. Mais suivez votre idée, mon petit Adamsberg. C'est pas que ce soye sûr, mais c'est pas que ce soye faux non plus.

Le temps que Clémentine se retourne pour tisonner le feu, Adamsberg s'était profondément endormi. La vieille femme prit un des plaids qui couvraient les fauteuils et l'étendit sur le commissaire.

Elle croisa Josette en allant se coucher.

— Il dort sur le canapé, expliqua-t-elle d'un geste. Ce gars-là, il nous file un drôle de coton, Josette. Ce qui me tracasse, c'est qu'il a plus de fesses, t'as remarqué ?

— Je ne sais pas, Clémie, je ne l'ai pas connu avant.

— Ben je te le dis, moi. Faudrait le rembourrer.

Le commissaire buvait son café dans la cuisine, en compagnie de Clémentine.

— Désolée, Clémentine, je ne me suis pas rendu compte.

— Y a pas de gêne. Si vous avez dormi, c'est qu'il y avait besoin. Faut manger la deuxième tartine. Et si vous devez aller voir votre chef, va falloir vous mettre sur votre propre. Je vais donner un coup de fer à la veste et au pantalon, vous pouvez pas y aller tout chiffonné comme ça.

Adamsberg passa la main sur son menton.

— Prenez le rasoir de mon petit gars dans la salle de toilette, dit-elle en emportant les habits.

XIV

À dix heures du matin, Adamsberg quittait Clignancourt le ventre plein, le visage rasé, les habits repassés, et l'esprit provisoirement défroissé par les exceptionnels bienfaits de Clémentine. À quatre-vingt-six ans, la vieille femme savait donner sans compter. Et lui ? Il lui rapporterait quelque chose du Québec. Ils avaient sûrement là-bas des vêtements bien chauds qu'on ne connaissait pas à Paris. Une bonne grosse veste d'intérieur en peau d'ours à carreaux, ou bien des bottines en poil d'élan. Du jamais vu, tout comme elle.

Avant de se présenter au divisionnaire, il se remémora les consignes anxieuses du lieutenant Noël, que Clémentine n'avait pas désavouées : « Se mentir à soye, c'est une chose, mais mentir aux flics, c'est des fois de la nécessité. C'est pas la peine de boire le bouillon pour une question d'honneur. L'honneur, ça regarde que soye et pas la flicaille. »

Le divisionnaire Brézillon appréciait en comptable les résultats d'Adamsberg qui dépassaient largement ceux de ses autres commissaires. Mais il n'éprouvait pas d'inclination pour l'homme et sa manière d'être. Néanmoins, il se souvenait de ses tourments lors de la récente affaire des 4, qui avait atteint des proportions telles que le Ministère avait manqué le choisir comme fusible. En homme de loi, jaugeant avec une attention rigide les poids de la justice, Brézillon savait ce qu'il devait à Adamsberg. Mais cette rixe avec un brigadier était embarrassante et, surtout, elle le surprenait de la part de son nonchalant commissaire. Il avait entendu le témoignage de Favre, et l'obtuse vulgarité du brigadier lui avait souverainement déplu. Il avait écouté six témoins et tous avaient défendu Adamsberg avec obstination. Ce détail de la bouteille cassée était cependant particulièrement sérieux. Adamsberg n'avait pas que des amis dans la police des polices et la voix de Brézillon serait décisive.

Le commissaire lui exposa une version sobre des faits, verre brisé pour casser la morgue de Favre, un simple geste de semonce. « Semonce », Adamsberg avait trouvé le mot en marchant et l'avait jugé approprié à son mensonge. Brézillon l'avait écouté d'un air soucieux et Adamsberg l'avait senti plutôt disposé à le sortir de ce guêpier. Mais il était clair que l'affaire n'était pas jouée.

— Je vous mets sérieusement en garde, commissaire, lui dit-il en le quittant. Les conclusions ne seront pas rendues avant un mois ou deux. D'ici là, pas d'incartade, pas de divagation, pas d'embrouille. Faites-vous petit, vous saisissez ?

Adamsberg acquiesça.

— Et mes félicitations pour le dossier d'Hernoncourt, ajouta-t-il. Cette blessure ne vous empêchera pas de mener le stage au Québec ?

— Non. Le légiste m'a laissé ses instructions.

— À quand le départ ?

— Dans quatre jours.

— Ça ne tombe pas si mal. Au moins vous ferez-vous oublier.

Sur ce congédiement ambigu, Adamsberg quitta le Quai des Orfèvres, pensif. « Faites-vous petit, vous saisissez ? » Trabelmann aurait ri. Flèche de Strasbourg, cent quarante-deux mètres. « Vous me faites rire, Adamsberg, au moins vous me faites rire. »

À quatorze heures, les sept membres de la mission Québec étaient rassemblés pour une série d'instructions techniques et comportementales. Adamsberg leur avait distribué des reproductions des grades et des insignes de la Gendarmerie Royale du Canada, que lui-même n'avait pas encore mémorisés.

— Pas de gaffe, c'est le mot d'ordre général, commença Adamsberg. Révisez à fond les insignes. Vous aurez affaire à des caporaux, sergents, inspecteurs et surintendants. Ne confondez pas les titres. Le responsable qui nous accueillera est le surintendant principal Aurèle Laliberté, en un seul mot.

Il y eut quelques rires.

— C'est ce qu'il faut éviter : les rires. Leurs noms et leurs prénoms ne ressemblent pas aux nôtres. Vous trouverez à la GRC des Ladouceur, des Lafrance, et même des Louisseize. Pas de rires. Vous rencontrerez des Ginette ou des Philibert plus jeunes que vous. Pas de rires non plus, pas plus qu'à propos de leur accent, de leurs expressions ou de leur manière de parler. Quand un Québécois parle vite, ce n'est pas si facile à suivre.

— Par exemple ? demanda le précis Justin.

Adamsberg se tourna vers Danglard, interrogateur.

— Par exemple, répondit Danglard : « Tu veux-tu qu'on gosse autour toute la nuitte ? »

— Ce qui veut dire ? demanda Voisenet.

— « On ne va pas tergiverser là-dessus la nuit entière. »

— Voilà, dit Adamsberg. Tâchez de saisir et évitez l'ironie facile, ou c'est la mission tout entière qui tombe à l'eau.

— Les Québécois, interrompit Danglard d'une voix molle, tiennent la France pour le pays mère mais ils n'apprécient guère les Français, et ils s'en méfient. Ils les trouvent méprisants, hautains et railleurs, à juste titre, comme s'ils prenaient le Québec pour une basse province de ploucs et de bûcherons.

— Je compte sur vous, enchaîna Adamsberg, pour ne pas vous conduire en touristes, parisiens qui plus est, parlant fort et dénigrant tout.

— Où sera-t-on logés ? demanda Noël.

— Dans un immeuble à Hull, à six kilomètres de la GRC. Chacun sa chambre, avec vue sur la rivière et les oies bernaches. Des voitures de fonction seront mises à notre disposition. Car là-bas, on ne marche pas, on roule.

La mise au point dura encore près d'une heure puis le groupe se dispersa dans un murmure de contentement, à l'exception de Danglard qui se traîna comme un condamné hors de la salle, blême d'anxiété. Si les étourneaux ne se fourraient pas dans le réacteur gauche à l'aller, par on ne sait quel miracle, ce seraient les oies bernaches au retour, dans le réacteur droit. Et une bernache vaut dix fois un étourneau. Tout est plus grand, là-bas, au Canada.

XV

Adamsberg occupa une bonne partie de son samedi à téléphoner aux agences immobilières dont il avait dressé la liste, très longue, pour tous les environs de Strasbourg, laissant de côté la ville elle-même. La tâche était fastidieuse et il reposait chaque fois la même question, dans les mêmes termes. Un homme âgé et seul aurait-il loué ou acheté, à une date indéterminée, une propriété, plus exactement une vaste demeure isolée ? Cet acquéreur aurait-il dénoncé son bail ou mis son bien en vente, il y a peu de temps ?

Jusqu'au terme de sa traque, seize ans plus tôt, les accusations d'Adamsberg avaient assez inquiété le Trident pour l'inciter à changer de région sitôt le meurtre accompli, lui passant ainsi entre les doigts. Adamsberg se demandait si, même mort, le juge avait conservé ce réflexe de prudence. Des diverses résidences qu'Adamsberg lui avait connues, il s'était toujours agi de maisons particulières, luxueuses et manoriales. Le juge avait acquis une fortune assez considérable et ces demeures avaient toutes été siennes, et non des locations, Fulgence préférait se passer du regard d'un propriétaire.

Il devinait aisément comment l'homme avait pu amasser un tel capital. Les remarquables qualités de Fulgence, la profondeur de ses analyses, sa redoutable habileté et son exceptionnelle mémoire des procès du siècle, le tout accru d'une beauté mémorable et charismatique, lui avaient acquis une popularité tenace. Il avait la réputation de « l'homme qui sait », à l'instar de Saint Louis sous son chêne tranchant entre bien et mal. Ce autant parmi le public que parmi ses confrères, débordés ou irrités par son excessive influence. L'intègre magistrat ne passait jamais les limites du droit et de la déontologie. Mais si l'envie lui en prenait à l'occasion d'un procès, il lui suffisait par un subtil mouvement de faire savoir où penchait sa conviction pour que la rumeur se propage et que les jurés le suivent comme un seul homme. Adamsberg supposait que bien des familles d'inculpés, et même des magistrats, avaient largement payé le juge pour que la rumeur incline d'un côté plutôt que d'un autre.

Cela faisait plus de quatre heures qu'il téléphonait obstinément aux agences sans obtenir de réponse positive. Jusqu'à son quarante-deuxième appel, quand un jeune homme admit avoir vendu une demeure de maître environnée d'un parc, entre Haguenau et Brumath.

— À combien de kilomètres de Strasbourg ?

— Vingt-trois à vol d'oiseau, vers le nord.

L'acquéreur, Maxime Leclerc, avait acheté le domaine – *Der Schloss, Le Château* – il y avait presque quatre ans, mais il l'avait mis en vente la veille au matin, pour motifs de santé impératifs. Le déménagement avait eu lieu de suite et l'agence venait tout juste de récupérer les clefs.

— Il vous les a remises lui-même ? Vous l'avez vu ?

— Il les a fait déposer par sa femme de charge. Personne ne l'a jamais rencontré à l'agence. La vente s'est faite par l'entremise de son homme de loi, par correspondance et envois-retours de papiers d'identité et de signatures. À l'époque, M. Leclerc ne pouvait se déplacer en raison des séquelles d'une opération.

— Tiens, dit simplement Adamsberg.

— C'est légal, commissaire. Dès l'instant où les papiers étaient certifiés conformes par la police.

— Cette femme de charge, auriez-vous son nom et son adresse ?

— Mme Coutellier, à Brumath. Je peux me procurer ses coordonnées.

Denise Coutellier criait au téléphone pour couvrir les cris d'une troupe d'enfants en bagarre.

— Madame Coutellier, pourriez-vous me décrire votre employeur ? demanda Adamsberg d'une voix forte, par mimétisme.

— C'est-à-dire, commissaire, cria la femme, je ne le voyais jamais. Je faisais trois heures le lundi matin et trois heures le jeudi, en même temps que le jardinier. Je laissais les repas tout prêts et je déposais les provisions pour les autres jours. Il m'avait prévenue qu'il serait absent, c'était un homme très pris par ses affaires. Il avait à voir avec le tribunal de commerce.

Évidemment, pensa Adamsberg. Un invisible spectre.

— Des livres, dans la maison ?

— Beaucoup, commissaire. Lesquels, je pourrais pas vous dire.

— Des journaux ?

— Il était abonné. À un quotidien et aux *Nouvelles d'Alsace*.

— Du courrier ?

— Ça, c'était pas dans mes attributions, et son meuble secrétaire était toujours fermé. Avec le tribunal, c'est compréhensible. Son départ a été une vraie surprise. Il m'a laissé un mot très aimable, me remerciant et me souhaitant toutes sortes de bonnes choses, avec toutes les instructions et un très bon dédommagement.

— Quelles instructions ?

— Eh bien de revenir ce samedi pour un ménage à fond sans compter mes heures, attendu que le château allait être mis en vente. Par suite, je devais déposer les clefs à l'agence. J'y étais il n'y a pas une heure.

— Ce mot, il était écrit à la main ?

— Ah non. M. Leclerc me laissait toujours des notes machine. De par son métier, je suppose.

Adamsberg allait raccrocher lorsque la femme reprit :

— Quant à vous le décrire, ce n'est pas facile. Je ne l'ai vu qu'une fois, comprenez-vous, et pas longtemps. Et c'était il y a quatre ans encore.

— Lors de l'emménagement ? Vous l'avez vu ?

— Naturellement. On ne peut tout de même pas travailler chez des inconnus.

— Madame Coutellier, dit Adamsberg, la voix plus rapide, tâchez d'être le plus précise possible.

— Il aurait fait quelque chose de mal ?

— Au contraire.

— Ça m'aurait étonnée aussi. Un homme propre, très méticuleux. C'est attristant, cet accident de santé. Disons que dans mon souvenir, il avait la soixantaine et pas plus. Quant à vous dire son aspect, il était normal.

— Essayez tout de même. Sa taille, son poids, sa coiffure ?

— Une seconde, commissaire.

Denise Coutellier mit de l'ordre dans la mêlée d'enfants et revint à l'appareil.

— Disons que c'était un homme pas très grand, plutôt rond, avec le visage coloré. Ma foi pour ses cheveux, ils étaient gris, dégarnis sur le dessus. Il avait un costume en velours brun et une cravate, je me rappelle toujours le linge.

— Attendez, je prends en note.

— Faites attention tout de même, dit la femme, criant à nouveau. Parce que la mémoire, ça peut jouer des tours, n'est-ce pas ? Je vous dis « petit » mais, après coup, j'ai pu déformer. Ses costumes étaient plus grands que la taille dont je me souvenais.

Disons pour un homme d'un mètre quatre-vingts alors que je l'imaginais d'un mètre soixante-dix. À la vue, la corpulence vous rapetisse un homme. Pour les cheveux, je vous dis gris, mais dans la salle de bains ou dans le linge, j'en ai jamais trouvé que des blancs. Mais ça, il a pu blanchir en quatre ans, ça vient vite à cet âge. C'est pourquoi je vous dis, la mémoire et la vérité, ça se compare pas.

— Madame Coutelier, la maison possède-t-elle des dépendances, des pavillons ?

— Il y a une ancienne écurie, une grange et puis un pavillon de gardien. Mais c'était à l'abandon et j'avais pas à m'en occuper. C'est dans l'écurie qu'il mettait sa voiture. Et le jardinier avait accès à la grange, pour les outils.

— Cette voiture, vous sauriez me dire la marque, la couleur ?

— Je l'ai jamais vue, commissaire, vu que Monsieur était toujours parti quand j'arrivais. Et j'avais pas les clefs des dépendances, je vous l'ai dit.

— Dans la maison même, demanda Adamsberg en songeant au précieux trident, aviez-vous accès à toutes les pièces ?

— Sauf au grenier qu'est toujours resté fermé. M. Leclerc disait que c'était pas utile de perdre du temps dans ce nid à poussière.

La planque de la Barbe-Bleue, aurait dit le commandant Trabelmann. La pièce interdite, l'abri des épouvantes.

Adamsberg consulta sa montre. Ses montres plutôt. Celle qu'il s'était décidé à acheter il y a deux ans, et celle que Camille lui avait donnée à Lisbonne, une montre d'homme qu'elle venait de gagner à un concours de rue. Et qu'il avait voulu porter en gage de leurs retrouvailles, et juste la veille de sa rupture. Depuis, curieusement, il n'avait pas détaché cette seconde montre, étanche et sportive, munie de multiples boutons, chronomètres et microcadrans dont il ne savait pas l'usage. L'un d'eux, paraît-il, pouvait vous indiquer en combien de secondes la foudre allait vous tomber dessus. Très commode, avait songé Adamsberg. Il n'avait pas pour autant retiré sa propre montre, attachée par un vieux bracelet de cuir un peu lâche, et qui s'entrechoquait avec sa voisine. Si bien que depuis un an, il portait deux montres au poignet gauche. Tous ses adjoints lui avaient signalé le fait et il leur avait répondu qu'il l'avait remarqué, lui aussi. Et il s'en était tenu à ses deux montres, sans savoir pourquoi, ce qui lui prenait plus de temps au coucher et au lever pour les ôter et les remettre.

L'une des montres marquait trois heures moins une, l'autre trois heures quatre. Celle de Camille était en avance sur l'autre et Adamsberg ne cherchait pas à savoir laquelle avait raison, ni à les régler. Ce décalage lui convenait et il calculait un temps moyen entre les deux, qui, pour lui, représentait le temps juste. Trois heures et une minute et demie, donc. Il avait le temps de sauter à nouveau dans un train pour Strasbourg.

Le jeune homme délégué par l'agence, dont les yeux verts et surpris lui rappelaient le brigadier Estalère, le prit en gare de Haguenau à 18 h 47 et le conduisit au *Schloss* de Maxime Leclerc, vaste domaine encerclé d'un bois de pins.

— Pas de risque de voisinage, hein ? dit Adamsberg en visitant chacune des pièces de la maison désertée.

— M. Leclerc avait spécifié qu'il désirait sa tranquillité avant tout. Un homme très solitaire. On en voit dans la profession.

— À votre avis ? Une sorte de misanthrope ?

— Ou bien la vie l'avait déçu, hasarda le jeune homme, et il préférait vivre loin du monde.

Mme Coutellier disait qu'il avait beaucoup de livres. C'est la preuve, parfois.

Avec l'aide du jeune homme en raison de son bras en écharpe, Adamsberg passa un long moment à relever des empreintes là où il espérait que Mme Coutellier n'avait pas passé son chiffon, sur les portes surtout, poignées et clenches, et les interrupteurs. Le grenier quasi vide était couvert d'un plancher de bois grossier rétif au déchiffrement. Pourtant, les six premiers mètres ne donnaient pas l'impression d'une surface intouchée depuis quatre ans, et des disparités insensibles troublaient l'uniformité de la poussière. Au bas d'une poutre, une ligne confuse se détachait du sol sombre, un rien plus claire. C'était délicat de l'affirmer mais, si l'homme avait déposé un trident quelque part, ce pouvait être ici, où le manche avait laissé son fugace souvenir. Il porta une attention spéciale à la vaste salle de bains. Mme Coutellier s'était montrée zélée ce matin, mais l'ampleur de la pièce lui laissait quelque chance. Dans l'étroit interstice qui séparait le pied du lavabo du mur, il recueillit un petit dépôt de poussière agglutinée, où affleuraient quelques cheveux blancs ternis.

Le jeune homme, patient et étonné, lui ouvrit la grange, puis l'écurie. Le sol de terre battue avait été brossé, emportant toute trace de pneus. Maxime Leclerc s'était évanoui avec la légèreté éthérée d'un fantôme.

Les vitres du pavillon étaient obscurcies de crasse mais il n'avait pas été délaissé, comme l'avait cru Mme Coutellier. Ainsi que l'espérait Adamsberg, quelques marques signalaient une présence ponctuelle : la saleté du carrelage perturbée, un fauteuil d'osier propre et, sur la seule étagère, des traces ténues, probablement de quelques piles de livres. C'était là que se terrait Maxime Leclerc durant les trois heures du lundi et du jeudi, lisant dans ce fauteuil à l'abri des regards de la femme de ménage et du jardinier. Fauteuil et lecture solitaire qui rappelèrent à Adamsberg son père dépliant son journal, pipe en main. Toute une génération avait fumé la pipe et il se souvint avec précision que le juge en possédait une, d'écume, disait sa mère avec admiration.

— Vous sentez ? dit-il au jeune homme. L'odeur ? L'odeur de miel du tabac à pipe ?

Ici, la chaise, la table et les poignées de porte avaient toutes été essuyées avec une prudence éloquente. À moins, aurait dit Danglard, que rien n'ait été essuyé, car les morts ne laissent pas d'empreintes, voilà tout. Mais apparemment, ils lisent, comme tout le monde.

Adamsberg libéra l'employé à plus de vingt et une heures à la gare de Strasbourg où le jeune homme s'était fait un devoir de le reconduire, plus aucun train ne circulant à cette heure à Haguenau. Cette fois, le train partait dans six minutes et il n'y avait pas moyen d'aller vérifier si un quelconque dragon égaré était venu s'encastrer dans le porche de la cathédrale. Ça se serait su, estima Adamsberg.

Il prit des notes tout au long du retour, consignant dans le désordre les détails relevés dans le *Schloss*. Les quatre années passées par Maxime Leclerc portaient tous les signes de la plus grande discrétion. Une discrétion qui confinait à l'évaporation, à une évanescence significative.

L'homme rondelet qu'avait rencontré Mme Coutellier n'était pas Maxime Leclerc, mais l'un de ses factotums délégués pour cette courte mission. Le juge tenait en son pouvoir une importante cohorte d'hommes de main, un réseau parfaitement fragmenté qu'il s'était constitué au cours de ses longues années de magistrature. Une remise de peine, une indulgence accordée, un fait escamoté, et l'inculpé se retrouvait blanchi ou condamné à une courte peine. Mais il tombait alors dans la corbeille de ces êtres redevables que Fulgence utilisait ensuite selon son bon vouloir. Ce réseau étendait ses bras dans le monde des malfrats comme dans celui de la bourgeoisie, des affaires, de la magistrature et de la police elle-même. Se procurer de faux papiers au nom de Maxime Leclerc ne représentait aucune difficulté pour le Trident. Pas plus que de disperser des vassaux aux quatre coins de la France, si besoin était. Ou d'en rassembler une troupe sur l'heure pour un déménagement éclair. Aucun de ces otages ne pouvait se délier de la tutelle du juge sans révéler sa faute et risquer un nouveau procès. C'était l'un de ces ex-inculpés qui était venu brièvement tenir le rôle du propriétaire pour la femme de ménage. Puis le juge Fulgence avait pris possession des lieux sous le nom de Maxime Leclerc.

Que le juge déménage, il le comprenait. Mais la soudaineté de l'opération le surprenait. Cette hâte extrême entre la mise en vente et l'évacuation des lieux convenait mal aux puissantes capacités de prévoyance de Fulgence. À moins qu'un fait inattendu l'ait surpris. Certainement pas Trabelmann, qui ignorait son identité.

Adamsberg fronça les sourcils. Qu'avait dit Danglard, justement, à propos de l'identité du juge, de son nom ? Quelque chose en latin, comme le curé du village. Adamsberg renonça à appeler son adjoint qui, pour cause de Camille, de mort-vivant et de Boeing, lui devenait chaque jour un peu plus hostile. Il se résolut à suivre le conseil de Clémentine et se creusa longtemps la tête. Cela se passait chez lui, après l'incident de la bouteille. Danglard éclusait son verre de genièvre et il avait supposé que le nom de Fulgence allait au juge « comme un gant ». Et Adamsberg avait acquiescé.

Fulgence, *la foudre*, *l'éclair*, tels avaient été les mots de Danglard. L'éclair, Leclerc. Et s'il ne faisait pas erreur, Maxime signifiait le plus grand, comme maximum. Maxime Leclerc. Le plus grand, le plus clair. La plus grande clarté, la foudre. Le juge Fulgence n'avait pu se résoudre à se doter d'un humble patronyme.

Le train freinait pour entrer en gare de l'Est. L'orgueil fait chuter les plus grands des hommes, se dit Adamsberg. Et c'est là-dessus qu'il l'aurait. Si sa propre cathédrale s'élevait gothiquement à cent quarante-deux mètres, ce qui restait à prouver, celle de Fulgence devait percer les nuages. Faisant sa loi là-haut, jetant des faucilles d'or dans le champ des étoiles. Jetant son frère comme tant d'autres devant les tribunaux et dans les geôles. Il se sentit soudain très petit. *Faites-vous petit*, avait ordonné Brézillon. Eh bien, c'est ce qu'il faisait, emportant néanmoins dans son sac quelques cheveux perdus par un mort.

XVI

Le mardi 14 octobre, les huit membres de la mission Québec attendaient leur embarquement à bord du Boeing 747, décollage 16 h 40, arrivée prévue à minuit, dix-huit heures heure locale. Adamsberg sentait combien ce terme d'arrivée *prévue* que répétait la voix émolliente des haut-parleurs soulevait le cœur de Danglard. Il le surveillait avec attention, depuis deux heures qu'ils tournaient dans l'aéroport de Roissy.

Le reste de l'équipe régressait, désorientée par ce contexte inhabituel, transformant la brigade en une colonie d'adolescents agités. Il jeta un œil au lieutenant Froissy, une femme à l'esprit assez enjoué mais encore sonné par une atteinte dépressive – tracas d'amour, à ce qu'il avait entendu dire en salle des Racontars. Sans qu'elle participe à la turbulence infantile de ses collègues, cette parenthèse paraissait la distraire et il l'avait vue sourire quelques fois. Mais pas Danglard. Rien ne semblait pouvoir arracher le capitaine à ses anticipations funèbres. Son long corps, déjà naturellement mou, se liquéfiait à mesure que l'heure du départ approchait. Comme si ses jambes ne pouvaient plus le porter, il ne quittait plus son siège métallique moulé, qui semblait le retenir comme une cuvette à eau. Trois fois, Adamsberg l'avait vu fouiller dans sa poche et porter un cachet à ses lèvres décolorées.

Conscients de son malaise, ses collègues l'ignoraient par discrétion. Le scrupuleux Justin, qui hésitait toujours à donner son avis de crainte de léser autrui ou d'altérer une idée, alternait plaisanteries de pure forme et révision fiévreuse des insignes québécois. À l'inverse de Noël, tout en action, qui participait à tout et trop vite. Tout mouvement était bon pour Noël et ce voyage ne pouvait que lui plaire. De même qu'à Voisenet. L'ex-chimiste et naturaliste attendait du séjour des apports scientifiques mais aussi des émotions géologiques et faunistiques de tous ordres. Pour Retancourt, aucun problème évidemment, elle était l'adaptation faite femme, se calant avec excellence à la situation demandée. Quant au jeune et timide Estalère, ses grands yeux verts étonnés ne demandaient qu'à se poser sur toute source de curiosité nouvelle. Il n'en sortirait que plus étonné. Bref, se dit Adamsberg, chacun y trouvait quelque profit ou liberté, déterminant une bruyante excitation collective.

Sauf Danglard. Ses cinq enfants avaient été confiés à la généreuse voisine du sixième étage, avec La Boule, et tout allait bien de ce côté si ce n'était la perspective de les laisser orphelins. Adamsberg cherchait un moyen d'arracher son adjoint à sa panique croissante mais la dégradation de leurs relations lui laissait peu de marge pour la consolation. Ou bien, se dit Adamsberg, fallait-il attaquer l'édifice par son autre versant : le provoquer, l'obliger à réagir. Et quoi de mieux que le récit de sa visite chez le fantôme du *Schloss* ? Voilà qui foutrait assurément Danglard en colère, et la colère est bien plus stimulante et distrayante que la terreur. Il y songeait depuis un moment en souriant quand l'appel des passagers pour le vol de Montréal-Dorval les arracha de leurs sièges.

Leurs places formaient un groupe compact au milieu du Boeing et Adamsberg fit en sorte que Danglard fût placé à sa droite, le plus loin possible du hublot. Les instructions de survie mimées par une hôtesse épanouie, en cas d'explosion, dépressurisation de la cabine, chute en mer et sortie allègre par les toboggans, n'arrangèrent pas les choses. Danglard chercha en tâtonnant son gilet de sauvetage.

— Inutile, lui dit Adamsberg. Quand ça pète, on file par le hublot sans s'en rendre compte, on part en nuée comme le crapaud, paf paf paf et explosion.

Non, pas une lueur sur le visage livide du capitaine.

Quand l'appareil s'immobilisa pour faire vrombir ses réacteurs à pleine puissance, Adamsberg crut qu'il allait réellement perdre son adjoint, exactement comme ce foutu crapaud. Danglard subit le décollage les doigts encastrés dans les accoudoirs. Adamsberg attendit que l'avion ait achevé son ascension pour tenter de l'occuper.

— Ici, lui expliqua-t-il, vous avez un écran. Ils passent de bons films. Il y a une chaîne culturelle aussi. Tenez, ajouta-t-il en consultant le programme, un documentaire sur les prémices de la Renaissance italienne. C'est bien, tout de même ? La Renaissance italienne ?

— Connais déjà, murmura Danglard, le visage fixe, les doigts toujours vissés sur les accoudoirs.

— Mais les prémices ?

— Connais aussi.

— Si vous branchez votre radio, il y a un débat sur la conception de l'esthétique selon Hegel. C'est une chose qui vaut le coup, non ?

— Connais, répéta sombrement Danglard.

Bien, si ni les prémices ni Hegel ne pouvaient captiver Danglard, la situation était quasi désespérée, estima Adamsberg. Il jeta un œil à sa voisine, Hélène Froissy, qui, le visage tourné vers le hublot, s'était déjà endormie ou refluait vers ses tristes pensées.

— Danglard, savez-vous ce que j'ai fait samedi ? demanda Adamsberg.

— M'en fous.

— J'ai été visiter la dernière demeure de notre juge décédé, près de Strasbourg, demeure qu'il a quittée comme un passe-muraille six jours après le meurtre de Schiltigheim.

Dans les traits affaissés du capitaine, Adamsberg perçut un léger tressaillement qu'il jugea encourageant.

— Je vous raconte ça.

Adamsberg fit traîner son récit en longueur, n'omettant aucun détail, le grenier de la Barbe-Bleue, son écurie, son pavillon, sa salle de bains, et n'appelant le propriétaire que « le juge » ou bien « le mort » ou « le spectre ». À défaut d'une colère, un intérêt mécontent parcourait le visage du capitaine.

— C'est intéressant, non ? dit Adamsberg. Cet homme invisible à tous, cette impalpable présence ?

— Misanthrope, objecta Danglard à voix contenue.

— Mais un misanthrope qui efface chacune de ses traces ? Qui ne laisse derrière lui, et par malchance encore, que quelques cheveux blancs comme neige ?

— Vous ne pourrez rien faire de ces cheveux, murmura Danglard.

— Si, Danglard, je peux les comparer.

— À quoi ?

— À ceux qui sont dans la tombe du juge, à Richelieu. Il suffirait de demander une exhumation. Les cheveux se conservent longtemps. Avec un peu de chance...

— Qu'est-ce que c'est ? interrompit Danglard d'une voix altérée. Ce sifflement qu'on entend ?

— C'est la pressurisation de la cabine, c'est normal.

Danglard se recala sur son siège dans un long soupir.

— Mais impossible de me souvenir de ce que vous m'aviez dit sur la signification de « Fulgence », mentit Adamsberg.

— De *fulgur*, la foudre, l'éclair, ne put résister Danglard. Ou du verbe *fulgeo* : lancer des éclairs, luire, éclairer, briller. Au sens figuré, briller, être illustre, se manifester avec éclat.

Adamsberg enregistra au passage les significations nouvelles que son adjoint dévidait de ses bobines d'érudition.

— Et « Maxime » ? Que diriez-vous de « Maxime » ?

— Ne me dites pas que vous ne savez pas ça, bougonna Danglard. *Maximus* : le plus grand, le plus important.

— Je ne vous ai pas confié sous quel nom notre homme avait acheté le *Schloss*. Cela vous intéresse ?

— Pas du tout.

Danglard avait en réalité parfaitement conscience des efforts que déployait Adamsberg pour le distraire de son angoisse et, bien que contrarié par l'histoire du *Schloss*, il lui était reconnaissant de sa sollicitude. Plus que six heures et douze minutes de vol. Ils étaient à présent au-dessus de l'Atlantique, et pour un bon moment encore.

— Maxime Leclerc. Que dites-vous de ça ?

— Que Leclerc est un nom très courant.

— Vous êtes de mauvaise foi. Maxime Leclerc : le plus grand, le plus clair, l'éclatant. Le juge n'a pas pu se résoudre à s'affubler d'un nom commun.

— On peut jouer avec les mots comme avec les chiffres, leur faire dire ce qu'on souhaite. On peut les tordre à l'infini.

— Si vous n'étiez pas cramponné à votre rationalité, insista Adamsberg par pur souci de provocation, vous admettriez qu'il y a des choses intéressantes dans mon point de vue sur l'affaire de Schiltigheim.

Le commissaire arrêta une hôtesse bienfaitrice qui passait avec des gobelets de champagne devant le regard inconscient du capitaine. Froissy ayant refusé, il prit deux verres qu'il cala dans les mains de Danglard.

— Buvez, ordonna-t-il. Les deux, mais un seul à la fois, comme vous vous l'étiez promis.

Danglard fit un signe de tête empreint d'une légère gratitude.

— Car de mon point de vue, reprit Adamsberg, c'est pas que ce soye sûr, mais c'est pas que ce soye faux non plus.

— Qui vous a dit cela ?

— Clémentine Courbet. Vous vous souvenez d'elle ? Je suis allé lui rendre visite.

— Si vous choisissez les sentences de la vieille Clémentine comme nouveaux repères, toute la brigade part dans le gouffre.

— Pas de pessimisme, Danglard. Mais c'est vrai qu'on pourrait jouer avec les noms à l'infini. Avec le mien par exemple. Adamsberg, la montagne d'Adam. Le Premier des Hommes. Ça vous pose un gars, non ? Et sur une montagne en plus. Je me demande si cela ne viendrait pas de là, cette...

— Cathédrale de Strasbourg, coupa Danglard.

— N'est-ce pas ? Et votre nom, Danglard, qu'en fait-on ?

— C'est le nom du traître dans *Monte-Cristo*. Un véritable salopard.

— C'est intéressant, évidemment.

— Il y a mieux, dit Danglard, qui avait sifflé ses deux verres de champagne. Cela vient de d'Anglard, et Anglard vient du germanique *Angil-hard*.

— Allez-y, mon vieux, traduisez.

— *Angil*, deux racines croisées : « épée » et « ange ». Quant à *hard*, cela signifie « dur ».

— Ce qui nous donne une sorte d'Ange inflexible à l'épée. Beaucoup plus grave que ce pauvre Premier Homme gesticulant tout seul sur sa montagne. La cathédrale de Strasbourg paraît assez démunie pour s'opposer à votre Ange vengeur. Elle est bouchée, qui plus est.

— Ah bon ?

— Oui, par un dragon.

Adamsberg jeta un œil à ses montres. Plus que cinq heures et quarante-quatre minutes et demie de vol. Il se sentait sur la bonne voie mais combien de temps allait-il encore tenir ainsi ? Parler sept heures de suite ne lui était jamais arrivé.

Soudain, la bonne voie fut coupée net par des signaux lumineux qui clignotèrent au fronton de la cabine.

— Qu'est-ce que c'est ? s'alarma Danglard.

— Bouclez la ceinture.

— Mais pourquoi, bouclez la ceinture ?

— Trous d'air, ce n'est rien. Cela peut secouer un peu, voilà tout.

Adamsberg pria le Premier Homme de la montagne de faire en sorte que les secousses soient minimes. Mais, appelé à d'autres affaires, le Premier Homme s'en contrefoutait. Et par malchance, les turbulences furent d'une grande intensité, lâchant l'appareil dans des creux de plusieurs mètres. Les voyageurs les plus blasés durent cesser de lire, les hôtesses s'attacher sur les strapontins, et une jeune femme poussa un cri. Danglard avait fermé les yeux et respirait très vite. Hélène Froissy l'observait avec inquiétude. Sur une inspiration, Adamsberg se retourna vers Retancourt, assise derrière le capitaine.

— Lieutenant, lui dit-il à voix basse entre les sièges, Danglard ne tient pas le coup. Sauriez-vous faire un massage qui endort ? Ou n'importe quel machin qui l'assomme, qui l'abêtisse, qui l'anesthésie ?

Retancourt acquiesça, sans qu'Adamsberg en soit tellement surpris.

— Ça marchera, dit-elle, à condition qu'il ne sache pas que cela vient de moi.

Adamsberg hocha la tête.

— Danglard, lui dit-il en lui saisissant la main, gardez les yeux fermés, une hôtesse va s'occuper de vous.

Il fit signe à Retancourt qu'elle pouvait y aller.

— Ouvrez trois boutons de sa chemise, demanda-t-elle en débouclant sa ceinture.

Puis, avec le bout de ses doigts, semblant n'apposer que la pulpe dans une danse rapide et pianistique, Retancourt s'attaqua au cou de Danglard, suivant le trajet de la colonne vertébrale et insistant sur les tempes. Froissy et Adamsberg observaient l'opération au milieu des secousses de l'avion, regardant tour à tour les mains de Retancourt et le visage de Danglard. Le capitaine sembla ralentir sa respiration, puis ses traits se décontractèrent et, moins de quinze minutes plus tard, il dormait.

— Il a pris des calmants ? demanda Retancourt en détachant un à un ses doigts de la nuque du capitaine.

— Un wagon, dit Adamsberg.

Retancourt regarda sa montre.

— Il n'a pas dû fermer l'œil de la nuit. Il va dormir au moins quatre heures, nous sommes tranquilles. Quand il se réveillera, nous serons au-dessus de Terre-Neuve. La terre rassure.

Adamsberg et Froissy échangèrent un regard.

— Elle m'épate, murmura Froissy. Elle, elle écraserait un chagrin d'amour comme un puceron sur sa route.

— Ce ne sont jamais des pucerons, Froissy, ce sont de hauts murs. Il n'y a pas de déshonneur à trouver l'ascension difficile.

— Merci, murmura Froissy.

— Vous savez, lieutenant, que Retancourt ne m'aime pas.

Froissy ne démentit pas.

— Elle vous a dit pourquoi ? demanda-t-il.

— Non, elle ne parle pas de vous.

Une flèche de cent quarante-deux mètres peut vaciller sur le simple prétexte qu'une grosse Retancourt n'estime pas même nécessaire de parler de vous, songea Adamsberg. Il jeta un œil à Danglard.

Le sommeil lui redonnait des couleurs et les trous d'air s'apaisaient.

L'avion était en approche quand le capitaine se réveilla, surpris.

— C'est l'hôtesse, expliqua Adamsberg. C'est une spécialiste. Par veine, elle sera là pour le vol du retour. On se pose dans vingt minutes.

Hormis deux reflux d'angoisse, quand l'appareil sortit bruyamment son train et lorsque les ailes déployèrent leurs aérofreins, Danglard, encore sous l'effet de son massage lénifiant, passa presque correctement l'épreuve de l'atterrissage. À l'arrivée, c'était un homme neuf, alors que les autres membres affichaient des mines engourdies. Deux heures et demie plus tard, chacun était parqué dans sa chambre. Eu égard au décalage horaire, le stage ne commencerait le lendemain qu'à quatorze heures, heure locale.

Adamsberg avait eu droit à un studio double pièce au cinquième étage, aussi neuf et blanc qu'un logement témoin, et qui disposait d'un balcon. Privilège gothique. Il s'y accouda un long moment pour contempler l'immense rivière Outaouais qui coulait en contrebas dans ses berges sauvages et, là-bas, de l'autre côté de la rive, les lumières des tours d'Ottawa.

XVII

Trois voitures de la GRC se rangèrent devant l'immeuble le lendemain. Voyantes, elles portaient sur leurs flancs blancs une tête de bison à l'expression mi-placide mi-butée, cernée de feuilles d'érable et surmontée de la couronne d'Angleterre. Trois hommes en uniforme les attendaient. L'un d'eux, qu'Adamsberg identifia comme le surintendant principal grâce à son épaulette, se pencha vers son voisin.

— Tu crois-tu que c'est lequel, le commissaire ? demanda le surintendant à son collègue.

— Le plus petit. Le brun en veste noire.

Adamsberg percevait à peu près leurs paroles. Brézillon et Trabelmann auraient été contents : *le plus petit*. En même temps, son attention était distraite par de petits écureuils noirs qui bondissaient dans la rue, aussi tranquilles et vifs que des moineaux.

— Criss, me chante pas de bêtises, reprit le surintendant. Celui qui est habillé comme un quêteux ?

— Excite-toi pas, je te dis que c'est lui.

— Ce serait pas plutôt le grand slaque bien vêtu ?

— Je te dis que c'est le brun. Et c'est un boss important là-bas, un as. Alors barre-toi les mâchoires.

Le surintendant Aurèle Laliberté hocha la tête et se dirigea vers Adamsberg, la main tendue.

— Bienvenue, commissaire principal. Pas trop ébarroui par le voyage ?

— Merci, tout va bien, répondit prudemment Adamsberg. Très heureux de faire votre connaissance.

Chacun serra les mains de chacun dans un silence embarrassé.

— Désolé pour le temps, déclara Laliberté de sa voix puissante, avec un large sourire. Les frimas sont arrivés d'un coup. Montez dans les chars, on a dix minutes de route. On va pas vous tuer l'âme à l'ouvrage aujourd'hui, ajouta-t-il, invitant Adamsberg à prendre place dans sa voiture. Une simple petite reconnaissance.

L'antenne de la GRC était située dans un parc boisé qui semblait s'étendre aussi loin qu'une forêt française. Laliberté roulait lentement et Adamsberg avait presque le temps de détailler chacun des arbres.

— Vous avez de la place, dit-il, impressionné.

— Oui. Comme on dit ici, on n'a pas d'histoire mais on a de la géographie.

— Et cela, ce sont les érables ? demanda-t-il en pointant son doigt à travers la vitre.

— Tout juste.

— Je croyais que les feuilles étaient rouges.

— Tu les trouves-tu pas assez rouges, commissaire ? Les feuilles, c'est pas comme sur le drapeau. Il y en a des rouges, des orange, des jaunes. On s'ennuierait sinon. Alors, c'est toi le grand chef, présentement ?

— Sans doute.

— Pour un commissaire principal, tu te mets pas sur ton forty-five. Ils vous laissent vous habiller comme ça à Paris ?

— À Paris, la police n'est pas l'armée.

— Énerve-toi pas. J'ai pas de porte de derrière et je parle sans détour. Mieux vaut que tu le saches. Tu vois-tu ces bâtiments ? C'est la GRC, et c'est là qu'on reste, dit-il en freinant.

Le groupe de Paris se resserra devant de grands cubes de brique et de verre, flambant neufs au milieu des arbres rouges. Un écureuil noir gardait la porte en grignotant. Adamsberg resta à trois pas derrière pour interroger Danglard.

— C'est l'usage, de tutoyer tout le monde ?

— Oui, ils le font très naturellement.

— On doit faire pareil ?

— On fait comme on veut et comme on peut. On s'adapte.

— Le titre qu'il vous a donné ? Le grand slaque, cela veut dire quoi ?

— Le grand mou dégingandé.

— Compris. Comme il le dit lui-même, Aurèle Laliberté n'a pas de porte de derrière.

— Il ne semble pas, confirma Danglard.

Laliberté conduisit l'équipe française dans une vaste salle de réunion – une sorte de salle du Concile, en quelque sorte – et fit rapidement les présentations. Membres du module québécois : Mitch Portelance, Rhéal Ladouceur, Berthe Louisseize, Philibert Lafrance, Alphonse Philippe-Auguste, Ginette Saint-Preux et Fernand Sanscartier. Puis le surintendant s'adressa fermement à ses agents :

— Chacun de vous s'amanchera avec l'un des membres de la Brigade de Paris, et on changera les paires tous les deux ou trois jours. Allez-y de tout cœur mais menez-les pas tambour battant pour vous faire péter les bretelles, ils ne sont pas infirmes des deux bras. Ils sont en période d'entraînement, ils s'initient. Alors formez-les au pas de grise pour commencer. Et faites pas de l'esprit de bottine s'ils ne vous comprennent pas ou s'ils parlent autrement que nous. Ils sont pas plus branleux que vous autres sous prétexte qu'ils sont français. Je compte sur vous.

En somme, à peu près le même discours que celui qu'Adamsberg avait tenu à son équipe, quelques jours plus tôt.

Pendant la fastidieuse visite des locaux, Adamsberg s'occupa à repérer la machine à boissons, qui distribuait essentiellement des « soupes » mais aussi des cafés de la taille d'une chope de bière, et à examiner les visages de ses provisoires collègues. Il se sentait une sympathie immédiate pour le sergent Fernand Sanscartier, le seul sous-off de l'unité, dont le visage plein et rose, percé de deux yeux bruns saturés d'innocence, semblait le désigner d'office pour le rôle du « Bon ». Cela lui plairait de faire binôme avec lui. Mais pour les trois jours à venir, c'était à l'énergique Aurèle Laliberté qu'il aurait affaire, hiérarchie oblige. Ils furent libérés à dix-huit heures tapantes et conduits à leurs véhicules de fonction, munis de pneus neige. Seul le commissaire disposait d'une voiture autonome.

— Pourquoi tu portes-tu deux montres ? demanda Laliberté à Adamsberg, une fois celui-ci au volant.

Adamsberg hésita.

— Pour le décalage horaire, expliqua-t-il subitement. J'ai des enquêtes à suivre en France.

— Tu peux-tu pas faire le calcul dans ta tête, comme tout le monde ?

— Ça va plus vite comme ça, éluda Adamsberg.

— À ton choix. Allez, bienvenue, man, et à demain, neuf heures.

Adamsberg roula doucement, attentif aux arbres, aux rues, aux gens. Sorti du parc de la Gatineau, il entrait dans la ville jumelée de Hull, qu'il n'aurait pas, personnellement, nommée « ville », la cité s'étendant sur des kilomètres de pays plat découpé en carrés par des rues désertes et propres, ponctué de maisons à pans de bois. Rien d'ancien, rien de décrépi, pas même les églises qui ressemblaient plus à des miniatures en sucre qu'à la cathédrale de Strasbourg. Personne ici n'avait l'air pressé, chacun conduisant à pas lent de puissants pick-up à même de charrier six stères de bois.

Pas de cafés, pas de restaurants et pas de magasins. Adamsberg repéra quelques boutiques isolées, des « dépanneurs » qui vendaient de tout, dont l'un à cent mètres de leur immeuble. Il s'y rendit à pied avec satisfaction, faisant craquer les plaques de neige sous ses pas, sans que les écureuils s'écartent sur son passage. Une importante différence avec les moineaux.

— Où peut-on trouver des restaurants, des bars ? demanda-t-il à la caissière.

— Au centre-ville, t'auras tout ce qu'il te faut pour les noctambules, répondit-elle gentiment. C'est à cinq kilomètres, faut prendre ton char.

Elle lui dit bonjour en partant et bonne soirée bye.

Le centre-ville était petit, et Adamsberg parcourut ses rues perpendiculaires en moins d'un quart d'heure. En entrant au *Quatrain*, il interrompit une lecture poétique devant un public compact et silencieux, et recula en fermant la porte derrière lui. Il faudrait qu'il signale le truc à Danglard. Il se rabattit sur un bar à l'américaine, *Les Cinq Dimanches*, vaste salle surchauffée décorée de têtes de caribous, d'ours et de drapeaux québécois. Le serveur apporta son dîner d'un pas paisible, en prenant tout son temps et en parlant de la vie. L'assiette avait la taille d'un plat chargé pour deux. Tout est plus grand, au Canada, et tout est plus tranquille.

À l'autre bout de la salle, un bras s'agita dans sa direction. Ginette Saint-Preux, son assiette à la main, vint naturellement se poser à sa table.

— Ça te gêne-tu pas que je m'assoie ? dit-elle. Je soupais toute seule moi aussi.

Très jolie, éloquente et rapide, Ginette se lança dans de multiples discours. Ses premières impressions du Québec ? Les différences avec la France ? Plus plate ? Comment était Paris ? Comment allait le travail ? Gai ? Et sa vie ? Ah bon ? Elle avait des enfants et des « hobbies », la musique surtout. Mais pour un bon concert, il fallait aller jusqu'à Montréal, est-ce que cela l'intéressait ? Quels étaient ses hobbies, à lui ? Ah bon ? Dessiner, marcher, rêver ? C'était-tu possible ? Et comment faisait-on cela, à Paris ?

Vers onze heures, Ginette s'intéressa à ses deux montres.

— Pauvre toi, conclut-elle en se levant. C'est vrai qu'avec ton décalage, c'est encore cinq heures du matin.

Ginette avait oublié sur la table le prospectus vert qu'elle n'avait cessé d'enrouler et dérouler pendant la conversation. Adamsberg le déplia lentement, les yeux fatigués. Concert de Vivaldi à Montréal, 17-21 octobre, quintette à cordes, clavecin et piccolo. Elle était bien courageuse, Ginette, de se traîner sur plus de quatre cents kilomètres pour un petit quintette.

XVIII

Adamsberg n'avait pas l'intention de passer son séjour entier les yeux fixés sur des pipettes et des codes-barres. À sept heures du matin, il était déjà sorti, aimanté par le fleuve. Non, la rivière, l'immense rivière des Indiens Outaouais. Il parcourut la berge jusqu'à l'entrée d'un chemin sauvage. *Sentier de portage*, lut-il sur un panneau, *emprunté par Samuel de Champlain en 1613*. Il s'y enfonça aussitôt, satisfait de caler ses pieds dans les pas des Anciens, Indiens et voyageurs portant les pirogues sur leur dos. La piste n'était pas facile à suivre, le sentier défoncé chutant souvent sur un mètre de hauteur. Spectacle saisissant, bouillonnement des eaux, fracas des chutes, colonies d'oiseaux, rives rougies par les érables. Il s'arrêta devant une pierre commémorative plantée au milieu des arbres, qui détaillait l'histoire de ce type, de ce Champlain.

— Salut, dit une voix dans son dos.

Une jeune fille en jean était assise sur une roche plate surplombant la rivière, et fumait une cigarette dans le petit matin. Adamsberg avait repéré dans l'accent du « salut » quelque chose de très parisien.

— Salut, répondit-il.

— Français, affirma la jeune fille. Qu'est-ce que tu fais ? Tu voyages ?

— Je bosse.

La jeune fille souffla la fumée puis lança son mégot dans l'eau.

— Moi, je suis perdue. Alors, j'attends un peu.

— Perdue comment ? demanda prudemment Adamsberg, tout en déchiffrant les inscriptions de la pierre Champlain.

— À Paris, j'ai croisé un type à la faculté de droit, un Canadien. Il m'a proposé de le suivre et j'ai dit oui. Il avait l'air d'un chum formidable.

— Chum ?

— Copain, ami, petit ami. On voulait vivre ensemble.

— Bon, dit Adamsberg, en retrait.

— Et six mois plus tard, tu sais ce qu'il a fait, mon chum ? Il a largué Noëlla et elle s'est retrouvée le bec dans l'eau.

— C'est toi, Noëlla ?

— Oui. Finalement, elle a pu se faire héberger par une copine.

— Bon, répéta Adamsberg, qui n'en désirait pas tant.

— Alors j'attends, dit la jeune fille en allumant une nouvelle cigarette. Je me fais des dollars dans un bar d'Ottawa, et dès que j'ai le compte, je rentre à Paris. Elle est sotte, cette histoire.

— Et qu'est-ce que tu viens faire ici si tôt ?

— Elle écoute le vent. Elle y vient souvent, le matin, le soir. Je me dis que, même si on est perdu, on doit se trouver un endroit. J'ai choisi cette pierre. Comment t'appelles-tu ?

— Jean-Baptiste.

— Mais ton nom ?

— Adamsberg.

— Et tu fais quoi ?

— Flic.

— C'est marrant, ça. Les flics ici, c'est les bœufs, les chiens, ou les cochs, comme les cochons. Mon chum les aimait pas. « Check les bœufs ! » il disait. « Vise les flics ! », quoi. Et il se tirait aussi sec. Tu travailles avec les cops de Gatineau ?

Adamsberg hocha la tête et profita de la pluie neigeuse qui s'était mise à tomber pour battre en retraite.

— Salut, dit-elle sans bouger de sa pierre.

Adamsberg se gara à neuf heures moins deux devant la GRC. Laliberté lui fit un grand signe depuis le pas de la porte.

— Entre vite ! cria-t-il. Il mouille à boire debout ! Hey, man, qu'est-ce que t'as fait ? reprit-il en examinant le pantalon boueux du commissaire.

— Je me suis cassé la gueule dans le sentier de portage, expliqua Adamsberg en frottant les traînées de terre.

— T'es sorti ce matin ? Ça se peut-tu ?

— Je voulais voir la rivière. Les chutes, les arbres, le vieux sentier.

— Criss, t'es un maudit malade, dit Laliberté en riant. Et comment que tu t'es pris une fouille ?

— C'est-à-dire ? N'y vois pas d'offense, surintendant, mais je ne comprends pas tout ce que tu dis.

— Inquiète-toi pas, je le prends pas personnel. Et appelle-moi Aurèle. Je voulais dire : et comment que t'es tombé ?

— Dans une des descentes du sentier, j'ai glissé sur une pierre.

— Tu t'es pas cassé une assiette au moins ?

— Non, tout va bien.

— Il y a un de tes collègues qu'est pas encore arrivé. Le grand slaque, là.

— Ne l'appelle pas comme ça, Aurèle. Lui, il comprend le québécois.

— Comment c'est possible ?

— Il lit comme dix. Il a sans doute l'air d'un mou, mais il n'y a pas un demi-gramme de slaque dans sa tête. Seulement, il a du mal à s'arracher le matin.

— On va prendre un café en l'attendant, dit le surintendant en se dirigeant vers la machine. T'as des piastres ?

Adamsberg sortit de sa poche une poignée de monnaie inconnue et Laliberté y piocha la pièce appropriée.

— Tu veux-tu un décaf ou un régulier ?

— Un régulier, hasarda Adamsberg.

— Ça va te remettre sur tes quilles, dit Aurèle en lui tendant un grand gobelet brûlant. Alors comme ça, le matin, tu vas prendre un respir ?

— Je vais marcher. Le matin, le jour, le soir, n'importe quand. J'aime ça, j'en ai besoin.

— Ouais, dit Aurèle avec un sourire. À moins que tu partes en découverte. Tu cherches une blonde ? Une fille ?

— Non. Mais il y en avait une, bizarrement, assise toute seule près de la pierre Champlain, à huit heures du matin à peine. Ça m'a paru bizarre.

— C'est même assez croche, tu veux dire. Une blonde toute seule dans le sentier, elle cherche quelque chose. Il y a jamais personne par là. Te fais pas encotillonner, Adamsberg. On a vite fait de se retrouver mal amanché et après, on reste bête.

Conversation d'hommes au distributeur, songea Adamsberg. Ici comme ailleurs.

— Allez viens, conclut le surintendant. On va pas bégopper des heures sur les femmes, on a du boulot.

Laliberté donna les consignes aux tandems réunis dans la salle. Les équipes étaient constituées, Danglard se retrouvant affecté avec l'innocent Sanscartier. Laliberté avait regroupé les femmes entre elles, par correction probablement, associant Retancourt avec la frêle Louisseize et Froissy avec Ginette Saint-Preux. Aujourd'hui : terrain. Prélèvements dans huit maisons de citoyens ayant accepté de se prêter à l'expérience. Sur carton spécial permettant l'adhésion des substances corporelles, scandait Laliberté en leur présentant l'objet mains levées comme une hostie sacrée. Neutralisant les contaminations bactériennes ou virales sans nécessité de congélation.

— Innovation qui entraîne un, économie de temps, deux, d'argent, et trois, d'espace.

Tout en écoutant le strict exposé du surintendant, Adamsberg se penchait sur sa chaise, les mains dans ses poches encore mouillées. Ses doigts rencontrèrent le prospectus vert qu'il avait ramassé sur la table pour le rendre à Ginette Saint-Preux. Le truc était en sale état, détrempé, et il le sortit avec précaution pour ne pas le déchirer. Discrètement, il l'étala sur la table du plat de la main pour lui redonner forme.

— Aujourd'hui, continuait Laliberté, prélèvements de un, sueur, deux, salive et trois, sang. Demain : larmes, urine, morve et poussières cutanées. Sperme pour ceux des citoyens qui auront accepté de remplir l'éprouvette.

Adamsberg tressaillit. Pas à cause de l'éprouvette du citoyen mais de ce qu'il venait de lire en lissant le papier mouillé.

— Checkez bien, conclut fortement Laliberté en se tournant vers l'équipe de Paris, que les codes des cartons correspondent à ceux des trousses. Comme je le dis toujours, faut savoir compter jusqu'à trois : de la rigueur, de la rigueur, *et* de la rigueur. Je connais pas d'autre moyen de réussir.

Les huit binômes se dirigèrent vers les voitures, munis des adresses des citoyens qui prêtaient obligeamment leur demeure et leur corps à l'épreuve des prélèvements. Adamsberg arrêta Ginette au passage.

— Je voulais vous rendre ça, dit-il en lui tendant le papier vert. Vous l'aviez laissé au restaurant et vous sembliez y tenir.

— Sacrament, je me demandais où je l'avais fourré.

— Je suis désolé, il a pris la pluie.

142

— Inquiète-toi pas. Je cours le poser dans mon bureau. Tu peux-tu dire à Hélène que j'arrive de suite ?

— Ginette, dit Adamsberg en la retenant par le bras et en désignant le prospectus. Cette Camille Forestier, à l'alto, elle est bien du quintette de Montréal ?

— Osti, non. Alban m'a dit que l'altiste du groupe avait fait du petit. Elle a dû s'étendre à son quatrième mois de grossesse alors que les répétitions commençaient.

— Alban ?

— Le premier violon, un de mes bons chums. Il a rencontré cette Forestier, une Française, et il l'a fait auditionner. Il a été emballé et, criss, il l'a engagée sur le pouce.

— Hey ! Adamsberg ! appela Laliberté. Tu te mouves les sabots ou quoi ?

— Merci, Ginette, dit Adamsberg en partant rejoindre son coéquipier.

— Qu'est-ce que je te disais ? reprit le surintendant en s'enfonçant dans sa voiture dans un éclat de rire. Toi, faut toujours que tu fasses du salon, hein ? Et avec une de mes inspectrices encore, et le deuxième jour. On peut dire que t'as du casque !

— Pas du tout, Aurèle, on parlait musique. Musique classique, même, ajouta Adamsberg comme si ce « classique » certifiait l'honorabilité de leurs rapports.

— Musique my eye ! rigola le surintendant en démarrant. Fais pas ton petit saint de plâtre, je suis pas si léger de croyance. Tu l'as vue hier soir, right ?

— Par hasard. Je dînais aux *Cinq Dimanches* et elle est venue à ma table.

— Lâche la batte avec Ginette. Elle est mariée et complètement mariée.

— Je lui rendais un papier, c'est tout. Crois-moi si tu veux.

— Ne prends pas les nerfs. Je m'amuse.

En fin d'une journée laborieuse scandée par les puissants éclats de voix du surintendant, et tous échantillons prélevés chez la serviable famille de Jules et Linda Saint-Croix, Adamsberg grimpait dans sa voiture de fonction.

— Tu vas-tu faire quoi, ce soir ? lui demanda Laliberté, la tête penchée par la vitre.

— Aller voir la rivière, me balader un peu. Et puis dîner au centre-ville.

— T'as du serpent dans le corps, toi, faut toujours que tu te mouves.

— J'aime ça, je te l'ai dit.

— C'est surtout que t'aimes prendre du lousse. Moi, je vais jamais agousser les filles dans le centre-ville. On me repère trop là-bas. Alors quand j'ai des impatiences, je vais sur Ottawa. Allez, man, fais de ton best ! ajouta-t-il en claquant de la main sur la portière. Bonjour et à demain.

— Larmes, urine, morve, poussières et sperme, récita Adamsberg en mettant le contact.

— Sperme, faut l'espérer, dit Laliberté en fronçant les sourcils, tout sens professionnel revenu. Si Jules Saint-Croix accepte de faire un petit effort ce soir. Il avait dit yes au début mais j'ai l'impression qu'il n'est plus si partant. Criss, on peut forcer personne.

Adamsberg laissa Laliberté à ses soucis d'éprouvette et fila droit vers la rivière.

Après s'être empli du bruit des vagues de l'Outaouais, il s'enfonça dans le sentier de portage pour rejoindre à pied le centre-ville. S'il avait bien compris la topographie, le chemin devait aboutir au grand pont des chutes de la Chaudière. De là, il n'était plus qu'à un quart d'heure du centre. Le chemin cahoteux était séparé d'une piste cyclable par une bande de forêt qui le plongeait dans une obscurité complète. Il avait emprunté une lampe-torche à Retancourt, seul membre de l'équipe susceptible d'avoir emporté ce type de matériel. Il s'en tira à peu près bien, évitant de peu un petit lac que formait la rivière sur ses berges, échappant aux branches basses. Il ne sentait plus le froid quand il déboucha à la sortie du sentier, à deux pas du pont de fonte, gigantesque ouvrage dont les poutrelles croisées lui évoquèrent une triple tour Eiffel affalée sur l'Outaouais.

La crêperie bretonne du centre-ville s'efforçait de rappeler la terre natale des ancêtres du tenancier, avec filets, bouées et poissons séchés. Et trident. Adamsberg se figea devant l'outil qui le défiait de ses pointes sur le mur d'en face. Trident de mer, harpon de Neptune, avec ses trois lames fines terminées en crochets. Très différent de son trident personnel, qui était un outil de laboureur, épais et lourd, un trident de terre, si l'on peut dire. Comme on parle d'un ver de terre, ou d'un crapaud de terre, même. Mais ils étaient loin, ces tridents mordants et ces crapauds explosifs, délaissés dans les brumes de l'autre côté de l'Atlantique.

Le serveur lui apporta une crêpe de taille anormale, tout en lui parlant de la vie.

Délaissés de l'autre côté de l'Atlantique, les tridents, les crapauds, les juges, les cathédrales et les greniers de Barbe-Bleue.

Délaissés mais l'attendant, surveillant son retour. Tous ces visages et ces blessures, toutes ces craintes attachés à ses pas par le filin inlassable de la mémoire. Quant à Camille, c'est ici même qu'elle res surgissait, en plein cœur d'une ville perdue de l'immense Canada. L'idée de ces cinq concerts qui se donneraient à deux cents kilomètres de la GRC l'embarrassait, comme s'il risquait de pouvoir entendre sonner l'alto depuis le balcon de sa chambre. Que Danglard ne l'apprenne pas, c'était tout ce qu'il souhaitait. Le capitaine serait capable de courir à

Montréal ventre à terre et de le dévisager en maugréant tout le jour suivant.

Il choisit un café et un verre de vin pour dessert et, sans lever les yeux de la carte, il prit conscience que quelqu'un s'était assis à sa table sans s'annoncer. La jeune fille de la pierre Champlain, qui rappela le serveur pour commander un second café.

— Bonne journée ? lui demanda-t-elle en souriant.

La jeune fille alluma une cigarette et le regarda franchement.

Merde, se dit Adamsberg, et il se demanda pourquoi. En d'autres moments, il aurait saisi l'occasion par le col. Mais il ne ressentait aucune envie de l'attirer dans son lit, soit que les tourments de la semaine passée fassent encore leur œuvre, soit, peut-être, qu'il cherchât à contrer les intuitions du surintendant.

— Je t'embête, affirma-t-elle. Tu es fatigué. Les bœufs t'ont rincé.

— C'est cela, dit-il, et il s'aperçut qu'il avait oublié son prénom.

— Ta veste est mouillée, dit-elle en le touchant. Ta voiture fuit ? Tu es venu en vélo ?

Que voulait-elle savoir ? Tout ?

— Je suis venu à pied.

— Personne ne va à pied par ici. Tu n'as pas remarqué ?

— Si. Mais je suis passé par le sentier de portage.

— Tout du long ? Mais t'as mis combien de temps ?

— Un peu plus d'une heure.

— Eh bien t'as du casque, comme aurait dit mon chum.

— Et pourquoi j'ai du casque ?

— Parce que le sentier, la nuit, c'est le repaire des homos.

— Et après ? Que veux-tu qu'ils me fassent ?

— Et des violeurs aussi. Je n'en suis pas sûre, c'est une rumeur. Mais quand Noëlla y va le soir, elle ne dépasse jamais la pierre Champlain. Ça lui suffit pour regarder le fleuve.

— Il paraît que c'est une rivière.

Noëlla fit la moue.

— Quand c'est grand comme ça, j'appelle ça un fleuve. J'ai servi toute la journée des crétins de Français, je suis crevée. Je fais le service au *Caribou*, je te l'ai dit ? Je n'aime pas les Français quand ils crient en groupe, je préfère les Québécois, ils sont plus gentils. Sauf mon chum. Tu te souviens qu'il m'a virée comme un salaud ?

La jeune fille était à nouveau lancée et Adamsberg voyait mal comment s'en libérer.

— Tiens, regarde sa photo. Beau, tu ne trouves pas ? Tu es beau aussi dans ton genre. Pas très ordinaire, un peu de bric et de broc et tu n'es pas un jeune homme. Mais j'aime bien ton nez, tes yeux. Et j'aime bien quand tu souris, dit-elle en effleurant ses paupières et ses lèvres d'un doigt. Et quand tu parles aussi. Ta voix. Tu le sais, pour ta voix ?

— Hey, Noëlla, intervint le serveur en déposant les additions sur la table. T'as-tu toujours ta job au *Caribou* ?

— Oui, il faut que je ramasse l'argent du billet, Michel.

— Et t'as encore les bleus pour ton chum ?

— Parfois oui, le soir. Il y a des gens qui ont le cafard le matin, et d'autres le soir. Moi, c'est le soir.

— Eh ben regrette-le pas. Il a été pogné par les cops.

— Sans blague ? dit Noëlla en se redressant.

— Je te chante pas de bêtises. Il piquait des chars et il les revendait avec une nouvelle plaque. Tu te figures ?

— Je ne te crois pas, dit Noëlla en secouant la tête. Il travaillait dans l'informatique.

— T'es dure de comprenure, ma belle. Ton chum, c'était une face à deux taillants, un hypocrite. Allume tes lumières, Noëlla. C'est pas des niaiseries, c'était dans le journal.

— Je n'ai rien su.

— Noir sur blanc dans le quotidien de Hull. Un soir, il s'est paqueté le beigne et les cochs l'ont pogné par les gosses. Il a pris sa débarque et je peux te dire qu'il est pas sorti du bois. C'était un maudit chien, ton chum. Alors assieds-toi dessus, puis tourne. J'avais le goût de te le dire, pour pas que tu le regrettes. Excuse-moi, j'ai une table qui m'appelle.

— Je n'en reviens pas, dit Noëlla en attrapant le fond sucré de son café avec son doigt. Cela t'embête que je prenne un verre avec toi ? Je dois me ressaisir.

— Dix minutes, concéda Adamsberg. Ensuite je vais dormir, insista-t-il.

— Je comprends, dit Noëlla en commandant son verre. Tu es un homme pris. Tu te rends compte ? Mon chum ?

— « Assieds-toi dessus, puis tourne », répéta Adamsberg. Qu'est-ce qu'il te conseille ? D'oublier ? D'effacer ?

— Non. Ça veut dire « Arrête-toi un moment sur le truc et réfléchis bien ».

— Et « se paqueter le beigne » ?

— Se prendre une foutue cuite. Ça suffit, Noëlla n'est pas un dictionnaire.

— C'était pour comprendre ton histoire.

— Eh bien tu vois, elle est plus sotte encore que je le croyais. Il faut que j'aille me distraire, dit-elle en finissant son verre d'un trait. Je te raccompagne.

Surpris, Adamsberg hésita à répondre.

— Je suis en voiture et tu es à pied, expliqua Noëlla avec impatience. Tu ne comptes pas rentrer par le sentier ?

— C'était mon idée.

— Il flotte à verse. Je t'effraie ? Elle fait peur à un homme de quarante ans ? À un coch ?

— Mais non, dit Adamsberg en souriant.

— Bon. Où habites-tu ?

— Près de la rue Prévost.

— Je vois très bien, je suis à trois blocs. Viens.

Adamsberg se leva, sans comprendre sa réticence à suivre une fille ravissante dans sa voiture.

Noëlla freina devant son immeuble et Adamsberg la remercia en ouvrant sa portière.

— Tu ne m'embrasses pas avant de partir ? Tu n'es pas courtois pour un Français.

— Pardon, je suis un montagnard. Une brute.

Adamsberg l'embrassa sur les joues, le visage raide, et Noëlla plissa le front, offensée. Il déverrouilla la porte de l'immeuble et salua le gardien, toujours aux aguets à plus de onze heures. Après sa douche, il s'étendit sur le large lit. Au Canada, tout est plus grand. Sauf les souvenirs, qui sont plus petits.

XIX

La température avait chuté à moins 4° au matin et Adamsberg courut voir sa rivière. Dans le sentier, les bords des petits étangs avaient gelé et il s'occupa à casser la glace avec ses grosses chaussures, sous le regard vigilant des écureuils. Il allait s'engager plus avant quand la pensée de Noëlla postée sur sa pierre le retint comme une corde. Il rebroussa chemin et s'assit sur une roche pour observer la compétition qui sévissait entre une colonie de canards et une troupe de bernaches. Des territoires et des guerres, partout. L'une des oies tenait visiblement le rôle du grand flic et revenait méchamment à la charge en étendant ses ailes et claquant du bec, avec une constance de despote. Adamsberg n'aimait pas cette bernache. Il la distingua des autres par une marque dans son plumage, dans l'idée d'aller voir si, demain, le rôle de l'autocrate lui reviendrait ou bien si les oies pratiquaient une alternance démocratique. Il abandonna les canards à leur résistance et gagna sa voiture. Un écureuil s'était fourré dessous, dont il voyait dépasser la queue près du pneu arrière. Il démarra tout doucement par à-coups pour ne pas l'écraser.

Le surintendant Laliberté retrouva sa bonne humeur quand il apprit que Jules Saint-Croix avait accompli son devoir de citoyen et empli son éprouvette, qu'il avait enfermée dans une grosse enveloppe. Fondamental, le sperme, fondamental, criait Laliberté à Adamsberg, tout en déchirant l'enveloppe sans égards pour le couple Saint-Croix, tassé dans un angle.

— Deux expériences, Adamsberg, poursuivait Laliberté en agitant l'éprouvette au milieu du salon : prélèvement à chaud et à sec. À chaud comme s'il était resté dans les parties vaginales de la victime. À sec, c'est le support qui pose problème. Tu prélèves pas de la même manière selon que la semence se trouve sur un tissu, sur une route, sur de l'herbe ou sur un tapis. Le plus croche, c'est l'herbe. Tu me suis-tu ? On répartit les dosettes en quatre endroits stratégiques : sur la route, dans le jardin, dans le lit et sur le tapis du salon.

Les Saint-Croix disparurent de la pièce comme des fautifs et la matinée se passa à déposer des gouttelettes de semence de-ci de-là et à les cerner d'un cercle de craie pour ne pas les perdre de vue.

— Pendant que ça sèche, déclara Laliberté, on se mouve aux toilettes et on s'occupe de l'urine. Prends ton carton et ta trousse.

Les Saint-Croix passèrent une journée difficile qui emplit le surintendant de satisfaction. Il avait fait pleurer Linda pour collecter ses larmes et courir Jules dans le froid pour recueillir sa morve. Tous les prélèvements avaient été opérants et il rentra à la GRC en chasseur victorieux, avec ses cartons et trousses étiquetés. Une seule contrariété dans la journée : on avait dû opérer des permutations de dernière minute car deux des citoyens volontaires avaient obstinément refusé de confier leur éprouvette aux équipes féminines. Ce qui avait fait enrager Laliberté.

— Sacrament, Louisseize ! avait-il gueulé dans son téléphone. Qu'est-ce qu'ils veulent nous faire accroire, ces gars, avec leur esti de sperme ? Que c'est de l'or liquide ? Ils sont bien aise de le refiler aux blondes dans le plaisir mais quand il s'agit de boulot, il n'y a plus personne ! Dis-lui dans la face à ton maudit citoyen.

— Je ne peux pas, surintendant, avait répondu la délicate Berthe Louisseize. Il est boqué comme un ours. Il faut que je permute avec Portelance.

Laliberté avait dû céder mais, le soir encore, il ruminait l'offense.

— Les hommes, dit-il à Adamsberg en entrant devant la GRC, c'est abruti comme des bisons des fois. Maintenant qu'on a fini les prélèvements, je vais aller leur chanter quelque chose, à ces chiens de citoyens. Les femmes de mon escouade, elles en savent cent fois plus sur leur maudit sperme que ces deux niaiseux.

— Laisse tomber, Aurèle, suggéra Adamsberg. Tu t'en fous, de ces deux types.

— Je le prends personnel, Adamsberg. Va aux femmes ce soir si t'as le goût, mais moi, après le souper, je vais aller leur payer une visite et leur donner l'heure, à ces deux mules.

Ce jour-là, Adamsberg comprit que la jovialité expansive du surintendant se doublait d'un revers tout aussi ardent. Un gars chaleureux, direct et dénué de tact, en même temps qu'un colérique fermé et tenace.

— C'est pas toi qui l'as fait désâmer, au moins ? demanda le sergent Sanscartier, inquiet, à Adamsberg.

Sanscartier parlait à voix basse, se tenant dans la pose un peu voûtée des timides.

— Non, c'est à cause de deux crétins qui ont refusé de donner leurs éprouvettes aux tandems féminins.

— Je préfère. Je peux-tu te donner un conseil ? ajouta-t-il en posant ses yeux saturés sur Adamsberg.

— Je t'écoute.

— C'est un bon chum mais quand il blague, vaut mieux rire et se barrer les mâchoires. Je veux dire, provoque-le pas. Parce que quand le boss se met en beau calvaire, il ferait trembler les arbres.

— Ça lui arrive souvent ?

— Si on le contrarie, ou s'il s'est levé du mauvais bout. Tu sais-tu que lundi, on fait équipe nous deux ?

Après un dîner de groupe organisé aux *Cinq Dimanches* pour fêter la première courte semaine, Adamsberg rentra par la forêt. Il connaissait bien son sentier à présent, flairant ses crevasses et ses effondrements, repérant le scintillement des lacs de bordure, et il le parcourut plus vite qu'à l'aller. Il s'était arrêté à mi-chemin pour renouer son lacet quand un rai de lumière se braqua sur lui.

— Hey, man ! lança une voix épaisse et agressive. Où tu restes comme ça ? Tu cherches-tu quelque chose ?

Adamsberg tendit sa torche à son tour et découvrit un gars robuste qui l'observait jambes écartées, vêtu en forestier et coiffé d'un bonnet à oreilles enfoncé jusqu'aux yeux.

— Que se passe-t-il ? demanda Adamsberg. Le sentier est libre, je crois ?

— Ah, fit l'homme après une pause. T'es du vieux pays ? Français, hein ?

— Oui.

— Comment je le sais ? dit l'homme en riant cette fois, et en s'approchant d'Adamsberg. Parce que quand tu parles, je crois pas t'entendre, je crois te lire. Tu fais-tu quoi par là ? Tu vas aux hommes ?

— Et toi ?

— Offense-moi pas, je garde le chantier. On peut pas laisser les outils la nuit, il y en a pour des piasses.

— Quel chantier ?

— Tu le vois-tu pas ? dit l'homme en baladant sa lampe derrière lui.

Dans cette parcelle de forêt qui surplombait le chemin, Adamsberg distingua un pick-up dans l'ombre, un baraquement mobile et des outils calés contre les troncs.

— Chantier de quoi ? demanda poliment Adamsberg.

Il semblait assez délicat, au Québec, d'interrompre sans civilité une conversation.

— Ils dessouchent les arbres morts et ils replantent des érables, expliqua le gardien de nuit. J'ai cru que t'en voulais au matériel. Christ, pardon de t'avoir pogné mais c'est ma job, man. Tu cours-tu souvent comme ça la nuit ?

— J'aime ça.

— Tu visites ?

— Je suis flic. Je travaille avec la GRC de Gatineau.

Cette déclaration écrasa d'un coup les derniers soupçons du gardien.

— OK, man, c'est correct. Ça te dirait-tu de boire une bière dans la cabine ?

— Merci, mais je dois filer. J'ai du boulot.

— Tant pis, man. Bienvenue et bye.

Adamsberg ralentit le pas en s'approchant de la pierre Champlain. Noëlla était là, sur sa pierre, serrée dans un gros anorak. Il distinguait le tison de sa cigarette. Il recula sans bruit et grimpa dans la forêt pour la contourner. Il récupéra le sentier trente mètres plus loin et se hâta vers l'immeuble. Merde, cette fille, ce n'était pas le diable tout de même. Diable qui lui ramena brutalement l'image du juge Fulgence. On croit que ses pensées s'estompent alors qu'elles sont plantées là, en plein centre de votre front, en trois trous en ligne. Juste voilées par un éphémère nuage atlantique.

XX

Voisenet avait projeté d'occuper son week-end à foncer vers les forêts et les lacs, jumelles et appareil photo en main. En raison du nombre restreint de voitures, il emmenait avec lui Justin et Retancourt. Les quatre autres agents avaient choisi la ville et partaient pour Ottawa et Montréal. Adamsberg avait décidé de rouler seul vers le nord. Avant de prendre la route au matin, il alla vérifier si l'oie caquetante de la veille avait cédé son pouvoir coercitif à un confrère. Car c'était un mâle, il n'en doutait pas.

Non, la bernache despote n'avait rien cédé. Les autres oies suivaient dans son sillage, tels des automates virant sur l'aile dès que le boss changeait de direction, s'immobilisant quand il passait à l'action, fonçant au ras des eaux vers les canards, toutes voiles dehors, gonflant son plumage pour paraître plus gros. Adamsberg lui lança une insulte en levant le poing et revint à sa voiture. Avant de démarrer, il s'agenouilla pour s'assurer qu'aucun écureuil ne s'était glissé dessous.

Il prit plein nord, déjeuna à Kazabazua, et reprit les routes de terre sans fin. Au-delà d'une dizaine de kilomètres hors la ville, les Québécois ne prenaient plus la peine de goudronner, attendu que le gel s'employait à faire exploser l'asphalte chaque hiver. S'il continuait à rouler en ligne droite, pensa-t-il avec un plaisir intense, il se retrouverait face à face avec le Groenland. Le genre de truc qu'on ne peut pas se raconter à Paris en quittant le travail. Ni à Bordeaux. Il s'égara volontairement, bifurqua à nouveau vers le sud et se gara en lisière de forêt, à proximité du lac Pink. Les bois étaient déserts, le sol de feuilles rouges marqué de plaques de neige. Parfois, une pancarte recommandait de prendre garde aux ours et de repérer les traces de leurs griffes sur les troncs des hêtres. *Sachez que les ours noirs grimpent dans ces arbres pour aller en manger les faines.* Bien, songea Adamsberg en levant la tête et en effleurant du doigt les cicatrices des griffures, cherchant l'animal dans les feuillages. Jusqu'ici, il n'avait vu que des barrages de castors et des laissées de cervidés. Tout n'était qu'empreintes et traces, sans que les bêtes elles-mêmes soient visibles. Un peu comme Maxime Leclerc dans le *Schloss* de Haguenau.

Ne pense pas au Schloss et va voir ce lac rose.

Le lac Pink était signalé comme un petit lac parmi le million que comptait le Québec, mais Adamsberg le trouva large et beau. Puisque, depuis Strasbourg, il avait pris le pli de se préoccuper des panneaux, Adamsberg s'appliqua à lire celui du lac Pink. Qui lui annonçait qu'il était tombé sur un lac strictement unique en son genre.

Il eut un léger recul. Cette propension récente à se heurter dans les exceptions le mettait mal à l'aise. Il chassa ses pensées de son geste habituel de la main et reprit sa lecture. Le lac Pink atteignait une profondeur de vingt mètres et son fond était recouvert de trois mètres de boue. Jusqu'ici, tout allait bien. Mais en raison même de cette profondeur, les eaux de sa surface ne se mêlaient pas aux eaux du fond. À partir de quinze mètres, celles-ci ne bougeaient plus, jamais remuées, jamais oxygénées, non plus que les vases qui renfermaient ses dix mille six cents ans d'histoire. Un lac d'apparence normale tout compte fait, se résuma Adamsberg, et même carrément rose et bleu, mais recouvrant un second lac perpétuellement stagnant, sans air, mort, fossile de l'histoire. Le pire étant qu'un poisson marin y vivait encore, issu du temps où la mer était encore là. Adamsberg examina le dessin du poisson, qui évoquait un hybride entre carpe et truite, portant des barbelures. Il eut beau relire le panneau, le poisson inconnu ne portait pas de nom.

Un lac vivant posé sur un lac mort. Abritant une créature innommée dont on possédait un croquis, une image. Adamsberg se pencha par-dessus la barrière de bois pour tenter d'apercevoir sous l'eau rose ces inerties cachées. Pourquoi fallait-il que toutes ses pensées le ramènent au Trident ? Comme ces griffures des ours sur les troncs ? Comme ce lac décédé qui vivait sans un bruit, tapi sous une surface de vie, boueux, grisâtre, où se mouvait un hôte hérité d'un âge mort ?

Adamsberg hésita, puis sortit son carnet de son anorak. Réchauffant ses mains, il recopia précisément le dessin de ce foutu poisson qui nageait entre ciel et enfer. Il avait projeté de s'attarder longtemps en forêt mais le lac Pink lui fit rebrousser chemin. Partout, il se cognait dans le juge mort, partout il touchait les eaux inquiétantes de Neptune et les traces de son *maudit* trident. Qu'aurait fait Laliberté face au tourment qui le poursuivait ? Aurait-il ri et évacué l'affaire d'un coup de sa grosse patte, optant pour la rigueur, la rigueur *et* la rigueur ? Ou aurait-il saisi sa proie pour ne plus la lâcher ? En s'éloignant du lac, Adamsberg avait la sensation que la traque s'inversait et que la proie elle-même plantait en lui ses dents. Ses barbelures, ses griffes, ses pointes. Auquel cas, Danglard aurait raison de le soupçonner de nourrir une véritable obsession.

Il rejoignit sa voiture à pas lents. À ses montres, qu'il avait toutes deux réglées à l'heure locale en respectant leurs cinq minutes de décalage, il était seize heures et douze minutes et demie. Il rôda au long des routes vides, cherchant l'apathie dans l'immensité uniforme des forêts, puis se résolut à revenir en terre habitée. Il ralentit en abordant le parking de son immeuble puis reprit lentement de la vitesse, laissa Hull derrière lui et s'engagea en direction de Montréal. Précisément ce qu'il ne souhaitait pas faire. Ce qu'il se répéta tout au long des deux cents kilomètres. Mais la voiture allait d'elle-même, comme un jouet télécommandé à une vitesse constante de 90 km/h, suivant les feux arrière du pick-up qui la précédait.

Si la voiture savait qu'elle allait à Montréal, Adamsberg, lui, se rappelait parfaitement les indications du papier vert, le lieu et l'heure. À moins, pensa-t-il en abordant la ville, qu'il n'opte pour un cinéma ou un théâtre, pourquoi pas ? Si cela se trouvait, il lui faudrait changer de voiture, délaisser ce foutu char et en trouver un qui ne le mène ni au lac Pink, ni au quintette de Montréal. À vingt-deux heures trente-six et demie, il se glissa dans l'église juste après l'entracte et alla s'asseoir sur les bancs avant, à l'abri d'une colonne blanche.

XXI

La musique de Vivaldi s'enroulait autour de lui, enclenchant des rouleaux de pensées déferlantes et confuses. La vue de Camille aux prises avec son alto le touchait plus qu'il n'aurait voulu, mais il ne s'agissait là que d'une heure volée et d'une émotion incognito qui n'engageait à rien. Par déformation professionnelle, il sentait le fil musical se tendre comme une insoluble énigme, presque grincer d'impuissance puis se résoudre dans une harmonie inattendue et fluide, alternant complexités et solutions, questions et issues.

C'est à l'un de ces moments où les cordes amorçaient une « issue » que ses pensées revinrent en flèche au départ précipité du Trident hors du *Schloss* de Haguenau. Il suivit la piste, surveillant l'archet de Camille. Il avait toujours fait fuir le juge devant lui, seul maigre pouvoir qu'il eût jamais conquis sur le magistrat. Il était arrivé à Schiltigheim le mercredi et c'est le lendemain que Trabelmann avait déversé son indignation. Ce qui avait laissé grand temps à l'événement de se faufiler et de paraître le vendredi dans les nouvelles locales. Ce jour même, Maxime Leclerc mettait en vente et vidait la demeure. Si tel était, ils étaient deux à présent. Adamsberg traquait à nouveau le défunt mais le défunt savait que son chasseur avait réapparu. Et dans ce cas, Adamsberg perdait son unique avantage et la puissance du mort pouvait lui barrer la route à tout instant. Un homme averti en vaut dix mais l'autre en valait mille. De retour à Paris, il lui faudrait adapter sa stratégie à cette menace nouvelle, échapper aux bas-rouges qui tenteraient de lui arracher les jambes. *Prends de l'avance, jeune homme. Je compte jusqu'à quatre.* Et cours, Adamsberg, cours.

S'il ne faisait pas erreur. Il eut une pensée pour Vivaldi qui, par-delà les siècles, lui adressait ce signal de danger. Un brave type, ce Vivaldi, un très bon chum servi par un quintette d'exception. Sa voiture ne l'aurait pas porté ici en vain. Pour dérober une heure à la vie de Camille et pour capter l'avertissement précieux du musicien. Au point où il en était d'entendre les morts, il pouvait bien écouter les murmures d'Antonio Vivaldi, et il était bien certain que cet homme était de très bonne compagnie. Un gars qui produit pareille musique ne peut vous chuchoter que d'excellents conseils.

Ce n'est qu'à la fin du concert qu'Adamsberg repéra Danglard, les yeux posés sur sa protégée. Cette vue abolit en lui tout plaisir. Mais de quoi se mêlait donc ce type ? De tout ? De toute sa vie ? Parfaitement informé des concerts, il était là, fidèle au poste, le brave, le fidèle, l'irréprochable Danglard. Merde, Camille ne lui appartenait pas, nom d'un chien. Que tentait donc le capitaine avec sa protection rapprochée ? D'entrer dans son existence ? Une véritable rogne le dressa tout entier contre son adjoint. Le bienfaiteur aux cheveux grisonnants qui se glissait par la porte que le chagrin de Camille lui laissait entr'ouverte.

La rapidité avec laquelle Danglard s'éclipsa surprit Adamsberg. Le capitaine avait contourné l'église et attendait la sortie des musiciens. Pour les félicitations sans doute. Mais Danglard chargea le matériel dans une voiture et se mit au volant, emportant Camille avec lui. Adamsberg démarra derrière eux, désireux de savoir jusqu'où son adjoint étendait sa secrète prévenance. Après une halte et dix minutes de route, le capitaine se gara et ouvrit la portière à Camille qui lui tendit un paquet roulé dans une couverture. Cette couverture, et le fait que le paquet poussât un cri, lui firent saisir en un spasme l'étendue de la situation.

Un enfant, un bébé. Et, d'après sa taille et sa voix, un minuscule bébé d'un mois d'âge. Immobile, il regarda la porte de la maison se refermer sur le couple. Danglard, infâme salaud, ignoble voleur.

Qui ressortit rapidement, saluant Camille d'un geste amical, et s'engouffra dans un taxi.

Bon dieu, un enfant, ressassait Adamsberg sur la route qui le ramenait vers Hull. À présent que Danglard avait quitté le rôle de suborneur pour redevenir le bon et bienveillant capitaine – ce qui n'atténuait guère son ressentiment envers lui –, ses pensées se concentraient en faisceau sur la jeune femme. Par quel tour de passe-passe inconcevable retrouvait-il Camille avec un enfant ? Un tour qui exigeait, réalisa-t-il en cet instant, le passage effronté d'un homme. Un bébé d'un mois, calcula-t-il. Plus neuf égale dix. Camille n'avait donc pas attendu plus de dix semaines après son départ pour lui trouver un successeur. Adamsberg appuya sur l'accélérateur, soudain impatient de doubler ces foutus chars qui se suivaient docilement à la vitesse sacrée de 90 km/h. Le fait était là, et Danglard en avait été informé depuis les débuts sans lui en souffler mot. Il comprenait pourtant que son adjoint lui ait épargné cette nouvelle qui, aujourd'hui même, lui cinglait l'esprit. Et pourquoi ? Qu'avait-il espéré ? Que Camille pleure mille ans sans bouger sur son amour perdu ? Se pétrifie en une statue qu'il pourrait réanimer à son gré ? Comme dans les contes ? aurait dit Trabelmann. Non, elle avait chancelé, vécu et rencontré une espèce de gars, tout bonnement. Réalité râpeuse qu'il percutait sèchement.

Non, pensa-t-il en s'étendant sur son lit. Non, il n'avait jamais réellement compris qu'il perdait Camille en perdant Camille. Simple logique dont il n'avait que faire. Il y avait à présent ce foutu père qui l'expulsait hors du paysage. Jusqu'à Danglard qui avait choisi son parti contre lui. Il imaginait sans peine le capitaine entrant à la maternité et serrant la main du nouveau venu, un homme fiable, un homme sûr, offrant toute sa droiture en bienfaisant contraste. Un gars irréprochable et rectiligne, un industriel avec un labrador, deux labradors, des chaussures et des lacets neufs.

Adamsberg le haït férocement. Ce soir, il aurait massacré ce type et ses chiens dans l'instant. Lui, le flic, lui, le bœuf, le coch, il l'aurait tué. Et d'un coup de trident, pourquoi pas ?

XXII

À son réveil tardif, Adamsberg n'alla pas défier le boss des bernaches et abandonna tout projet de visite contemplative aux lacs. Il bifurqua aussitôt vers le sentier. La jeune fille ne travaillait pas le dimanche et il avait une bonne chance de la trouver à la pierre Champlain. Elle était là en effet, sourire ambigu et cigarette aux lèvres, prête à le suivre au studio.

Adamsberg trouva dans l'engouement de sa compagne un réconfort partiel au déplaisir qu'il avait subi la veille. Il fut ardu de la déloger à six heures du soir. Assise nue sur le lit, Noëlla ne voulait rien entendre, décidée à passer la nuit ici même. Hors de question, lui expliqua doucement Adamsberg en la rhabillant peu à peu, ses collègues allaient rentrer incessamment. Il dut lui passer son blouson et la mener par le bras jusqu'à la porte.

Une fois Noëlla dehors, ses pensées ne s'attardèrent pas plus longtemps sur la jeune fille et il appela Mordent à Paris. Le commandant était un homme de l'ombre et il ne le réveillerait pas à minuit un quart. À sa rigueur de paperassier se joignait un penchant désuet pour l'accordéon et la chanson populaire, et il revenait ce soir d'un bal qui semblait l'avoir réjoui.

— À dire vrai, Mordent, dit Adamsberg, je ne vous appelle pas pour donner des nouvelles. Tout roule, l'équipe suit bien, rien à mentionner.

— Les collègues ? s'informa malgré tout le commandant.

— C'est correct, comme ils disent ici. Agréables et compétents.

— Soirées libres ou extinction des feux à dix heures ?

— Libres, mais vous ne perdez rien de ce côté. Hull-Gatineau n'est pas exactement une vaste scène de cabarets et de fêtes foraines. C'est un peu plate, comme dit Ginette.

— Mais c'est beau ?

— Très. Pas d'embrouille à la Brigade ?

— Rien de complexe. Objet du coup de fil, commissaire ?

— L'exemplaire des *Nouvelles d'Alsace* du vendredi 10 octobre. Ou bien de tout autre journal régional ou local, je ne sais pas.

— Objet de la recherche ?

— Le meurtre commis à Schiltigheim dans la soirée du samedi 4 octobre. Victime, Élisabeth Wind. Chargé de l'enquête, le commandant Trabelmann. Accusé, Bernard Vétilleux. Ce que je cherche, Mordent, c'est un article ou un entrefilet signalant la visite d'un flic parisien et le soupçon d'un tueur en série. Quelque chose de cet ordre. Vendredi 10, pas un autre jour.

— Le flic parisien, c'est vous, je suppose ?

— C'est cela.

— Secret défense dans la Brigade ou laisser-aller en salle des Racontars ?

— Secret absolu, Mordent. Cette affaire ne me vaut que des emmerdements.

— C'est urgent ?

— Prioritaire. Tenez-moi au courant dès que vous tenez quelque chose.

— Et si je ne tiens rien ?

— Très important aussi. Appelez-moi dans un cas comme dans l'autre.

164

— Une seconde, intervint Mordent. Pourriez-vous m'adresser chaque jour un mail détaillant vos activités à la GRC ? Brézillon attend un rapport précis au retour de mission et je suppose que vous aimeriez que je m'en charge.

— Oui, merci du coup de main, Mordent.

Le rapport. Il l'avait totalement négligé. Adamsberg s'obligea à rédiger pour le commandant un compte rendu des prélèvements des jours passés, tant qu'il avait en mémoire les efforts de Jules et Linda Saint-Croix. Il était encore juste temps, les récents surgissements de Fulgence, du nouveau père et de Noëlla ayant fait refluer assez loin ces cartons de sueur et d'urine. Il n'était pas mécontent de se défaire demain de son dur et jovial compagnon et de se retrouver en tandem avec Sanscartier le Bon.

Tard le soir, il entendit une voiture freiner sur le parking. Il jeta un œil par son balcon et en vit descendre le groupe de Montréal, Danglard en tête, courbé sous l'averse de neige. Lui, il aurait bien envie de lui donner l'heure, comme aurait dit le surintendant.

XXIII

Il est étrange à quel point trois jours suffisent à dissiper l'étonnement et, déjà, à enclencher la routine, pensait Adamsberg en se garant devant les bâtiments de la GRC, à quelques mètres de l'écureuil diligent qui gardait la porte. Les sensations d'étrangeté s'estompaient, chaque corps commençait à creuser son nid dans le nouveau territoire et à le mouler à sa forme, comme on affaisse peu à peu l'assiette de son fauteuil. C'est ainsi que chacun reprit la même place dans la salle de réunion, ce lundi, à l'écoute du surintendant. Après le terrain, laboratoire, extraction d'échantillons, placement sur médaillons, deux millimètres de diamètre, dépôt dans les quatre-vingt-seize alvéoles des plaques de traitement. Consignes qu'Adamsberg nota mollement pour son courrier du jour à Mordent.

Adamsberg laissa Fernand Sanscartier disposer les cartons, préparer les médaillons, lancer les poinçons robotisés. Tous deux, accoudés à une rambarde blanche, regardaient le va-et-vient des pointes. Depuis deux jours, Adamsberg dormait mal et le mouvement monotone des dizaines de poinçons synchrones l'abrutissait.

— Ça vous assomme un homme, hein ? Tu veux-tu que j'aille nous chercher un régulier ?

— Un double-régulier, Sanscartier, bien serré.

Le sergent revint en portant avec précaution les gobelets.

— Brûle-toi pas, dit-il en tendant son café à Adamsberg.

Les deux hommes reprirent leur pose, penchés sur le garde-corps.

— Moment donné, dit Sanscartier, on pourra plus pisser tranquillement dans la neige sans faire surgir un code-barres et trois hélicos de cops.

— Moment donné, répéta Adamsberg en écho, on n'aura même plus besoin d'interroger les gars.

— Moment donné, on n'aura même plus besoin de les voir. D'entendre leur voix, de se demander si des fois. On se pointera sur la scène du crime, on prélèvera une vapeur de sueur, et le gars sera pogné à domicile avec une pince et livré dans une boîte à sa mesure.

— Et moment donné, on s'emmerdera.

— Tu le trouves-tu bon, ce breuvage ?

— Pas très.

— C'est pas notre spécialité.

— Et tu t'ennuies ici, Sanscartier ?

Le sergent pesa sa réponse.

— J'aurais le goût de retourner sur le terrain. Là où je pourrais me servir de mes yeux, et puis pisser dans la neige, si tu me comprends. Surtout que ma blonde, elle reste à Toronto. Mais dis-le pas au boss, je me ferais passer au batte.

Un signal rouge s'alluma et les deux hommes restèrent un moment sans bouger, regardant les poinçons immobilisés. Puis Sanscartier s'écarta pesamment de la rambarde.

— Faut qu'on se mouve. Si le boss nous pogne à brasser de l'air, il va manger ses bas.

Ils évacuèrent la palette et mirent en place de nouveaux cartons. Médaillons, alvéoles. Sanscartier relança la manœuvre de poinçonnage.

— T'en fais-tu beaucoup du terrain, à Paris ? demanda-t-il.

— Le plus possible. Et puis je marche, je déambule, je rêve.

— T'es chanceux. Tu résous tes affaires en pelletant des nuages ?

— D'une certaine manière, dit Adamsberg dans un sourire.

— T'es-tu sur une bonne, en ce moment ?

Adamsberg grimaça.

— Ce n'est pas le mot, Sanscartier. Je serais plutôt à pelleter de la terre.

— T'es-tu tombé sur un os ?

— Plein d'os. Je suis tombé sur un mort tout entier. Mais le mort, ce n'est pas la victime, c'est l'assassin. C'est un vieux mort qui tue.

Adamsberg fixa les yeux bruns de Sanscartier, presque aussi ronds que les billes veloutées que l'on fixe à la face des jouets.

— Ben, répondit Sanscartier, s'il tue encore, c'est qu'il est pas tout à fait mort.

— Si, insista Adamsberg. Il est mort, je te le dis.

— Ben c'est qu'il résiste, déclara Sanscartier en écartant les bras. Il se débat comme un diable dans l'eau bénite.

Adamsberg s'accouda à la rambarde. Une main, enfin, qui se tendait innocemment vers lui après celle de Clémentine.

— Tu es un coch inspiré, Sanscartier. C'est bien le terrain qu'il te faut.

— Tu le crois-tu ?

— J'en suis sûr.

— En tout cas, dit le sergent en hochant la tête, moment donné, tu vas te mettre les doigts dans le tordeur avec ton diable. Gare à toi, si tu me permets. Y va pas manquer d'esti de gars qui diront que t'as viré d'un coup boutte pour boutte.

— C'est-à-dire ?

168

— Qui diront que tu rêves en couleurs, quoi, que tu fais de la boule.

— Ah, ça. C'est déjà dit, Sanscartier.

— Alors tais ton bec et tente pas de leur faire accroire. Mais je dis, dans mon livre à moi, t'as du casque et t'es dans ton bon sens. Cherche ton maudit démon et en attendant que tu le grippes par le carcan, fais-toi pas remarquer.

Adamsberg resta penché sur le garde-corps, sensible à l'allègement que portaient les paroles de son collègue au front pur.

— Mais toi, Sanscartier, pourquoi ne me prends-tu pas pour un cinglé ?

— Parce que tu l'es pas, c'est facile de comprenure. Tu viens-tu dîner ? Il est passé midi.

Au lendemain soir, après une journée passée à la chaîne d'extraction automatique, Adamsberg se sépara à regret de son bienfaisant collègue.

— Tu fais équipe avec qui, demain ? lui demanda Sanscartier en l'accompagnant à la voiture.

— Ginette Saint-Preux.

— C'est une bonne chum de fille. Tu peux être sur tes aises.

— Mais tu me manqueras, dit Adamsberg en lui serrant la main. Tu m'as rendu un grand service.

— Comment ça se peut-tu ?

— Ça se peut, voilà tout. Et toi ? Avec qui travailles-tu ?

— Avec celle qu'est tendre d'entretien. Tu peux-tu me rappeler son nom ?

— Tendre d'entretien ?

— Grosse, traduisit Sanscartier, embarrassé.

— Ah. Violette Retancourt.

— Excuse-moi de ramener la question, mais quand t'auras pogné ce maudit mort, même dans dix ans, tu pourras-tu me le faire assavoir ?

— Ça t'intéresse à ce point ?

— Oui. Et j'ai pris amitié sur toi.

— Je te le dirai. Même dans dix ans.

Adamsberg se retrouva coincé avec Danglard dans l'ascenseur. Ses deux jours avec Sanscartier le Bon l'avaient adouci et il remettait à plus tard son désir d'en découdre une nouvelle fois avec son adjoint.

— Vous sortez ce soir, Danglard ? demanda-t-il d'un ton neutre.

— Crevé. J'avale un morceau et je me couche.

— Les enfants ? Tout se passe bien ?

— Oui, merci, répondit le capitaine, un peu surpris.

Adamsberg souriait en rentrant chez lui. Danglard n'était pas bien doué ces derniers temps pour les cachotteries. La veille, il avait entendu démarrer la voiture à dix-huit heures trente et rentrer à presque deux heures du matin. Le temps d'aller à Montréal, d'écouter le même concert et d'accomplir ses bonnes actions. Des nuits courtes qui coloraient ses cernes. Brave Danglard, si sûr de son incognito, serrant les lèvres sur son secret éventé. Ce soir, dernière représentation et nouvel aller-retour pour le fidèle capitaine.

Depuis sa fenêtre, Adamsberg observa sa sortie furtive. Bonne route et bon concert, capitaine. Il regardait la voiture s'éloigner quand Mordent l'appela.

— Désolé du retard, commissaire, on a eu un fatras sur le dos, un type qui voulait tuer sa femme et qui nous appelait en même temps. Il a fallu cerner l'immeuble.

— Du dégât ?

— Non, le gars a encastré sa première balle dans le piano et la seconde dans son pied. Par bonheur, un véritable manche.

— Des nouvelles de l'Alsace ?

— Le mieux, c'est que je vous lise l'article, en page huit : « Le meurtre de Schiltigheim en question ?

Suite à l'enquête menée par la gendarmerie de Schiltigheim après l'assassinat tragique d'Élisabeth Wind, dans la nuit du samedi 4 octobre, le parquet a ordonné la mise en détention préventive de B. Vétilleux. Selon nos informateurs cependant, B. Vétilleux aurait été soumis à un contre-interrogatoire par un haut commissaire de Paris. L'assassinat de la jeune fille pourrait être attribué, selon cette même source, à un meurtrier en série sévissant sur le territoire national. Cette hypothèse a été formellement rejetée par le commandant Trabelmann, chargé de l'enquête. D'après ses déclarations, ce fait ne relèverait que d'une rumeur. Le commandant a tenu à réaffirmer le bien-fondé de l'arrestation de B. Vétilleux. » C'est ce que vous cherchiez, commissaire ?

— Exactement. Conservez précieusement l'article. Il n'y a plus qu'à prier pour que Brézillon ne lise pas *Les Nouvelles d'Alsace*.

— Cela vous arrangerait que ce Vétilleux soit innocenté ?

— Oui et non. C'est dur de pelleter la terre.

— Bien, conclut Mordent sans s'avancer plus avant. Merci pour vos courriers. Cela paraît intéressant mais pas très séduisant, ces cartons, poinçons, médaillons ?

— Justin y est très à son aise, Retancourt s'adapte sans encombre, Voisenet y trouve une touche surnaturaliste. Froissy subit, Noël s'impatiente, Estalère s'étonne et Danglard s'en va au concert.

— Et vous, commissaire ?

— Moi ? On m'appelle le « pelleteux de nuages ». Gardez cela pour vous, Mordent, comme l'article.

De Mordent, Adamsberg passa aussitôt à Noëlla, dont la passion montante le distrayait assurément de l'irritante découverte de Montréal. La jeune fille, très déterminée, avait vite résolu le problème du lieu de leurs rencontres. Il la retrouvait à la pierre Champlain puis, en un quart d'heure par la piste cyclable, ils rejoignaient la boutique d'un loueur de vélos, dont l'une des fenêtres à guillotine fermait mal. La jeune fille apportait dans son sac à dos tout ce qu'elle estimait nécessaire à leur survie, soit sandwiches, boissons et matelas de campeur. Adamsberg la quittait vers onze heures du soir, revenant par le sentier de portage dont il connaissait à présent chaque dénivelé, passant devant le chantier, adressant un signe au veilleur, saluant la rivière Outaouais avant d'aller dormir.

Travail, rivière, forêts et jeune fille. Au fond, on pouvait prendre les choses du bon côté. Laisser voguer au loin le nouveau père et, quant au Trident, se répéter les mots de Sanscartier. *T'as du casque et t'es dans ton bon sens.* C'est à Sanscartier qu'il voulait croire, bien que, d'après les allusions de Portelance et Ladouceur, il ne semblât pas le plus estimé du groupe pour son esprit.

Une légère ombre au tableau ce soir avec Noëlla. Un court dialogue, heureusement brisé net.

— Emmène-moi avec toi, avait déclaré la jeune fille, étendue sur le matelas de camping.

— Je ne peux pas, je suis marié, avait répondu Adamsberg d'instinct.

— Tu mens.

Adamsberg l'avait embrassée pour faire cesser les mots.

XXIV

Les journées en duo avec Ginette Saint-Preux s'écoulèrent avec aisance, n'était la complexité croissante du stage qui avait contraint Adamsberg à prendre des notes sous la dictée de sa coéquipière. *Passage en chambre d'amplification, production de copies de l'échantillon par appareil de cyclage thermique.*

Bien, Ginette, comme tu voudras.

Mais Ginette, aussi bavarde que tenace, repérait le regard flou d'Adamsberg et revenait à la charge.

— Fais pas ta mule, c'est pas dur de comprenure. Imagine-toi une photocopieuse moléculaire qui produit des milliards d'exemplaires de cibles. Correct ?

— Correct, répétait machinalement Adamsberg.

— Les produits d'amplification sont marqués d'un indicateur fluorescent qui facilite la détection au balayage laser. Tu comprends-tu mieux maintenant ?

— Je comprends tout, Ginette. Travaille, je te regarde.

Noëlla l'attendait le jeudi soir, campée sur son vélo, le visage souriant et résolu. Une fois le matelas déroulé au sol de la boutique, elle s'y allongea sur un coude et tendit le bras vers son sac à dos.

— Elle a une surprise pour toi, dit-elle en en sortant une enveloppe.

La jeune fille l'agitait sous ses yeux en riant. Adamsberg s'était redressé, méfiant.

— Elle a obtenu une place sur le même vol que toi, mardi prochain.

— Tu rentres à Paris ? Déjà ?

— Je rentre chez toi.

— Noëlla, je suis marié.

— Tu mens.

Il l'avait à nouveau embrassée, plus inquiet que la première fois.

XXV

Adamsberg s'attarda à converser avec l'écureuil de faction de la GRC, différant un peu la journée qui l'attendait avec Mitch Portelance. Ce jour, l'écureuil avait recruté une petite camarade, qui le dissipait beaucoup dans son laborieux devoir. Ce qui n'était pas le cas du sec Portelance, un scientifique de haut vol entré en génétique comme on prononce ses vœux, ayant dédié tout son amour aux brins d'acide désoxyribonucléique. À la différence de Ginette, l'inspecteur était incapable de concevoir qu'Adamsberg ne puisse suivre ses explications, encore moins ne pas les gober avec passion, et il exposait les données au pas de charge. Adamsberg annotait son carnet de-ci de-là, saisissant des bribes de ce discours fervent. *Dépôt de chaque échantillon sur un peigne poreux... Introduction dans un séquenceur...*

Peigne poreux ? inscrivait Adamsberg.

Transfert de l'ADN dans un gel séparateur à l'aide d'un champ électrique.

Gel séparateur ?

— Et gare ! lança Portelanee. Commence alors une course de molécules durant laquelle les fragments d'ADN traversent le gel pour atteindre la ligne d'arrivée.

— Ah tiens.

— À savoir un détecteur qui repère les fragments au fur et à mesure qu'ils sortent du séquenceur, un par un, par ordre croissant de longueur.

— Épatant, dit Adamsberg, en dessinant une grosse reine fourmi poursuivie par une centaine de mâles ailés.

— Tu dessines quoi ? s'interrompit Portelance, contrarié.

— La course des fragments à travers le gel. C'est pour mieux fixer mes idées.

— Et voilà le résultat, s'exclama Portelance en pointant son doigt sur l'écran. Profil de vingt-huit bandes affiché par le séquenceur. Beau, tu trouves-tu ?

— Très.

— Cette combinaison, enchaîna Mitch – ici l'urine de Jules Saint-Croix, si tu te souviens-tu –, constitue son profil génétique, unique au monde.

Adamsberg contempla la transformation de l'urine de Jules en vingt-huit bandes. Tel était Jules, tel était l'homme.

— Si c'était ton urine, dit Portelance en se relâchant un peu, on verrait évidemment quelque chose de tout à fait différent.

— Mais vingt-huit bandes tout de même ? Pas cent quarante-deux ?

— Pourquoi cent quarante-deux ?

— Comme cela. Je m'informe.

— Vingt-huit, je t'ai dit. Bref, si tu tues quelqu'un, t'aurais pas d'acquêt à pisser sur le cadavre.

Mitch Portelance rit tout seul.

— Inquiète-toi pas, je me détends, expliqua-t-il.

À la pause de l'après-midi, Adamsberg repéra Voisenet qui buvait un régulier en discutant avec Ladouceur. Il lui fit signe et Voisenet le rejoignit dans un angle.

— Vous avez suivi, Voisenet ? Le gel, la course folle, les vingt-huit bandes ?

— Ça va.

— Moi pas. Soyez gentil d'adresser le rapport du jour à Mordent, je n'en suis pas capable.

— Portelance va trop vite ? s'inquiéta le lieutenant.

— Et moi je vais trop lentement. Dites, Voisenet, ajouta Adamsberg en sortant son carnet, cela vous dit quelque chose, ce poisson ?

Voisenet se pencha avec intérêt sur le croquis qu'Adamsberg avait fait de la bestiole qui furetait au fond du lac Pink.

— Jamais vu, dit Voisenet, intrigué. Vous êtes certain de la justesse du dessin ?

— Il n'y manque pas une nageoire.

— Jamais vu, répéta le lieutenant en secouant la tête. Et pourtant, j'en connais un bout en ichtyofaune.

— En quoi ?

— En poissons.

— Alors dites « poissons », je vous en prie. J'ai déjà du mal à comprendre nos collègues, ne me compliquez pas la tâche.

— D'où cela provient-il ?

— D'un foutu lac, lieutenant. De deux lacs posés l'un sur l'autre. Un lac vivant sur un lac mort.

— Pardon ?

— Vingt mètres de profondeur, trois mètres de boues vieilles de dix mille ans. Au fond, plus rien ne bouge. Et dedans flotte cette antique poiscaille héritée des temps marins. Une sorte de fossile vivant qui n'a rien à foutre là, si vous voulez. À se demander même pourquoi il a survécu, et comment. En tout cas il a résisté, et il se débat dans ce lac comme un diable dans de l'eau bénite.

— Merde, souffla Voisenet, passionné, ne pouvant détacher ses yeux du dessin. Vous êtes certain qu'il ne s'agit pas d'une affabulation, d'une légende ?

— Le panneau était tout ce qu'il y a de sérieux. Vous pensez à quoi ? Au monstre du Loch Ness ?

— Nessie n'est pas un poisson, c'est un reptile. Où est-ce, commissaire ? Ce lac ?

Adamsberg, le regard vague, ne répondit pas.

— Où est-ce ? répéta Voisenet.

Adamsberg releva les yeux vers son collègue. Il était en train de se demander ce qu'il adviendrait si Nessie s'était engouffrée tout entière dans le porche de la cathédrale de Strasbourg. Ça se serait su. Encore que c'eût été un fait divers inusité mais pas très fulminant, dès l'instant où le monstre du Loch ne crachait pas de feu par les naseaux et était donc inapte à faire exploser le joyau de l'art gothique.

— Pardon, Voisenet, je réfléchissais. Il s'agit du lac Pink, pas très loin d'ici. Rose et bleu, magnifique en surface. Donc, attention aux apparences. Et si vous apercevez ce poisson, pognez-le-moi par les gosses.

— Eh, protesta Voisenet. Je ne fais pas de mal aux poissons, je les aime.

— Eh bien, moi, je n'aime pas celui-ci. Venez, je vais vous montrer le lac sur la carte.

Adamsberg s'appliqua à éviter tout risque de rencontre avec Noëlla ce soir, garant dans une rue éloignée, entrant dans l'immeuble par la porte arrière du sous-sol et évitant le chemin de portage. Il coupa par la forêt, traversa le chantier, croisa le gardien qui venait prendre son poste.

— Hey, man ! dit le veilleur avec un grand signe. Toujours à te mouver les guenilles ?

— Oui, bienvenue, répondit Adamsberg avec un sourire, sans s'attarder.

Il n'alluma sa lampe qu'une fois en sûreté, aux deux tiers du trajet, bien après la pierre que Noëlla ne dépassait jamais, et rejoignit le sentier.

Où elle l'attendait, vingt mètres plus loin, adossée à un hêtre.

— Viens, dit-elle en lui prenant la main. J'ai quelque chose à te dire.

— J'ai un dîner de collègues, Noëlla, je ne peux pas.

— Je n'en ai pas pour longtemps.

Adamsberg se laissa tirer jusqu'à la boutique du loueur de vélos et s'assit prudemment à deux mètres de la jeune fille.

— Tu m'aimes, déclara d'entrée Noëlla. Je l'ai vu la première fois, quand tu es apparu sur le sentier.

— Noëlla...

— Je le savais, coupa Noëlla. Que c'était toi et que tu m'aimais. Il me l'avait dit. C'est pour cela que je venais sur cette pierre chaque jour et pas pour le vent.

— Comment cela, « il » ?

— Le vieil Indien Shawi. Il me l'avait dit. Que l'autre moitié de Noëlla m'apparaîtrait sur la pierre du fleuve des anciens Outaouais.

— Le vieil Indien, répéta Adamsberg. Où cela le vieil Indien ?

— À Sainte-Agathe-des-Monts. C'est un Algonquin, il descend des Outaouais. Il sait. J'ai attendu et c'était toi.

— Bon dieu, Noëlla, tu ne vas pas le croire ?

— Toi, indiqua Noëlla en pointant son doigt sur Adamsberg. Tu m'aimes comme je t'aime. De même que roulera le fleuve, rien ne nous séparera.

Cinglée, totalement cinglée. Laliberté avait eu raison. C'était croche, cette jeune fille toute seule à l'aube sur le sentier de portage.

— Noëlla, dit-il en se mettant debout, marchant dans la cabane. Noëlla, tu es une fille adorable, splendide, je t'aime beaucoup mais je ne t'aime pas, pardonne-moi. Je suis marié, j'aime ma femme.

— Tu mens et tu n'as pas de femme. Le vieux Shawi me l'a dit. Et tu m'aimes.

— Non, Noëlla. On se connaît depuis six jours. Tu étais triste à cause de ton chum, j'étais seul et voilà tout. L'histoire s'arrête là, je suis désolé.

— Elle ne s'arrête pas, elle commence pour toujours. Là, ajouta la jeune fille en désignant son ventre.

— Là quoi ?

— Là, répéta calmement Noëlla. Notre enfant.

— Tu mens, dit sourdement Adamsberg. Tu ne peux pas savoir cela si tôt.

— Si. Les tests donnent la réponse en trois jours. Et Shawi m'avait annoncé que j'enfanterais de toi.

— C'est faux.

— C'est vrai. Et tu ne laisseras pas Noëlla qui t'aime et porte ton enfant.

Le regard d'Adamsberg se tourna d'instinct vers la fenêtre à guillotine. Il en leva rapidement le panneau et sauta sur la route.

— À mardi, lui cria Noëlla.

Adamsberg rattrapa la piste cyclable et courut jusqu'à son immeuble. Le souffle rapide, il grimpa dans sa voiture et démarra en direction de la forêt, tournant sur les chemins de terre, roulant trop vite. Il ralentit devant une échoppe isolée, acheta une bière et une part de pizza. Il l'avala comme un ours, assis sur une souche en lisière de forêt. Parfaitement pris au piège, sans aucun refuge où s'abriter de cette fille à moitié folle qui l'avait serré au col. Si désaxée qu'il était certain de la voir débarquer à l'aéroport mardi, s'installer chez lui à Paris. Il aurait dû savoir, comprendre en la voyant sur cette pierre, si directe et si étrange, que Noëlla était hallucinée. Il l'avait d'ailleurs évitée les premiers jours. Mais cette foutue affaire du quintette l'avait jeté comme un abruti dans les bras tentaculaires de cette fille.

Le dîner et le froid vif qui descendait avec la nuit lui rendirent de l'énergie. Son affolement se mua en rage. Nom de dieu, on n'avait pas le droit de piéger un gars comme ça. Il la lancerait par-dessus bord depuis l'avion, il la jetterait dans la Seine depuis Paris.

Bon sang, songea-t-il en se relevant, cela commençait à faire beaucoup de rages, et beaucoup de gens qu'il avait eu envie d'écraser ou de carrément massacrer. Favre, le Trident, Danglard, le Nouveau Père, et maintenant cette fille. Comme aurait dit Sanscartier, il virait boutte pour boutte. Et il ne se suivait plus. Ni sur ses rages meurtrières ni même sur ses nuages que, pour la première fois, il n'aimait plus pelleter. Ces visions récurrentes de mort-vivant, de trident, de griffures d'ours et de lacs malfaisants commençaient à l'oppresser et il lui semblait perdre le contrôle de ses propres nuages. Oui, il était bien possible qu'il virât boutte pour boutte.

Il regagna son studio d'un pas lourd, en se glissant par le sous-sol comme un coupable ou un homme encerclé par lui-même.

XXVI

Pendant que Voisenet s'était précipité au lac Pink avec Froissy et Retancourt, que deux autres s'étaient de nouveau rués vers les bars de Montréal, entraînant le scrupuleux Justin, et que Danglard récupérait son retard de sommeil, Adamsberg passa son week-end à se déplacer furtivement. La nature lui avait toujours réussi – exception faite du lac sournois –, mieux valait aller s'y plonger que de tourner dans ce studio où Noëlla risquait de s'annoncer. Il se glissa dehors à l'aube, avant l'heure où chacun s'éveille, et fila vers le lac Meech.

Il y passa de longues heures, franchissant les ponts de bois, longeant ses contours, frottant ses bras dans la neige jusqu'aux coudes. Il jugea plus prudent de ne pas rejoindre Hull pour la nuit et dormit dans une auberge de Maniwaki, en priant pour que Shawi le prophète n'apparaisse pas dans sa chambre pour lui ramener de force sa disciple illuminée. Il s'épuisa tout le lendemain à parcourir les bois, ramassant des copeaux de bouleaux, des feuilles plus rouges que rouges, et cherchant dans quel abri il pourrait se terrer ce soir.

Poésie. S'il allait dîner dans ce bar à poésie ? Le Quatrain n'attirait pas les jeunes gens et Noëlla n'aurait pas idée de l'y chercher. Il laissa sa voiture assez loin de chez lui et prit par le grand boulevard et non par ce sacré sentier.

Lassé, crispé en même temps que privé d'idées, il avalait une assiette de frites en écoutant d'une oreille les poèmes qui se succédaient. Danglard se retrouva brusquement à ses côtés.

— Bon week-end ? demanda le capitaine, cherchant la conciliation.

— Et vous, Danglard ? Mieux dormi ? répondit nerveusement Adamsberg. La traîtrise dévore la conscience et les nuits, elle use, elle fatigue.

— Je vous demande pardon ?

— La traîtrise. Je ne parle pas algonquin, comme dit Laliberté. Des mois de secret et de silence, sans compter mille six cents kilomètres de route engrangés ces derniers jours pour l'amour de Vivaldi.

— Ah, murmura Danglard en posant ses deux mains à plat sur la table.

— Comme vous dites. Applaudir, porter le matériel, accompagner, ouvrir la porte. Un véritable chevalier servant.

— Et après ?

— Et *avant*, Danglard ? Vous avez pris le parti de l'Autre. Du type aux deux labradors et aux lacets neufs. Contre moi, Danglard, contre moi.

— Je ne vous suis pas. Désolé, dit Danglard en se levant.

— Une minute, dit Adamsberg en le retenant par la manche. Je parle de votre choix. L'enfant, la poignée de main au nouveau père et bienvenue chez nous. N'est-ce pas, capitaine ?

Danglard passa ses doigts sur ses lèvres. Puis il se pencha vers Adamsberg.

— Dans mon livre à moi, comme disent nos collègues, vous êtes un véritable con, commissaire.

Adamsberg était demeuré à sa table, sidéré. L'imprévisible insulte de Danglard lui sonnait dans le crâne. Des clients, attentifs à la poésie, lui firent comprendre que lui et son ami les dérangeaient depuis un bon moment dans leur recueillement.

Adamsberg quitta le café, cherchant le bar le plus minable du centre-ville, une taverne d'hommes avinés où la folle Noëlla n'entrerait pas. Quête vaine, nul bon vieux bar cradingue dans ces rues nettes et propres. Alors qu'à Paris, cela germait comme des fleurs sauvages aux fissures des trottoirs. Il se rabattit sur le plus modeste des établissements, qui portait l'enseigne de *L'Écluse*. Les mots de Danglard avaient dû frapper fort car il sentait monter un sérieux mal de tête, ce qui ne lui arrivait qu'une fois tous les dix ans.

Dans mon livre à moi, vous êtes un véritable con, commissaire.

Sans oublier les phrases de Trabelmann, de Brézillon, de Favre, et celles du nouveau père. Sans parler de celles, redoutables, de Noëlla. Des affronts, des traîtrises, des menaces.

Et puisque ce mal au crâne ne le lâchait pas, il fallait répondre à l'exceptionnel par l'exceptionnel et noyer carrément le tout dans une cuite authentique. Adamsberg était naturellement sobre, et il se souvenait mal de sa dernière saoulerie, tout jeune à un festin de village, et des effets que cela pouvait bien produire. Mais dans l'ensemble, et d'après les témoignages, les gens en semblaient contents. L'oubli, disaient-ils. C'était précisément ce qu'il lui fallait.

Il s'installa au bar entre deux Québécois déjà bourrés à la bière et avala trois whiskies de suite en ouverture. Les murs ne tournaient pas, tout allait bien et le contenu troublé de sa tête se transvasait directement dans son estomac. Le bras accroché au comptoir, il commanda une bouteille de vin, sachant, d'après des témoins fiables toujours, que le mélange des genres produisait des résultats valables. Il en but quatre verres et réclama un cognac pour compléter. *De la rigueur, de la rigueur, et de la rigueur, je connais pas d'autre moyen de réussir*. Sacré Laliberté. Sacré chum.

Le barman commençait à le regarder avec inquiétude. Va te faire foutre, man, je cherche une issue, et cette issue aurait même pu convenir à Vivaldi. Alors figure-toi.

Par prudence, Adamsberg avait déposé à l'avance assez de dollars sur le comptoir pour payer son dû, au cas où il chuterait de son tabouret. Le cognac lui donna un coup de grâce intéressant, une sensation de perte radicale de ses marques, des traînées de fureur mêlées à des boules de rigolade, une conviction de puissance aussi, viens te battre ici si t'es un ours, un chum, un mort, un poisson ou n'importe quelle bonne blague dans ce genre. *Si tu t'approches, je t'embroche*, avait dit sa grand-mère, fourche en main, à un soldat allemand qui s'avançait dans l'intention de la violer, quelle rigolade. Y repenser le faisait encore marrer d'ici. Brave esti de grand-mère. Il entendit la voix du barman, venant de très loin.

— Excite-toi pas, man, mais tu ferais mieux de lâcher la batte pour ce soir et d'aller prendre une marche. Tu parles tout seul.

— Je te parle de ma grand-mère.

— Je m'en sacre royalement de ta grand-mère. Ce que je vois, c'est que t'es parti sur un flatte et que ça va mal finir. T'es même plus parlable.

— Je suis parti nulle part. Je suis assis là, à mon tabouret.

— Ouvre tes oreilles, le Français. T'es rond comme une bine et t'as les yeux dans le beurre. Tu t'es fait éconduire par ta blonde ? C'est pas une raison pour te foutre par terre. Allez, fais de l'air ! Je te sers plus.

— Si, affirma Adamsberg en tendant son verre.

— Tais ton bec, le Français. Mouve-toi d'ici ou j'appelle les cochs.

Adamsberg éclata de rire. Les cochs. Quelle bonne rigolade.

— Appelle les cochs et s'ils s'approchent, je t'embroche !

— Criss, s'énerva le barman, on va pas javasser des heures. J'ai déjà vu neiger, man, et tu commences à me tomber sur le gros nerf. Sacre le camp, je t'ai dit !

L'homme, taillé comme un bûcheron canadien dans les livres d'images, contourna son bar et souleva Adamsberg par les aisselles. Il le tira jusqu'à la porte et le posa debout sur le trottoir.

— Prends pas ton char, dit-il en lui tendant sa veste.

Le barman poussa la sollicitude jusqu'à lui enfoncer son bonnet sur la tête.

— Le froid va tomber cette nuit, expliqua-t-il. Ils annoncent 12 en bas de zéro.

— Quelle heure c'est ? Je vois plus mes montres.

— Dix heures un quart, l'heure de te coucher. Sois sage et rentre sur tes quilles. Inquiète-toi pas, t'en trouveras une autre, de blonde.

La porte du café claqua devant Adamsberg, qui eut du mal à récupérer sa veste tombée sur le trottoir, puis à l'enfiler dans le bon sens. De blonde, de blonde. Il en avait rien à faire de trouver une blonde.

— De blonde, j'en ai une de trop ! cria-t-il tout seul dans la rue à l'adresse du barman.

Ses pas chancelants le menèrent mécaniquement jusqu'à l'entrée du sentier de portage. Il eut la vague conscience que Noëlla pouvait l'y attendre, tapie dans l'ombre comme le loup gris. Il avait trouvé sa lampe de poche et l'alluma, balayant les alentours d'un geste incertain.

— Rien à foutre ! gueula-t-il tout seul dans le sentier.

Un gars qui peut assommer des ours, des cochs, des poissons, il peut bien se défaire d'une blonde, non ?

Adamsberg aborda résolument le sentier. Malgré le tangage de l'ivresse, la mémoire du chemin, logée dans la plante de ses pieds, le menait valeureusement, même s'il se cognait à un tronc de temps à autre, suite à quelque écart de direction. Il se pensait environ à mi-route à présent. T'es fortiche, mon gars, t'as du casque.

Pas assez pour éviter la branche basse qui barrait le passage et sous laquelle il se glissait habituellement. Il prit le bois en plein front et se sentit tomber au sol, les genoux d'abord, puis le visage, sans que ses mains puissent faire quoi que ce soit pour amortir la chute.

XXVII

Une nausée arracha Adamsberg à son abrutissement. Son front frappait si violemment qu'il eut du mal à ouvrir les paupières. Quand il parvint à fixer son regard, il ne vit rien. Que du noir.

Le noir du ciel, finit-il par comprendre en claquant des dents. Il n'était plus sur le sentier. Il était hors du chemin, sur du goudron, et le froid était glacial. Il se redressa sur un bras, soutenant sa tête. Puis il resta assis sur le sol vacillant, incapable d'en faire plus. Qu'est-ce qu'il avait foutu, bon dieu ? Il reconnut le grondement de l'Outaouais, tout proche. C'était au moins un repère. Il se trouvait à la lisière du sentier, à cinquante mètres de son immeuble. Il avait dû s'évanouir après le choc contre la branche, puis se relever, puis tomber encore, et marcher, tomber, pour enfin s'écrouler une fois la sortie atteinte. Il posa ses mains à terre et se redressa, s'aidant d'un tronc d'arbre pour surmonter son vertige. Cinquante mètres, encore cinquante mètres et il serait au studio. Il avança maladroitement dans le froid mordant, s'arrêtant tous les quinze pas pour retrouver son équilibre, reprenant la route. Les muscles de ses jambes semblaient avoir fondu.

La vision du hall éclairé le guida pour les derniers pas. Il poussa et secoua la porte de verre. La clef, bon dieu, la foutue clef. S'appuyant d'un coude à un battant, la sueur gelant sur son visage, il l'agrippa dans une poche et débloqua la serrure, sous l'œil du gardien qui l'observait, stupéfait.

— Sacrament, ça ne va pas, monsieur le commissaire ?

— Pas tellement, articula Adamsberg.

— Vous avez-tu besoin d'aide ?

Adamsberg fit signe que non, relançant la douleur de son crâne. Il n'avait qu'un seul désir, s'étendre, ne plus parler.

— Rien, dit-il faiblement. Il y a eu une bagarre. Une bande.

— Ces maudits chiens. Toujours à se promener en gagne pour chercher la cogne que c'est écœurant.

Adamsberg approuva d'un signe et pénétra dans l'ascenseur. Dès qu'il fut dans son studio, il se précipita à la salle de bains et y expulsa le maximum d'alcool. Bon sang, qu'est-ce qu'on lui avait servi comme saleté ? Les jambes en miettes, les bras tremblants, il se jeta sur son lit, gardant les yeux ouverts pour éviter que la chambre ne chavire.

À son réveil, il avait la tête presque aussi pesante mais il lui semblait que le pire était passé. Il se leva et fit quelques pas. Ses jambes, plus solides, pliaient encore sous lui. Il se laissa retomber sur le lit et sursauta à la vue de ses mains, brunies de sang jusque sous les ongles. Il se traîna à la salle de bains et s'examina. Très moche. Le coup au front avait formé une grosse bosse violacée. Il avait dû pisser le sang, se frotter le visage, l'étaler sur ses joues. Formidable, pensa-t-il en commençant à s'éponger le visage, foutue soirée de dimanche. Il arrêta net le robinet. Lundi, neuf heures, rendez-vous à la GRC.

Le réveil marquait onze heures moins le quart. Bon dieu, il avait dormi presque douze heures. Il prit la précaution de s'asseoir avant d'appeler Laliberté.

— Oh, c'est quoi la joke ? répondit le surintendant d'une voix enjouée. T'as passé tout droit sans voir le cadran ?

— Excuse-moi, Aurèle, je ne suis pas bien.

— Il se passe quoi ? s'inquiéta Laliberté, changeant de ton. T'as l'air ébarroui.

— Je le suis. Ce coup-ci, je me suis vraiment cassé la gueule dans le sentier hier soir. J'ai pissé le sang de partout, j'ai dégueulé et ce matin, je tiens à peine sur mes jambes.

— Attends, man, tu t'es pris une fouille ou t'as bu comme un biberon ? Parce que ça ne s'amanche pas ensemble, tout ça.

— Les deux, Aurèle.

— Conte-moi ça sur le long puis sur le large, tu veux bien ? D'abord, tu t'es paqueté le beigne, correct ?

— Oui. Je n'ai pas l'habitude et ça m'a frappé raide.

— Tu prenais du lousse avec ta gagne de collègues ?

— Non, j'étais tout seul, dans la rue Laval.

— Pourquoi t'as-tu bu ? T'avais les bleus ?

— C'est cela.

— T'aurais le mal du pays ? Ça se passe pas bien ici ?

— Ça se passe parfaitement, Aurèle. J'avais un coup de cafard, c'est tout. Ça ne vaut même pas la peine d'en parler.

— Je veux pas t'embêter, man. Et après ?

— Je suis revenu par le sentier de portage et je me suis pris une branche.

— Criss, où ça que t'as reçu une poque ?

— Dans le front.

— Et t'as fait les étoiles ?

— Je suis tombé comme une masse. Ensuite, je me suis traîné sur le sentier et j'ai regagné le studio. J'émerge seulement maintenant.

— Tu t'es canté tout dételé ?

— Je ne comprends pas, Aurèle, dit Adamsberg d'une voix lasse.

— Tu t'es couché tout habillé ? T'étais-tu à ce point mal ?

— À ce point. Ce matin j'ai la tête en plomb, et pas de jambes. C'est ce que je voulais te dire. Je ne peux pas conduire tout de suite, je ne serai pas à la GRC avant quatorze heures.

— Me prends-tu pour un écœurant ? Tu vas rester chez toi rilaxe et puis te soigner. T'as-tu ce qu'il faut au moins ? Pour le mal de cornes ?

— Rien.

Laliberté écarta le récepteur et appela Ginette. Adamsberg entendait sa voix sonner dans le bureau.

— Ginette, tu vas aller médeciner le commissaire. Il est raqué comme un bœuf, le ventre slaque et un mal de bloc.

« Saint-Preux t'apporte ce qu'il faut, dit le surintendant en reprenant le téléphone. Mouve pas de chez toi, hein ? On se verra demain quand t'auras pris du mieux.

Adamsberg passa sous la douche pour que Ginette ne le voie pas le visage et les mains couverts de sang séché. Il se brossa le dessous des ongles et, une fois habillé, hormis la bosse qui bleuissait, il était à peu près présentable.

Ginette lui administra divers remèdes, pour la tête, le ventre, les jambes. Elle désinfecta la blessure au front et y appliqua une pommade gluante. Puis, d'un geste expert, elle examina ses pupilles et contrôla ses réflexes. Adamsberg se laissait faire comme un chiffon. Rassurée par son examen, elle lui donna ses recommandations pour la journée. Prise de médicaments toutes les quatre heures. Boire beaucoup, de la flotte bien entendu. Nettoyer le corps et aller à l'eau.

— Aller à l'eau ?

— Uriner, expliqua Ginette.

Adamsberg acquiesça passivement.

Discrète cette fois, elle le laissa avec quelques journaux qu'elle avait apportés pour le distraire, moment donné s'il se sentait capable de lire, et des provisions pour le soir. Des collègues tout ce qu'il y a de prévenant, vraiment, il faudrait le consigner dans le rapport.

Il laissa les journaux sur la table et repartit se coucher tout dételé. Il dormit, rêva, regarda le ventilateur du plafond, se levant toutes les quatre heures pour avaler les médicaments de Ginette, boire, aller à l'eau et s'étendre aussitôt. Il se sentit mieux vers huit heures du soir. Le mal de tête s'écoulait dans son oreiller et ses jambes reprenaient consistance.

Laliberté l'appela à cet instant pour prendre des nouvelles et il se leva presque normalement.

— C'est pas pire ? demanda le surintendant.

— Beaucoup mieux, Aurèle.

— T'as plus les bozzes ? Les vapes ?

— Plus du tout.

— Je suis content alors. Presse-toi pas trop demain, on vous acconduira à l'aéroport. Tu veux-tu qu'on vienne t'aider pour tes bagages ?

— Cela ira. Je suis presque remis.

— Fais une bonne nuitte alors, et reviens-nous raplombé.

Adamsberg s'obligea à avaler une partie du dîner que lui avait laissé Ginette puis décida d'aller jusqu'à sa rivière, la voir une dernière fois au soir. Moins 10° au thermomètre.

Le gardien l'arrêta à la porte.

— Ça va-tu mieux ? demanda-t-il. Vous étiez personnellement dans un drôle d'état hier soir. Saleté de gagne. Vous l'avez-tu pognée au moins ?

— Oui, toute la bande. Désolé de vous avoir réveillé.

— Pas de mal, je dormais pas. À presque deux heures du matin. Présentement, j'ai des insomnies.

— Presque deux heures du matin ? dit Adamsberg en revenant sur ses pas. Si tard ?

— Deux heures moins dix, précisément. Et moi, je dormais pas, c'est écœurant.

Soucieux, Adamsberg enfonça ses poings dans ses poches, descendit vers l'Outaouais et prit aussitôt par la droite. Pas question de s'asseoir par ce froid et pas question de croiser cette furie de Noëlla.

Deux heures moins dix du matin. Le commissaire allait et venait sur la courte plage qui longeait la berge. Le boss des bernaches était encore à l'ouvrage, rangeant ses troupes pour la nuit, rappelant à l'ordre les fugueurs et les égarés. Il l'entendait caqueter impérieusement dans son dos. Voilà un gars qui n'avait pas d'états d'âme et qui n'allait certainement pas se cuiter le dimanche soir dans un café de la rue Laval. De cela, il pouvait être sûr. Adamsberg n'en détesta que plus encore cet impeccable boss. Un mâle bernache qui devait vérifier l'ordonnance de ses plumes chaque matin et nouer ses lacets. Il remonta le col de sa veste. Laisse tomber ce gars et réfléchis, creuse-toi la cervelle, comme avait dit Clémentine, ça ne doit pas être difficile de comprenure. Suivre les conseils de Sanscartier et de Clémentine. Pour le moment, c'étaient là ses seuls anges gardiens : une vieille femme hors cadre et un sergent innocent. À chacun ses anges. Réfléchis.

Deux heures moins dix du matin. Avant la branche, il se souvenait de tout. Il avait demandé l'heure au barman. Dix heures un quart, l'heure d'aller te coucher, man. Si vacillant qu'il était, il n'avait pas dû mettre plus de quarante minutes pour atteindre la branche. Comptons trois quarts d'heure avec les écarts. Pas plus, car ses jambes le portaient alors sans problème. Il avait donc heurté l'arbre vers onze heures. Puis ce réveil, à la sortie du chemin, et vingt minutes au plus pour atteindre l'immeuble. Cela signifiait qu'il avait repris connaissance à une heure et demie du matin. Soit qu'il s'était écoulé deux heures et demie entre la branche et son éveil nauséeux à l'orée du sentier. Bon sang, deux heures et demie pour un bout de chemin qu'il parcourait normalement en une demi-heure.

Qu'est-ce qu'il avait bien pu foutre pendant *deux heures et demie* ? Aucun souvenir. Évanoui durant tout ce temps ? Par moins 12° ? Il aurait gelé sur place. Il avait nécessairement marché, bougé. À moins qu'il n'ait cessé de tomber tout au long du chemin, en une avancée discontinue, brisée par des coups de vapes.

L'alcool, le mélange. Il en avait connu des types qui avaient braillé toute une nuit sans en garder le moindre souvenir. Des gars dans la cellule de dégrisement qui se renseignaient sur leurs activités de la veille, après avoir frappé leur femme et jeté le chien par la fenêtre. Des blancs de deux à trois heures avant le sommeil qui terrasse. Des actes, des mots, des gestes à profusion qui ne s'étaient pas gravés dans leur mémoire engorgée par l'alcool. Comme si cette imprégnation empêchait toute inscription du souvenir, comme l'encre du stylo bave sur un papier détrempé.

Qu'est-ce qu'il avait avalé ? Trois whiskies, quatre verres de vin, du cognac. Et si le barman, un spécialiste assurément, avait jugé nécessaire de le jeter dehors, c'est qu'il avait d'excellentes raisons pour cela. Les barmans sont des gars qui vous jaugent un degré d'alcool avec la même sûreté que les détecteurs de la GRC. Le serveur avait vu son client franchir la ligne rouge et, même pour quelques piastres de plus, il ne lui aurait pas servi un autre verre. Ce sont des gars comme ça. Sous leurs apparences de commerçants, ce sont des chimistes, des vigiles philanthropes, des sauveteurs en mer. D'ailleurs, il lui avait enfoncé le bonnet sur la tête, il se le rappelait très bien.

C'était tout ce qu'il y avait à en dire, conclut Adamsberg en reprenant le chemin du studio. Cuite monumentale et choc au front. Bourré et assommé.

Il avait mis deux heures et demie à remonter ce foutu sentier, d'avancées en effondrements. Tellement ivre que sa mémoire détrempée avait refusé de prendre quoi que ce soit en note. Il était entré dans ce bar pour chercher le fameux oubli tapi dans le fond des verres. Eh bien, il avait atteint son but et l'avait largement dépassé.

Il se sentait assez bien en rentrant pour boucler ses bagages et faire place nette dans le studio blanc. Place nette, c'est ce qu'il aurait souhaité retrouver à Paris. Il se sentait saturé de ces turbulences de nuages, de ces cumulus sombres qui se heurtaient les uns les autres comme des crapauds surgonflés, sans oublier la foudre, bien entendu. Il fallait dissocier, couper les nuages en petits bouts, déposer chacun des brins au fond d'une alvéole, sur une plaquette de traitement. Au lieu de tout emmêler en vrac dans un importable gros sac. Il traiterait les écueils comme il l'avait appris ici, pelletant les nuages échantillon par échantillon et par ordre de longueur. S'il en était capable. Il songea au prochain écueil en vue : la présence de Noëlla demain à l'aéroport, prête pour le vol de 20 h 10.

XXVIII

Délivré de son mal au crâne au matin, Adamsberg arriva parfaitement à l'heure à la GRC, garant sa voiture sous le même érable, saluant l'écureuil, trouvant un réconfort purgatif dans ces retrouvailles avec sa courte routine québécoise. Tous les collègues lui demandèrent des nouvelles sans qu'aucun d'eux ne fasse la moindre ironie sur sa cuite. Chaleur et discrétion. Ginette le félicita pour la réduction de l'enflure au front et lui réappliqua sa pommade gluante.

Discrétion telle, s'étonna-t-il, que Laliberté n'avait pas estimé nécessaire de mettre au courant la brigade française de l'épisode de *L'Écluse*. Le surintendant s'en était tenu à la version sobre, celle de l'accident nocturne contre la branche basse. Adamsberg apprécia l'élégance de l'omission, tant il est tentant de s'amuser d'une bonne histoire de bouteille. Danglard eût tiré avantage de son plongeon d'ivrogne et Noël aurait cédé à quelques blagues chargées. Et, toute blague en entraînant une autre, si l'incident avait fui jusqu'à l'entourage de Brézillon, il en aurait subi les effets dans l'affaire Favre. Ginette en avait été seule informée pour porter les soins, et était restée tout aussi muette. Ici, la pudeur et la retenue devaient réduire la salle des Racontars à la taille d'un médaillon au lieu qu'à Paris, elle avait tendance à déborder hors les murs et s'écouler sur les trottoirs jusqu'à la *Brasserie des Philosophes*.

Seul Danglard ne s'informa pas de sa santé. L'imminence du décollage du soir l'avait à nouveau immergé dans un état de stupeur effarée qu'il essayait de dissimuler au mieux aux Québécois.

Adamsberg passa la dernière journée en élève studieux sous la tutelle d'Alphonse Philippe-Auguste, aussi humble que son patronyme était fameux. À quinze heures, le surintendant ordonna la cessation des activités et réunit les seize coéquipiers pour une synthèse et un pot d'adieu.

Le discret Sanscartier s'était approché d'Adamsberg.

— T'avais le caquet bas, j'imagine ? lui demanda-t-il.

— Comment cela ? répondit prudemment Adamsberg.

— Tu vas pas me faire accroire qu'un gars comme toi s'est pris la branche. T'es un homme des bois, et tu connaissais le sentier mieux que tes bottes.

— Alors ?

— Alors dans mon livre à moi, t'avais les bleus, avec ton affaire ou une chose qui t'avait écœuré. Tu t'es mis en boisson et tu t'es pris la branche.

Homme de terrain, Sanscartier, homme d'observation.

— Quelle importance ? demanda Adamsberg. La manière dont on se prend une branche ?

— Précisément. Moment donné, c'est quand on a les bleus qu'on se prend le plus de branches. Et toi, à cause de ton diable, faut que tu les évites. Faut pas que t'attendes les glaces pour traverser de l'autre bord, tu me suis-tu ? Mets tout dehors, monte la côte et grippe-toi.

Adamsberg lui sourit.

— Oublie-moi pas, dit Sanscartier en lui serrant la main. T'as promis que tu me préviendrais quand tu pognerais ton maudit. Du savon d'odeur au lait d'amande, tu pourrais-tu m'en envoyer un flacon ?

— Pardon ?

— J'ai connu un Français qui en avait. Personnellement j'aimais le parfum.

— Entendu, Sanscartier, je te ferai un colis.

Du bonheur dans le savon. Pendant quelques secondes, Adamsberg envia les désirs du sergent. Le parfum du lait d'amande lui conviendrait parfaitement. Il avait dû être inventé pour lui.

Dans le hall de l'aéroport, Ginette vérifia une dernière fois l'hématome au front d'Adamsberg, alors qu'il guettait de tous côtés l'apparition de Noëlla. L'heure de l'embarquement s'approchait et aucune sorte de Noëlla n'était en vue. Il commençait à respirer plus librement.

— Si ça te lance dans l'avion à cause de la pression, tu prends ça, dit Ginette en lui déposant quatre cachets dans la main.

Puis elle fourra le tube de pommade dans son bagage en lui ordonnant d'en appliquer encore huit jours.

— Oublie-le pas, ajouta-t-elle, méfiante.

Adamsberg l'embrassa puis alla saluer le surintendant.

— Merci pour tout, Aurèle, et merci de n'avoir rien dit aux collègues.

— Criss, ça arrive à tout homme de se barbouiller la face. Et c'est pas utile de tambouriner la nouvelle pour que ça s'entende à travers les branches. Après, il n'y a plus moyen de leur faire taire le bec.

L'élan des réacteurs produisit sur Danglard le même effet calamiteux qu'à l'aller. Cette fois, Adamsberg avait évité de s'asseoir à ses côtés mais il avait placé Retancourt derrière lui, en chargée de mission. Qu'elle accomplit par deux fois au cours du vol, si bien que lorsque l'appareil se posa au matin à Roissy, chacun était engourdi à l'exception de Danglard, reposé et en forme. Se retrouver intact au sol de la capitale lui ouvrait des horizons neufs et des visions indulgentes et optimistes. Ce qui le poussa, avant de monter dans le bus, à se diriger vers Adamsberg.

— Navré pour l'autre soir, lui dit-il, je vous présente mes excuses. Ce n'est pas ce que je voulais dire.

Adamsberg hocha brièvement la tête puis tous les membres de la Brigade se dispersèrent. Journée de repos et de récupération.

Et de réhabituation. En contraste avec l'immense espace canadien, Paris lui sembla serré, les arbres maigres, les rues surpeuplées, les écureuils en forme de pigeons. À moins que ce ne soit lui qui soit revenu amoindri. Il avait à réfléchir, à séparer les échantillons en lanières et en brins, il s'en souvenait.

Sitôt rentré, il se prépara un vrai café, s'assit à la table de la cuisine et se mit à cette tâche, peu ordinaire chez lui, de la réflexion organisée. Fiche cartonnée, crayon, plaquette d'alvéoles, échantillons de nuages. Il n'en sortit pas de résultats dignes d'un séquenceur laser. Après une heure d'efforts, il n'avait noté que peu de choses.

Le juge mort, le trident. Raphaël. Les griffes de l'ours, le lac Pink, le diable dans l'eau bénite. Le poisson fossile. L'avertissement de Vivaldi. Le nouveau père, 2 labradors.

Danglard. « Dans mon livre à moi, vous êtes un véritable con, commissaire. » Sanscartier le Bon. « Cherche ton maudit démon et en attendant que tu l'attrapes par le carcan, fais-toi pas remarquer. »

Cuite. Deux heures et demie dans le sentier.

Noëlla. Débarrassé.

C'était tout. Et dans le désordre encore. Une chose positive sortait de cette mêlée : il était délivré de cette fille cinglée et c'était un point final satisfaisant.

En défaisant ses bagages, il trouva la pommade de Ginette Saint-Preux. Ce n'était pas ce qu'on pouvait concevoir de mieux comme souvenir de voyage, encore que dans ce tube lui semblait concentrée toute la bienveillance de ses collègues québécois. De sacrés bons chums. Il ne devait à aucun prix oublier d'envoyer du savon d'odeur à Sanscartier. Ce qui lui fit soudain penser qu'il n'avait rien rapporté pour Clémentine, pas même un pot de sirop d'érable.

XXIX

La masse de travail qui l'attendait à la Brigade ce jeudi matin, disposée en cinq hautes piles de papiers sur sa table, manqua le faire fuir le long de la Seine, même si celle-ci lui semblerait humblement étriquée face au puissant Outaouais. Mais cette balade le tentait autrement que l'épluchage des dossiers. « Plucher », disait Clémentine. Plucher les légumes, plucher les dossiers.

Son premier geste fut de punaiser sur son tableau d'affichage une carte postale de l'Outaouais faisant gronder ses chutes au milieu des feuilles rouges. Il se recula et jugea l'effet, qui lui parut si minable qu'il l'ôta aussitôt. Une image ne rapporte pas le vent glacial, le fracas des eaux, le caquètement furieux du boss des bernaches.

Il piocha les dossiers la journée entière, contrôla, signa, tria, prit connaissance des affaires tombées sur la Brigade durant cette quinzaine. Un gars en avait matraqué un autre sur le boulevard Ney, et il lui avait pissé dessus pour finir l'ouvrage. *T'as pas eu d'acquêt à pisser sur le cadavre, man*. Celui-là, il le pognerait par les gosses bien serré, grâce à sa pisse. Adamsberg contresigna les rapports de ses lieutenants et s'interrompit pour rendre visite au distributeur nourricier, histoire de prendre un « régulier ». Mordent buvait un chocolat, grimpé sur un des hauts tabourets, comme un gros oiseau gris calé sur une cheminée.

— Je me suis permis de suivre un peu votre affaire dans *Les Nouvelles d'Alsace*, dit-il en essuyant ses lèvres. Vétilleux est en préventive, le procès aura lieu d'ici trois mois.

— Ce n'est pas lui, Mordent. J'ai tout fait pour convaincre Trabelmann, mais rien à faire, il ne me croit pas. Personne.

— Pas assez de preuves ?

— Pas une. L'assassin est de l'espèce évanescente et cela fait des années qu'il cavale dans les brumes.

Il n'allait pas confier à Mordent qu'il était mort et perdre la confiance de ses hommes les uns après les autres. *Tente pas de leur faire accroire*, avait dit Sanscartier.

— Comment comptez-vous vous y prendre ? demanda Mordent, intéressé.

— En attendant un nouveau meurtre et en tâchant de lui sauter dessus avant qu'il ne s'évanouisse.

— Pas fameux, commenta Mordent.

— Évidemment. Mais comment s'y prend-on pour saisir un fantôme ?

Curieusement, Mordent réfléchit à la question. Adamsberg prit place sur un tabouret contigu, les jambes pendant dans le vide. Il y avait huit de ces tabourets hauts vissés le long du mur de la salle des Racontars, et Adamsberg pensait souvent que si huit d'entre eux s'y installaient ensemble, ils auraient tout d'un bataillon d'hirondelles attendant l'envol sur un fil électrique. Disposition qui ne s'était encore jamais produite.

— Comment ? insista Adamsberg.

— En l'i-rri-tant, déclara Mordent.

Le commandant parlait toujours de façon très posée, en détachant exagérément les syllabes, appuyant parfois plus encore sur l'une d'elles, comme un doigt s'éternise sur une touche de piano. Un rythme d'élocution haché et lent, qui perturbait la hâte de beaucoup mais qui convenait au commis-saire.

— Plus précisément ?

— Dans les histoires, une famille s'installe dans une maison hantée. Jusqu'ici, le fantôme des lieux se tient peinard, il n'emmerde per-sonne.

Décidément, il n'y avait pas que Trabelmann pour aimer les contes. Mordent aussi. Tout le monde peut-être, et même Brézillon.

— Et ensuite ? demanda Adamsberg, qui se servit un second régulier, pour cause de décalage horaire, et reprit place sur son perchoir.

— Ensuite, les nouveaux venus i-rritent le fan-tôme. Et pourquoi ? Parce qu'ils dé-ménagent, net-toient les placards, évacuent les vieilles malles, vident le grenier, le délogent de ses lieux. Bref, ils lui barrent ses planques. Ou lui volent son secret le plus in-time.

— Quel secret ?

— Eh bien, toujours le même : sa faute o-riginelle, son premier meurtre. Car s'il n'y avait pas faute gra-vissime, le gars ne serait pas condamné à han-ter la baraque depuis trois siècles. Emmurement de l'épouse, fratricide, que sais-je encore ? Le genre de truc qui produit les fantômes, quoi.

— C'est juste, Mordent.

— Ensuite, acculé, privé de ses refuges, le fantôme s'énerve. C'est là que tout commence. Il se montre, il se venge, enfin, il devient quelqu'un. À partir de là, le combat peut s'engager.

— À la manière dont vous en parlez, vous y croyez ? Vous en connaissez ?

Mordent sourit et passa la main sur son crâne chauve.

— C'est vous qui parlez de fantômes. Moi, je ne fais que vous raconter l'histoire. C'est amusant. Et puis c'est intéressant. Tout au fond des contes, il y a tou-jours un poids lourd. De la vase, une vase éter-nelle.

Le lac Pink traversa les pensées d'Adamsberg.

— Quelle vase ? demanda-t-il.

— Une vérité si crue qu'on n'ose la dire que sous le déguisement du conte. Tout cela dans des châteaux avec des robes couleur du temps, des spectres et des ânes qui chient de l'or.

Mordent s'amusait et lança son gobelet dans la poubelle.

— Le tout, c'est de ne pas se tromper dans le décodage, et de viser juste.

— L'irriter, barrer ses planques, déloger le péché originel.

— Plus facile à dire qu'à faire. Vous avez lu mon rapport sur le stage québécois ?

— Lu et signé. On jurerait que vous y étiez. Vous savez qui garde la porte chez les cops québécois ?

— Oui. Un écureuil.

— Qui vous l'a dit ?

— Estalère. C'est ce qui l'a le plus ébloui. Était-il volontaire ou réquisitionné ?

— Estalère ?

— Non, l'écureuil.

— Volontaire par vocation. Il s'est aussi amouraché d'une blonde et son travail s'en est retrouvé perturbé.

— Estalère ?

— Non, l'écureuil.

Adamsberg se rassit à sa table, l'esprit occupé par les commentaires de Mordent. Vider les placards, déloger, acculer, provoquer. Irriter le mort. Détecter au laser la faute o-riginelle. Tout vider, tout expulser. Vaste entreprise digne d'un héros de légende, et dans laquelle il avait échoué pendant quatorze années. Pas de cheval, pas d'épée, pas d'armure.

Et pas de temps. Il attaqua la seconde pile de dossiers. Au moins cette astreinte justifiait qu'il n'ait pas encore échangé un mot avec Danglard. Il se demandait comment gérer ce mutisme nouveau. Le capitaine avait présenté ses excuses mais la glace demeurait solide. Adamsberg avait écouté la météo internationale ce matin, mû par quelque nostalgie. Les températures à Ottawa oscillaient toujours entre – 8° en journée et – 12° la nuit. Pas de dégel en vue.

Attelé à sa seconde pile le lendemain, le commissaire sentait un léger trouble bourdonner en lui comme un insecte coincé dans son corps, qui vrombissait entre ses épaules et son ventre. Une impression assez familière. Rien à voir avec les malaises qui l'avaient éreinté lors de la remontée du juge en torpille. Non, juste ce modeste insecte bruissant, un petit rien qui se cognait de-ci de-là comme une contrariété boudeuse exigeant son attention. De temps à autre, il ressortait sa fiche cartonnée, sur laquelle il avait ajouté les astuces de Mordent quant à la meilleure manière d'irriter les fantômes. Et il la parcourait, les yeux dans le beurre, comme avait dit le barman de *L'Écluse*.

Un léger mal de tête le propulsa vers la machine à café vers cinq heures. Bien, se dit Adamsberg en frottant son front, je tiens l'insecte par les deux ailes. Cette cuite de la nuit du 26 octobre. Ce n'était pas la cuite qui bourdonnait, mais bien ces foutues deux heures et demie d'oubli. La question revenait, vibrante. Qu'est-ce qu'il avait bien pu fabriquer durant tout ce temps sur le sentier de portage ? Et que pouvait lui importer ce minuscule fragment de vie échappé ? Il avait classé ce brin manquant au rayon de la mémoire poreuse, pour cause d'imbibation alcoolique. Mais, de toute évidence, ce rangement ne satisfaisait pas son esprit et le brin manquant ne cessait de sauter hors de son rayon pour venir le harceler discrètement.

Pourquoi ? se demandait Adamsberg en tournant son café. Était-ce que l'idée d'avoir perdu une parcelle de sa vie le contrariât, comme si on l'eût tronqué sans lui demander son avis ? Ou que la simple explication de l'alcool ne lui convenait pas ? Ou, plus grave, qu'il s'inquiétât de ce qu'il avait pu dire ou faire durant ces heures effacées ? Pourquoi ? Ce souci lui semblait aussi absurde que s'alarmer de mots prononcés pendant le sommeil. Qu'avait-il pu faire d'autre que de tanguer le visage en sang, tomber, dormir et reprendre la sente, à quatre pattes pourquoi pas ? Rien d'autre. Mais l'insecte vibrait. Pour l'emmerder ou pour une raison précise ?

De ces heures oubliées, il ne conservait pas d'image mais une sensation. Et, osa-t-il se formuler, une sensation de violence. Ce devait être cette branche qui l'avait battu. Mais pouvait-il en vouloir à une branche qui, elle, n'avait pas avalé une seule goutte ? À un ennemi passif et sobre ? Pouvait-on dire que la branche lui avait fait violence ? Ou l'inverse ?

Au lieu de rejoindre son bureau, il alla s'asseoir sur l'angle de la table de Danglard et jeta son gobelet vide pile au fond de la corbeille.

— Danglard, j'ai un insecte logé dans le corps.

— Oui ? dit prudemment Danglard.

— Ce dimanche 26 octobre, continua lentement Adamsberg, ce soir où vous m'avez dit que j'étais un véritable con, commissaire, vous vous rappelez ?

Le capitaine confirma d'un signe et se prépara à l'affrontement. Adamsberg allait évidemment vider le sac à chicanes, comme ils disaient à la GRC, et le sac était lourd. Mais la suite du discours ne prit pas la direction prévue. Comme d'ordinaire, le commissaire le surprenait là où il ne l'attendait pas.

— Le même soir, je me suis pris cette branche dans le sentier. Un coup violent, un coup de masse. Vous savez cela.

Danglard acquiesça. L'hématome au front était encore très visible, enduit de la pommade jaune de Ginette.

— Ce que vous ne savez pas, c'est qu'après notre conversation, j'ai filé directement à *L'Écluse* avec l'intention de me saouler. Ce que j'ai fait avec rigueur jusqu'à ce que le vigilant barman me jette dehors. J'ergotais sur ma grand-mère et il en avait sa claque.

Danglard approuva discrètement, ne sachant où Adamsberg voulait en venir.

— Quand j'ai pris ce sentier, j'allais d'un arbre à un autre et c'est pourquoi je n'ai pas su éviter la branche.

— Je comprends.

— Ce que vous ne savez pas non plus, c'est qu'au moment du choc, il était onze heures du soir et pas plus tard. J'étais presque à la moitié du parcours, probablement pas loin du chantier. Là où ils replantent des petits érables.

— D'accord, dit Danglard, qui n'avait jamais souhaité s'engouffrer dans ce chemin sauvage et salissant.

— Lorsque je me suis réveillé, j'avais atteint la sortie. Je me suis traîné jusqu'à l'immeuble. J'ai dit au gardien qu'il y avait eu de la bagarre entre les cochs et une gagne.

— Qu'est-ce qui vous gêne ? Cette cuite ?

Adamsberg secoua lentement la tête.

— Ce que vous ne savez pas, c'est qu'entre la branche et mon réveil, il s'est écoulé deux heures et demie. Je l'ai su par le gardien. Deux heures et demie pour une route que j'aurais mis une demi-heure à parcourir en temps normal.

— Bien, résuma Danglard, la voix toujours neutre. Disons, pour le moins, un parcours difficile.

Adamsberg se pencha légèrement vers lui.

— Dont je n'ai pas gardé le moindre souvenir, martela-t-il. Rien. Pas une image, pas un bruit. Deux heures et demie dans le sentier sans que j'en sache quoi que ce soit. Un blanc absolu. Et il faisait moins 12°. Je ne suis pas resté évanoui deux heures. Je me serais congelé.

— Le choc, proposa Danglard, la branche.

— Pas de traumatisme crânien. Ginette l'a vérifié.

— L'alcool ? suggéra doucement le capitaine.

— Évidemment. C'est pour cela que je vous consulte.

Danglard se redressa, se sentant sur son terrain, et soulagé d'éviter le combat.

— Qu'aviez-vous bu ? Vous en souvenez-vous ?

— Je me souviens de tout jusqu'à la branche. Trois whiskies, quatre verres de vin et une bonne ration de cognac.

— Bon mélange et doses honorables, mais j'ai connu bien pire. Cependant, votre corps n'en a pas l'habitude et il faut en tenir compte. Quels étaient vos symptômes, le soir et le lendemain ?

— Plus de jambes. À partir de la branche, toujours. Casque d'acier, vomissements, ventre slaque, tournis, vertiges en tout genre.

Le capitaine eut une petite moue.

— Qu'est-ce qui vous chagrine, Danglard ?

— Je dois prendre l'hématome en considération. Je n'ai jamais été à la fois cuité et assommé. Mais avec le choc au front et l'évanouissement qui a dû suivre, l'amnésie alcoolique est très probable. Rien ne nous dit que vous n'avez pas marché de long en large sur ce sentier pendant deux heures.

— Et demie, compléta Adamsberg. Marché, forcément. Pourtant, quand je me suis réveillé, j'étais à nouveau au sol.

— Marché, tombé, déambulé. On en a assez ramassé, des types bourrés qui s'effondraient tout d'un coup entre nos bras.

— Je sais, Danglard. Et pourtant, cela me contrarie.

— Cela se comprend. Même à moi, et Dieu sait si j'en avais l'habitude, ces heures manquantes ne me furent jamais agréables. J'ai toujours interrogé mes co-buveurs pour savoir ce que j'avais dit et fait. Mais quand j'étais seul, comme vous l'étiez ce soir-là, sans

208

personne pour pouvoir m'informer, alors le déplaisir de cette perte me durait longtemps.

— Vrai ?

— Vrai. L'impression d'avoir raté quelques marches de sa vie. On se sent pillé, dépossédé.

— Merci, Danglard, merci du coup de main.

Les piles de dossiers diminuaient lentement. En y passant le week-end, Adamsberg espérait être prêt lundi pour reprendre terrain et trident. L'incident du sentier déclenchait en lui une nécessité illogique, celle de se défaire en urgence de son antique ennemi qui venait porter son ombre sur le moindre de ses actes, sur les griffures d'un ours, sur un lac inoffensif, sur un poisson, sur une banale saoulerie. Le Trident infiltrait ses pointes par toutes les fissures de la coque.

Il se redressa brusquement et repassa dans le bureau de son adjoint.

— Danglard, et si j'avais picolé comme une brute non pas pour oublier le juge ou le nouveau père ? dit-il en omettant sciemment de mentionner Noëlla dans la liste de ses tourments. Et si tout avait surgi depuis que le Trident a émergé du tombeau ? Et si j'avais picolé pour vivre ce qu'a vécu mon frère, la boisson, le chemin en forêt, l'amnésie ? Par mimétisme ? Pour trouver un chemin pour le rejoindre ?

Adamsberg parlait d'une voix saccadée.

— Pourquoi pas ? répondit Danglard, évasif. Un désir de fusion avec lui, de retrouvailles, un besoin de poser vos pas dans les siens. Mais cela ne change rien aux événements de cette nuit. Rangez-les à l'article cuite et vomissements et oubliez-les.

— Non, Danglard, il me semble que cela changerait tout. Le fleuve aurait rompu sa digue et le bateau prend eau. Il me faut suivre le courant, démarrer par là, le maîtriser avant qu'il ne m'emporte. Et puis colmater, écoper.

Adamsberg resta encore deux longues minutes debout, à réfléchir silencieusement sous le regard soucieux de Danglard, puis il repartit d'un pas traînant vers son bureau. À défaut de Fulgence en personne, il savait par où commencer.

XXX

Un appel de Brézillon réveilla Adamsberg à une heure du matin.

— Commissaire, c'est usuel chez les Québécois de ne pas se soucier du décalage horaire quand ils appellent chez nous ?

— Que se passe-t-il ? Favre ? demanda Adamsberg, qui se réveillait aussi vite qu'il s'endormait, comme si, chez lui, la limite entre rêve et réel n'était pas très marquée.

— Il n'est pas question de Favre ! cria Brézillon. Il se passe que vous sautez dans l'avion de 16 h 50 demain. Alors bouclez vos bagages et roulez !

— L'avion pour où, monsieur le divisionnaire ? s'informa calmement Adamsberg.

— Pour où voulez-vous que ce soit ? Pour Montréal, nom de dieu ! Je viens d'avoir en ligne le surintendant Légalité.

— Laliberté, rectifia Adamsberg.

— Je m'en fiche. Ils ont un meurtre sur les bras et ils ont besoin de vous. Point final et nous n'avons pas le choix.

— Désolé, je ne saisis pas. On ne s'est pas occupés des homicides de la GRC mais des empreintes génétiques. Ce n'est pas la première fois de sa vie que Laliberté a un meurtre sur les bras.

— Mais c'est la première fois qu'il a besoin de vous, nom d'un chien.

— Depuis quand la Brigade de Paris s'occupe-t-elle des assassinats québécois ?

— Depuis qu'ils ont reçu une lettre – anonyme s'il vous plaît – leur indiquant que vous étiez l'homme de la situation. Leur victime est française et liée à je ne sais quel dossier que vous auriez instruit sur le territoire national. Bref, il y a lien et ils réclament vos compétences.

— Mais bon sang, s'énerva à son tour Adamsberg, qu'ils m'adressent leur rapport et je fournirai les renseignements depuis Paris. Je ne vais pas passer ma vie à faire l'aller et retour.

— C'est ce que j'ai dit à Légalité, figurez-vous. Mais rien à faire, ils ont besoin de vos *yeux*. Il n'en démord pas. Il veut que vous voyiez la victime.

— Pas question. Il y a des masses de boulot ici. Que le surintendant m'adresse son dossier.

— Écoutez-moi bien, Adamsberg, je vous répète que nous n'avons pas le choix, ni vous ni moi. Le Ministère a dû beaucoup insister pour qu'ils coopèrent pour le système ADN. Ils n'étaient pas chauds au départ. Nous sommes redevables. C'est-à-dire coincés. Vous saisissez ? On obéit donc poliment et vous décollez demain. Mais j'ai prévenu Légalité, vous ne partez pas seul. Vous prenez Retancourt en binôme.

— Inutile, je suis capable de voyager sans guide.

— Je m'en doute. Vous êtes accompagné, c'est tout.

— C'est-à-dire ? Sous escorte ?

— Et pourquoi pas ? On me dit que vous cavalez après un mort, commissaire.

— Décidément, commenta Adamsberg en baissant la voix.

— Comme vous dites. J'ai un bon ami à Strasbourg qui s'est chargé de m'informer de vos éclats. Je vous avais recommandé de vous faire petit, vous vous souvenez ?

— Très bien. Et Retancourt sera chargée de surveiller mes mouvements ? Je pars sur ordre et sous contrôle, c'est cela ?

Brézillon radoucit sa voix.

— Sous protection serait plus exact, dit-il.

— Motif ?

— Je ne laisse pas partir mes hommes seuls.

— Alors attribuez-moi quelqu'un d'autre. Danglard.

— Danglard vous remplace durant votre absence.

— Alors donnez-moi Voisenet. Retancourt ne me porte pas dans son cœur. Nos relations sont sereines mais froides.

— Cela suffira amplement. Ce sera Retancourt et personne d'autre. C'est un officier polyvalent qui convertit son énergie en ce qu'elle veut.

— Oui, on sait cela. En moins d'un an, c'est presque devenu un mythe.

— Ce n'est pas l'heure d'en discuter et j'aimerais me rendormir. Vous êtes chargé de cette mission et vous l'accomplissez. Papiers et billets seront à la Brigade à treize heures. Bon voyage, évacuez-moi ce truc et revenez.

Adamsberg resta le téléphone en main, assis sur son lit, abasourdi. Victime française, et alors ? C'était du ressort de la GRC. Qu'est-ce qu'il lui prenait, à Laliberté ? De lui faire parcourir tout l'Atlantique pour qu'il la voie de ses *yeux* ? S'il s'agissait d'une identification, qu'il lui transmette les photos par mail. À quoi jouait-il ? Au boss des bernaches ?

Il réveilla Danglard puis Retancourt pour leur demander d'être à leur poste demain samedi, ordre du divisionnaire.

— À quoi joue-t-il ? demandait-il à Danglard le lendemain matin. Au boss des bernaches ? Il croit que je n'ai que ça à foutre, d'aller et venir entre la France et le Québec ?

— Sincèrement, je vous plains, compatit Danglard, qui se serait senti incapable d'affronter un nouveau vol.

— À quoi cela rime ? Vous avez une idée, capitaine ?

— Réellement non.

— Mes yeux. Qu'est-ce qu'ils ont, mes *yeux* ?

Danglard resta muet. Les yeux d'Adamsberg étaient indiscutablement singuliers. Faits d'une matière aussi fondue que celle des algues brunes et pouvant, comme elles, étinceler brièvement sous des lumières rasantes.

— Avec Retancourt, en plus, ajouta Adamsberg.

— Ce qui n'est peut-être pas une si mauvaise option. Je commence à croire que Retancourt est une femme d'exception. Elle parvient à convertir son éner...

— Je sais, Danglard, je sais.

Adamsberg soupira et s'assit.

— Puisque je n'ai pas le choix, comme l'a crié Brézillon, vous allez devoir accomplir une recherche urgente à ma place.

— Dites.

— Je ne veux pas emmerder ma mère avec cela, comprenez-le. C'est déjà assez difficile pour elle.

Danglard plissa les yeux, mangeant le bout de son crayon. Il avait une longue pratique des propos décousus du commissaire mais ses excès de non-sens et les sauts brusques de ses pensées l'alarmaient plus de jour en jour.

— C'est vous qui allez le faire, Danglard. Vous êtes particulièrement doué pour cela.

— Faire quoi ?

— Trouver mon frère.

Danglard arracha une écharde entière de son crayon et la garda entre ses dents. Pour le coup, il aurait volontiers bu un verre de blanc, là, dès neuf heures du matin. *Trouver son frère*.

— Où ? demanda-t-il délicatement.

— Je n'en ai pas la moindre idée.

— Cimetières ? murmura Danglard, en recrachant l'écharde dans sa paume.

— Le rapport ? dit Adamsberg en lui jetant un coup d'œil surpris.

— Rapport avec le fait que vous cherchez déjà un assassin décédé depuis seize ans. Je ne marche pas.

Adamsberg fixa le sol, désappointé.

— Vous ne me suivez plus, Danglard. Vous vous désolidarisez.

— Où voulez-vous que je vous suive ? dit Danglard en élevant le ton. Dans les sépulcres ?

Adamsberg secoua la tête.

— Désolidarisé, Danglard, répéta-t-il. Vous me tournez le dos, quoi que je vous dise. Parce que vous avez pris votre parti. Pour l'Autre.

— Cela n'a rien à voir avec l'Autre.

— Avec quoi alors ?

— J'en ai assez de chercher des morts.

Adamsberg haussa les épaules en un mouvement indolent.

— Tant pis, Danglard. Si vous ne voulez pas m'aider, je le ferai seul. Je dois le voir et je dois lui parler.

— Et comment ? demanda Danglard entre ses dents. En faisant tourner les tables ?

— Quelles tables ?

Le capitaine scruta le regard étonné du commissaire.

— Mais il est mort ! cria Danglard. Mort ! Comment comptez-vous organiser l'entrevue ?

Adamsberg parut se figer sur place, la lumière de son visage s'éteignant comme au crépuscule.

— Il est mort ? répéta-t-il à voix basse. Vous savez cela ?

— Bon sang, c'est vous qui me l'avez dit ! Que vous aviez perdu votre frère. Qu'il s'était suicidé après l'affaire.

Adamsberg se renversa sur sa chaise et prit une longue inspiration.

— Je reviens de loin, mon vieux, j'ai cru que vous aviez des informations. J'ai perdu mon frère, oui, depuis près de trente ans. C'est-à-dire qu'il s'est exilé et que je ne l'ai plus jamais revu. Mais bon dieu, il est toujours vivant. Et je dois le voir. Ce ne sont pas les tables que l'on va faire tourner, Danglard, mais les disques durs. Vous allez le chercher sur le réseau : Mexique, États-Unis, Cuba ou autre. Itinérant, beaucoup de villes, beaucoup de métiers, tout au moins au début.

Le commissaire dessinait du doigt des courbes sur la table, sa main suivant le chemin vagabond de son frère. Il reprit la parole avec difficulté.

— Il y a vingt-cinq ans, il était trousseautier dans l'État de Chihuahua, près de la frontière des États-Unis. Il a vendu du café, de la vaisselle, du linge, du mescal, des brosses. Des portraits également, qu'il dessinait sur les places publiques. Un magnifique dessinateur.

— Sincèrement navré, commissaire, dit Danglard. J'avais compris tout autre chose. Vous en parliez comme d'un disparu.

— C'est ce qu'il est.

— Vous n'avez pas de renseignements plus précis, plus récents ?

— Ma mère et moi évitons le sujet. Mais il y a quatre ans au village, j'ai trouvé une carte postale postée de Porto Rico. Il l'embrassait. C'est ma dernière indication.

Danglard inscrivit quelques lignes sur un papier.

— Son état civil complet ? demanda-t-il.

— Raphaël Félix Franck Adamsberg.

— Sa date de naissance, le lieu, les parents, les études, les centres d'intérêt ?

Adamsberg lui fournit toutes les informations possibles.

— Vous allez le faire, Danglard ? Vous allez le chercher ?

— Oui, bougonna Danglard, qui s'en voulait d'avoir enterré Raphaël avant son heure. Je vais le tenter du moins. Mais avec tout le boulot en retard, il y a d'autres priorités.

— Cela devient urgent. Le fleuve a rompu ses digues, je vous l'ai dit.

— Il y a d'autres urgences, marmonna le capitaine. Et nous sommes samedi.

Le commissaire trouva Retancourt en train de dépanner à sa manière la photocopieuse à nouveau bloquée. Il l'informa de leur mission et de l'heure du vol. L'ordre de Brézillon lui arracha, tout de même, une expression de surprise. Elle défit sa courte queue de cheval et la renoua d'un geste automatique. Façon comme une autre de suspendre le temps, de réfléchir. On pouvait donc la prendre de court.

— Je ne comprends pas, dit-elle. Que se passe-t-il ?

— Je n'en sais rien, Retancourt, mais nous repartons. Ils exigent mes yeux. Désolé que le divisionnaire vous ait affectée à cette tâche. En protection, précisa-t-il.

Adamsberg était parqué dans la salle d'embarquement, à une demi-heure du départ, silencieusement posé aux côtés de son blond et solide lieutenant, lorsqu'il vit y pénétrer Danglard encadré par deux vigiles de l'aéroport. Le capitaine avait les traits fatigués et était essoufflé. Il avait couru. De sa vie, Adamsberg n'avait jamais cru cela possible.

— Ces gars ont manqué me rendre dingue, dit-il en désignant ses gardiens. Ils refusaient de me laisser

217

passer. Tenez, dit-il à Adamsberg en lui tendant une enveloppe. Et bonne chance.

Adamsberg n'eut pas le temps de le remercier, les vigiles reconduisant aussitôt le capitaine en zone publique. Il examina l'enveloppe brune qu'il tenait à la main.

— Vous ne l'ouvrez pas ? demanda Retancourt. Cela semble urgent.

— Ça l'est. Mais j'hésite.

D'un doigt incertain, il souleva le rabat de l'enveloppe. Danglard lui laissait une adresse à Detroit, et un métier, chauffeur de taxi. Il avait joint un tirage photo, extrait d'un site informatique regroupant des dessinateurs. Il observa ce visage qu'il n'avait pas vu depuis trente ans.

— Vous ? demanda Retancourt.

— Mon frère, dit Adamsberg à voix basse.

Qui lui ressemblait toujours. Une adresse, un métier, une photo. Danglard était un détecteur surdoué des disparus, mais il avait dû bosser comme un bœuf pour parvenir à ce résultat en moins de sept heures. Il referma l'enveloppe avec un frisson.

XXXI

Malgré la cordialité formelle de l'accueil à l'aéroport de Montréal, où Portelance et Philippe-Auguste étaient venus les attendre, Adamsberg eut la sensation d'être embarqué. Destination le dépôt mortuaire d'Ottawa, en dépit de l'heure tardive pour les deux Français, minuit passé. Durant le début du trajet, Adamsberg tenta de tirer des informations de ses ex-coéquipiers, qui restèrent vagues comme des chauffeurs anonymes. Devoir de réserve, inutile d'insister. Adamsberg adressa un signe de renoncement à Retancourt et profita du répit pour dormir. Il était plus de deux heures du matin quand on les réveilla à Ottawa.

Le surintendant leur réserva un salut plus chaleureux, secoua vivement les mains et remercia Adamsberg d'avoir accepté de faire le déplacement.

— Pas eu le choix, répondit Adamsberg. Dis, Aurèle, nous sommes sur les genoux. Ton cadavre ne peut pas attendre demain ?

— Désolé, on vous conduira à l'hôtel ensuite. Mais la famille nous presse de rapatrier. Plus tôt tu l'auras vu, mieux ce sera.

Adamsberg vit fuir le regard du surintendant sous l'effet du mensonge. Laliberté entendait-il exploiter son état de fatigue ? Une vieille astuce de coch, que lui n'utilisait qu'avec certains suspects et non pas avec les collègues.

— Alors accorde-moi un régulier, dit-il. Bien tassé.

Adamsberg et Retancourt, gobelets géants en main, suivirent le surintendant jusqu'à la salle des caissons mortuaires où somnolait le médecin de garde.

— Fais-nous pas attendre, Reynald, ordonna Laliberté au médecin, ils sont fatigués.

Reynald releva le drap bleu qui couvrait la victime.

— Stop, ordonna Laliberté quand le tissu fut remonté jusqu'aux épaules. Cela suffit. Viens voir, Adamsberg.

Adamsberg se pencha vers le corps d'une toute jeune femme, et plissa les yeux.

— Merde, souffla-t-il.

— Ça te surprend-tu ? demanda Laliberté avec un sourire fixe.

Adamsberg se vit brutalement projeté dans la morgue de la banlieue de Strasbourg, devant le corps d'Élisabeth Wind. Trois trous en ligne avaient perforé l'abdomen de la jeune morte. Ici, à dix mille kilomètres du territoire du Trident.

— Une règle en bois, Aurèle, demanda-t-il à voix basse en tendant la main, et un mètre souple. En centimètres, s'il te plaît.

Étonné, Laliberté cessa de sourire et envoya le médecin chercher le matériel. Adamsberg opéra ses mesures en silence, par trois fois, exactement comme il avait procédé trois semaines plus tôt sur la victime de Schiltigheim.

— 17,2 cm de longueur et 0,8 cm de hauteur, murmura-t-il en inscrivant les chiffres sur son carnet.

Il vérifia une nouvelle fois la disposition des blessures, qui formaient une ligne absolument droite, sans un millimètre de décalage.

17,2 cm, se répéta-t-il en soulignant cette mesure. Trois millimètres de plus que la longueur maximale de la traverse qu'il connaissait. Et pourtant.

— La profondeur des blessures, Laliberté ?

— À peu près six pouces.

— Ce qui donne ?

Le surintendant fronça les sourcils pour effectuer la conversion.

— Environ 15,2 cm, coupa le médecin.

— La même pour les trois impacts ?

— Identique.

— De la terre dans les blessures ? Des salissures ? demanda Adamsberg au médecin. Ou un instrument propre et neuf ?

— Non, il y avait des particules d'humus, de feuilles, et de minuscules graviers jusqu'au fond des blessures.

— Tiens, dit Adamsberg.

Il rendit règle et mètre à Laliberté et surprit l'expression décontenancée du surintendant. Comme s'il s'était attendu à tout autre chose de sa part qu'à cet examen minutieux.

— Qu'y a-t-il, Aurèle ? Ce n'est pas ce que tu voulais ? Que je la voie ?

— Si, dit Laliberté, hésitant. Mais, criss, c'est quoi tes affaires de mesures ?

— L'arme ? Vous l'avez ?

— Pas trace, tu penses bien. Mais mes techniciens l'ont reconstituée. C'est un gros poinçon à lame plate.

— Tes techniciens sont plus calés en molécules qu'en armes. Ce n'est pas un poinçon qui a fait cela. C'est un trident.

— Et comment tu le sais-tu ?

— Essaie de planter trois fois ton poinçon et d'obtenir une ligne droite et des profondeurs identiques. Tu y seras encore dans vingt ans. C'est un trident.

— Criss, c'est ça que tu regardais ?

— Ça et autre chose, de beaucoup plus profond. Aussi profond que les boues du lac Pink.

Le surintendant semblait toujours dérouté, les bras ballants le long de son grand corps. Il les avait conduits jusqu'ici d'une allure presque provocante, mais la prise des mesures l'avait désarçonné. Adamsberg se demanda ce que Laliberté avait réellement espéré.

— Y a-t-il une contusion à la tête ? demanda Adamsberg au médecin.

— Un important hématome à l'arrière du crâne, qui a étourdi la victime sans entraîner la mort.

— Comment tu peux-tu le savoir, pour la poque au crâne ? demanda Laliberté.

Adamsberg se tourna vers le surintendant et croisa les bras.

— Tu m'as bien fait appeler parce que j'avais un dossier là-dessus, non ?

— Oui, répondit le surintendant, toujours incertain.

— Oui, ou bien non, Aurèle ? Tu me fais traverser l'Atlantique pour m'amener à deux heures du matin devant un cadavre, et qu'attends-tu de moi ? Que je t'explique qu'elle est morte ? Si tu m'as tiré jusqu'ici, c'est que tu savais que je connaissais l'affaire. C'est en tout cas ce que l'on m'a dit à Paris. Et c'est exact, je la connais. Mais cela n'a pas l'air de te réjouir. Ce n'est pas ce que tu désirais ?

— Prends-le pas personnel. Mais cela m'étonne, c'est tout.

— Tu n'es pas au bout de tes étonnements.

— Remonte tout le drap, ordonna Laliberté au médecin.

Reynald enroula le tissu avec des gestes appliqués, comme l'avait fait Ménard à Strasbourg. Adamsberg se raidit en apercevant quatre grains de beauté en losange à la base du cou. Ce qui lui donna juste le temps de parer au sursaut. Il bénit la lenteur méticuleuse du légiste.

C'était bien Noëlla qui gisait dans ce tiroir. Adamsberg contrôlait sa respiration et examinait la morte sans ciller, espérait-il. Laliberté ne le lâchait pas du regard.

— Je peux voir l'hématome ? demanda-t-il.

Le médecin bascula la tête pour exposer l'arrière du crâne.

— Le choc d'un instrument contondant, expliqua Reynald. C'est tout ce qu'on peut dire. En bois, probablement.

— Le manche du trident, précisa Adamsberg. Il fait toujours comme cela.

— Qui cela, « Il » ? demanda Laliberté.

— Le meurtrier.

— Tu le connais-tu ?

— Oui. Et ce que j'aimerais savoir, c'est qui te l'a dit.

— Et elle, tu la connais-tu ?

— Tu te figures que je connais les noms des soixante millions de Français, Aurèle ?

— Si tu connais l'assassin, tu connais peut-être ses victimes.

— Je ne suis pas devineux, comme tu dirais toi-même.

— Tu l'as jamais vue, quoi ?

— Où ? En France ? À Paris ?

— Où tu veux.

— Jamais, répondit Adamsberg en haussant les épaules.

— Elle s'appelle Noëlla Cordel. Ça te dit rien ?

Adamsberg s'écarta du corps et s'approcha du surintendant.

— Pourquoi tiens-tu à ce que cela me dise quelque chose ?

— Elle vivait à Hull depuis six mois. T'aurais pu la croiser par ici.

— Et toi aussi. Que faisait-elle à Hull ? Mariée ? Études ?

— Elle avait suivi son chum mais elle a mangé de l'avoine.

— Traduis.

— Elle s'est fait éconduire. Elle travaillait dans un bar d'Ottawa, *Le Caribou*. Ça te rappelle-tu quelque chose ?

— Jamais foutu les pieds. Tu ne joues pas franc, Aurèle. Je ne sais pas ce que disait cette lettre anonyme, mais tu biaises.

— Pas toi ?

— Non. Je te raconterai tout ce que je sais demain. C'est-à-dire tout ce qui pourra t'aider. Mais je voudrais dormir, je ne tiens plus debout et mon lieutenant non plus.

Retancourt, assise comme une masse au fond de la salle, tenait parfaitement le coup.

— On va jaser un peu avant, déclara Laliberté avec un léger sourire. On passe à l'office.

— Merde, Aurèle. Il est plus de trois heures du matin.

— Il est neuf heures, heure locale. Je ne te retiendrai pas longtemps. On peut libérer ton lieutenant si tu veux.

— Non, dit soudainement Adamsberg. Elle reste avec moi.

Laliberté s'était calé dans son fauteuil, vaguement imposant, encadré de ses deux inspecteurs debout de part et d'autre de son siège. Adamsberg connaissait cette disposition en triangle propre à impressionner un suspect. Il n'avait pas le temps de réfléchir au fait ahurissant que Noëlla ait été assassinée au Québec d'un coup de trident. Il se concentrait sur le comportement ambigu de Laliberté, qui pouvait indiquer qu'il connaissait son lien avec la jeune fille. Rien de sûr non plus. La partie en cours était ardue et il lui fallait faire face à chacune des paroles du surintendant. Qu'il ait couché avec Noëlla n'avait rien à voir avec le meurtre, il devait l'oublier impérativement pour l'instant. Et se préparer à toute possibilité, en refluant vers la puissance de ses forces passives, le plus sûr rempart de sa citadelle intérieure.

— Demande à tes hommes de s'asseoir, Aurèle. Je connais le système et c'est déplaisant. On dirait que tu oublies que je suis flic.

D'un geste, Laliberté écarta Portelance et Philippe-Auguste. Munis chacun d'un carnet, ils se préparaient à noter.

— C'est un interrogatoire ? demanda Adamsberg avec un signe vers les inspecteurs. Ou une coopération ?

— Me tombe pas sur le nerf, Adamsberg. On écrit pour se souvenir, c'est tout.

— Me tombe pas dessus non plus, Aurèle. Je suis debout depuis vingt-deux heures et tu le sais. La lettre, ajouta-t-il. Montre-moi cette lettre.

— Je vais te la lire, dit Laliberté en ouvrant un épais dossier vert. « Meurtre Cordel. Voir commissaire J.-B. Adamsberg, Paris, Brigade criminelle. S'en est occupé personnellement. »

— Tendancieux, commenta Adamsberg. C'est pour cela que tu te comportes en coch ? À Paris, tu as dit que je m'étais chargé du dossier. Ici, tu sembles penser que je me suis chargé de cette femme.

— Fais-moi pas dire ce que j'ai pas dit.

— Alors ne me prends pas pour un con. Montre-moi cette lettre.

— Tu veux-tu vérifier ?

— Exactement.

Il n'y avait pas un mot de plus sur la feuille, qui sortait d'une imprimante ordinaire.

— Tu as pris les empreintes, je suppose ?

— Vierge.

— Quand l'as-tu reçue ?

— Quand le corps est remonté.

— D'où ?

— De la flotte où on l'avait jeté. Ça s'était pris en glace. Tu te souviens-tu du coup de froid de la semaine dernière ? Le corps est resté coincé jusqu'à ce que ça dégèle et qu'on trouve le cadavre, mercredi. On a eu la lettre le lendemain midi.

— Elle a donc été tuée avant le gel, pour que l'assassin puisse la jeter dans l'eau.

— Non. Le tueur a brisé la surface gelée et l'a enfoncée là-dedans, calée avec une vingtaine de pierres. La glace s'est reformée aussitôt dans la nuit, comme un couvercle.

— Comment peux-tu le savoir ?

— Noëlla Cordel s'était fait offrir une ceinture neuve le jour même. Elle la portait. On sait où elle a dîné et ce qu'elle a mangé. Comprends qu'avec le froid, le contenu du tube digestif s'était conservé comme au premier jour. Présentement, on connaît la date du meurtre et l'heure. Me chicane pas là-dessus, je te rappelle qu'ici, on est des spécialistes.

— Ça ne te chagrine pas, cette lettre anonyme qui te parvient dès le lendemain ? Sitôt le meurtre annoncé dans la presse ?

— Esti non. On en reçoit beaucoup. Les gens aiment pas avoir affaire personnellement aux cops.

— Et ça se comprend.

L'expression de Laliberté se décala légèrement. Le surintendant était un joueur habile mais Adamsberg savait déceler les modifications des regards plus rapidement que le détecteur de la GRC. Laliberté passait à l'attaque et Adamsberg accrut son flegme, croisant les bras, s'adossant à son siège.

— Noëlla Cordel est morte dans la soirée du 26 octobre, dit simplement le surintendant. Entre vingt-deux heures trente et vingt-trois heures trente.

Parfait, si l'on peut dire. La dernière fois qu'il avait vu Noëlla, c'était quand il s'était enfui par la fenêtre à guillotine, le vendredi 24 au soir. Il avait redouté que cette foutue guillotine ne s'abatte sur lui et que Laliberté ne lui annonce la date du 24.

— Impossible d'être plus précis pour l'heure ?

— Non. Elle avait dîné vers dix-neuf heures trente et la digestion était trop avancée.

— Dans quel lac l'avez-vous trouvée ? Loin d'ici ?

Dans le lac Pink, bien sûr, pensa Adamsberg. Quel autre ?

— On poursuivra demain, décida Laliberté en se levant soudainement. Autrement, t'iras jaspiner sur les cops québécois et dire que ce sont des écœurants. J'avais le goût de te raconter, c'est tout. On vous a réservé deux chambres à l'hôtel Brébeuf, dans le parc de la Gatineau. Ça te va-tu ?

— C'est le nom d'un gars, Brébeuf ?

— Oui, d'un Français buté comme une mule qui s'est fait bouffer par les Iroquois parce qu'il voulait leur prêcher des menteries. On viendra vous prendre à quatorze heures, pour votre récupération.

À nouveau aimable, le surintendant lui tendit la main.

— Et tu me videras cette histoire de trident.

— Si tu peux l'entendre, Aurèle.

Malgré ses résolutions, Adamsberg n'eut pas la capacité de réfléchir à l'effarante conjonction qui lui faisait croiser le Trident à l'autre bout du monde. Les morts voyagent vite, comme l'éclair. Il avait pressenti ce danger dans la petite église de Montréal, alors que Vivaldi lui chuchotait que Fulgence était informé de la reprise de sa chasse et lui conseillait d'y prendre garde. Vivaldi, le juge, le quintette, c'est tout ce qu'il eut le temps de se dire avant de s'endormir.

Retancourt frappa à sa porte à six heures du matin, heure locale. Les cheveux encore mouillés, il finissait à peine de s'habiller et la perspective d'amorcer cette journée difficile par une conversation avec son lieutenant d'acier ne lui souriait pas. Il aurait préféré s'allonger et penser, c'est-à-dire errer parmi les millions de particules de son esprit, totalement embrouillées dans leurs foutues alvéoles. Mais Retancourt s'assit posément sur le lit, déposa sur la table basse une thermos de véritable café – comment s'était-elle arrangée ? –, deux tasses et des petits pains frais.

— J'ai été chercher cela en bas, expliqua-t-elle. Si les deux cochs se pointent, on sera plus tranquilles ici pour bavarder. La gueule de Mitch Portelance me briserait l'appétit.

XXXII

Retancourt avala sans un mot une première tasse de café noir et un petit pain. Adamsberg ne tentait pas de l'aider à lancer le dialogue, mais ce silence n'incommodait pas le lieutenant.

— J'aimerais comprendre, dit Retancourt après avoir achevé son premier pain. Cet assassin au trident, on n'en a jamais entendu parler à la Brigade. C'est de l'affaire ancienne, je suppose. Et, au regard que vous avez porté sur la morte, je dirais même personnelle.

— Retancourt, vous êtes affectée à cette mission parce que Brézillon ne laisse pas ses hommes partir seuls. Mais vous n'êtes pas chargée de recueillir mes confidences.

— Pardon, objecta le lieutenant. Je suis là en protection, c'est ce que vous m'avez dit. Et si je ne sais rien, je ne peux pas assurer la défense.

— Je n'en ai aucun besoin. Aujourd'hui, je transmets mes informations à Laliberté et rien de plus.

— Quelles informations ?

— Vous les entendrez tout comme lui. Il les acceptera ou non, il en fera ce qu'il voudra, cela le regarde. Et demain, on boucle nos sacs.

— Ah oui ?

— Pourquoi non, Retancourt ?

— Vous êtes fin, commissaire. Ne me faites pas croire que vous n'avez rien vu.

Adamsberg l'interrogea du regard.

— La liberté n'est plus le même homme, continua-t-elle. Ni Portelance, ni Philippe-Auguste. Le surintendant a été pris de court quand vous avez effectué ces mesures sur le corps. Il attendait autre chose.

— J'ai vu.

— Il attendait que vous craquiez. À la vue de la blessure, puis à la vue du visage, qu'il a pris soin de dévoiler en deux actes. Mais ce n'est pas ce qui s'est produit et cela l'a troublé. Troublé mais pas démonté. Les inspecteurs étaient eux aussi au courant. Je ne les ai pas lâchés de l'œil.

— Vous n'en donniez pas l'impression. Assise dans votre coin et rongeant votre ennui.

— C'est l'astuce, dit Retancourt en servant deux nouvelles tasses de café. Les hommes ne prêtent pas attention à une grosse femme moche.

— C'est faux, lieutenant, et ce n'est pas ce que je voulais dire.

— Mais moi si, dit-elle en repoussant l'objection d'un geste détendu. Ils ne la regardent pas, pas plus intéressante qu'un bahut, et ils *l'oublient*. C'est là-dessus que je table. Ajoutez de l'apathie, un tassement du dos, et vous êtes assurée de pouvoir tout voir sans être vue. Ce n'est pas donné à tout le monde et cela m'a rendu des services considérables.

— Vous aviez converti votre énergie ? demanda Adamsberg en souriant.

— En invisibilité, confirma Retancourt avec sérieux. J'ai pu observer Mitch et Philippe-Auguste en toute impunité. Au cours des deux premiers actes, dévoilement des blessures puis du visage, ils se sont lancé de rapides signaux de connivence. Même chose au cours de l'acte III à la GRC.

— À quel moment ?

— Quand Laliberté vous a donné la date du crime. Là encore, votre absence de réaction les a déçus. Moi non. Vous disposez d'une belle capacité de flegme, commissaire, d'autant qu'il semblait authentique tout en étant travaillé. Mais j'ai besoin de savoir pour continuer à bosser.

— Vous m'accompagnez, Retancourt. Votre mission se résume à cela.

— J'appartiens à la Brigade et j'effectue mon boulot. J'ai idée de ce qu'ils cherchent, mais il me faut votre version. Vous devriez me faire confiance.

— Et pourquoi donc, lieutenant ? Vous ne m'aimez pas.

L'accusation impromptue n'embarrassa pas Retancourt.

— Pas beaucoup, confirma-t-elle. Mais cela n'a pas de rapport. Vous êtes mon principal et je fais mon travail. Laliberté cherche à vous piéger, il est convaincu que vous connaissiez la jeune fille.

— C'est faux.

— Vous devriez me faire confiance, répéta posément Retancourt. Vous ne vous appuyez que sur vous-même. C'est votre manière mais aujourd'hui c'est une erreur. À moins que vous n'ayez un sérieux alibi pour la soirée du 26, à partir de vingt-deux heures trente.

— À ce point ?

— Je le crois.

— Suspecté d'avoir tué la jeune fille ? Vous divaguez, Retancourt.

— Dites-moi si vous la connaissiez.

Adamsberg garda le silence.

— Dites-le-moi, commissaire. Le torero qui ne connaît pas sa bête est assuré de se faire encorner.

Adamsberg observa le rond visage du lieutenant, intelligent et déterminé.

— D'accord, lieutenant, je la connaissais.

— Merde, dit Retancourt.

— Elle me guettait dans le sentier de portage depuis les premiers jours. Vous dire pourquoi je l'ai embarquée au studio le dimanche suivant sort du débat. Mais c'est ce que j'ai fait. Dommage pour moi, elle était cinglée. Six jours plus tard, elle m'annonçait une grossesse assortie d'un chantage.

— Moche, déclara Retancourt en prenant un second petit pain.

— Déterminée à monter dans notre avion, à me suivre à Paris, à s'installer chez moi et partager ma vie, quoi que je dise. Un vieil Outaouais, sis à Sainte-Agathe, lui avait prédit que je lui étais destiné. Elle était cramponnée de toutes ses dents.

— Je n'ai jamais connu cette situation mais je me figure. Qu'avez-vous fait ?

— Je l'ai raisonnée, j'ai refusé, je l'ai repoussée. Au bout du compte, j'ai fui. J'ai sauté par la fenêtre et j'ai couru comme un écureuil.

Retancourt approuva d'un signe, la bouche pleine.

— Et je ne l'ai plus jamais revue, insista Adamsberg. Je me suis appliqué à l'éviter jusqu'au départ.

— C'est pourquoi vous étiez sur le qui-vive à l'aéroport ?

— Elle avait assuré qu'elle serait là. Je sais maintenant pourquoi elle n'est pas venue.

— Morte depuis deux jours.

— Si Laliberté connaissait cette liaison, il aurait vidé sa cartouchière, il me l'aurait dit d'entrée. Noëlla n'a donc rien confié à ses amis, en tout cas pas mon nom. Le surintendant n'a pas de certitude. Il frappe dans l'eau au hasard.

— C'est qu'il détient un autre élément qui lui permet de vous mettre sur le gril : l'acte III, sans doute. La nuit du 26.

Adamsberg regarda fixement Retancourt. La nuit du 26. Il n'y avait pas pensé, seulement soulagé que le meurtre n'ait pas été commis le vendredi soir.

— Vous êtes au courant ? Pour cette nuit ?

— J'ignore tout à l'exception de votre hématome. Mais comme Laliberté avait gardé cette carte pour la fin, j'en déduis qu'elle a son poids.

L'heure s'approchait où les inspecteurs de la GRC viendraient les prendre en main. Adamsberg résuma rapidement à son lieutenant sa cuite du dimanche soir et ses deux heures et demie d'amnésie.

— Merde, répéta Retancourt. Ce que je ne saisis pas, c'est ce qui lui permet de faire le rapprochement entre une jeune fille inconnue et un homme bourré sur un sentier. Il a d'autres atouts, qu'il ne va pas forcément abattre. Laliberté a des méthodes de chasseur, et une certaine jouissance dans la capture. Il peut faire durer l'épreuve.

— Attention, Retancourt. Il ne sait rien de mon amnésie. Seul Danglard est au courant.

— Mais il a sûrement pris des renseignements depuis. Votre départ de *L'Écluse à* vingt-deux heures quinze, votre arrivée à l'immeuble à deux heures moins dix. C'est long pour un homme qui marche l'esprit clair.

— Ne vous faites pas de souci pour cela. N'oubliez pas que je connais l'assassin.

— C'est vrai, reconnut Retancourt. Cela réglera la question.

— À un détail près. Une vétille à propos de ce meurtrier, mais qui risque de mal passer.

— Vous n'êtes pas sûr de vous ?

— Si. Mais il est mort depuis seize ans.

XXXIII

Fernand Sanscartier et Ginette Saint-Preux assuraient cette fois l'encadrement du surintendant.
Adamsberg s'imagina qu'ils s'étaient désignés volontaires ce dimanche, pour lui apporter leur appui
peut-être. Mais ses deux anciens alliés adoptaient
une attitude contrainte et embarrassée. Seul l'écureuil de garde, toujours nanti de sa compagne, l'avait
salué aimablement en plissant le museau. Un bon
petit chum, fidèle.

— Cette fois, c'est à ton tour, Adamsberg, commença Laliberté, cordial. Expose-moi les faits, tes
connaissances, tes soupçons. Right, man ?

Amabilité, ouverture. Laliberté utilisait de vieilles
techniques. Ici, celle de l'alternance entre phases
d'hostilité et de détente. Déstabiliser le prévenu, le
rassurer, l'alerter à nouveau, le désorienter. Adamsberg raffermit ses pensées. Le surintendant ne le
ferait pas dérailler comme une bête apeurée, encore
moins avec Retancourt dans son dos, sur laquelle il
avait l'étrange sensation de se caler.

— Jour de bonté ? demanda Adamsberg en souriant.

— Jour d'écoute. Dévide-moi ton chapelet.

— Je te préviens, Aurèle, que l'histoire est longue.

— OK, man, mais délaye pas trop tes idées quand
même.

Adamsberg prit tout son temps pour conter le récit
de la marche sanglante du juge Fulgence, depuis le

meurtre de 1949 jusqu'au réveil de Schiltigheim. Sans rien omettre du personnage, de sa technique, des boucs émissaires, de la traverse du trident, du changement de lames. Sans non plus cacher son impuissance à serrer l'assassin, protégé derrière les hauts murs de son pouvoir, de son réseau et de son extrême mobilité. Le surintendant avait pris des notes avec une certaine impatience.

— Prends-moi pas pour un critiqueux, mais je vois trois embrouilles dans ton histoire, dit-il finalement en levant trois doigts.

De la rigueur, de la rigueur, et de la rigueur, pensa Adamsberg.

— Tu vas pas me faire accroire qu'un meurtrier cavale chez vous depuis cinquante ans ?

— Sans être pris, veux-tu dire ? Je t'ai parlé de son influence, et des changements de lame. Personne n'a jamais envisagé de mettre en doute la réputation du juge, ni relié les huit meurtres entre eux. Neuf avec celui de Schiltigheim. Dix avec celui de Noëlla Cordel.

— Ce que je veux te dire, c'est que ton esti de gars, il serait pas de la première jeunesse.

— Suppose qu'il ait commencé à vingt ans. Il n'aurait que soixante-dix ans.

— Deuxième chose, enchaîna Laliberté en marquant ses notes d'une croix. T'as gossé des heures sur ce trident et sa traverse. L'idée des changements de lame, c'est la tienne d'ailleurs, t'as pas de preuve.

— Si. Ces limites de longueur et de largeur.

— Précisément. Mais ce coup-ci, ton maudit maniaque, il aurait pas fait à son habitude ? La longueur de la ligne des blessures dépasse celle de ta traverse. 17,2 cm et pas 16,7 cm. Ce qui fait que tout d'un charme, ton meurtrier modifie sa routine. À soixante-dix ans, criss, c'est pas l'âge du changement. Comment tu m'expliques-tu ça ?

— J'y ai pensé et je n'ai trouvé qu'une seule raison : les contrôles aériens. Il n'aurait pas pu emporter sa traverse, on ne l'aurait jamais laissé passer avec une pareille barre de fer. Il a été contraint d'acheter sur place un autre trident.

— Pas acheté, Adamsberg, emprunté. Rappelle-toi que les blessures étaient terreuses. L'outil n'était pas neuf.

— Exact.

— Ce qui nous fait déjà de sacrés écarts, et pas des petits, dans la conduite réglée de ton assassin. Ajoute à ça qu'il n'y avait pas de rôdeux mort-ivre à côté de la victime, avec l'arme en poche. Pas de bouc émissaire. Ça diverge beaucoup, dans mon opinion.

— Effets des circonstances. Comme tous les surdoués, le juge est souple. Il a dû composer avec le gel, sa victime étant restée emprisonnée plus de trois jours dans la glace. Et il a dû faire avec un territoire étranger.

— Justement, dit Laliberté en inscrivant une nouvelle croix sur sa feuille. Il n'a plus assez de place dans le vieux pays, ton juge ? Jusqu'ici, il tuait chez toi, c'est pas vrai ?

— Je n'en sais rien. Je ne t'ai cité que les meurtres français parce que je n'ai dépouillé que les archives nationales. S'il a tué en Suède ou au Japon, je ne le sais pas.

— Sacrament, t'es obstineux. Faut toujours que tu trouves une réponse, hein ?

— Ce n'est pas ce que tu souhaites ? Que je te nomme l'assassin ? Tu connais beaucoup de gars qui tuent au trident ? Car, pour l'arme, j'ai raison, n'est-ce pas ?

— Criss, oui, c'est bien une patte de poule qui l'a embrochée. Quant à savoir qui la tenait, c'est une autre affaire.

— Le juge Honoré Guillaume Fulgence. Un authentique empaleur que je pognerai par les gosses, je te le garantis.

— J'aimerais voir tes dossiers, dit Laliberté en se balançant sur son siège. Les neuf dossiers.

— Je t'enverrai des copies à mon retour.

— Non, présentement. Tu pourrais-tu demander à un de tes hommes de me les passer par courriel ?

Pas le choix, se dit Adamsberg en suivant Laliberté et ses inspecteurs dans la salle des transmissions. Il pensait au décès de Fulgence. Tôt ou tard, Laliberté l'apprendrait, comme Trabelmann. Le plus inquiétant était le dossier sur son frère. Il contenait un croquis du poinçon jeté dans la Torque, et des notes sur son faux témoignage au procès. Pièces strictement confidentielles. Seul Danglard pourrait le tirer de là, s'il avait l'idée d'y opérer un tri. Et comment le lui demander sous le regard de chasseur du surintendant ? Il aurait désiré une bonne heure pour y réfléchir mais il lui faudrait faire beaucoup plus vite.

— Je vais prendre un paquet dans ma veste, je reviens, dit-il en sortant de la pièce.

Dans le bureau vide du surintendant, Retancourt dormait à moitié, un peu penchée sur sa chaise. Il sortit au ralenti plusieurs sacs des poches gonflées de son manteau et rejoignit sans hâte les trois officiers.

— Tiens, dit-il à Sanscartier en lui tendant les sachets, avec un insensible clin d'œil. Il y en a six flacons. Partage avec Ginette si elle aime ça. Et quand tu seras en manque, appelle-moi.

— Tu leur donnes quoi ? gronda Laliberté. De la bibine de France ?

— Du savon au lait d'amande. Ce n'est pas de la corruption de fonctionnaire, c'est un émollient pour l'esprit.

— Criss, Adamsberg, fais-moi pas rire. On est là pour trimer.

— Il est plus de dix heures du soir à Paris, et Danglard seul sait où sont mes dossiers. Mieux vaut que je lui adresse un fax à son domicile. Il l'aura à son lever et tu gagneras du temps.

— Right, man. À ton choix. Écris à ton slaque.

Ce qui permit à Adamsberg de rédiger pour Danglard une demande écrite à la main. Seule idée qu'il avait eue durant sa courte mission savon, une idée d'écolier certes, mais qui pouvait fonctionner. Déformer son graphisme, que Danglard connaissait par cœur, en y agrandissant les D et les R, début et fin du mot Danger. Ce qui était possible dans une courte note avec des mots comme Danglard, Dossier, Adresser, Adamsberg, Trident. En espérant que Danglard ait les yeux bien ouverts, qu'il y comprenne quelque chose, qu'il se méfie et ôte les pièces compromettantes avant de scanner le tout.

Le fax partit, contrôlé par le surintendant, emportant les espoirs du commissaire par les câbles subatlantiques. Il n'avait plus qu'à compter sur la finesse pointue de son adjoint. Il eut une brève pensée pour l'Ange à l'épée de Danglard et l'adjura, pour une fois, de le mettre dès l'aube en pleine possession de sa logique.

— Il l'aura demain. Je ne peux rien faire de plus, conclut Adamsberg en se levant. Je t'ai tout dit.

— Pas moi. Il y a une quatrième chose qui m'intrigue, dit le surintendant en levant son quatrième doigt.

De la rigueur et de la rigueur.

Adamsberg se rassit devant le fax, Laliberté demeurant debout. Encore un truc de flic. Adamsberg chercha le regard de Sanscartier, qui, immobile, serrait son sac à savon contre lui. Et dans ces yeux qui lui semblaient ne refléter toujours qu'une seule et même expression, la bonté, il lut autre chose. Piège, chum. Gare à tes gosses.

— Tu m'as-tu pas dit que t'avais démarré ta traque à dix-huit ans ? demanda Laliberté.

— Si.

— Trente ans de chasse, tu trouves pas ça beaucoup ?

— Pas plus que cinquante ans de meurtres. Chacun son métier : il insiste, j'insiste.

— Vous connaissez pas les dossiers classés, en France ?

— Si.

— T'en as-tu pas laissé, des affaires non résolues ?

— Pas beaucoup.

— Mais t'en as laissé ?

— Oui.

— Alors pourquoi t'as pas lâché celle-là ?

— À cause de mon frère, je te l'ai dit.

Laliberté sourit, comme s'il venait de marquer un point. Adamsberg se tourna vers Sanscartier. Même signal.

— Tu l'aimais-tu à ce point, ce frère ?

— Oui.

— Tu voulais-tu le venger ?

— Pas le venger, Aurèle. L'innocenter.

— Chicane pas sur les mots, ça revient au même. Tu sais-tu à quoi elle fait penser, ton enquête ? Que tu patines autour depuis trente ans ?

Adamsberg resta silencieux. Sanscartier regardait son surintendant, toute douceur ayant déserté ses yeux. Ginette gardait la tête baissée vers le sol.

— À une obsession pas normale, déclara Laliberté.

— Dans ton livre à toi, Aurèle. Mais pas dans le mien.

Laliberté changea de position et d'angle d'attaque.

— Je te cause de coch à coch, présentement. Ton meurtrier voyageur, tu trouves-tu pas bizarre qu'il assassine ici au moment où son poursuivant y demeure ? C'est-à-dire toi, le coch obsédé qui le persécute depuis trente ans ? Tu trouves-tu pas ça croche, comme coïncidence ?

— Très croche. À moins que ce n'en soit pas une. Je t'ai dit que depuis Schiltigheim, Fulgence sait que je le talonne à nouveau.

— Criss ! Et il viendrait jusqu'ici pour te provoquer ? S'il avait le moindrement d'esprit, il attendrait que tu sois rentré, tu crois pas ? Un gars qui tue tous les quatre à six ans, il peut se retenir une quinzaine, non ?

— Je ne suis pas dans sa peau.

— C'est présentement ce que je me demande.

— Explique-toi, Aurèle.

— Je crois personnellement que tu rêves en couleurs. Et que tu le vois partout, ton esti de Trident.

— Je t'emmerde, Aurèle. Je te dis ce que je sais et ce que je crois. Si tu n'en veux pas, je m'en fous. Fais ton enquête et moi la mienne.

— À demain neuf heures, dit le surintendant à nouveau souriant, en tendant la main. On a encore une bonne attelée devant nous. On verra ces dossiers ensemble.

— Pas ensemble, dit Adamsberg en se levant. Tu en as pour la journée à les compulser et moi, je les connais par cœur. Je pars voir mon frère. On se retrouve mardi matin.

Laliberté fronça les sourcils.

— Je suis libre ? Oui ou non ? demanda Adamsberg.

— Excite-toi pas.

— Alors je vais chez mon frère.

— Où c'est qu'il reste, ton frère ?

— À Detroit. Tu peux me passer une voiture de fonction ?

— Ça se peut.

Adamsberg alla retrouver Retancourt, restée assise comme une bûche dans le bureau du surintendant.

— Je sais que t'as des ordres, dit Laliberté en riant. Mais, prends-le pas personnel, je vois pas à quoi elle peut te servir, ton lieutenant. Elle a pas inventé les boutons à quatre trous. Criss, j'en voudrais pas dans mon module.

XXXIV

Une fois dans sa chambre, Adamsberg hésita à appeler Danglard pour lui recommander d'ôter les pièces relatives à l'enquête sur son frère. Mais rien ne lui assurait que le téléphone n'était pas sur écoutes. Quand Laliberté apprendrait que Fulgence était mort, les choses allaient se corser singulièrement. Et puis après ? Le surintendant ne savait rien de ses relations avec Noëlla et, n'eût été cette lettre anonyme, il ne se serait pas préoccupé de lui. Mardi, ils se sépareraient sur un différend, comme avec Trabelmann, et adieu, à chacun son enquête.

Il boucla rapidement son sac. Il comptait faire la route de nuit, dormir deux heures en chemin et arriver à l'aube à Detroit pour ne pas risquer de manquer son frère. Il n'avait pas vu Raphaël depuis si longtemps qu'il ne ressentait pas d'émotion, tant l'entreprise semblait irréelle. Il changeait de tee-shirt quand Retancourt entra dans sa chambre.

— Merde, Retancourt, vous pourriez frapper.

— Pardon, je craignais que vous n'ayez déjà filé. À quelle heure part-on ?

— Je pars seul. Voyage privé cette fois.

— J'ai des ordres, s'obstina le lieutenant. J'accompagne. Partout.

— Vous êtes sympathique et aidante, Retancourt, mais c'est mon frère et je ne l'ai pas vu depuis trente ans. Foutez-moi la paix.

— Désolée, mais je viens. Je vous laisserai seul avec lui, ne vous en faites pas.

— Lâchez-moi, lieutenant.

— Si vous y tenez, mais je tiens les clefs du char. Vous n'irez pas loin à pied.

Adamsberg fit un pas vers elle.

— Aussi costaud que vous soyez, commissaire, vous ne pourrez jamais me reprendre ces clefs. Je propose qu'on renonce à ce jeu de mômes. On part ensemble et on se relaiera sur la route.

Adamsberg lâcha prise. Lutter avec Retancourt lui coûterait au moins une heure de temps.

— Très bien, dit-il, résigné. Puisque je vous ai sur le dos, allez faire votre bagage. Vous avez trois minutes.

— Il est fait. Je vous retrouve à la voiture.

Adamsberg acheva de s'habiller et rejoignit son lieutenant sur le parking. Blond garde du corps ayant converti son énergie en protection rapprochée particulièrement adhésive.

— Je prends le volant, annonça Retancourt. Vous avez lutté tout l'après-midi avec le surintendant tandis que je somnolais sur ma chaise. Je suis parfaitement reposée.

Retancourt recula son siège pour s'installer à son aise puis démarra en direction de Detroit. Adamsberg la rappela à l'ordre pour la consigne du 90 km/h, et elle réduisit sa vitesse. Tout compte fait, Adamsberg n'était pas mécontent de se délasser. Il étendit ses jambes et posa les mains sur ses cuisses.

— Vous ne leur avez pas dit qu'il était mort, dit Retancourt après quelques kilomètres.

— Ils l'apprendront bien assez tôt demain. Vous vous êtes alarmée à tort, Laliberté n'a aucun élément contre moi. C'est cette lettre anonyme qui le tourmente. Je boucle avec lui mardi et on s'envole mercredi.

— Si vous bouclez mardi, on ne s'envolera pas mercredi.

— Et pourquoi pas ?

— Parce que si vous y allez mardi, ils ne vont pas discuter gentiment. Ils vont vous inculper.

— Vous aimez dramatiser, Retancourt ?

— J'observe. Une voiture stationnait devant l'hôtel. Ils nous suivent depuis Gatineau. Ils *vous* suivent. Philibert Lafrance et Rhéal Ladouceur.

— Une surveillance n'est pas une inculpation. Vous mettez toute votre énergie à amplifier.

— Sur la lettre anonyme, que Laliberté ne souhaitait pas vous montrer, il y avait deux fines bandes noires, à cinq centimètres du haut et à un centimètre du bas.

— Une photocopie ?

— C'est cela. Avec un masquage de l'en-tête et du pied de page. Du montage fait à la va-vite. Le papier, le caractère machine et la mise en page ressemblaient à ceux des formulaires du stage. C'est moi qui me suis occupée du dossier à Paris, vous vous rappelez ? Et cette formulation : *Il s'en est occupé personnellement*. Mélodie un peu québécoise. C'est la GRC qui a fabriqué cette lettre, elle-même.

— Et dans quel but ?

— Créer un motif acceptable pour décider votre direction à vous envoyer ici. Si Laliberté avait confié ses véritables intentions, Brézillon n'aurait jamais accepté de vous extrader.

— Extrader ? Où courez-vous, lieutenant ? Laliberté se demande ce que j'ai fabriqué dans la nuit du 26, je comprends. Moi aussi, je me le demande. Il se pose des questions sur ce que j'ai bien pu faire avec Noëlla, je comprends encore. Moi aussi, je me pose des questions. Mais bon sang, Retancourt, je ne suis pas suspect.

— Cet après-midi, vous avez tous filé dans le bureau des transmissions en oubliant la grosse Retancourt sur sa chaise. Vous vous souvenez ?

— Navré, mais vous pouviez nous suivre.

— Surtout pas. J'étais déjà invisible, et aucun d'entre eux ne s'est rendu compte qu'ils me laissaient là, seule. Seule et à proximité immédiate du dossier vert. J'avais le temps de tenter le truc.

— Le truc ?

— J'ai photocopié. L'essentiel est dans mon sac.

Adamsberg fixa son lieutenant dans l'ombre. La voiture filait bien au-delà des vitesses autorisées.

— Vous faites cela à la Brigade ? Pirater des dossiers sur une impulsion ?

— À la Brigade, je ne suis pas en mission protection.

— Réduisez la vitesse. Ce n'est vraiment pas le moment que les inspecteurs nous pognent avec la bombe à retardement que vous traînez dans votre sac.

— Exact, reconnut Retancourt en levant le pied. C'est ces foutus chars automatiques, ça m'entraîne.

— Il n'y a pas que cela qui vous entraîne. Vous vous figurez l'embrouille si l'un des cochs vous avait surprise à la photocopieuse ?

— Vous vous figurez l'embrouille si je n'avais pas visité le dossier ? C'était dimanche et la GRC était vide. J'entendais au loin le bruit de vos conversations. Au moindre raclement de chaise, j'avais le temps de tout remettre en place. Je sais ce que je fais.

— Je me le demande.

— Ils ont enquêté sur vous. Beaucoup. Ils savent que vous couchiez avec la fille.

— Par ses logeurs ?

— Non. Mais Noëlla avait un test de grossesse dans son sac, une pipette d'urine.

— L'était-elle ? Enceinte ?

— Non. Il n'existe pas de tests qui donnent la réponse en trois jours, mais les hommes ne le savent pas.

— Pourquoi avait-elle ce test dans ce cas ? Pour son ancien chum ?

— Pour vous faire cavaler. Attrapez le rapport dans mon sac. La chemise bleue, à la page dix, je crois.

Adamsberg ouvrit le sac à main de Retancourt, qui évoquait une sacoche de survie avec pinces, corde, crochets, maquillage, tendeurs, couteau, lampe-torche, sachets plastique et divers. Il alluma le plafonnier et se reporta à la page dix, analyse d'urine de Cordel Noëlla, pièce à conviction RRT 3067. « Traces résiduelles de sperme, lut-il rapidement. Comparaison avec échantillon STG 6712, prélèvement literie studio Adamsberg Jean-Baptiste. Comparaison ADN positive. Identification formelle du partenaire sexuel. »

Figuraient sous ces lignes deux schémas représentant les séquences ADN en vingt-huit bandes, issues l'une de la pipette, l'autre de ses draps. Rigoureusement identiques. Adamsberg rangea la chemise et éteignit le plafonnier. Cela ne l'aurait pas intimidé outre mesure de bavarder semence avec son lieutenant, mais il lui était reconnaissant de l'avoir laissé prendre connaissance de cette note en silence.

— Pourquoi Laliberté a-t-il fermé sa gueule ? demanda-t-il à voix basse.

— Le gril. Il s'amuse, commissaire. Il vous regarde vous enfoncer et cela lui plaît. Plus vous lui mentez, plus il accroît sa pile de fausses déclarations.

— Même, soupira Adamsberg. Même s'il sait que j'ai couché avec Noëlla, il n'a pas de raison d'établir un lien avec le meurtre. C'est une coïncidence.

— Vous n'aimez pas les coïncidences.

— Non.

— Eh bien lui non plus. La jeune fille a été découverte sur le sentier de portage.

Adamsberg s'immobilisa.

— Ce n'est pas possible, Retancourt, souffla-t-il.

— Si, dans un petit lac de bordure, dit-elle doucement. On mange ?

— Pas très faim, dit Adamsberg à voix basse.

— Eh bien, moi, je mange. Sinon je ne tiendrai pas le coup, et vous non plus.

Retancourt arrêta la voiture sur une aire de stationnement et sortit de son sac deux sandwiches et deux pommes. Adamsberg mâchait lentement, le regard perdu.

— Même, répéta-t-il. Qu'est-ce que cela prouve ? Noëlla était sans cesse fourrée sur ce sentier. Du matin au soir. Elle disait elle-même que c'était dangereux. Je n'étais pas le seul à l'emprunter.

— Le soir, si. Sauf des homosexuels qui n'avaient rien à faire de Noëlla Cordel. Les cops savent beaucoup de choses. Que vous avez erré trois heures sur ce chemin, entre dix heures et demie et une heure et demie du matin.

— Je n'ai rien vu, Retancourt. J'étais bourré, je vous l'ai dit. J'ai dû aller et venir. Après être tombé, je n'avais plus ma lampe. C'est-à-dire votre lampe.

Retancourt tira de son sac une bouteille de vin.

— Je ne sais pas ce qu'il vaut, dit-elle. Buvez-en un petit coup.

— Je ne veux plus boire.

— Juste quelques gorgées. S'il vous plaît.

Adamsberg obéit, assez désemparé. Retancourt récupéra la bouteille et la reboucha soigneusement.

— Ils ont interrogé le serveur de *L'Écluse*, reprit-elle. À qui vous auriez dit : *Si les cochs s'approchent, je t'embroche.*

— Je parlais de ma grand-mère. Une très brave femme.

— Brave ou pas, cette formule ne leur plaît pas du tout.

— C'est tout, Retancourt ?

— Non. Ils savent aussi que vous n'avez plus la mémoire de cette nuit.

Un long silence s'établit dans la voiture. Adamsberg s'était adossé au fauteuil, les yeux levés vers le plafond, comme un homme hébété, en état de choc.

— Je n'en ai parlé qu'à Danglard, dit-il sourdement.

— Eh bien, ils le savent tout de même.

— J'allais tout le temps marcher sur ce sentier, reprit-il de la même voix sans timbre. Ils n'ont ni mobile ni preuve.

— Ils ont un mobile : le test de grossesse, le chantage.

— C'est impensable, Retancourt. Une machination, une machination du diable.

— Du juge ?

— Pourquoi pas ?

— Il est mort, commissaire.

— Je m'en fous. Et ils n'ont pas de preuve.

— Si. La fille portait une ceinture de cuir, offerte le jour même.

— Il me l'a dit. Et alors ?

— Elle était débouclée. Elle traînait dans les feuilles, à côté du lac.

— Eh bien ?

— Je suis désolée, commissaire : ils ont vos empreintes dessus. Ils les ont comparées à celles laissées dans le studio.

Adamsberg ne bougeait plus, noyé dans la stupeur, étourdi par les déferlantes qui s'écrasaient sur lui les unes après les autres.

— Je n'ai jamais vu cette ceinture. Je ne l'ai jamais débouclée. Pas vu cette fille depuis le vendredi soir.

— Je sais, murmura Retancourt en écho. Mais pour tout coupable, vous n'avez à leur proposer qu'un vieux mort. Et pour alibi, une perte de mémoire. Ils diront que vous étiez obsédé par le juge, que votre frère avait tué, que vous étiez dépossédé de vous-même. Que, placé dans les mêmes circonstances, ivre, en forêt, face à une fille enceinte, vous avez reproduit l'acte de Raphaël.

— La nasse est bouclée, dit Adamsberg en fermant les yeux.

— Pardon pour la brutalité, mais il fallait que vous sachiez. Ils vont vous inculper mardi. Le mandat est prêt.

Retancourt lança son trognon de pomme par la fenêtre et redémarra. Elle ne proposa pas le volant à Adamsberg et il ne le lui demanda pas.

— Je ne l'ai pas fait, Retancourt.

— Cela ne servira à rien de le répéter à Laliberté. Vos dénégations, il s'en sacre.

Adamsberg se redressa d'un coup.

— Mais, lieutenant, Noëlla a été tuée au trident. Où aurais-je bien pu trouver un outil pareil ? Sur mon sentier, droit surgi des airs ?

Il s'interrompit brusquement et se laissa retomber sur le siège.

— Dites, commissaire.

— Bon dieu, le chantier.

— Où cela ?

— À mi-parcours, il y avait un chantier, avec un pick-up et des outils le long des troncs. Ils dessou-chaient les arbres morts et replantaient des érables. Je le connaissais. J'ai pu passer devant, voir Noëlla, voir l'arme, et m'en servir. Ils pourront dire ça, oui. Parce qu'il y avait de la terre dans les blessures. Parce que le trident différait de celui du juge.

— Ils pourront dire ça, confirma Retancourt, la voix grave. Ce que vous leur avez raconté du juge n'arrange rien, au contraire. Histoire folle, improba-ble, obsessionnelle. Ils s'en serviront pour vous char-ger. Ils avaient le mobile immédiat, vous leur avez servi le mobile profond.

— L'homme obnubilé, saoul, amnésique, affolé par cette fille. Moi dans le corps de mon frère. Moi dans le corps du juge. Moi, désaxé, cinglé. C'est foutu, Retancourt. Fulgence a eu ma peau. Il est entré dedans.

Retancourt conduisit un quart d'heure sans parler. L'effondrement d'Adamsberg exigeait, lui semblait-il, le répit d'un long silence. Des jours entiers peut-être, en roulant jusqu'au Groenland, mais elle n'en avait pas le temps.

— À quoi pensez-vous ? reprit-elle.

— À Maman.

— Je comprends. Mais je ne crois pas que ce soit le moment.

— On pense à sa mère, quand il n'y a plus rien à faire. Et il n'y a plus rien à faire.

— Bien sûr que si. Fuir.

— Je suis carbonisé si je fuis. Aveu de culpabilité.

— Vous êtes carbonisé si vous vous présentez mardi à la GRC. Vous allez pourrir ici jusqu'au jugement et on n'aura aucun moyen de s'en sortir par une contre-enquête. Vous resterez dans les geôles canadiennes et, un jour, on vous transférera à Fresnes, vingt ans de réclusion minimum. Non, il faut fuir, se barrer d'ici.

— Vous rendez-vous compte de ce que vous dites ? Vous rendez-vous compte que, dans ce cas, vous me couvrez ?

— Parfaitement.

Adamsberg se tourna vers son lieutenant.

— Et si c'était moi, Retancourt ? articula-t-il.

— Fuir, répondit-elle en éludant la question.

— Et si c'était moi, Retancourt ? insista Adamsberg en haussant le ton.

— Si vous doutez, nous sommes carbonisés l'un et l'autre.

Adamsberg se pencha dans l'ombre pour mieux l'examiner.

— Vous ne doutez pas ? demanda-t-il.

— Non.

— Pourquoi ? Vous ne m'aimez pas et tout m'accuse. Mais vous, vous n'y croyez pas.

— Non. Vous ne tueriez pas.

— Pourquoi ?

Retancourt eut une petite moue, semblant hésiter sur sa formulation.

— Disons que cela ne vous intéresse pas assez.

— En êtes-vous sûre ?

— Dans les limites où quelqu'un peut l'être. Vous avez intérêt à vous fier à moi ou vous êtes effectivement cuit. Vous n'êtes pas en train de vous défendre, vous êtes en train de vous enfoncer vous-même.

Dans la boue du lac mort, pensa Adamsberg.

— Je ne me souviens plus de cette nuit, répéta-t-il comme une machine. J'avais le visage et les mains en sang.

— Je sais. Ils ont le témoignage du gardien.

— Ce n'était peut-être pas mon sang.

— Vous voyez : vous vous enfoncez. Vous acceptez. L'idée pénètre en vous comme un reptile et vous vous laissez faire.

— L'idée était peut-être déjà en moi, depuis que j'ai fait renaître le Trident. Elle a peut-être explosé quand j'ai vu l'outil.

— Vous vous enfoncez, dans sa tombe, insista Retancourt. Vous placez vous-même votre tête sur le billot.

— Je m'en rends compte.

— Commissaire, réfléchissez vite. Qui choisissez-vous ? Vous ? Ou moi ?

— Vous, répondit Adamsberg d'instinct.

— Donc, fuir.

— Injouable. Ce ne sont pas des imbéciles.

— Nous non plus.

— On les a déjà au cul.

— Il n'est pas question de fuir depuis Detroit. Le mandat d'arrêt est déjà passé dans le Michigan. On rentre mardi matin à l'hôtel Brébeuf, comme prévu.

— Et on se barre par les sous-sols ? Quand ils ne me verront pas sortir à l'heure, ils vont fouiller partout. Retourner ma chambre et tout le bâtiment. Constater la disparition de leur voiture, bloquer les aéroports. Je n'aurai jamais le temps de m'envoler. Pas même celui de quitter l'hôtel. Je me ferai bouffer, comme ce Brébeuf.

— Mais ce ne sont pas eux qui vont nous poursuivre, commissaire. C'est nous qui allons les mener où l'on veut.

— Où ?

— Dans ma chambre.

— Votre chambre est aussi exiguë que la mienne. Où voulez-vous me planquer ? Sur le toit ? Ils y monteront.

— Évidemment.

— Sous le lit ? Dans le placard ? Sur l'armoire ?

Adamsberg haussa les épaules, dans un mouvement de désespoir.

— Sur moi.

Le commissaire se retourna vers son lieutenant.

— Je suis désolée, dit-elle, mais cela ne prendra que deux à trois minutes. Il n'y a pas d'autre solution.

— Retancourt, je ne suis pas une épingle à cheveux. En quoi comptez-vous me transformer ?

— C'est moi qui me transformerai. En pylône.

XXXV

Retancourt s'était arrêtée deux heures pour dormir et ils entrèrent dans Detroit à sept heures du matin. La ville était aussi lugubre qu'une vieille duchesse ruinée portant encore les lambeaux de ses robes. La crasse et la misère avaient remplacé les fastes tombés de l'ancien Detroit.

— C'est cet immeuble, désigna Adamsberg, plan en main.

Il examina le bâtiment haut, assez noir mais en bon état, bordé par une cafétéria, comme on scrute un édifice historique. Ce qu'il était puisque derrière ces murs bougeait, dormait et vivait Raphaël.

— Les cochs se garent à vingt mètres derrière nous, remarqua Retancourt. Futés. Qu'est-ce qu'ils s'imaginent ? Qu'on ignore qu'on se les traîne depuis Gatineau ?

Adamsberg était penché vers l'avant, les bras croisés sur sa taille.

— Je vous laisse y aller seul, commissaire. Je me restaure à la cafétéria en vous attendant.

— Je n'y arrive pas, dit Adamsberg à voix basse. Et à quoi bon ? Je suis en fuite, moi aussi.

— Justement. Il cessera d'être seul, et vous aussi. Allez-y, commissaire.

— Vous ne comprenez pas, Retancourt. Je n'y arrive pas. J'ai les jambes froides et raides, je suis fixé au sol par deux vérins de fonte.

252

— Vous permettez ? demanda le lieutenant en posant quatre doigts entre ses omoplates.

Adamsberg acquiesça d'un signe. Après dix minutes, il sentit une sorte d'huile dégrippante descendre le long de ses cuisses et leur rendre leur mobilité.

— C'est cela que vous avez fait à Danglard, dans l'avion ?

— Non. Danglard avait juste peur de mourir.

— Et moi, Retancourt ?

— Peur du contraire, exactement.

Adamsberg hocha la tête et sortit de la voiture. Retancourt s'apprêtait à entrer dans la cafétéria quand il l'arrêta par le bras.

— Il est là, dit-il. À cette table, de dos. J'en suis sûr.

Le lieutenant observa la silhouette que lui désignait Adamsberg. Ce dos, aucun doute, était bien celui d'un frère. La main d'Adamsberg se fermait sur son bras.

— Entrez-y seul, dit-elle. Je retourne à la voiture. Faites-moi signe quand je pourrai vous rejoindre. Je voudrais le voir.

— Raphaël ?

— Oui, Raphaël.

Adamsberg poussa la porte de verre, les jambes encore engourdies. Il se rapprocha de Raphaël et mit ses mains sur ses épaules. L'homme de dos n'eut pas un sursaut. Il examina les mains brunes qui s'étaient posées sur lui, l'une, puis l'autre.

— Tu m'as trouvé ? demanda-t-il sans bouger.

— Oui.

— Tu as bien fait.

Depuis l'autre côté de la rue étroite, Retancourt vit Raphaël se lever, les frères s'étreindre, se regarder, les bras mêlés, cramponnés au corps de l'autre. Elle sortit de son sac une petite paire de jumelles et fit la netteté sur Raphaël Adamsberg, dont le front touchait celui de son frère. Même corps, même tête. Mais autant la beauté changeante d'Adamsberg émergeait comme une miraculée de ses traits chaotiques, autant celle du frère était immédiate, appuyée sur un tracé régulier. Comme deux jumeaux ayant poussé de la même racine, l'un dans le désordre, l'autre dans l'harmonie. Retancourt se décala pour avoir Adamsberg de trois quarts face dans sa ligne de visée. Elle abaissa brusquement ses jumelles, mortifiée d'avoir osé s'aventurer trop loin, le long d'une émotion volée.

À présent qu'ils s'étaient assis, les deux Adamsberg n'arrivaient pas à se lâcher les bras, formant un cercle fermé. Retancourt se rassit dans la voiture, dans un léger frisson. Elle rangea ses jumelles et ferma les yeux.

Trois heures plus tard, Adamsberg avait frappé à la vitre de la voiture et récupéré son lieutenant. Raphaël les avait nourris et installés sur un canapé avec du café. Les deux frères ne s'éloignaient pas l'un de l'autre de plus de cinquante centimètres, avait noté Retancourt.

— Jean-Baptiste sera condamné ? C'est certain ? demanda Raphaël au lieutenant.

— Certain, confirma Retancourt. Reste la fuite.

— Fuir avec une dizaine de flics qui surveillent l'hôtel, expliqua Adamsberg.

— C'est possible, dit Retancourt.

— Votre idée, Violette ? demanda Raphaël.

Raphaël, arguant qu'il n'était pas flic ni militaire, avait refusé d'appeler le lieutenant par son nom de famille.

— On repart sur Gatineau ce soir, expliqua Retancourt. On revient à l'hôtel Brébeuf au matin, vers sept heures, candides et sous leurs yeux. Vous, Raphaël, vous prenez la route trois heures et demie après nous. C'est possible ?

Raphaël acquiesça.

— Vous arrivez à cet hôtel vers dix heures trente. Que verront les cops ? Un nouveau client, et ils s'en foutent, ce n'est pas lui qu'ils cherchent. D'autant qu'à cette heure, il y a beaucoup d'allées et venues. Les deux cochs qui nous suivent ne seront pas de garde demain. Aucun des flics de guet ne vous identifiera. Vous vous inscrivez sous votre nom et vous prenez simplement possession de votre chambre.

— Entendu.

— Vous avez des costumes ? Des costumes d'homme d'affaires, avec chemise et cravate ?

— J'en ai trois. Deux gris et un bleu.

— C'est parfait. Venez en costume et prenez l'autre avec vous. Le gris. Et puis deux manteaux, deux cravates.

— Retancourt, vous n'allez pas foutre mon frère dans la merde ? interrompit Adamsberg.

— Non, les flics de Gatineau seulement. Vous, commissaire, dès notre arrivée, vous videz votre chambre, exactement comme si vous aviez déserté à la hâte. On se débarrasse de vos affaires. Vous en avez peu, et cela tombe bien.

— On les découpe en boulettes ? On les mange ?

— On les fourre dans la grande poubelle du palier, le truc en acier avec un abattant.

— Tout ? Fringues, bouquins, rasoir ?

— Tout, y compris votre arme de service. On jette vos fringues et on sauve votre peau. On conserve le portefeuille et les clefs.

— Le sac n'entrera pas dans la poubelle.

— On le laissera dans mon placard, vide, comme si c'était le mien. Les femmes ont beaucoup de bagages.

— Je peux garder mes montres ?

— Oui.

Les deux frères ne la quittaient pas des yeux, l'un le regard flou et doux, l'autre net et brillant. Raphaël Adamsberg avait la même souplesse paisible que son frère mais ses mouvements étaient plus vifs, ses réactions plus rapides.

— Les cops nous attendent à la GRC à neuf heures, reprit Retancourt, son regard allant de l'un à l'autre. Après vingt minutes de retard, pas plus je pense, Laliberté essaiera de joindre le commissaire à l'hôtel. Pas de réponse, l'alerte est donnée. Les gars se précipiteront dans sa chambre. Vide, suspect disparu. C'est cette impression qu'il faut donner : qu'il est déjà parti, qu'il leur a filé entre les doigts. Vers neuf heures vingt-cinq, ils débarquent dans ma chambre, au cas où je vous aurais planqué.

— Mais planqué où, Retancourt ? demanda Adamsberg avec inquiétude.

Retancourt leva la main.

— Les Québécois sont pudiques et réservés, dit-elle. Pas de femmes nues sur les couvertures de journaux ou sur les rives des lacs. C'est là-dessus qu'on table, sur leur pudeur. En revanche, dit-elle en se tournant vers Adamsberg, vous et moi devrons la laisser de côté. Ce ne sera pas le moment d'être prudes. Et si vous l'êtes, rappelez-vous seulement que vous jouez votre tête.

— Je me souviens.

— Quand les flics entreront, je serai dans ma salle de bains, et plus exactement dans mon bain, porte ouverte. Nous n'avons pas le choix des moyens.

— Et Jean-Baptiste ? demanda Raphaël.

— Planqué derrière la porte ouverte. Face à moi, les flics reculent dans la chambre. Je crie, je les insulte pour leur manque d'égards. Depuis la chambre, ils s'excusent, bafouillent, m'expliquent qu'ils cherchent le commissaire. Je ne suis pas au courant, il m'a donné l'ordre de demeurer à l'hôtel. Ils veulent fouiller les lieux. Très bien, mais qu'ils me laissent au moins le temps de m'habiller. Ils reculent encore pour me laisser sortir du bain et fermer la porte. Cela va, jusqu'ici ?

— Je suis, dit Raphaël.

— J'enfile un peignoir, un très grand peignoir qui me tombe jusqu'aux pieds. Il faudra que Raphaël nous l'achète ici. Je vous donnerai mes mensurations.

— De quelle teinte ? demanda Raphaël.

La prévenance de la question suspendit l'élan tactique de Retancourt.

— Jaune pâle, si cela ne vous ennuie pas.

— Jaune pâle, confirma Raphaël. Ensuite ?

— Nous sommes dans la salle de bains, porte fermée, le commissaire et moi. Les cops sont dans la chambre. Vous saisissez bien la situation, commissaire ?

— Justement, c'est là que tout m'échappe. Dans ces salles de bains, il y a une armoire à glace, un placard et rien d'autre. Où voulez-vous me mettre ? Dans le bain mousseux ?

— Sur moi, je vous l'ai dit. Ou plutôt derrière moi. C'est là qu'on fait corps, debout. Je les fais entrer et je me tiens, choquée, dans l'angle du fond, dos au mur. Ce ne sont pas des imbéciles, ils visitent la salle de bains à fond, regardent derrière la porte, passent le bras dans l'eau de la baignoire. J'accrois leur gêne en laissant bâiller le peignoir. Ils n'oseront pas me regarder, ils n'oseront pas risquer l'impression d'un voyeurisme. Ils sont très à cheval là-dessus et c'est notre atout maître. Terminé pour la salle de bains, ils ressortent et me laissent m'habiller, porte à nouveau fermée. Pendant qu'ils fouillent la chambre, je sors, vêtue cette fois, laissant naturellement la porte ouverte. Vous avez repris votre place derrière cette porte.

— Lieutenant, je n'ai pas saisi l'étape « on fait corps », dit Adamsberg.

— Vous n'avez jamais fait de close-combat ? L'agresseur qui vous plaque par l'arrière ?

— Non, jamais.

— Je vous expose la posture, dit Retancourt en se levant. Dépersonnalisons. Un individu debout. Moi.

257

Grand et gros, c'est notre chance. Un autre individu plus léger et plus petit. Vous. Vous êtes sous le peignoir. La tête et les épaules sont appliquées sur mon dos, vos bras sont accrochés très serrés autour de ma taille, c'est-à-dire enfoncés dans le ventre, invisibles. Vos jambes à présent. Calées derrière les miennes, et les pieds décollés du sol, enroulés autour des mollets. Je me maintiens dans l'encoignure de la pièce, les bras croisés, les pieds un peu écartés pour abaisser mon centre de gravité. Vous me suivez ?

— Bon dieu, Retancourt, vous voulez que je me plaque comme un singe dans votre dos ?

— Que vous vous plaquiez comme une sole, même. Plaqué, c'est le concept. Cela ne durera que quelques minutes, deux au maximum. La salle de bains est minuscule et la fouille sera rapide. Ils ne me regarderont pas. Je ne bougerai pas. Vous non plus.

— C'est inepte, Retancourt, ça se verra.

— Ça ne se verra pas. Je suis grosse. Je serai enroulée dans le peignoir, postée dans l'angle, de face. Pour que vous ne glissiez pas sur ma peau, je passerai une ceinture sous mon peignoir, à laquelle vous vous accrocherez. C'est là aussi qu'on attachera votre portefeuille.

— Beaucoup trop lourd à porter, dit Adamsberg en secouant la tête. Je fais soixante-douze kilos, vous rendez-vous compte ? Cela ne marchera pas, c'est de la folie.

— Cela marchera parce que je l'ai déjà fait deux fois, commissaire. Pour mon frère, quand les flics le cherchaient à propos d'une bricole ou d'une autre. À dix-neuf ans, il avait à peu près votre taille et il pesait soixante-dix-neuf kilos. Je passais la robe de chambre de mon père et il se collait dans mon dos. On tenait quatre minutes sans broncher. Si cela peut vous rassurer.

— Si Violette le dit, intervint Raphaël, un peu effaré.

— Si elle le dit, répéta Adamsberg.

— Une chose à préciser avant que l'on ne se mette d'accord. On ne peut pas se permettre de ruser et de rater notre coup. La vraisemblance est notre arme. Je serai vraiment nue dans ce bain, cela va de soi, et donc vraiment nue sous ce peignoir. Et vous serez vraiment accroché dans mon dos. J'accepte le short mais pas d'autre habit. D'une part les vêtements glissent, d'autre part ils empêchent le tissu du peignoir de tomber normalement.

— Faux plis, dit Raphaël.

— Exactement. On ne prend pas le risque. Je mesure ce que cela a d'embarrassant, mais je ne crois pas que ce soit le moment d'être gêné. Il faut s'entendre là-dessus avant.

— Cela ne me gêne pas, hésita Adamsberg, si cela ne vous gêne pas.

— J'ai élevé quatre frères et, en certaines conditions extrêmes, j'estime que la gêne est un luxe. Nous sommes en conditions extrêmes.

— Mais bon sang, Retancourt, même s'ils sortent de votre chambre bredouilles, ils ne vont pas pour autant lâcher la surveillance. Ils vont retourner l'hôtel Brébeuf de la cave au grenier.

— Évidemment oui.

— Si bien que, corps à corps ou pas, je ne pourrai pas sortir du bâtiment.

— C'est lui qui sortira, dit Retancourt en désignant Raphaël. C'est-à-dire vous, en lui. Vous quitterez l'hôtel à onze heures, avec son costume, sa cravate, ses chaussures et son manteau. Je vous ferai sa coupe de cheveux dès notre arrivée. Cela passera parfaitement. De loin, il n'est pas facile de vous distinguer. Et pour eux, vous êtes habillé en quêteux. Les cops ont déjà vu l'homme d'affaires en costume bleu entrer à dix heures trente. Il en ressort à onze et ils s'en foutent. L'homme d'affaires, c'est-à-dire vous, commissaire, ira tranquillement à sa voiture.

Les deux Adamsberg, assis côte à côte, écoutaient attentivement le lieutenant, presque subjugués. Adamsberg commençait à prendre toute la mesure du plan de Retancourt, fondé sur deux éléments ordinairement ennemis : l'énormité et la finesse. Alliés, ils composaient une force imprévisible, un coup de bélier asséné avec la minutie d'une aiguille.

— Ensuite ? demanda Adamsberg, à qui ce projet redonnait un peu de vigueur.

— Vous montez dans la voiture de Raphaël, vous la laissez à Ottawa, à l'angle de North Street et du boulevard Laurier. De là, vous prenez le car de onze heures quarante pour Montréal. Raphaël, le vrai, partira bien plus tard, en soirée ou le lendemain matin. Les cops auront levé la garde. Il aura récupéré sa voiture et rentrera à Detroit.

— Mais pourquoi ne pas faire plus simple ? proposa Adamsberg. Raphaël arrive avant l'appel du surintendant, je prends son costume et sa voiture et je file avant l'alerte. Et lui s'en va aussitôt après moi par le car. On s'épargne tout le risque du close-combat dans la salle de bains. Quand ils débarqueront, il n'y aura plus personne, ni lui, ni moi.

— Sauf son nom sur le registre, ou, s'il vient en visiteur, son passage éclair. On ne complique pas pour le plaisir, commissaire, mais pour ne pas fourrer Raphaël dans les emmerdements. S'il arrive avant le constat de fuite, il sera immanquablement repéré. Les cops interrogeront le réceptionniste et apprendront qu'un Raphaël Adamsberg s'est présenté le matin même à l'hôtel pour en repartir aussitôt. Ou qu'un visiteur vous a demandé. C'est grave. Ils pigeront le coup de la substitution et Raphaël sera rattrapé à Detroit, avec une inculpation de complicité sur le dos. En revanche, s'il arrive une fois les chambres fouillées et la fuite constatée, il passera inaperçu au milieu des clients et ne sera tenu pour responsable de rien. Au pire, si les cops repèrent son nom plus tard, on ne pourra que lui reprocher d'être venu rendre visite à son frère et de l'avoir manqué, ce qui n'est pas un délit.

Adamsberg regarda attentivement Retancourt.

— C'est évident, dit-il. Raphaël doit venir plus tard, et j'aurais dû y penser. Je suis flic, tout de même. Je ne sais plus raisonner ?

— En flic, non, répondit doucement Retancourt. Vous réagissez en criminel traqué, pas en flic. Vous avez provisoirement changé de terrain, vous êtes du côté défavorisé, où l'on a le soleil dans l'œil. Cela vous reviendra dès que vous serez à Paris.

Adamsberg acquiesça. Criminel traqué et réflexes de fuite, sans vue d'ensemble ni coordination des détails.

— Et vous ? Quand pourrez-vous filer ?

— Quand ils auront fini d'explorer le secteur et compris leur malheur. Ils lèveront la surveillance pour vous chercher sur les routes et aux aéroports. Je vous rejoins à Montréal sitôt qu'ils ont vidé le parc.

— Où ?

— Chez un bon chum. Je n'ai pas de talent pour décrocher des liaisons de sentier mais je me fais des amis dans chaque port. D'une part parce que j'aime ça, ensuite parce que cela peut servir. Basile nous abritera à coup sûr.

— Parfait, murmura Raphaël, parfait.

Adamsberg hocha la tête silencieusement.

— Raphaël, dit Retancourt en se levant, pourriez-vous me prêter une chambre ? J'aimerais dormir. On doit rouler toute la nuit.

— Toi aussi, dit Raphaël à son frère. Pendant que vous vous reposez, j'irai chercher le peignoir.

Retancourt inscrivit ses mensurations sur un papier.

— Je ne pense pas que nos deux suiveurs vous fileront, dit-elle. Ils vont rester en planque devant l'immeuble. Mais revenez avec des provisions, du pain, des légumes. Cela fera plus vrai.

Étendu sur le lit de son frère, Adamsberg n'était pas capable de dormir. Sa nuit du 26 octobre le harcelait comme une douleur physique. Ivre sur ce sentier et en fureur contre Noëlla et la terre entière. Contre Danglard, Camille, le nouveau père, Fulgence, une véritable boule de haine qu'il ne contrôlait plus, et depuis un moment déjà. Le chantier. Un trident, forcément. Quoi de mieux pour dessoucher les arbres ? Il l'avait vu, quand il parlait au gardien ou traversait la forêt. Il savait qu'il était là. Marcher bourré dans la nuit, avalé par l'obsession du juge et le besoin de retrouver son frère. Apercevoir Noëlla le guettant comme une proie. La boule de haine explose, le chemin vers son frère s'ouvre, le juge entre dans sa peau. Il saisit l'arme. Qui d'autre sur ce sentier désert ? Il assomme la jeune fille. Il arrache cette ceinture de cuir qui l'empêche d'avoir accès au ventre. Il la jette dans les feuilles. Et il tue, d'un coup de trident. Il casse la glace du lac, il y enfonce la morte, il jette des pierres dessus. Exactement comme il l'avait fait trente ans plus tôt dans la Torque, pour le poinçon de Raphaël. Les mêmes gestes. Il balance le trident dans l'Outaouais, qui l'emporte dans ses chutes vers le Saint-Laurent. Puis il erre, il marche, il tombe dans l'inconscience et dans une volonté d'oubli. Quand il se réveille, tout s'est englouti dans les profondeurs inaccessibles de la mémoire.

Adamsberg se sentit glacé et rabattit le duvet sur lui. Fuir. Le corps à corps. Se plaquer nu contre la peau de cette femme. Conditions extrêmes. Fuir et vivre en meurtrier pourchassé, qu'il était peut-être.

Change de terrain, change d'angle de vue. Redeviens flic, pour quelques secondes. Une des questions qu'il avait posées à Retancourt, oubliée dans le flot catastrophique du dossier vert, revint à l'avant de ses pensées. Comment Laliberté avait-il appris qu'il avait perdu la mémoire de sa nuit ? Parce que quelqu'un le lui avait dit. Et ce fait, seul Danglard le savait. Et qui avait pu suggérer au surintendant le caractère obsessionnel de sa poursuite ? Danglard connaissait seul l'emprise du juge sur sa vie. Danglard qui s'opposait à lui depuis un an, en défense de Camille. Danglard qui avait choisi son camp, qui l'avait insulté. Adamsberg ferma les yeux et posa ses bras sur son visage. Le pur Adrien Danglard. Son noble et fidèle adjoint.

À six heures du soir, Raphaël entra dans la chambre. Il regarda un moment son frère dormir, observant ce visage par lequel affluait son enfance. Il s'assit sur le lit et secoua doucement Adamsberg par l'épaule.

Le commissaire se redressa sur un coude.

— C'est l'heure de partir, Jean-Baptiste.

— L'heure de fuir, dit Adamsberg en s'asseyant, cherchant ses chaussures dans l'obscurité.

— C'est par ma faute, dit Raphaël après un silence. Je t'ai coincé la vie.

— Ne dis pas ce truc. Tu n'as rien coincé du tout.

— Je t'ai coincé.

— Pas du tout.

— Si. Et tu es venu me rejoindre dans le bourbier de la Torque.

Adamsberg laça une de ses chaussures avec lenteur.

— Tu crois que c'est possible ? demanda-t-il. Tu crois que je l'ai tuée ?

— Et moi ? Tu crois que je l'ai tuée ?

Adamsberg regarda son frère.

— Tu n'aurais pas pu frapper trois coups en ligne.

— Tu te souviens comme elle était jolie, Lise ? Légère et passionnée comme le vent.

— Mais moi, je n'aimais pas Noëlla. Et j'avais un trident. C'était possible.

— Juste possible.

— Possible ou très possible ? Très possible ou très vrai, Raphaël ?

Raphaël posa son menton sur sa main.

— Ma réponse est ta réponse, dit-il.

Adamsberg attacha sa seconde chaussure.

— Tu te souviens quand un moustique s'était fourré tout au fond de ton oreille pendant deux heures ?

— Oui, dit Raphaël en souriant. Son vrombissement me rendait fou.

— Et on craignait que tu ne deviennes vraiment fou avant la mort du moustique. On a fait le noir complet dans la maison, et j'ai tenu une bougie tout contre ton oreille. C'était une idée du curé Grégoire : « On va t'exorciser, mon bonhomme. » Ses blagues de curé, quoi. Tu te souviens ? Et le moustique a rampé hors du canal jusqu'à la flamme. Et il s'est brûlé les ailes avec un petit bruit. Tu te souviens du petit bruit ?

— Oui. Grégoire a dit : « Le diable crépite dans le feu de l'enfer. » Ses blagues de curé, quoi.

Adamsberg attrapa son pull et sa veste.

— Tu crois que c'est possible, très possible ? reprit-il. De tirer notre démon hors de son tunnel avec une petite lumière ?

— S'il est dans notre oreille.

— Il l'est, Raphaël.

— Je le sais. Je l'entends, la nuit.

Adamsberg enfila sa veste et se rassit à côté de son frère.

— Tu crois qu'on le fera sortir ?

— S'il existe, Jean-Baptiste. Si ce n'est pas nous.

— Il n'y a que deux personnes pour le croire. Un sergent un peu niaiseux et une vieille femme un peu désaxée.

— Et Violette.

— Je ne sais pas si Retancourt m'aide par devoir ou par conviction.

— Peu importe et suis-la. C'est une femme magnifique.

— En quel sens ? Tu la trouves belle ? demanda Adamsberg, étonné.

— Belle aussi, oui, bien sûr.

— Son plan ? Tu penses que cela peut aller ?

Il eut l'impression, en murmurant cette phrase, de se retrouver tout jeune avec son frère, complotant leurs forfaits dans un pli de la montagne. Plonger le plus profond possible dans la Torque, se venger de la rapacité de l'épicière, graver des cornes sur la porte du juge, s'échapper la nuit sans éveiller personne.

Raphaël hésita.

— Si Violette peut soutenir ton poids.

Les deux frères serrèrent leurs mains, pouces emmêlés, comme ils le faisaient petits avant de plonger dans la Torque.

XXXVI

Adamsberg et Retancourt se relayèrent sur la route du retour, tirant derrière eux la voiture de Lafrance et Ladouceur. Le commissaire réveilla Retancourt en arrivant en vue de Gatineau. Il l'avait laissée dormir le plus longtemps possible, tant il redoutait qu'elle ne flanche sous son poids.

— Ce Basile, dit-il, vous êtes certaine qu'il m'hébergera ? J'arriverai avant vous, seul.

— Je lui mettrai un mot. Vous lui expliquerez que vous êtes mon principal et que c'est moi qui vous envoie. De là, on appellera Danglard pour se procurer des faux papiers le plus tôt possible.

— Pas Danglard. Ne le contactez sous aucun prétexte.

— Et pourquoi non ?

— Personne d'autre ne savait que j'avais perdu la mémoire.

— Danglard est un fidèle parmi les fidèles, dit Retancourt, choquée. Il vous est dévoué, il n'aurait pas une seule raison de vous balancer à Laliberté.

— Si, Retancourt. Depuis un an, Danglard m'en veut. Jusqu'à quel point, je ne le sais pas.

— Au sujet de ce désaccord ? Au sujet de Camille ?

— D'où le tenez-vous ?

— Des murmures de la salle des Racontars. Cette pièce est une véritable couveuse, tout y naît, tout y croît. De bonnes idées aussi, parfois. Mais Danglard ne murmure pas. Il est loyal.

Le lieutenant fronçait les sourcils.

— Je n'ai pas de certitude, dit Adamsberg. Mais ne l'appelez pas.

À sept heures quarante-cinq, la chambre d'Adamsberg était vidée et le commissaire, avec son seul short et ses deux montres, se faisait couper les cheveux par Retancourt. Elle déposait soigneusement les mèches dans les toilettes pour n'en laisser aucune trace.

— Où avez-vous appris à couper les cheveux ?

— Chez un coiffeur, avant de me lancer dans le massage.

Retancourt avait probablement dû vivre plusieurs vies, se dit Adamsberg. Il se laissait tourner la tête en tous sens, apaisé par les gestes légers et le bruit régulier des ciseaux. À huit heures dix, elle l'amenait devant la glace.

— Exactement sa coupe, non ? demanda-t-elle avec l'engouement d'une jeune fille qui vient de réussir un examen.

Exactement. Raphaël avait les cheveux plus courts que lui et proprement dégradés sur l'arrière du crâne. Adamsberg se trouvait un air différent, plus sévère et plus convenable. Oui, habillé d'un costume cravate et pour les quelques mètres qu'il aurait à faire jusqu'à la voiture, les cops ne réagiraient pas. D'autant qu'à onze heures, ils seraient déjà convaincus qu'il s'était enfui depuis longtemps.

— C'était facile, dit Retancourt toujours souriante, sans que la suite imminente des opérations ait l'air de la préoccuper.

À neuf heures dix, le lieutenant était déjà plongé dans l'eau et Adamsberg aplati derrière la porte, tous deux dans un silence absolu.

Adamsberg leva lentement son bras pour jeter un coup d'œil à ses montres. Neuf heures vingt-quatre et demie. Trois minutes plus tard, les cops débarquaient dans la chambre. Retancourt lui avait recommandé de s'astreindre à respirer lentement, et il s'astreignait.

Le recul des flics devant la salle de bains ouverte et les insultes outrées de Retancourt eurent lieu comme prévu. Le lieutenant leur claqua la porte au nez et moins de vingt secondes plus tard, la posture du corps à corps plaqué comme une sole était appliquée. D'une voix mauvaise, Retancourt donna la permission d'entrer et qu'on en finisse, nom de dieu. Adamsberg s'accrochait fermement à la taille et à la ceinture, ses pieds ne touchant pas le sol, sa joue s'écrasant contre le dos mouillé. Il avait prévu que son lieutenant trempé s'effondrerait dès qu'il aurait décollé la plante de ses pieds mais rien de tel ne se produisit. L'effet pylône annoncé par Retancourt se déployait à plein. Il se sentait suspendu aussi solidement qu'au tronc d'un érable. Le lieutenant ne vacillait même pas, ne s'accoudait pas au mur. Elle se tenait droite, les bras croisés sur son peignoir, sans qu'un seul de ses muscles tremble. Cette sensation de parfaite solidité stupéfia Adamsberg et le calma subitement. Il avait l'impression qu'il aurait pu passer ainsi une heure commodément installé sans risquer la moindre anicroche. Le temps qu'il s'imprègne de cette sensation d'immuable stabilité, le coch avait achevé son inspection et refermait la porte sur Retancourt. Elle s'habilla rapidement et réintégra la chambre, continuant d'engueuler les trois flics de l'avoir surprise sans façon dans son bain.

— On a frappé avant d'entrer, disait une voix de coch inconnue.

— Je n'ai rien entendu ! cria Retancourt. Et ne mettez pas de désordre dans mes affaires. Je vous répète que le commissaire m'a consignée. Il voulait être seul avec votre surintendant ce matin.

— Il était quelle heure à votre cadran quand il vous l'a dit ?

— Quand on s'est garés devant l'hôtel, vers sept heures. Il doit être chez Laliberté à présent.

— Criss ! Il est pas à la GRC ! Il a pris la quille de l'air, votre boss !

Depuis la porte derrière laquelle il s'aplatissait, Adamsberg comprit que Retancourt montrait un silence surpris et choqué.

— Il devait se rendre au rendez-vous de neuf heures, affirma-t-elle. Je le sais tout de même.

— Sacrament non ! Il nous a fait la passe l'ours et il a pris le bord !

— Non, il ne m'aurait pas laissée ici. On travaille toujours en duo.

— Allumez vos lumières, lieutenant. Votre esti de boss, c'est le tison du diable et il vous a niaisée.

— Je ne comprends pas, insista Retancourt, butée.

Un autre flic – la voix de Philippe-Auguste, sembla-t-il à Adamsberg – l'interrompit :

— Rien nulle part, dit-il.

— Rien, confirma le troisième – la voix sèche de Portelance.

— Inquiète-toi pas, répondit le premier. Quand on l'aura pogné, il va attraper sa niaise. Dehors, les gars, on fouille l'hôtel.

Il referma la porte, après s'être une nouvelle fois excusé pour leur irruption maladroite.

À onze heures, en costume gris, chemise blanche et cravate, Adamsberg se dirigeait d'un pas tranquille vers la voiture de son frère. Des cochs se déplaçaient en tous sens, auxquels il n'accorda aucun regard. À onze heures quarante, son car démarrait pour Montréal. Retancourt lui avait recommandé de descendre une station avant le terminus. Il n'avait en poche que l'adresse de Basile et un billet de Retancourt.

En suivant des yeux les arbres qui défilaient sur la route, il songea qu'il n'avait jamais trouvé un abri plus solide et sécurisant que le corps blanc de Retancourt.

Qui valait bien mieux, même, que les creux de montagne où se réfugiait le grand-oncle. Comment avait-elle tenu le coup ? Cela restait un complet mystère. Que toute la chimie de Voisenet ne saurait jamais éclaircir.

XXXVII

Louisseize et Sanscartier venaient sans conviction au rapport, dans le bureau de Laliberté.

— Le boss est sur le bord de crinquer, dit Louisseize à voix basse.

— Il sacre comme un démon depuis ce matin, répondit Sanscartier en souriant.

— Ça t'amuse ?

— Ce qui m'amuse, Berthe, c'est qu'Adamsberg nous ait fait la balle. Il lui a joué une belle patte de cochon, à Laliberté.

— Je t'empêche pas de rire mais présentement, c'est nous qu'allons se faire brasser la cage.

— Ce n'est pas de notre faute, Berthe, on a fait de notre best. Tu veux-tu que je lui parle ? Je le crains pas.

Debout dans son bureau, Laliberté achevait de lancer ses ordres, diffusion de la photographie du suspect, barrages routiers, contrôles à tous les aéroports.

— Alors ? cria-t-il en raccrochant. Où en êtes-vous rendus ?

— On a fouillé tout le parc, surintendant, répondit Sanscartier. Personne. Il est peut-être parti prendre une marche et il aura eu un accident. Des fois qu'il ait vu un ours.

Le surintendant se retourna d'un bloc vers le sergent.

— T'as complètement manqué le bateau, toi, Sans-cartier. T'as toujours pas compris qu'il avait pris la quille ?

— On n'en est pas sûrs. Il était décidé à revenir. Il est de promesse, il nous a fait parvenir ses dossiers sur le juge.

Laliberté frappa du poing sur sa table.

— Son histoire, ça vaut pas de la blague ! Check ça, dit-il en lui tendant une feuille. Son tueur est mort depuis seize ans ! Alors assieds-toi dessus puis tourne.

Sanscartier prit connaissance sans surprise de la date de décès du juge, et hocha la tête.

— Peut-être que le juge a un imitateur, proposa-t-il doucement. Ça se tenait, cette histoire du trident.

— Ça date de l'année du siège, son affaire. On s'est fait barouetter et puis c'est tout !

— J'ai pas l'impression qu'il mentait.

— S'il niaisait pas, c'est pire. C'est qu'il bouillait sous la pelouse et qu'il est parti sur une chire.

— J'ai pas l'impression qu'il était fou.

— Fais pas rire les poissons, Sanscartier. Son histoire, elle a ni son ni ton, elle fonctionne avec des prières.

— Tout de même, il ne les a pas inventés, ces meurtres.

— Depuis quelques jours, sergent, t'as le visage à deux taillants, dit Laliberté en lui donnant ordre de s'asseoir, et moi, j'ai la patience qui sonne à fond de canisse. Alors écoute et prends ta logique à deux mains. Ce soir-là, Adamsberg avait une forte disposition au diable bleu, correct ? Il avait tellement bu qu'il était paqueté comme un œuf. Quand il est sorti de *L'Écluse*, il marchait sur les fentes, il était même plus parlable. C'est ce qu'a dit le serveur lui-même. Correct ?

— Correct.

— Et agressif. « Si les cochs s'approchent, je t'embroche. » *Je t'embroche*, Sanscartier, ça t'évoque rien ? Comme arme ?

Sanscartier acquiesça.

— Il était en amour avec cette blonde. Et la blonde fréquentait le sentier. Correct ?

— Correct.

— Peut-être qu'elle l'a mis au pacage, peut-être qu'il était jaloux comme un pigeon et qu'il a pris sa débarque. Possible ?

— Oui, dit Sanscartier.

— Ou bien, et c'est ce que je crois, elle lui a chanté une poignée de bêtises en faisant semblant de faire du petit. Elle voulait peut-être le marier obligé. Et ça a tourné au jeu de chien. Il s'est pas lutté sur une branche, Sanscartier, il s'est battu avec elle.

— On sait même pas s'il l'a rencontrée.

— Où c'est que tu vas avec tes skis, toi ?

— Je dis que présentement, on n'a pas de preuves.

— J'en ai plein la boîte à poux de ton obstruction, Sanscartier. Des preuves, on en a des pleins sacs ! On a ses empreintes sur la ceinture !

— Peut-être qu'il les avait mises avant ? Puisqu'il la connaissait ?

— T'es bouché des deux bouts, sergent ? La ceinture, elle venait de se la faire offrir. Moment donné sur le sentier, il a vu la fille. Et tout d'une fripe, il a pissé dans ses hottes et il l'a tuée.

— Je comprends, surintendant, mais je peux pas y accroire. Entre Adamsberg et un meurtre, je trouve pas la centaine.

— T'enfarge pas dans tes idées. Tu le connaissais depuis quinze jours et qu'est-ce que tu sais de lui ? Rien. Il est traître comme un bœuf maigre. Et il l'a tuée, ce maudit chien. La preuve qu'il lui manque une vis : ce qu'il a fait cette nuit-là, il le ressent plus. Il a passé l'efface. Correct ?

— Oui, dit Sanscartier.

— Alors vous allez me pogner ce maudit. Arrachez-vous la face et faites de l'overtime jusqu'à ce qu'il soit dans la glacière.

XXXVIII

L'accueil d'un individu exténué et sans bagages ne perturba pas Basile, dès l'instant où l'homme lui était recommandé par un mot de Violette, autant dire un laissez-passer gouvernemental.

— Ça t'ira-tu ? demanda-t-il en lui ouvrant la porte d'une petite chambre.

— Oui. Merci beaucoup, Basile.

— Tu vas avaler un morceau avant de t'étendre. Violette, ça c'est une femme, hein ?

— Une déesse Terre, pourrait-on dire.

— Et comme ça, elle a réussi à niaiser tous les cops de la Gatineau ? demanda Basile, très amusé.

Donc Basile était au courant, pour l'essentiel. C'était un type petit et rose de teint, aux yeux grandis par des lunettes à monture rouge.

— Tu peux-tu me raconter son astuce ? dit-il.

Adamsberg lui résuma l'opération en deux mots.

— Non, dit Basile en apportant des sandwiches. Résume-moi pas. Conte-moi le tout sur le long et sur le large.

Adamsberg rapporta l'épopée Retancourt, depuis son système-invisibilité à la GRC jusqu'à son système-pylône. Ce qui était pour Adamsberg une catastrophe réjouissait beaucoup Basile.

— Ce que je ne saisis pas, dit-il pour finir, c'est comment elle n'est pas tombée. Je fais soixante-douze kilos.

— Ce qu'il faut que tu comprennes, c'est que Violette connaît la game. Elle convertit son énergie en ce qu'elle veut.

— Je le sais. C'est mon lieutenant.

C'était, pensa-t-il en entrant dans la chambre. Car même s'ils parvenaient à franchir l'Atlantique, il n'allait pas revenir s'asseoir à la Brigade, les jambes calées sur sa table. Criminel recherché, en planque. Plus tard, se dit-il. Trier les échantillons, les couper en fines lamelles. Les installer un par un dans les alvéoles.

Retancourt les rejoignit vers vingt et une heures. Enthousiaste, Basile avait déjà préparé sa chambre, le dîner, et obéi à ses consignes. Il avait rapporté pour Adamsberg habits, rasoir, affaires de toilette et le nécessaire pour tenir une semaine.

— Du billard, expliqua Retancourt à Adamsberg, en mangeant les crêpes au sirop d'érable cuisinées par Basile.

Ce qui rappela à Adamsberg qu'il n'avait toujours pas acheté de sirop pour Clémentine. Une sorte de mission impossible.

— Les cops sont repassés me voir vers quinze heures. Je lisais sur mon lit, terriblement inquiète et convaincue que vous aviez eu un accident. Un lieutenant se rongeant les sangs pour son supérieur. Pauvre Ginette, je lui ai presque fait de la peine. Sanscartier était avec eux.

— Comment était-il ? demanda vivement Adamsberg.

— Il était navré. Il m'avait semblé qu'il vous aimait bien.

— C'est réciproque, dit Adamsberg, qui imagina les affres du sergent découvrant que son nouvel ami avait empalé une fille au trident, tout bonnement.

— Navré et peu convaincu, précisa Retancourt.

— À la GRC, certains le prennent pour un niais. Portelance dit qu'il a de l'eau dans la tête.

— Eh bien, il a sacrément tort.

— Et Sanscartier n'était pas de leur avis ?

— Cela y ressemblait. Il en faisait le moins possible, comme s'il ne voulait pas se salir les mains. Pas participer, pas en être. Il sentait l'amande douce.

Adamsberg refusa la seconde tournée de crêpes. La pensée que Sanscartier le Bon, couvert de lait d'amande, ne l'avait pas jeté aux loups lui fit un peu de bien.

— D'après ce que j'entendais dans le couloir, Laliberté était dans une fureur noire. Ils ont levé la surveillance deux heures après et vidé le parc. Je me suis tirée tranquillement. La voiture de Raphaël était à nouveau au parking de l'hôtel. Il est passé entre les mailles. Il est beau, votre frère.

— Oui.

— On peut parler devant Basile, continua Retancourt en servant le vin. Pour les papiers, vous ne voulez pas de Danglard. Admettons. Vous avez un faussaire dans votre manche à Paris ?

— J'en connais quelques anciens mais je ne miserais pas un ongle sur eux. Aucune confiance.

— Je n'en ai qu'un seul, mais sûr. On pourrait dormir dessus. Seulement, si on joue sur lui, il faudrait m'assurer que vous ne lui ferez pas d'ennuis. Que vous ne me questionnerez pas, que vous ne donnerez pas mon nom, même si Brézillon vous chope et vous interroge.

— Cela va de soi.

— En outre, il est rangé des voitures. Il a fait ça dans le temps et il ne le refera que si je le lui demande.

— Votre frère à vous ? demanda Adamsberg. Celui sous la robe de chambre ?

Retancourt posa son verre de vin.

— Comment le savez-vous ?

— Votre inquiétude. Et beaucoup de mots pour en parler.

— Vous redevenez flic, commissaire.

— Parfois. En combien de temps pourrait-il les faire ?

— Deux jours. Demain, on se fabrique de nouvelles têtes et des photos d'identité. On les lui scanne. En faisant au plus vite, il aura les passeports jeudi. Avec le courrier express, on peut espérer les recevoir mardi prochain et décoller ce jour-là. Basile ira nous chercher les billets. Des billets sur deux vols différents, Basile.

— Oui, dit Basile. Ils recherchent un couple, c'est plus prudent de se séparer.

— On te remboursera depuis Paris. Tu t'occuperas de tout, comme une mère de brigands.

— Pas question que vous mettiez le nez dehors présentement, confirma Basile, ni que vous payiez avec vos cartes magnétiques. La photo du commissaire sera dès demain dans *Le Devoir*. La tienne aussi, Violette. Depuis que tu t'es tirée de l'hôtel sans dire bienvenue, tu n'es pas en meilleure position.

— Sept jours de claustration, compta Adamsberg.

— Il n'y a pas de quoi éternuer, dit Basile. Il y a tout ce qu'il faut pour s'occuper ici. Et puis, on lira la presse. Ils parleront de nous, ce sera bien distrayant.

Basile ne prenait rien au tragique, pas même le fait d'abriter un meurtrier potentiel chez lui. La parole de Violette lui dictait son devoir.

— J'aime bien marcher, dit Adamsberg en souriant.

— Il y a un long couloir ici. Vous l'arpenterez. Violette, pour ta nouvelle tête, je te verrais bien en bourgeoise déçue. Ça te dirait-tu ? J'irai magasiner demain très tôt. Je te prendrai le tailleur, le collier, et puis de la teinture brune.

— Ça me paraît bien. Pour le commissaire, j'ai pensé à une grande calvitie, prenant les trois quarts du crâne.

— Bon, ça, approuva Basile. Ça vous transforme un homme. Costume à petits carreaux beiges et bruns, calvitie, et un peu de ventre.

— Cheveux blanchis, ajouta Retancourt. Prends du fond de teint aussi, j'aimerais le pâlir. Et du citron. Il nous faudrait des produits de qualité professionnelle.

— Le collègue qui s'occupe de la rubrique cinéma est un bon chum. Il connaît les fournisseurs des studios comme sa poche. Je me procurerai tout cela demain. Et je ferai les photos dans le labo.

— Basile est photographe, expliqua Retancourt. Pour *Le Devoir*.

— Journaliste ?

— Oui, dit Basile en lui tapant sur l'épaule. Avec un scoop qui soupe à ma table. Te voilà assis sur un nid de guêpes, hein ? T'as-tu pas peur ?

— C'est risqué, dit Adamsberg avec un léger sourire.

Basile répondit d'un rire franc.

— Je sais taire mon bec, commissaire. Et je suis moins dangereux que vous.

XXXIX

Adamsberg avait dû parcourir quelque dix kilomètres en une semaine dans le couloir de Basile et il faillit prendre plaisir à marcher librement dans l'aéroport de Montréal, après une semaine de réclusion. Mais les lieux grouillaient de cochs, ce qui lui coupa toute idée de délassement.

Il se regarda de côté dans une vitre, vérifiant la crédibilité de son reflet en représentant de commerce d'une soixantaine d'années. Retancourt l'avait admirablement transformé, et il s'était laissé faire comme une poupée. Sa mutation avait beaucoup amusé Basile. « Fais-le triste », avait-il conseillé à Violette, et c'était fait. Le regard était très modifié, abrité sous des sourcils épilés et blanchis. Retancourt avait poussé la précision jusqu'à pâlir ses cils et, une demi-heure avant le départ, elle lui avait appliqué du jus de citron dans les yeux. Sa cornée rougie dans son teint blanc lui donnait la mine lasse et maladive. Restaient cependant ses lèvres, son nez, ses oreilles, inchangeables, et qui lui semblaient crier partout son identité.

Il serrait ses nouveaux papiers dans sa poche, contrôlait sans cesse leur présence. Jean-Pierre Émile Roger Feuillet, tel était le nom que lui avait assigné le frère de Violette, dans un passeport parfaitement imité. Y compris les cachets des aéroports de Roissy et Montréal attestant son voyage aller. Du grand œuvre. Si le frère était aussi capable que la sœur, on tenait là une famille d'experts.

Ses papiers authentiques étaient demeurés chez Basile, en cas de fouille des bagages. Un formidable chum, ce Basile, qui n'avait pas manqué de rapporter la presse chaque jour. Les articles virulents sur le meurtrier en fuite et sa complice l'avaient positivement mis en joie. Un type attentif aussi. Pour ne pas qu'Adamsberg se sente trop seul, il l'accompagnait souvent durant ses marches au long du couloir. Randonneur naturaliste, il comprenait que son prisonnier « ait des impatiences ». Ils bavardaient tous les deux, allant et venant, et, après une semaine, Adamsberg savait presque tout des histoires de blondes de Basile et de la géographie du Canada, de Vancouver à la Gaspésie. Néanmoins, Basile n'avait jamais entendu parler du poisson à barbelures du lac Pink et se promit d'aller visiter l'animal. La cathédrale de Strasbourg aussi, si un jour tu traverses la petite France, avait ajouté Adamsberg.

Il passa les contrôles en s'efforçant de faire le vide dans sa tête, comme l'eût fait Jean-Pierre Émile Roger Feuillet se rendant à Paris pour y distribuer son sirop d'érable. Et curieusement, cette faculté de faire le vide qui lui était si naturelle et même trop spontanée en temps ordinaire, lui sembla ce jour particulièrement difficile à atteindre. Lui qui s'abstrayait pour un oui pour un non, qui manquait des sections entières de conversations, qui pelletait les nuages à ne savoir qu'en faire, se retrouva le souffle court et les pensées grouillantes pendant l'examen de passage de l'aéroport.

Mais Jean-Pierre Émile Roger Feuillet n'intéressa aucunement les vigiles et, une fois dans la salle d'embarquement, Adamsberg força la décontraction jusqu'à acheter un flacon de sirop. Un geste très typique de Jean-Pierre Émile Roger Feuillet, pour sa mère. Le ronflement des réacteurs et le décollage lui procurèrent une détente que Danglard n'eût jamais pu concevoir. Il regarda s'éloigner sous lui les terres canadiennes, s'imaginant s'y agiter des centaines de cochs désemparés.

Restait à franchir le barrage de Roissy. Restait aussi Retancourt, dont l'examen de passage viendrait d'ici deux heures et demie. Adamsberg se faisait du souci pour elle. Sa nouvelle apparence de femme riche et désœuvrée était déroutante – ayant aussi beaucoup égayé Basile – mais Adamsberg craignait que sa silhouette ne permette de la repérer. L'image de son corps nu passa devant ses yeux. Impressionnante bien sûr, mais harmonieuse. Raphaël avait raison, Retancourt était une belle femme et il se reprocha de n'y avoir jamais songé, au prétexte de sa surcharge et de sa vigueur. Raphaël avait toujours été plus délicat que lui.

Dans sept heures, les roues toucheraient au matin le sol de Roissy. Il passerait le contrôle et, pour un instant, il se sentirait vif, libéré. Et c'était une erreur. Le cauchemar allait se poursuivre en une autre terre. Devant lui, l'avenir était vide et blanc comme une banquise dérivante. Retancourt au moins pourrait réintégrer la Brigade, arguant qu'elle avait craint que les cops ne la retiennent comme complice. Mais pour lui commençait un néant. Avec pour compagnie le doute mordant de ses actes oubliés. Pour un peu, il eût préféré avoir tué plutôt que d'emporter avec lui la terrible pénombre de sa nuit du 26.

Jean-Pierre Émile Roger subit sans heurt les barrages de Roissy, mais Adamsberg ne put se résoudre à quitter l'aéroport sans savoir si Retancourt allait parvenir à bon port. Il traîna deux heures et demie de hall en hall, tâchant de se faire discret et d'imiter l'invisibilité dont Retancourt avait usé à la GRC. Mais de toute évidence, Jean-Pierre Émile n'intéressait personne, pas plus ici qu'à Montréal. Il passait et repassait devant les panneaux d'affichage, guettant les éventuels retards des gros porteurs. Les gros porteurs, se répéta-t-il. Sa grosse Retancourt. Sans laquelle il serait aujourd'hui dans les taules canadiennes, cadenassé, foutu, carbonisé. Retancourt, sa grosse porteuse et sa libératrice.

L'insignifiant Jean-Pierre Émile se plaça sans trop d'inquiétude à une vingtaine de mètres de la porte de débarquement. Retancourt avait dû convertir toute son énergie à vivre le personnage d'Henriette Emma Marie Parillon. Il serrait les doigts à mesure que les passagers du vol se déversaient dans le hall, sans trace du lieutenant. Retenue au sol à Montréal ? Ramenée par les cochs à la GRC ? Cuisinée la nuit entière ? Craquant ? Donnant le nom de Raphaël ? Et celui de son propre frère ? Adamsberg finissait par en vouloir à tous ces inconnus qui défilaient devant lui, heureux d'en avoir fini avec le voyage, rapportant dans leurs sacs du sirop et des caribous en peluche. Il leur reprochait de n'être pas des Retancourt. Une main l'attrapa par le bras et le fit reculer dans le hall. Celle d'Henriette Emma Marie Parillon.

— Vous êtes cinglé, murmura Retancourt, tout en conservant l'expression désabusée d'Henriette.

Ils émergèrent dans Paris à la station Châtelet, et Adamsberg proposa à son lieutenant de profiter de ses dernières heures de liberté sous les traits pâles de Jean-Pierre Émile pour déjeuner dans un café, comme un brave type normal. Retancourt hésita puis accepta, décontractée par leur sortie impeccablement réussie et par les centaines de passants qui parcouraient la place.

— On ferait comme si, dit Adamsberg une fois installé devant son assiette, posé bien droit comme l'eût fait Jean-Pierre Émile. Comme si je ne l'étais pas. Comme si je ne l'avais pas fait.

— L'épisode est clos, commissaire, déclara Retancourt sur un ton réprobateur, donnant une expression inattendue au visage d'Henriette Emma. C'est terminé et vous ne l'avez pas fait. Nous sommes à Paris, sur votre territoire, et vous redevenez flic. Je ne peux pas y croire pour deux. On peut faire un corps à corps mais pas un pensée à pensée. Il vous faudra retrouver la vôtre.

— Pourquoi y croyez-vous, Retancourt ?

— On en a déjà parlé.

— Mais pourquoi, insista Adamsberg, puisque vous ne m'aimez pas ?

Retancourt poussa un soupir un peu excédé.

— Quelle importance ?

— Cela m'importe de comprendre. Vraiment.

— Je ne sais plus si cela convient encore, pour aujourd'hui ou pour demain.

— À cause de ma chute québécoise ?

— Entre autres. Je ne sais plus.

— Même, Retancourt. Je veux savoir.

Retancourt réfléchit un moment en tournant sa tasse de café vide entre ses doigts.

— On ne se reverra peut-être plus, lieutenant, continua Adamsberg. Conditions extrêmes, l'heure n'est plus au respect. Et je regretterai toujours de n'avoir pas compris.

— Conditions extrêmes, entendu. Ce que chacun vantait à la Brigade m'indisposait. Cette nonchalante façon de dénouer les affaires en promeneur solitaire, en rêveur tirant droit à la cible. Singulier bien sûr, mais j'y voyais une autre face, une manière d'être placidement convaincu de vos certitudes internes. Une autonomie de pensée, oui, mais aussi une souveraineté discrète se dispensant de la pensée des autres.

Retancourt marqua une pause, hésitant à poursuivre.

— Continuez, demanda Adamsberg.

— J'admirais l'intuition, comme tout le monde, mais pas le détachement qu'elle vous autorisait, pas cette façon de négliger les avis de vos adjoints, de ne les entendre qu'à moitié. Pas cet isolement insoucieux, cette indifférence presque imperméable. Je m'explique mal. Les dunes du désert sont souples et son sable est doux, mais à celui qui le traverse, il est aride. L'homme le sait, qui le parcourt mais ne peut y vivre. Le désert n'est pas très prêteur.

Adamsberg l'écoutait avec attention. Les dures paroles de Trabelmann lui revinrent en tête et cette convergence se noua en une boule d'ombre, qui passa rapidement dans son front en un claquement d'ailes sombres. Ne suivre que soi, écarter les autres, les confondre, silhouettes éloignées et interchangeables dont il mêlait les noms. Et pourtant, il était convaincu que le commandant faisait erreur.

— Ça m'a tout l'air d'une histoire triste, dit-il sans lever le regard.

— Assez. Mais peut-être étiez-vous toujours un peu ailleurs et très loin, en compagnie de Raphaël, faisant un cercle avec lui. J'y ai songé dans l'avion. Vous faisiez un cercle dans cette cafétéria, un cercle exclusif.

Retancourt dessina un rond sur la table et Adamsberg fronça ses sourcils épilés.

— Avec votre frère, expliqua-t-elle, pour ne jamais l'abandonner, pour le soutenir sans relâche dans sa fuite. Dans le désert avec lui.

— Dans le bourbier de la Torque, proposa Adamsberg en dessinant lentement un autre rond.

— Si vous voulez.

— Que lisez-vous d'autre, dans mon livre à moi ?

— Que pour les mêmes raisons, vous devez m'entendre quand je dis que vous n'avez pas tué. Pour tuer, au moins faut-il être passionné par les autres, emporté dans leurs tempêtes et même obsédé par ce qu'ils représentent. Tuer nécessite une altération du lien, un excès de réaction, de confusion avec autrui. Une confusion telle que l'autre n'existe plus en soi, mais comme une propriété dont on peut user comme victime. Je vous crois loin du compte. Un homme comme vous, louvoyant sans véritable contact, ne tue pas les autres. Parce qu'il n'en est pas assez proche, encore moins pour les sacrifier à ses passions. Je ne dis pas que vous n'aimez personne, mais Noëlla, non. En aucun cas vous ne l'auriez tuée.

— Continuez, répéta Adamsberg, la main serrée sur sa joue.

— Vous saccagez votre fond de teint, nom de dieu. Je vous ai dit de ne pas y toucher.

— Pardon, dit Adamsberg en ôtant sa main. Reprenez.

— C'est tout. Celui qui caresse de loin n'est pas assez près pour tuer.

— Retancourt, commença Adamsberg.

— Henriette, corrigea le lieutenant. Faites attention, bon sang.

— Henriette, j'espère être un jour à la hauteur de l'aide que vous m'avez donnée. Mais d'abord, continuez à croire en cette nuit qui m'échappe. Continuez à croire que je n'ai pas tué, transformez votre énergie en cela. Faites masse, faites pylône, faites croyance. Alors je ferai masse, j'y croirai.

— Votre propre pensée, insista Retancourt. Je vous l'ai dit. Votre certitude solitaire. Pour le coup, servez-vous-en cette fois.

— J'ai compris, lieutenant, dit Adamsberg en lui attrapant le bras. Mais votre énergie fera levier. Maintenez-la pour moi, quelque temps.

— Je n'ai pas de raison de changer d'idée.

Adamsberg lâcha son bras à regret, comme s'il quittait son arbre, et s'en alla.

XL

Le commissaire vérifia dans une vitre que son maquillage tenait le coup et se posta dès dix-huit heures sur le trajet de retour d'Adrien Danglard. Il repéra de loin son grand corps lâche mais le capitaine ne réagit pas en croisant Jean-Pierre Émile Roger Feuillet. Adamsberg l'attrapa vivement par le bras.

— Pas un mot, Danglard, on avance.

— Bon dieu, qu'est-ce qui vous prend ? dit Danglard en tentant de dégager son bras. Qui êtes-vous ?

— Moi, en homme d'affaires. Moi, Adamsberg.

— Merde, dit Danglard dans un souffle, détaillant rapidement ce visage pour faire surgir les traits d'Adamsberg sous cette peau blême, ces yeux rougis, ce crâne à moitié chauve.

— Ça y est, Danglard ?

— Je dois vous parler, dit le capitaine en jetant un coup d'œil alentour.

— Moi aussi. On tourne ici, on monte chez vous. Personne ne joue au con.

— Sûrement pas chez moi, dit Danglard d'une voix basse et ferme. Faites comme si vous m'aviez demandé un renseignement et quittez-moi. On se rejoint dans cinq minutes à l'école de mon fils, seconde rue à droite. Demandez le gardien de ma part, on se retrouve dans la salle de jeux.

Le bras mou de Danglard échappa au commissaire qui le vit s'en aller et tourner à l'angle.

À l'école, il trouva son adjoint l'attendant sur une chaise d'enfant en plastique bleu, entouré de ballons en pagaille, de livres, de cubes et de dînettes. Assis à trente centimètres du sol, Danglard lui parut ridicule. Mais il n'eut pas d'autre choix que de prendre place à ses côtés, sur une chaise de même hauteur, mais rouge.

— Surpris de me voir hors des griffes de la GRC ? demanda Adamsberg.

— J'avoue que oui.

— Déçu ? Inquiet ?

Danglard le regarda sans répondre. Ce type chauve et blanc comme du plâtre, d'où sortait la voix d'Adamsberg, le fascinait. Le petit dernier du capitaine dévisageait tour à tour son père et ce drôle de gars en costume beige.

— Je vais vous raconter une nouvelle histoire, Danglard. Mais vous feriez mieux d'éloigner votre fils avec un livre. C'est assez sanglant.

Danglard écarta l'enfant en lui murmurant quelques mots, le regard toujours posé sur Adamsberg.

— Il s'agit d'un petit film d'épouvante, capitaine. Ou d'un traquenard, comme vous voudrez. Mais peut-être connaissez-vous déjà l'histoire ?

— J'ai lu les journaux, dit prudemment Danglard, guettant le regard fixe du commissaire. J'ai su les charges qui pesaient sur vous, et votre fuite.

— Ignorant donc ? Comme le premier citoyen venu ?

— Si l'on veut.

— Je vais vous fournir ces détails, capitaine, dit Adamsberg en rapprochant sa petite chaise.

Durant tout le temps de son récit, qu'il exposa sans omettre le moindre élément, depuis sa première entrevue avec le surintendant jusqu'à son séjour chez Basile, Adamsberg scrutait les expressions du capitaine. Mais le visage de Danglard ne reflétait que l'inquiétude, l'attention scrupuleuse et, parfois, l'étonnement.

— Je vous avais dit que c'était une femme d'exception, dit Danglard quand Adamsberg conclut l'histoire.

— Je ne suis pas venu pour bavarder de Retancourt. Parlons plutôt de Laliberté. Fort, non ? Tout ce qu'il a su accumuler sur moi en si peu de temps. Jusqu'au fait que je ne me souvenais pas des deux heures et demie passées sur le sentier. Cette amnésie m'a été fatale. Une grosse pièce de l'accusation.

— Forcément.

— Mais qui le savait ? Pas un membre de la GRC n'était au courant. Ni un membre de la Brigade.

— Il l'aurait présumé ? Deviné ?

Adamsberg sourit.

— Non, c'était consigné au dossier comme une certitude. Quand je dis « pas un membre de la Brigade », j'exagère. Vous, Danglard, étiez au courant.

Danglard hocha lentement la tête.

— Si bien que vous me soupçonnez, dit-il calmement.

— Précisément.

— Logique, constata Danglard.

— Pour une fois que j'en fais preuve, vous devriez être satisfait.

— Non. Pour une fois, vous auriez mieux fait de vous abstenir.

— Je suis en enfer et tous les moyens sont bons. Y compris cette foutue logique que vous avez tant cherché à m'apprendre.

— C'est de bonne guerre. Mais que dit votre intuition ? Et vos errances ? Vos rêves ? Que disent-ils de moi ?

— C'est vous qui me demandez de les convoquer ?

— Pour une fois, oui.

La maîtrise de son adjoint et la constance de son regard ébranlaient Adamsberg. Il connaissait par cœur les yeux lessivés de Danglard, qui n'étaient pas aptes à masquer la moindre émotion. On pouvait tout y voir, peur, réprobation, plaisir, défiance, aussi aisément que des poissons nageant dans une bassine d'eau. Et il n'y décelait rien qui indiquât la moindre rétraction. Curiosité et réflexion étaient les deux seuls poissons qui tournaient pour l'heure dans les yeux de Danglard. Avec, parfois, un discret soulagement de le revoir.

— Mes rêves me disent que vous n'êtes pas dans le coup. Mais ce sont des rêves. Mes errances me racontent que vous n'auriez pas fait cela, ou pas comme cela.

— Et que dit votre intuition ?

— Elle me désigne la main du juge.

— Obstinée, n'est-ce pas ?

— C'est vous qui m'avez posé la question. Et vous savez que vous n'aimez pas mes réponses. Sanscartier m'a conseillé de monter la côte et de me gripper. Alors je me grippe.

— Puis-je parler maintenant ? demanda Danglard.

Entre-temps, le petit garçon, lassé de sa lecture, était revenu vers eux et s'était juché sur les genoux d'Adamsberg, qu'il avait fini par identifier.

— Tu sens la sueur, lui dit-il, interrompant la conversation.

— C'est possible, dit Adamsberg. J'ai voyagé.

— Pourquoi tu t'es déguisé ?

— Pour m'amuser dans l'avion.

— À quoi ?

— Aux gendarmes et aux voleurs.

— Tu faisais le voleur, affirma le garçon.

— C'est vrai.

Adamsberg passa sa main dans les cheveux du garçon pour faire cesser la conversation et leva la tête vers son adjoint.

— Quelqu'un a fouillé chez vous, dit Danglard. Sans certitude.

Adamsberg lui fit signe de poursuivre.

— Il y a plus d'une semaine, le lundi matin, j'ai trouvé votre fax demandant d'envoyer les dossiers à la GRC. Avec ses *D* et *R* plus grands qu'à votre habitude. Comme *DanglaRd*, ai-je d'abord pensé. Comme un appel : *Danglard, Danglard*. C'est-à-dire *Faites gaffe, Danglard*. Ensuite j'ai pensé *DangeR*. Ce qui revenait au même.

— Bien vu, capitaine.

— Ce jour-là, vous ne me soupçonniez pas encore ?

— Non. L'esprit logique ne m'a visité que le lendemain soir.

— Dommage, murmura Danglard.

— Continuez. Les dossiers ?

— J'étais donc en alerte. J'ai pris le double de votre clef là où il est toujours, dans le premier tiroir de votre bureau, dans la boîte à trombones.

Adamsberg approuva d'un battement de cils.

— La clef était bien là mais à côté de la boîte. Vous aviez pu la déplacer dans la précipitation du départ. Mais je me suis méfié. À cause du D et du R.

— Et vous aviez raison. Je cale toujours la clef dans la boîte, il y a une fente dans le tiroir.

Danglard jeta un coup d'œil au blanc commissaire. Le regard d'Adamsberg avait presque retrouvé sa douceur coutumière. Et, curieusement, le capitaine ne lui en voulait pas de l'avoir suspecté de traîtrise. Il eût peut-être fait de même.

— Une fois chez vous, j'y ai donc regardé de très près. Vous vous souvenez que j'avais rangé moi-même les dossiers et le carton ?

— Oui, à cause de ma blessure.

— Il me semble que je les aurais rangés mieux que ça. J'avais bien calé le carton dans l'armoire. Ce lundi-là, il n'était pas poussé à fond. Y avez-vous touché après coup ? Pour Trabelmann ?

— Non, pas au carton.

— Dites, comment faites-vous ?

— Pour quoi ?

Danglard lui désigna son garçon qui, la tête toujours posée sous la main d'Adamsberg, s'était endormi sur son ventre.

— Vous le savez, Danglard. J'endors les gens. Les petits aussi.

Danglard lui lança un regard d'envie. C'était toujours un problème que d'endormir Vincent.

— Tout le monde sait où se trouve le double de la clef, enchaîna-t-il.

— Une taupe, Danglard ? Dans la Brigade ?

Danglard hésita et donna un léger coup de pied dans un ballon gonflable, qui s'envola à travers la salle.

— Possible, dit-il.

— Qui cherchait quoi ? Les dossiers sur le juge ?

— C'est ce qui m'échappe. Le mobile. J'ai fait prendre les empreintes sur la clef. Rien que les miennes. Soit j'ai effacé les précédentes, soit le visiteur a essuyé la clef avant de la replacer dans le tiroir.

Adamsberg ferma les yeux à demi. Qui, en effet, aurait eu intérêt à connaître les affaires du Trident ? Affaires dont il n'avait jamais fait mystère ? La tension du voyage et sa journée sans sommeil pesaient sur ses épaules. Mais savoir que Danglard ne l'avait sans doute pas trahi le détendait. Encore qu'il n'eût pas de preuve de l'innocence de son adjoint, n'était la lisibilité de son regard.

— Ce *Danger*, vous ne l'avez pas interprété autrement ?

— J'ai jugé que certains éléments du meurtre de 1973 devaient être escamotés de l'envoi à la GRC. Mais le visiteur était passé avant moi.

— Merde, dit Adamsberg en se redressant, dérangeant le sommeil du petit.

— Et avait tout remis en place, acheva le capitaine.

Danglard porta la main à sa poche intérieure et en sortit trois feuilles pliées en quatre.

— Elles ne me quittent pas, ajouta-t-il en les tendant à Adamsberg.

Le commissaire les parcourut d'un œil. C'étaient bien là les documents qu'il avait espéré que Danglard repère. Et le capitaine les portait sur lui depuis onze jours. Preuve qu'il n'avait pas cherché à le balancer à Laliberté. À moins qu'il ne lui en ait adressé des copies.

— Cette fois, Danglard, dit Adamsberg en lui rendant les feuillets, vous m'avez compris à plus de dix mille kilomètres, et sur un signe infime. Comment se fait-il que, parfois, on ne se comprenne pas à un mètre ?

Danglard lança un autre ballon dans les airs.

— Question de thématique, je suppose, répondit-il avec son mince sourire.

— Pourquoi portez-vous ces feuillets sur vous ? reprit Adamsberg après un silence.

— Parce que depuis votre fuite, je suis surveillé en permanence. Jusqu'à mon immeuble où ils espèrent, si vous leur échappez, que vous viendrez me rejoindre. Ce que, d'ailleurs, vous vous apprêtiez à faire sur-le-champ. C'est pourquoi nous sommes dans cette école.

— Brézillon ?

— Évidemment. Ses hommes ont officiellement fouillé votre appartement sitôt l'alerte donnée par la GRC. Brézillon a des ordres et il est sens dessus dessous. Un de ses propres commissaires meurtrier et fugitif. De concert avec les autorités canadiennes, le Ministère s'est engagé à vous mettre la main dessus si vous posez un pied sur la terre de France. Tous les flics du pays sont alertés. Inutile, évidemment, de vous pointer chez vous. L'atelier de Camille, idem. Vos points de chute potentiels sont tous encerclés.

Adamsberg caressait machinalement la tête de l'enfant, ce qui semblait l'enfoncer dans un sommeil encore plus profond. Si Danglard l'avait trahi, il ne l'aurait pas tiré jusqu'à cette école pour lui éviter de tomber dans la main des flics.

— Mes excuses pour les soupçons, capitaine.

— La logique n'est pas votre point fort, voilà tout. À l'avenir, méfiez-vous d'elle.

— Je vous le répète depuis des années.

— Non, pas de la logique en soi. De la vôtre seulement. Vous avez idée d'une planque ? Votre maquillage ne tiendra pas longtemps.

— J'ai songé à la vieille Clémentine.

— C'est très bon, approuva Danglard. Ils n'y penseront pas et vous y serez tranquille.

— Et bouclé pour le restant de mes jours.

— Je le sais. Je ne pense qu'à cela depuis une semaine.

— Vous êtes sûr, Danglard, que ma serrure n'a pas été forcée ?

— Certain. Le visiteur a emprunté la clef. C'est quelqu'un de chez nous.

— Il y a un an, je ne connaissais aucun membre de cette équipe, vous excepté.

— L'un d'eux vous connaissait peut-être. Vous avez fait entôler pas mal de gars. Ça a pu susciter des haines, des revanches. Le membre d'une famille résolu à vous faire payer. Quelqu'un qui monte le coup contre vous en exploitant cette vieille affaire.

— Qui aurait pu connaître l'histoire du Trident ?

— Tous ceux qui vous ont vu partir à Strasbourg.

Adamsberg secoua la tête.

— Il n'était pas possible de faire le lien entre Schiltigheim et le juge, dit-il. À moins que je ne l'expose moi-même. Un seul homme pouvait établir la jonction. Lui.

— Vous imaginez votre mort-vivant pénétrer dans la Brigade ? Prendre vos clefs, fouiller vos dossiers, histoire de savoir ce que vous aviez compris de Schiltigheim ? De toute façon, un mort-vivant n'a pas besoin de clefs, il passe les murailles.

— C'est très vrai.

— Si vous en êtes d'accord, convenons d'une chose pour le Trident. Nommez-le le Juge ou Fulgence si vous le voulez, et laissez-moi l'appeler le Disciple. Un être bien vivant qui achèverait éventuellement le parcours du défunt juge. C'est tout ce que je peux vous accorder, et cela nous évitera des embarras.

Danglard projeta un autre ballon dans les airs.

— Sanscartier, reprit-il en changeant brusquement de sujet, vous m'avez dit qu'il était réticent ?

— Selon Retancourt. Cela vous importe ?

— J'aimais bien ce type. Très lent bien sûr, mais je l'aimais bien. Sa réaction sur le terrain m'intéresse. Et Retancourt ? Comment l'avez-vous trouvée ?

— D'exception.

— J'aurais aimé faire close-combat avec elle, ajouta Danglard avec un soupir contenant, semblait-il, un vrai regret.

— Je ne pense pas qu'elle aurait réussi le coup avec votre gabarit. L'expérience fut prodigieuse mais, Danglard, cela ne vaut pas la peine de tuer pour cela.

La voix d'Adamsberg s'était assourdie. Les deux hommes s'éloignèrent à pas lents vers le fond de la salle, Danglard ayant choisi de faire sortir le commissaire par la porte du garage. Adamsberg portait toujours le garçon endormi dans ses bras. Il savait dans quel tunnel sans fin il s'en allait à présent, et Danglard aussi.

— Ne prenez ni métro ni bus, lui conseilla Danglard. Allez-y à pied.

— Danglard, qui peut savoir que j'ai perdu la mémoire le 26 octobre ? À part vous ?

Danglard réfléchit un moment, faisant tinter des pièces de monnaie dans sa poche.

— Une seule autre personne, déclara-t-il enfin. Celle qui aurait fait en sorte de vous l'ôter.

— Logique.

— Oui. Ma logique.

— Qui, Danglard ?

— Quelqu'un qui nous accompagnait là-bas, parmi les huit autres. Moins vous, moi et Retancourt, égale cinq. Justin, Voisenet, Froissy, Estalère, Noël. Celui ou celle qui fouille dans vos dossiers.

— Et le Disciple, qu'en faites-vous ?

— Pas grand-chose. Je réfléchis d'abord à des éléments plus concrets.

— Comme ?

— Comme vos symptômes le soir du 26. Ils me tracassent, oui. Ils me tracassent beaucoup. Ces jambes molles me contrarient.

— J'étais rond comme une bille, vous le savez.

— Justement. Vous preniez un médicament à l'époque ? Un calmant quelconque ?

— Non, Danglard. Je crois que les calmants sont contre-indiqués dans mon cas.

— C'est juste. Mais il y avait ces jambes qui se dérobaient sous vous, c'est bien cela ?

— Oui, dit Adamsberg, surpris. Elles ne me portaient plus.

— Mais seulement après le choc contre la branche ? C'est bien ce que vous m'avez dit ? Vous en êtes certain ?

— Mais oui, Danglard. Et après ?

— Eh bien cela m'ennuie. Et le lendemain, pas de douleur ? De coups ? De bleus ?

— Mal au front, mal à la tête et mal au ventre, je vous le répète. Qu'est-ce qui vous agace avec mes jambes ?

— Un maillon de ma logique qui manque. Laissez tomber.

— Capitaine, pourriez-vous me donner votre passe ?

Danglard hésita, puis ouvrit sa sacoche et en tira l'outil, qu'il glissa dans la pochette du costume d'Adamsberg.

— Ne prenez pas de risques. Et empochez cela, dit-il en ajoutant une liasse de billets. Pas question de tirer de l'argent à un distributeur.

— Merci, Danglard.

— Pourriez-vous me donner le petit avant de partir avec ?

— Pardon, dit Adamsberg en lui tendant l'enfant.

Ni l'un ni l'autre ne se dirent au revoir. Un mot indécent quand on ne sait pas si l'on pourra jamais se croiser un jour. Un mot banal et quotidien, pensa Adamsberg en partant dans la nuit, et qui lui était désormais inaccessible.

XLI

Clémentine l'avait accueilli, épuisé, sans marquer la moindre surprise. Elle l'avait installé devant la cheminée et l'avait obligé à manger des pâtes au jambon.

— Cette fois, Clémentine, il ne s'agit plus seulement de dîner, dit Adamsberg. J'ai besoin que vous me planquiez, j'ai toute la flicaille du pays aux fesses.

— Ben ça arrive, dit Clémentine sans s'émouvoir en lui tendant de force un yaourt, la cuiller droit plantée dedans. Les policiers, ils ont pas toujours les mêmes idées que nous, par leur profession. C'est pour ça que vous êtes tout grimé ?

— Oui, j'ai dû m'échapper du Canada.

— Il est chic, votre costume.

— Et moi je suis flic, continua Adamsberg, poursuivant son idée. Si bien que je me pourchasse moi-même. J'ai fait une connerie, Clémentine.

— Comme quoye ?

— Comme une énorme connerie. Au Québec, j'ai picolé comme un trou, j'ai croisé une fille et je l'ai tuée d'un coup de trident.

— J'ai une idée, dit Clémentine. On va déplier le canapé puis bien l'approcher de la cheminée. Avec deux bonnes courtepointes, vous serez installé comme un prince. C'est que j'ai déjà la Josette qui dort dans le petit bureau, alors j'ai pas mieux à vous offrir.

— Ce sera parfait, Clémentine. Elle ne bavardera pas, votre amie Josette ?

— Josette, elle a connu des jours meilleurs. Elle a même vécu grand train dans le temps, une vraie dame. Ma foye, elle s'occupe d'autre chose maintenant. Elle parlera pas plus de vous que vous parlerez d'elle. Trêve de conneries, ce trident, ce serait pas un coup de votre monstre, des foyes ?

— C'est ce que je ne sais pas, Clémentine. C'est lui ou c'est moi.

— Ça c'est une bagarre, approuva Clémentine en sortant les courtepointes. Ça donne du cœur au ventre.

— Je n'avais pas vu les choses sous cet angle.

— Bien sûr que oui, sinon on vient à s'ennuyer. On peut pas toujours faire que des pâtes au jambon. Vous auriez pas une petite idée au moins, si que ce serait lui ou vous ?

— C'est-à-dire, dit Adamsberg en tirant le canapé, que j'avais tellement bu que je ne me souviens de rien.

— Ça m'est arrivé quand j'étais enceinte de ma fille. Je suis tombée sur le pavé et je pouvais plus me souvenir de quoi que ce soye après.

— Et vous aviez les jambes molles ?

— Penses-tu. Paraît que je courais comme un lapin sur les boulevards. Après quoi que je courais ? Mystère.

— Mystère, répéta Adamsberg.

— Ben c'est pas grave, hein. On sait jamais trop après quoi qu'on court, dans la vie. Alors un peu plus un peu moins, ça change quoye ?

— Je peux rester, Clémentine ? Je ne gênerai pas ?

— Au contraire, je vais vous remplumer. Faut se refaire des forces pour courir.

Adamsberg ouvrit son bagage et lui tendit le pot de sirop d'érable.

— Je vous ai rapporté ça du Québec. Ça se mange avec du yaourt, du pain, des crêpes. Ça ira bien avec vos galettes.

— Ben c'est gentil. Avec tous vos ennuis, ça me fait quelque chose. Il est joli, le pot. C'est de leurs arbres que ça coule ?

— Oui. Dans cette histoire, c'est encore le pot qui est le plus difficile à faire. Pour le reste, ils fendent les troncs et ils recueillent le sirop.

— Ben c'est pratique. Si on pouvait faire ça avec les côtes de porc.

— Ou avec la vérité.

— Ah la vérité, c'est pas comme ça que ça se déniche. La vérité, ça se calfeutre comme les champignons, et personne sait pourquoi.

— Et comment ça se déniche, Clémentine ?

— Ben exactement comme les champignons. Faut soulever les feuilles une par une dans les endroits sombres. C'est long des foyes.

Adamsberg se réveilla à midi, pour la première fois de sa vie. Clémentine avait relancé le feu et fait sa cuisine à pas feutrés.

— J'ai une visite importante à rendre, Clémentine, dit Adamsberg en buvant son café. Pourriez-vous donner un coup de neuf à mon maquillage ? Je peux me raser le crâne mais je ne sais pas comment refaire le blanc sur mes mains.

La douche avait dégagé la peau mate d'Adamsberg, qui détonnait avec son visage pâle.

— C'est pas ma spécialité, reconnut Clémentine. Vaudrait mieux vous confier à Josette, elle a tout un attirail de peintre. Elle passe une heure à se maquiller.

Josette, avec ses gestes un peu branlants, s'appliqua à éclaircir de fond de teint les mains du commissaire, puis à arranger les raccords abîmés sur le visage et le cou, à replacer sur le ventre le coussin qui lui donnait des rondeurs.

— Qu'est-ce que vous fabriquez toute la journée sur ces ordinateurs, Josette ? demanda Adamsberg pendant que la vieille femme recoiffait avec soin ses cheveux blanchis.

— Je transfère, j'égalise, je répartis.

Adamsberg ne chercha pas à approfondir cette réponse énigmatique. Les activités de Josette auraient pu l'intéresser en d'autres circonstances, mais pas en ces *conditions extrêmes*. Il entretenait la conversation par courtoisie et parce qu'il avait été sensible aux reproches de Retancourt. Josette modulait délicatement sa voix grelottante, et Adamsberg y reconnaissait en effet des accents persistants de la haute bourgeoisie.

— Vous avez toujours travaillé dans l'informatique ?

— Je m'y suis mise vers soixante-cinq ans.

— Ce n'est pas facile de se lancer là-dedans.

— Je me débrouille, dit la vieille femme de sa voix fragile.

XLII

Le divisionnaire Brézillon était somptueusement logé avenue de Breteuil et ne rentrait pas chez lui avant dix-huit ou dix-neuf heures. Et l'on savait de source sûre, c'est-à-dire par la salle des Racontars, que sa femme passait l'automne sous la pluie d'Angleterre. S'il y avait un endroit en France où les flics ne guetteraient pas le fugitif, c'était bien là.

Adamsberg pénétra tranquillement dans l'appartement avec son passe à dix-sept heures trente. Il s'installa dans un salon opulent aux murs chargés de livres, droit, administration, flicaillerie et poésie. Quatre centres d'intérêt bien cernés, bien séparés sur les étagères. Six rayonnages de poésie, beaucoup plus fournis que chez le curé du village. Il feuilleta les tomes de Hugo, prenant garde à ne pas déposer de fond de teint sur les précieuses reliures, à la recherche de cette faucille jetée dans le champ des étoiles. Un champ qu'il avait à présent localisé au-dessus de Detroit, mais sans avoir pu décrocher la faucille. Il se récitait simultanément le discours qu'il avait préparé pour le divisionnaire, une version à laquelle il croyait à peine ou pas du tout, mais la seule susceptible de convaincre son supérieur. Il s'en répétait à voix basse des phrases entières, s'efforçant d'y masquer les béances de ses doutes et d'y plaquer le ton de la sincérité.

La clef tourna dans la serrure moins d'une heure plus tard et Adamsberg reposa le livre sur ses genoux. Brézillon sursauta réellement, prêt à lancer un cri à la vue d'un Jean-Pierre Émile Roger Feuillet inconnu posé dans son salon. Adamsberg mit un doigt sur ses lèvres et, allant vers lui, il le prit doucement par le bras et le dirigea vers le fauteuil en vis-à-vis du sien. Le divisionnaire était plus stupéfait qu'effrayé, sans doute parce que l'aspect de Jean-Pierre Émile était peu alarmant. Effet de surprise aussi, qui lui ôtait les mots pour un court instant.

— Chut, monsieur le divisionnaire. Évitons tout tapage. Cela ne pourrait que vous nuire.

— Adamsberg, dit Brézillon, réagissant au son de sa voix.

— Venu de loin pour le plaisir d'un entretien.

— Cela ne va pas se passer si simplement, commissaire, dit Brézillon, à nouveau maître de ses moyens. Vous voyez cette sonnette ? J'appuie et les gars arrivent par paquets de douze dans les deux minutes.

— Accordez-moi ces deux minutes avant d'appuyer. Vous avez été juriste, vous devez entendre les témoignages des deux parties.

— Deux minutes avec un tueur ? Vous êtes très exigeant, Adamsberg.

— Je n'ai pas tué cette fille.

— « Ils disent tous ça », n'est-ce pas ?

— Mais tous n'ont pas une taupe dans leur équipe. Quelqu'un est entré chez moi l'avant-veille de votre visite, avec le double de ma clef qui reste à la Brigade. Quelqu'un a consulté les dossiers sur le juge et s'y est intéressé dès avant mon premier voyage.

S'accrochant à son récit douteux, Adamsberg parlait rapidement, conscient que Brézillon lui laisserait peu de temps et qu'il devait l'ébranler au plus vite. Ce rythme de parole ne lui convenait pas et il se cognait dans les mots comme un coureur accélère et bute sur les pierres.

— Quelqu'un savait que j'empruntais le sentier de portage. Savait que j'avais une amie là-bas. Quelqu'un l'a tuée à la manière du juge et appliqué mes empreintes sur la ceinture. A déposé cette pièce au sol et non pas dans l'eau gelée. C'est beaucoup de preuves, monsieur le divisionnaire. Le dossier est trop complet, sans clair-obscur. En avez-vous jamais vu de pareil ?

— Ou c'est la lamentable vérité. C'était votre amie, c'étaient les traces de vos mains, c'était votre ivrognerie. Le sentier que vous empruntiez et votre obsession du juge.

— Ce n'est pas une obsession, c'est une affaire de police.

— Selon vous. Mais qui dit que vous n'êtes pas un malade, Adamsberg ? Dois-je vous rappeler l'affaire Favre ? Pire que tout et signe d'égarement majeur, vous avez effacé de votre esprit cette soirée meurtrière.

— Et comment l'ont-ils su ? demanda Adamsberg en se penchant vers Brézillon. Seul Danglard était au courant et il n'a rien dit. Comment l'ont-ils su ?

Brézillon plissa le front et desserra son nœud de cravate.

— Une seule autre personne pouvait savoir que j'avais perdu la mémoire, poursuivit Adamsberg, copiant la phrase de son adjoint. Celle qui a fait en sorte de me l'enlever. Preuve que je ne suis pas seul dans cette affaire ni sur ce sentier.

Brézillon se leva lourdement, piocha une cigarette sur son rayonnage et revint s'asseoir. Indice d'une amorce d'intérêt chez le divisionnaire, d'un oubli momentané de la sonnette d'alarme.

— Mon frère avait également perdu la mémoire, comme tous ceux qui furent arrêtés après les crimes du juge. Vous avez lu les dossiers, n'est-ce pas ?

Le divisionnaire hocha la tête en allumant son épaisse cigarette sans filtre, un peu semblable à celles de Clémentine.

— Une preuve ?

— Aucune.

— Tout ce dont vous disposez en défense, c'est un juge décédé depuis seize ans.

— Le juge ou son disciple.

— Des chimères.

— Les chimères méritent un coup d'œil, comme l'effet poétique, hasarda Adamsberg.

Prendre l'homme par son autre versant. Est-ce qu'un poète appuie sans hésiter sur une sonnette d'alarme ?

Brézillon, à présent renversé dans son grand fauteuil, rejeta une bouffée et grimaça.

— La GRC, dit-il, pensif. Ce que je n'apprécie pas, moi, Adamsberg, c'est le procédé. On vous a convoqué comme auxiliaire et j'y ai cru. Je n'aime pas qu'on me mente et qu'on piège un de mes hommes. Méthode parfaitement illicite. Légalité m'a abusé sur de faux motifs. Une extradition avant l'heure et une escroquerie juridique.

L'orgueil et la droiture professionnelle de Brézillon griffés par la chausse-trape du surintendant. Adamsberg n'avait pas envisagé cet élément favorable.

— Certes, ajouta Brézillon, Légalité m'a assuré n'avoir découvert les chefs d'accusation qu'après coup.

— C'est faux. Il avait déjà constitué son dossier.

— Déloyal, dit Brézillon avec une expression dédaigneuse. Mais vous avez fui la justice et je n'attends pas une telle attitude de la part d'un de mes commissaires.

— Je n'ai pas fui la justice parce qu'elle n'était pas enclenchée. Pas de chef d'accusation prononcé, pas de lecture de mes droits. J'étais libre encore.

— Juridiquement exact.

— J'étais libre d'en avoir assez, libre de me méfier et de partir.

— Avec un maquillage et de faux papiers, commissaire.

— Appelons cela une expérience nécessaire, improvisa Adamsberg. Un jeu.

— Vous jouez souvent avec Retancourt ?

Adamsberg s'interrompit, l'image du corps à corps troublant sa pensée.

— Elle n'a fait qu'accomplir sa mission de protection. Elle vous a strictement obéi.

Brézillon écrasa son mégot d'une pression du pouce. Un père ouvrier-zingueur et une mère repasseuse, imagina Adamsberg, comme les parents de Danglard. Une origine que l'on ne renie pas sous le velours des fauteuils, une sorte de noblesse d'épée que l'on porte à la boutonnière, et qu'on honore par le choix de ses cigarettes et par le rude mouvement d'un pouce.

— Qu'attendez-vous de moi, Adamsberg ? reprit le divisionnaire en frottant son doigt. Que je vous croie sur parole ? Trop de charges contre vous. Cette visite à votre domicile forme un léger point en votre faveur. Comme la connaissance qu'avait Légalité de votre amnésie. Deux points, très ténus.

— Si vous me balancez, la crédibilité de votre Brigade tombe avec moi. C'est un scandale qu'on pourrait différer si j'avais les coudées franches.

— Pour que j'entre en guerre avec le Ministère et la GRC ?

— Non. Je ne demande que la levée de la surveillance policière.

— Rien que cela ? J'ai passé des accords, figurez-vous.

— Que vous avez le pouvoir de contourner. En certifiant que je suis en territoire étranger. Je resterai en planque, évidemment.

— L'endroit est sûr ?

— Oui.

— Quoi d'autre ?

— Une arme. Une nouvelle plaque à un autre nom. De l'argent pour survivre. La réintégration de Retancourt à la Brigade.

— Que lisiez-vous ? demanda Brézillon en désignant le petit livre de cuir.

— Je cherchais *Booz endormi*.

— Pourquoi ?

— Pour deux vers.

— Lesquels ?

— « Quel dieu, quel moissonneur de l'éternel été, avait, en s'en allant, négligemment jeté cette faucille d'or dans le champ des étoiles. »

— Qui est la faucille d'or ?

— Mon frère.

— Ou vous-même à présent. La faucille n'est pas seulement la lune débonnaire. Elle tranche aussi. Elle peut couper une tête, un ventre, douce ou cruelle. Une question, Adamsberg. Vous ne doutez pas de vous ?

À la manière dont Brézillon se pencha en avant, Adamsberg jugea que cette interrogation banale était décisive. De sa réponse dépendaient l'extradition ou les coudées franches. Il hésita. En toute logique, Brézillon souhaiterait une assurance solide qui le mette à l'abri des ennuis. Mais Adamsberg suspectait une attente d'une autre ampleur.

— Je me soupçonne à chaque seconde, répondit-il.

— Le meilleur garant d'un homme et d'une lutte authentique, énonça sèchement Brézillon en se réadossant à son fauteuil. À compter de ce soir, vous êtes libre, armé, et invisible. Pas pour l'éternité, Adamsberg. Pour six semaines. Ce temps écoulé, vous reviendrez ici, dans cette pièce, et dans ce fauteuil. Et la prochaine fois, sonnez avant d'entrer.

XLIII

La dernière mission de Jean-Pierre Émile Roger Feuillet fut d'acquérir un nouveau téléphone portable. Puis Adamsberg se débarrassa avec soulagement de cette identité sous la douche de Clémentine. Avec un certain regret aussi. Non qu'il fût attaché à cet être un peu comprimé mais il trouvait désinvolte de laisser s'écouler en un filet d'eau blanche ce Jean-Pierre Émile qui lui avait rendu de si inappréciables services. Il lui adressa donc un bref hommage avant de retrouver sa chevelure brune, sa silhouette et son teint ordinaires. Restait la tonsure, qu'il lui faudrait masquer jusqu'à la repousse.

Six semaines de sursis, immense marge de liberté cédée par Brézillon mais plage très étroite pour traquer le diable ou son propre démon.

Le déloger de ses antiques refuges, avait dit Mordent, dépoussiérer ses greniers, lui barrer ses planques, ceinturer les vieilles malles et les armoires grinçantes du fantôme. C'est-à-dire combler le vide de ses recherches entre le décès du juge et le meurtre de Schiltigheim. Cela ne l'aiderait pas à localiser son nouvel abri mais qui sait si le juge ne pouvait, de temps à autre, revisiter ses anciens greniers ?

Il évoquait cette question en dînant avec Clémentine et Josette devant la cheminée. Il n'attendait pas de Clémentine qu'elle lui fournisse des suggestions

techniques mais l'écoute de la vieille femme le détendait et, par capillarité peut-être, le fortifiait.

— C'est important ? demanda Josette de sa petite
voix vacillante. Ces logis ? Ces demeures du passé ?

— Je pense bien, répondit Clémentine à la place
d'Adamsberg. Partout où le monstre a vécu, faut qu'il
le sache. Les coins à champignons, c'est toujours les
mêmes, ça change pas.

— Mais c'est important ? répéta Josette. Pour le
commissaire ?

— Il est plus commissaire, trancha Clémentine.
C'est pour ça qu'il est là, Josette, c'est ce qu'il explique.

— Question de vie ou de mort, dit Adamsberg en
souriant à la frêle Josette. C'est sa peau ou la mienne.

— À ce point ?

— À ce point. Et je ne peux pas le chercher nez au
vent à travers le pays.

Clémentine servit d'autorité du gâteau de semoule
aux raisins avec double part obligatoire pour Adamsberg.

— Vous ne pouvez plus mettre vos hommes sur
l'affaire, si je comprends bien ? demanda timidement
Josette.

— Puisque je te dis qu'il est plus rien, dit Clémentine. Il en a plus, des hommes. Il est tout seul.

— Il me reste deux agents à titre officieux. Je ne
peux pas les charger de mission, mes mouvements
sont bloqués de toutes parts.

Josette semblait réfléchir en construisant une
petite maison avec sa part de gâteau.

— Ben Josette, dit Clémentine, si t'as une idée,
faut pas la laisser moisir. Il a que six semaines, notre
gars.

— Il est de confiance ? demanda Josette.

— Il mange à notre table. Pose pas des questions
sottes.

— C'est-à-dire, reprit Josette, toujours occupée à
édifier son chancelant bâtiment de semoule, qu'il y a

se déplacer et se déplacer. Si le commissaire ne peut plus bouger, si c'est une question de vie ou de mort...

Elle s'interrompit.

— Cela, c'est Josette, déclara Clémentine. Des restants de son éducation, on peut rien y faire. Les riches, ça cause comme ça marche, avec des précautions. Ça cuit de peur. Ben t'es pauvre maintenant, Josette, alors cause.

— On peut se déplacer autrement qu'avec ses jambes, dit Josette. C'est ce que je voulais dire. Et plus vite et plus loin.

— Comment ? lui demanda Adamsberg.

— Avec le clavier. S'il s'agit de trouver des logis par exemple, vous pouvez prendre le réseau.

— Je sais, Josette, répondit gentiment Adamsberg. Par l'Internet. Mais les logis que je cherche ne sont pas à la disposition du public. Ils sont cachés, secrets, souterrains.

— Oui, hésita Josette. Mais je parlais bien du réseau souterrain. Du réseau secret.

Adamsberg garda le silence, peu sûr de comprendre les paroles de Josette. Clémentine en profita pour lui verser un verre de vin.

— Non, Clémentine. Depuis cette cuite, je ne bois plus.

— Dites, vous allez pas me faire une allergie pardessus le marché ? Un verre à table, c'est obligé.

Et Clémentine versa. Josette tapotait les murs imprécis de sa maison en semoule, y piquant des raisins pour former les fenêtres.

— Le réseau secret, Josette ? demanda doucement Adamsberg. C'est là que vous voyagez ?

— Josette, elle va où qu'elle veut dans ses souterrains, déclara Clémentine. Et des foyes la voilà à Hambourg, et des foyes la voilà à New York.

— Pirate informatique ? demanda Adamsberg, stupéfait. Hacker ?

— Aqueuse, exactement, confirma Clémentine avec satisfaction. Josette, elle pique aux gros et elle donne aux maigres. Par les tunnels. Faut me boire ce verre, Adamsberg.

— C'était cela, Josette, les « transferts » et les « répartitions » ? demanda Adamsberg.

— Oui, dit-elle en croisant rapidement son regard. J'égalise.

Josette enfonçait à présent un raisin dans le toit pour figurer la cheminée.

— Où vont les fonds détournés ?

— À une association, et à mon salaire.

— Où prenez-vous les fonds ?

— Un peu partout. Là où les grosses fortunes les camouflent. J'entre dans les coffres et je ponctionne.

— Sans trace ?

— Je n'ai eu qu'un seul ennui en dix ans, il y a trois mois, parce que j'ai dû opérer en hâte. C'est pour cela que je suis chez Clémentine. J'efface mes pas, j'ai presque fini.

— Ça vaut rien de se presser, dit Clémentine. Mais lui, c'est spécial, il a que six semaines. Faudrait voir à pas l'oublier.

Adamsberg considérait avec stupeur ce pirate, ce hacker courbé à ses côtés, petite femme âgée et maigre aux gestes tremblotants. Et qui s'appelait Josette.

— Où avez-vous appris cela ?

— Cela vient tout seul quand on a le doigté. Clémentine m'a dit que vous étiez dans les embarras. Et, pour Clémentine, si je peux rendre service.

— Josette, interrompit Adamsberg, seriez-vous capable de pénétrer dans les fichiers d'un notaire, par exemple ? De consulter ses dossiers ?

— C'est une base, répondit la voix fragile. S'ils sont informatisés bien sûr.

— De déverrouiller leurs codes ? Leurs barrages ? Comme un passe-muraille ?

— Oui, dit modestement Josette.

— Comme un fantôme en quelque sorte, résuma Adamsberg.

— Faut bien ça, dit Clémentine. Parce que c'est un bon dieu de fantôme qu'il a sur le dos. Et il est agrippé, faut voir. Josette, joue pas avec la nourriture, c'est pas que ça me gêne personnellement mais ç'aurait pas été du goût de mon père.

Assis en tailleur et pieds nus sur le vieux canapé fleuri, Adamsberg sortit son nouveau téléphone pour appeler Danglard.

— Pardon, lui dit Josette, vous appelez un ami sûr ? Dont la ligne est sûre ?

— Il est neuf, Josette. Et j'appelle sur un portable.

— C'est difficile à repérer mais si vous dépassez huit à dix minutes, vous feriez mieux de changer de fréquence. Je vous prête le mien, il est équipé. Surveillez l'heure et changez, en appuyant sur ce petit bouton. Je vous arrangerai le vôtre demain.

Impressionné, Adamsberg accepta l'appareil perfectionné de Josette.

— J'ai six semaines de sursis, Danglard. Obtenues à l'arraché sur la face cachée de Brézillon.

Danglard émit un sifflement d'étonnement.

— Je pensais que ses deux faces étaient de glace.

— Non, il y avait un passage de poudreuse. Je l'ai pris. J'y ai prélevé une arme, une nouvelle plaque, et la levée partielle et officieuse de la surveillance. Je ne garantis rien pour les écoutes, et je ne suis pas libre d'aller ici et là. Si je me fais repérer, Brézillon tombe avec moi. Or il se trouve qu'il me fait confiance, à titre hebdomadaire. En outre, c'est un gars qui écrase son mégot avec son pouce sans se brûler. Bref, je ne peux pas le compromettre, je ne peux pas aller aux fichiers.

— C'est-à-dire que j'y vais ?

— Ainsi qu'aux archives. On doit combler le vide entre la mort du juge et Schiltigheim. C'est-à-dire repérer les meurtres à trois coups sur les seize dernières années. Vous pouvez vous en charger ?

— Du disciple, oui.

— Envoyez cela par mail, capitaine. Une seconde.

Adamsberg appuya sur le bouton indiqué par Josette.

— Ça bourdonne, dit Danglard.

— Je viens de changer de fréquence.

— Sophistiqué, commenta Danglard. Engin de mafieux.

— J'ai changé de bord et de fréquentations, capitaine. Je m'adapte.

Tard dans la nuit, sous les courtepointes un peu fraîches, Adamsberg fixait les tisons du feu dans l'obscurité, évaluant les possibilités immenses que lui ouvrait la présence en les murs d'une vieille pirate de l'électronique. Il cherchait à se rappeler le nom du notaire qui avait réglé la vente du manoir pyrénéen. Il l'avait su, à l'époque. Le notaire de Fulgence devait être nécessairement tenu au mutisme absolu. Un juriste qui, en son jeune temps, avait dû commettre quelque irrégularité que Fulgence avait écrasée. Et qui était tombé dans le panier, vassal du magistrat pour la vie. Son nom, bon sang. Il revoyait la plaque dorée briller sur la façade d'une maison bourgeoise, quand il était venu consulter l'homme de loi sur la date d'achat du manoir. Il se souvenait d'un homme jeune, pas plus de trente ans. Avec de la chance, il était encore en activité.

La plaque dorée se mêlait dans ses yeux au flamboiement des braises. Il se souvenait d'un nom sans joie, décevant. Il repassa lentement toutes les lettres de l'alphabet. Desseveaux. Maître Jérôme Desseveaux, notaire. Tenu par les couilles par la main de fer du juge Fulgence.

XLIV

Fasciné par l'imprévisible dextérité de Josette, Adamsberg, assis à ses côtés, la regardait manœuvrer sur son ordinateur, ses mains menues et ridées tremblant au-dessus du clavier. Sur l'écran s'affichaient à grande vitesse des séries de chiffres et de lettres innombrables auxquelles Josette répondait par des lignes tout aussi hermétiques. Adamsberg ne voyait plus l'engin comme à l'habitude mais comme une sorte de grosse lampe d'Aladin dont le génie allait sortir pour lui proposer aimablement d'exaucer trois vœux. Encore fallait-il savoir le manipuler alors que, dans les temps anciens, le premier imbécile venu savait passer un bon coup de chiffon sur la lampe. Les choses s'étaient beaucoup compliquées, en matière de vœux.

— Votre homme est très protégé, commenta Josette de son timbre grelottant mais qui, sur son terrain, abandonnait sa timidité. Verrouillage en barbelés, c'est beaucoup pour un cabinet de notaire.

— Ce n'est pas un cabinet ordinaire. Un fantôme le tient par les couilles.

— Dans ce cas.

— Vous y arrivez, Josette ?

— Il y a quatre verrous successifs. Cela prend du temps.

Comme ses mains, la tête de la vieille femme tremblotait et Adamsberg se demandait si ces frémissements de l'âge lui permettaient de déchiffrer

314

correctement l'écran. Clémentine, attentive au rembourrage du commissaire, entra pour déposer un plateau de galettes et du sirop d'érable. Adamsberg observait les vêtements de Josette, son élégant ensemble beige associé à de grosses tennis rouges.

— Pourquoi portez-vous des tennis ? Pour ne pas faire de bruit dans les souterrains ?

Josette sourit. C'était possible. Tenue de cambrioleur, souple et pratique.

— Elle apprécie son confort, voilà tout, dit Clémentine.

— Avant, dit Josette, quand j'étais mariée à mon armateur, je ne portais que des tailleurs et des perles.

— Tout ce qu'il y a de chic, approuva Clémentine.

— Riche ? demanda Adamsberg.

— À ne plus savoir qu'en faire. Il gardait tout pour lui. Je détournais des petites sommes par-ci par-là pour des amis dans la gêne. C'est comme cela que ça a commencé. Je n'étais pas bien habile à l'époque et il m'a surprise.

— Et cela a fait du dégât ?

— Du très gros dégât, très bruyant. Après le divorce, j'ai commencé à fureter dans ses comptes, puis je me suis dit, Josette, si tu veux y arriver, il faut te lancer à grande échelle. Et de fil en aiguille, c'est venu comme ça. À soixante-cinq ans, j'étais prête à appareiller.

— Où avez-vous connu Clémentine ?

— Aux puces, il y a bien trente-cinq ans. Mon mari m'avait offert un magasin d'antiquités.

— Pour pas qu'elle se désœuvre, précisa Clémentine qui, debout, vérifiait qu'Adamsberg avalait les galettes. Du haut de gamme, pas de la camelote. On rigolait bien, pas vrai, ma Josette ?

— Voilà notre notaire, dit Josette en pointant un doigt sur l'écran.

— À la bonne heure, dit Clémentine, qui n'avait jamais touché un clavier de sa vie.

— C'est bien cela, n'est-ce pas ? Maître Jérôme Desseveaux et Associés, boulevard Suchet, à Paris.

— Vous êtes chez lui ? demanda Adamsberg, fasciné, en rapprochant sa chaise.

— Aussi confortablement que si l'on visitait son appartement. C'est une très grosse affaire, dix-sept associés et des milliers de dossiers. Chaussez vos tennis, on part en fouille. Quel nom, dites-vous ?

— Fulgence, Honoré Guillaume.

— J'ai plusieurs choses, dit Josette après un moment. Mais rien après 1987.

— C'est parce qu'il est mort. Il a dû changer de nom.

— C'est obligé, après la mort ?

— Cela dépend du boulot qu'on a à faire, je suppose. Est-ce que vous avez un Maxime Leclerc, acheteur en 1999 ?

— Oui, répondit Josette après un court instant. Acquéreur du *Schloss*, dans le Bas-Rhin. Rien d'autre sous ce nom.

Quinze minutes plus tard, Josette avait servi à Adamsberg la liste de toutes les propriétés du Trident acquises depuis 1949, le cabinet Desseveaux ayant pris en charge les dossiers antérieurs. Le même vassal avait donc suivi les affaires du juge non seulement jusqu'à sa mort mais aussi dans l'au-delà, jusqu'à l'achat récent du *Schloss*.

Adamsberg était dans la cuisine et tournait une crème aux œufs avec une cuiller en bois, selon les recommandations de Clémentine. C'est-à-dire remuer sans discontinuer à une vitesse constante en dessinant des huit dans la casserole. Consignes décisives pour éviter la formation de grumeaux. La localisation et les noms des propriétés successives du juge confirmaient ce qu'il savait déjà du passé de Fulgence. Elles correspondaient toutes à l'un des crimes à trois pointes qu'il avait repérés durant sa longue enquête. Pendant dix ans, le magistrat avait rendu justice dans sa circonscription de Loire-Atlantique, demeurant au *Castelet-les-Ormes*. En 1949, il transperçait sa première victime, à une trentaine de kilomètres de là, un homme de vingt-huit ans, Jean-Pierre Espir. Quatre ans plus tard, une jeune fille était tuée dans le même secteur, Annie Lefebure, dans des conditions très semblables à celles du meurtre d'Élisabeth Wind. Le juge réitérait six ans après, empalant un jeune homme, Dominique Ventou. C'est à cette date que le *Castelet* avait été prudemment vendu. Fulgence s'établissait alors dans sa seconde circonscription, en Indre-et-Loire. Les actes notariés mentionnaient l'achat d'un petit château du XVIIᵉ siècle, *Les Tourelles*. Dans ce nouveau territoire, il massacrait deux hommes, Julien Soubise, quarante-sept ans, et, quatre ans plus tard, un vieillard, Roger Lentretien. En 1967, il abandonnait la région et s'établissait au *Manoir*, dans le village de la famille Adamsberg. Il y avait attendu six ans avant d'assassiner Lise Autan. Cette fois, la menace que constituait le jeune Adamsberg l'avait contraint à déserter les lieux sur-le-champ et à se fixer en Dordogne, au *Pigeonnier*. Adamsberg connaissait cette ferme seigneuriale, où, comme à Schiltigheim, il était arrivé trop tard. Le juge s'était déjà enfui devant ses pas après le meurtre de Daniel Mestre, trente-cinq ans.

Adamsberg l'avait ensuite localisé en Charente, à la suite de l'assassinat de Jeanne Lessard, cinquante-six ans. Il s'était alors montré plus rapide et avait trouvé Fulgence dans sa nouvelle demeure de la *Tour-Maufourt*. C'était la première fois qu'il revoyait l'homme depuis dix ans, et son autorité flamboyante n'avait pas terni. Le juge avait ricané des accusations du jeune inspecteur et l'avait menacé de toutes sortes de broyages et écrasements s'il persistait à le harceler. Deux nouveaux chiens l'accompagnaient, des dobermans qu'on entendait aboyer furieusement dans le chenil. Adamsberg avait souffert devant le regard du magistrat, qui n'était pas plus aisé à soutenir que lorsqu'il avait dix-huit ans, au manoir. Il avait énuméré les huit meurtres dont il l'accusait, depuis Jean-Pierre Espir jusqu'à Jeanne Lessard. Fulgence avait appuyé la pointe de sa canne sur son torse, le faisant reculer devant lui, et prononcé quelques mots définitifs sur le ton d'un courtois congédiement.

— Ne me touche pas, ne m'approche pas. J'abattrai la foudre sur toi quand il me plaira.

Puis, posant sa canne et attrapant les clefs du chenil, il avait repris l'exacte formule dont il avait usé dix ans plus tôt, dans la grange.

— Prends de l'avance, jeune homme. Je compte jusqu'à quatre.

Comme par le passé, Adamsberg avait fui devant la course effrénée des dobermans. Dans le train, il avait repris son souffle et méprisé comme il le pouvait la grandiloquence du juge. Ce type qui jouait les seigneurs n'allait pas le réduire en poudre d'une simple pression de sa canne. Il avait repris la chasse mais le brusque envol de Fulgence hors de la *Tour-Maufourt* l'avait pris de court. Ce n'est qu'à l'annonce de sa mort, quatre ans plus tard, qu'Adamsberg avait connu sa dernière retraite, dans un hôtel particulier de Richelieu, en Indre-et-Loire.

Adamsberg s'appliquait à faire ses huit dans la crème aux œufs. D'une certaine manière, cet exercice l'aidait à ne pas chanceler, à ne pas se voir, lui, dans la peau démoniaque du Trident, transperçant Noëlla sur le sentier, exactement comme l'eût fait Fulgence.

Tout en tournant la cuiller en bois, en écoutant son paisible frottement, il mettait en place la future portion de souterrain qu'il avait à dégager avec Josette. Il avait douté de ses talents, supposant l'exagération d'une vieille femme en déclin s'épanouissant dans une vie chimérique. Mais il y avait bel et bien une hacker hardie et chevronnée logée dans le corps anciennement bourgeois de Josette. Il admirait, tout simplement. Il ôta la casserole du feu à consistance désirée. Lui, au moins, avait réussi à ne pas bousiller la crème aux œufs.

Il reprit le portable de mafieux de Josette pour joindre Danglard.

— Rien encore, lui dit son adjoint. C'est très long.

— J'ai trouvé un raccourci, capitaine.

— Poudreux ?

— Solide. Le même notaire vassal s'est chargé des acquisitions de Fulgence jusqu'à sa mort. Mais aussi de celles du disciple, ajouta-t-il prudemment, en tout cas du *Schloss* de Haguenau.

— Où êtes-vous, commissaire ?

— Dans un cabinet notarial, boulevard Suchet. J'y vais et viens à mon aise. J'ai chaussé des tennis pour ne pas faire de bruit. Moquettes en laine, classeurs vernis et ventilateurs. Tout ce qu'il y a de chic.

— Ah bien.

— Cependant, après la mort, les achats se sont effectués sous d'autres noms, comme Maxime Leclerc. J'ai donc une chance de les repérer au cours des seize dernières années, mais à la condition d'imaginer des noms et des prénoms susceptibles d'évoquer Fulgence.

— Oui, approuva Danglard.

— Mais je n'en suis pas capable. Je ne connais pas un mot d'étymologie. Pourriez-vous me dresser une liste de tout ce qui suggérerait l'éclair, la foudre, la lumière, et puis la grandeur, la puissance, comme dans Maxime Leclerc ? Notez tout ce qui vous passe par la tête.

— Pas besoin de noter, je peux vous le dire de suite. Vous avez de quoi écrire ?

— Allez-y, capitaine, dit Adamsberg, à nouveau admiratif.

— Il n'y a pas beaucoup de possibilités. En ce qui concerne la lumière, voyez Luce, Lucien, Lucenet et autres formes, ainsi que Flamme, Flambard. Pour la clarté, regardez du côté des dérivés de *clarus*, éclatant, illustre. Voyez Clair, Clar, éventuellement les diminutifs Clara, Clairet. En ce qui concerne l'idée de grandeur, essayez Mesme ou Mesmin, formes populaires dérivées de Maxime, Maximin, Maximilien. Voyez aussi les Legrand, Majoral, Majorel, ou encore Mestrau, ou Mestraud, formes altérées pour « supérieur », « excellent ». Ajoutez Primat, éventuellement les variantes péjoratives comme Primard ou Primaud. Tentez aussi Auguste, Augustin, pour la majesté. N'oubliez pas les prénoms qui rappellent la grandeur par sens figuré, comme Alexandre, Alex, César ou Napoléon, encore que ce dernier soit trop criant.

Adamsberg apporta aussitôt sa liste à Josette.

— Il faudrait combiner tout cela pour trouver d'éventuels acheteurs entre la mort du juge et l'acquisition de Maxime Leclerc. En rapport avec des propriétés de maître, des petits châteaux, des manoirs, des castelets, tous isolés.

— J'ai bien compris, dit Josette. On suit le fantôme à présent.

Adamsberg, les mains serrées sur ses genoux, attendit avec anxiété que la vieille dame achève ses manipulations occultes.

— J'en ai trois qui pourraient convenir, annonça-t-elle. J'ai bien aussi un Napoléon Grandin, mais dans un petit appartement de La Courneuve. Je ne pense pas que ce soit votre homme. Votre fantôme n'est pas un spectre prolétaire, si j'ai bien saisi. En revanche, je trouve un Alexandre Clar, qui a acquis un manoir en Vendée en 1988, commune de Saint-Fulgent, justement. Revendu en 1993. Un Lucien Legrand, propriétaire d'un domaine dans le Puy-de-Dôme, commune de Pionsat, de 1993 à 1997. Et un

Auguste Primat dans une demeure seigneuriale du Nord, commune de Solesmes, de 1997 à 1999. Ensuite, ce Maxime Leclerc, de 1999 à aujourd'hui. Les dates se suivent, commissaire. Je vous imprime tout cela. Donnez-moi juste le temps d'effacer nos pas sur la moquette.

— Je le tiens, Danglard, dit Adamsberg, essoufflé par sa course souterraine. Pour les noms, vérifiez d'abord leur absence à l'état civil : Alexandre Clar, né en 1935, Lucien Legrand, né en 1939 et Auguste Primat, né en 1931. Pour les meurtres, balayez dans un rayon de cinq à soixante kilomètres autour des communes de Saint-Fulgent en Vendée, de Pionsat dans le Puy-de-Dôme et de Solesmes dans le Nord. Vous y êtes ?

— Cela va aller beaucoup plus vite. Vous avez les dates ?

— Pour le premier meurtre, période 1988-1993, pour le second, 1993-1997, et pour le troisième, 1997-1999. N'oubliez pas que les derniers crimes ont très probablement eu lieu peu de temps avant les reventes des propriétés. C'est-à-dire au printemps 1993, à l'hiver 1997 et à l'automne 1999. Ciblez d'abord sur ces périodes.

— Années impaires toujours, commenta Danglard.

— Il les aime. Comme le chiffre trois et comme le trident.

— L'idée du disciple n'est peut-être pas si mauvaise. Cela prend forme.

L'idée du fantôme, corrigea Adamsberg en raccrochant. Un spectre qui commençait à prendre violemment corps à mesure que le trafic de Josette dévoilait ses antres. Il attendit l'appel de Danglard dans l'impatience, marchant d'un bout à l'autre de la petite maison, sa liste à la main. Clémentine l'avait félicité pour sa crème aux œufs. Une bonne chose au moins.

— Mauvaise nouvelle, annonça Danglard. Le divisionnaire a contacté Laliberté – c'est-à-dire Légalité, il n'en démord pas – pour lui demander quelques comptes. Brézillon m'annonce qu'un des deux points en votre faveur vient de tomber. Laliberté certifie qu'il était au courant de votre amnésie par le gardien de l'immeuble. Vous lui aviez parlé d'une bagarre entre cochs et gagne. Mais le lendemain, a précisé le gardien, vous avez été très surpris de l'heure à laquelle vous étiez rentré. Sans compter que l'affrontement cochs-gagne était un mensonge et que vous aviez les mains en sang. C'est ainsi que Laliberté en a conclu que vous aviez perdu la mémoire de quelques heures, puisque vous pensiez être revenu bien plus tôt et aviez menti au gardien. Donc, pas de coup de fil anonyme, pas de dénonciateur, rien. Cela s'écroule.

— Et Brézillon retire son sursis ? demanda Adamsberg, assommé.

— Il n'en a pas parlé.

— Les meurtres ? Vous avez quelque chose ?

— Je sais seulement qu'Alexandre Clar n'a jamais existé, pas plus que Lucien Legrand et Auguste Primat. Ce sont bien des pseudonymes. Pas eu le temps pour le reste avec cette embrouille du divisionnaire. Et un homicide vient de nous tomber dessus rue du Château. Personnalité péripolitique. Je ne sais pas quand je trouverai le temps de m'atteler au Disciple. Désolé, commissaire.

Adamsberg raccrocha, giflé par une secousse de désespoir. Le gardien insomniaque, tout simplement. Et les déductions assez évidentes de Laliberté.

Tout s'effondrait, le mince filament de son espérance se rompait net. Pas de dénonciateur, pas de coup monté. Personne n'avait informé le surintendant de sa perte de mémoire. Et donc personne n'avait fait en sorte de la lui ôter. Pas de troisième homme dans l'affaire, machinant dans l'ombre. Il était bien fatalement seul sur ce sentier, avec ce trident à portée de main et Noëlla, menaçante, face à lui. Et sa folie meurtrière dans le crâne. Comme son frère, peut-être. Ou bien à la suite de son frère. Clémentine vint se poser à ses côtés en lui tendant silencieusement un verre de porto.

— Raconte, mon petit gars.

Adamsberg raconta d'une voix atone, les yeux rivés au sol.

— Ça, c'est les idées des flics, dit doucement Clémentine. Et les idées des flics et les vôtres, ben ça fait deux.

— J'étais seul, Clémentine, seul.

— Ben vous pouvez pas le savoir puisque vous vous rappelez pas. Vous avez bien coincé ce foutu fantôme, avec la Josette ?

— Et cela change quoi, Clémentine ? J'étais seul.

— C'est des idées noires et puis c'est pas autre chose, dit Clémentine en lui plaçant le verre entre les doigts. Et ça sert à rien de se remuer le couteau. Vaudrait mieux continuer dans les souterrains avec la Josette, et puis me boire ce porto.

Josette, qui était restée silencieuse près de la cheminée, sembla vouloir dire quelque chose, puis se ravisa.

— Laisse pas moisir, Josette, comme je te dis toujours, conseilla Clémentine, cigarette aux lèvres.

— C'est délicat, expliqua Josette.

— On n'en est plus aux délicatesses, tu le voyes pas, ça ?

— Je me disais que si M. Danglard – c'est son nom, n'est-ce pas ? – ne peut pas s'occuper des meurtres, on pourrait y aller nous-mêmes. L'embarras, c'est que cela nous obligerait à farfouiller dans les archives de la gendarmerie.

— Ben c'est quoi qui te gêne ?

— Lui. Il est commissaire.

— Il l'est plus, Josette. C'est un monde qu'il faille que je te le redise cent fois. Et puis les gendarmes et les flics, c'est pas la même chose.

Adamsberg leva un regard perdu vers la vieille femme.

— Vous le pourriez, Josette ?

— Je suis entrée au FBI une fois, juste pour jouer, pour me délasser.

— T'excuse pas, Josette. Y a pas de mal à se faire du bien.

Adamsberg considéra avec un étonnement accru cette menue femme, un tiers bourgeoise, un tiers vacillante, un tiers hacker.

Après le dîner, que Clémentine avait fait ingurgiter de force à Adamsberg, Josette s'attaquait aux fichiers policiers. Elle avait posé à côté d'elle une note portant trois dates, printemps 1993, hiver 1997 et automne 1999. De temps en temps, Adamsberg allait jeter un œil à l'avancement de son travail. Le soir, elle échangeait ses tennis contre des énormes chaussons gris qui lui faisaient des pattes fragiles d'éléphanteau.

— Très protégés ?

— Des miradors partout, il fallait s'y attendre. Si j'avais un dossier là-dedans, je n'aimerais pas que la première vieille venue aille y fouiner en tennis.

Clémentine était partie se coucher et Adamsberg resta seul devant la cheminée, nouant et dénouant ses doigts, les yeux braqués sur le foyer. Il n'entendit pas Josette arriver vers lui, ses pas étouffés par les gros chaussons. De gros chaussons de hacker, plus précisément.

— Voilà, commissaire, dit seulement Josette en lui montrant une feuille, avec la modestie du travail bien fait et l'inconscience du talent, comme si elle avait accompli une simple crème aux œufs en formant des huit dans son ordinateur. En mars 1993, à trente-deux kilomètres de Saint-Fulgent, une femme de quarante ans, Ghislaine Matère, assassinée à son domicile, trois fois poignardée. Elle vivait seule dans une maison de campagne. En février 1997, à vingt-quatre kilomètres de Pionsat, une jeune fille tuée par trois coups de poinçon au ventre, Sylviane Brasillier. Elle attendait seule à l'arrêt d'un car, le dimanche soir. En septembre 1999, un homme de soixante-six ans, Joseph Fèvre, à trente kilomètres de Solesmes. Trois coups de lame.

— Des coupables ? demanda Adamsberg en prenant la feuille.

— Ici, indiqua Josette en tendant son doigt tremblant. Une femme ivrogne un peu détraquée qui vivait dans une cahute de forêt, considérée comme la sorcière du coin. Pour la jeune Brasillier, ils ont écroué un chômeur, un habitué des bars de Saint-Éloy-les-Mines, pas loin de Pionsat. Et pour le meurtre de Fèvre, ils ont ramassé un garde forestier, écroulé sur un banc dans la banlieue de Cambrai, l'alcool dans le corps et le couteau en poche.

— Amnésiques ?

— Tous.

— Armes neuves ?

— Dans les trois cas.

— C'est magnifique, Josette. On le suit à la trace à présent, depuis le Castelet-les-Ormes en 1949 jusqu'à Schiltigheim. Douze meurtres, Josette, douze. Vous vous rendez compte ?

— Treize avec celui du Québec.

— J'étais seul, Josette.

— Vous parliez d'un disciple avec votre adjoint. S'il a frappé quatre fois après la mort du juge, pourquoi n'aurait-il pas tué au Québec ?

— Pour une raison simple, Josette. S'il avait pris la peine de venir jusqu'au Québec, c'eût été pour me piéger, comme l'ont été les autres boucs émissaires. Si un disciple ou un émule a repris le flambeau de

Fulgence, c'est par vénération du juge, par désir impérieux d'achever son œuvre. Mais cet homme, cette femme, même intoxiqué par Fulgence, n'est pas Fulgence. Lui me haïssait et voulait ma chute. Mais l'autre, le disciple, ne sécrète pas la même haine, il ne me connaît pas. Achever la série du juge est une chose, mais tuer pour m'offrir en cadeau au mort, c'en est une autre. Je n'y crois pas. C'est pourquoi je vous dis que j'étais seul.

— Clémentine dit que ce sont des idées noires.

— Mais vraies. Et si disciple il y a, il n'est pas vieux. La vénération est une émotion de jeunesse. On peut estimer qu'il aurait aujourd'hui entre trente et quarante ans. Les hommes de cette génération ne fument pas la pipe, ou très rarement. L'occupant du *Schloss* fumait la pipe et ses cheveux étaient blancs. Non, Josette, je ne crois pas au disciple. C'est l'impasse.

Josette remuait son chausson gris en cadence, tapotant du pied le vieux carrelage en briques.

— À moins, dit-elle après un moment, de croire aux morts-vivants.

— À moins.

Ils retombèrent tous deux dans un long silence. Josette tisonnait le feu.

— Êtes-vous fatiguée, ma Josette ? demanda Adamsberg, surpris de s'entendre utiliser les mots de Clémentine.

— Il m'arrive souvent de circuler la nuit.

— Prenez cet homme, Maxime Leclerc, Auguste Primat, ou quel que soit son nom. Depuis la mort du juge, il se tient invisible. Soit le disciple cherche à prolonger l'image rémanente de Fulgence, soit notre mort-vivant ne veut pas dévoiler son visage.

— Puisqu'il est mort.

— C'est cela. En quatre années, personne n'a pu apercevoir Maxime Leclerc. Ni les employés de l'agence, ni la femme de ménage, ni le jardinier ni le facteur. Toutes les courses extérieures étaient confiées à la femme de charge. Les indications du propriétaire étaient transmises par notes, éventuellement par téléphone. Une invisibilité possible, donc, puisqu'il l'a réussie. Et pourtant, Josette, il me paraît impossible d'échapper totalement à la vue. Sur deux ans peut-être, mais pas sur cinq, pas sur seize. Cela peut fonctionner, mais à la condition de ne pas prendre en compte les imprévus de la vie, les urgences, l'impondérable. Et sur seize ans, il en survient. En remontant ces seize années, on devrait pouvoir déloger un impondérable.

Josette écoutait, en hacker consciencieux, attendant des consignes plus précises en remuant la tête et son chausson.

— Je pense à un médecin, Josette. Un malaise subit, une chute, une blessure. L'impondérable qui vous contraint à appeler un docteur en urgence. Si le cas s'est produit, l'homme n'aurait pas fait venir le médecin local. Il aurait fait appel à un service anonyme, à une équipe de médecins d'urgence, de ceux que vous ne voyez qu'une fois et qui vous oublient aussitôt.

— Je vois, dit Josette. Mais ces services ne doivent pas conserver leurs archives plus de cinq ans.

— Ce qui nous réduirait à Maxime Leclerc. C'est-à-dire à circuler dans ces centres d'urgence de la section Bas-Rhin, et repérer l'éventuel passage d'un médecin au *Schloss* du mort-vivant.

Josette raccrocha le tisonnier, arrangea ses boucles d'oreilles et remonta les manches de son chandail de dame. À une heure du matin, elle rallumait sa machine. Adamsberg resta seul devant la cheminée, la rechargeant de deux bûches, aussi tendu qu'un père attendant l'accouchement. C'était une nouvelle superstition que de se tenir éloigné de Josette pendant qu'elle faisait cliqueter la lampe d'Aladin. Il craignait trop, à ses côtés, de surprendre des moues de découragement, des expressions de déception. Il attendait immobile, enfoncé dans le passage hanté du sentier de portage. Et seulement accroché à l'espoir infime que livraient, maillon après maillon, les explorations furtives de la vieille femme. Qu'il déposait brin par brin dans le fond des alvéoles de sa pensée. Priant pour que les verrous tombent comme plomb fondu sous la flamme de génie de sa petite hackeuse. Il avait noté les termes dont elle usait pour évaluer les six degrés de résistance de ces verrous, par ordre croissant de difficulté : travail mâché, corsé, coriace, barbelés, béton, miradors. Et elle avait passé un jour les miradors du FBI. Il se redressa en entendant le frottement des chaussons dans le petit couloir.

— Voilà, annonça Josette. C'était assez coriace, mais passable.

— Dites vite, dit Adamsberg en se levant.

— Maxime Leclerc a appelé un service d'urgence il y a deux ans, le 17 août, à 14 h 40. Sept piqûres de guêpes avaient provoqué un grave œdème du cou et du bas du visage. Sept. Le docteur est intervenu dans les cinq minutes. Il est repassé à vingt heures et lui a fait une seconde piqûre. J'ai le nom du médecin intervenant, Vincent Courtin. Je me suis permis d'aller piocher ses coordonnées personnelles.

Adamsberg posa ses mains sur les épaules de Josette. Il en sentait les os à travers ses paumes.

— Ces derniers temps, ma vie circule entre les mains de femmes magiques. Elles se la lancent comme une balle et la sauvent sans cesse de l'abîme.

— C'est gênant ? demanda Josette avec sérieux.

Il réveilla son adjoint à deux heures du matin.

— Restez au lit, Danglard. Je veux seulement vous laisser un message.

— Je continue de dormir et je vous écoute.

— À la mort du juge, beaucoup de photos ont paru dans la presse. Choisissez-en quatre, deux profils, une face et un trois quarts, et demandez que le labo opère un vieillissement artificiel du visage.

— Vous avez d'excellents dessins de crânes dans tout bon dictionnaire.

— C'est sérieux, Danglard, et prioritaire. Sur un cinquième portrait, de face, demandez qu'on apporte aussi une enflure au cou et au visage, comme si l'homme avait été piqué par des guêpes.

— Si cela vous amuse, dit Danglard d'une voix fataliste.

— Faites-les-moi passer aussitôt que vous le pourrez. Et laissez tomber la recherche des meurtres manquants. Je les ai pognés tous les trois, je vous enverrai les noms des nouvelles victimes. Rendormez-vous, capitaine.

— Je ne me suis pas réveillé.

XLV

Sur sa fausse carte de flic, Brézillon lui avait attribué un nom dont il avait du mal à se souvenir. Adamsberg le relut à voix basse avant d'appeler le médecin. Il sortit son portable avec précaution. Depuis que sa hackeuse avait « amélioré » son téléphone, il en sortait de-ci de-là six morceaux de fils rouge et vert, tel un insecte ayant déployé ses pattes, et deux petites molettes pour le changement de fréquence, qui formaient des yeux latéraux. Adamsberg le manipulait comme un scarabée mystérieux. Il trouva le docteur Courtin chez lui, le samedi matin à dix heures.

— Commissaire Denis Lamproie, annonça Adamsberg, Brigade criminelle de Paris.

Les médecins, rompus aux problèmes d'autopsie et d'inhumations, réagissaient placidement à l'appel d'un flic de la Criminelle.

— Quelle est la question ? demanda le docteur Courtin d'un ton indifférent.

— Il y a deux ans, le 17 août, vous avez soigné un patient à vingt kilomètres de Schiltigheim, dans une propriété nommée le *Schloss*.

— Je vous arrête, commissaire. Je ne me souviens pas des malades que je visite. Il m'arrive de faire des tournées de vingt cas par jour et il est très rare que je revoie mes patients.

— Mais cet homme avait été victime de sept piqûres de guêpes. Il souffrait d'une enflure allergique qui a nécessité deux injections, l'une en début d'après-midi, l'autre après vingt heures.

— Oui, je me rappelle le cas car il est rare que les guêpes attaquent en masse. Je me suis inquiété pour le vieux bonhomme. Il vivait seul, vous comprenez. Mais il refusait que je le revoie, entêté comme une bourrique. Je suis tout de même repassé après ma tournée. Il a bien été contraint de m'ouvrir car il respirait encore avec difficulté.

— Pourriez-vous me le décrire, docteur ?

— Difficile. Je vois des centaines de visages. Un vieux type, grand, les cheveux blancs, des manières distantes, me semble-t-il. Je ne peux pas vous en dire plus, son visage était déformé par l'œdème jusqu'aux joues.

— J'ai quelques photos à vous apporter.

— Honnêtement c'est une perte de temps, commissaire. Tout cela est très vague, hormis l'attaque des guêpes.

En début d'après-midi, Adamsberg filait vers la gare de l'Est, emportant les portraits du juge vieilli. Vers Strasbourg, une nouvelle fois. Pour cacher son visage et sa tonsure, il avait enfilé le bonnet canadien à oreilles que lui avait acheté Basile, beaucoup trop chaud pour la douceur océanique revenue. Le médecin trouverait certainement étrange qu'il refuse de l'ôter. Courtin n'appréciait pas cette consultation forcée et Adamsberg sentait qu'il lui bousillait son week-end.

Les deux hommes étaient installés sur le bout d'une table encombrée. Courtin était assez jeune, maussade et déjà un peu empâté. Le cas du vieillard aux guêpes ne l'intéressait pas et il ne posa pas de questions sur les motifs de l'enquête. Adamsberg déposa sous ses yeux les portraits du juge.

— Le vieillissement et l'œdème sont artificiels, expliqua-t-il pour rendre compte de l'aspect particulier des clichés. L'homme vous rappelle-t-il quelque chose ?

— Commissaire, demanda le médecin, vous ne souhaitez pas tout d'abord vous défaire ?

— Si, dit Adamsberg, qui commençait à ruisseler sous son bonnet arctique. À la vérité, j'ai attrapé des poux dans une cellule et j'ai la moitié du crâne rasé.

— Drôle de manière de vous traiter, remarqua le médecin après qu'Adamsberg eut découvert sa tête. Pourquoi n'avoir pas tout rasé ?

— C'est un ami qui s'est occupé de moi, un ancien moine. Ce qui explique.

— Ah bien, dit le médecin, perplexe.

Après une hésitation, l'homme revint aux photographies.

— Celle-ci, dit-il après un court moment en posant son doigt sur un cliché du juge, vu de profil gauche. C'est mon vieux bonhomme aux guêpes.

— Vous aviez dit n'en conserver qu'un vague souvenir.

— De lui, mais pas de son oreille. Les médecins mémorisent les anomalies mieux que les visages eux-mêmes. Je me rappelle parfaitement son oreille gauche.

— Qu'avait-elle ? demanda Adamsberg en se penchant vers la photo.

— Cette sinuosité médiale, ici. Le gars avait sûrement été opéré d'un décollement d'oreilles dans son enfance. À cette époque, l'intervention ne réussissait pas toujours. Il en avait résulté un bourgeonnement de la cicatrice et une déformation de l'ourlet externe du pavillon.

Les photos dataient du temps où le juge était encore en fonction. Il portait alors les cheveux courts et ses oreilles étaient dégagées. Adamsberg n'avait connu le juge qu'après sa retraite et la coiffure plus longue.

— J'ai dû écarter les cheveux pour examiner l'étendue de l'œdème, précisa Courtin. C'est ainsi que j'ai remarqué cette malformation. Quant au reste du visage, même genre d'homme.

— Vous êtes sûr de vous, docteur ?

— Sûr que cette oreille gauche a été opérée et qu'elle a mal cicatrisé. Sûr que la droite n'a subi aucun traumatisme, comme sur ces clichés. Je l'ai examinée par curiosité. Mais il n'est certainement pas le seul en France à porter une oreille gauche abîmée. Vous me comprenez ? Néanmoins, le cas est peu fréquent. D'ordinaire, les deux oreilles réagissent de manière équivalente à l'opération. Il est rare que la cicatrice bourgeonne d'un côté et non de l'autre, comme ici. Disons que cela correspond à ce que j'ai observé chez ce Maxime Leclerc. Je ne peux pas m'avancer plus.

— À cette date, l'homme devait avoir quatre-vingt-dix-sept ans. Un grand vieillard, donc. Cela correspondrait aussi ?

Le médecin secoua la tête, incrédule.

— Impossible. Mon patient n'avait pas plus de quatre-vingt-cinq ans.

— Sûr ? demanda Adamsberg, surpris.

— Sur ce point, rigoureusement. Si le vieux avait eu quatre-vingt-dix-sept ans, je ne l'aurais pas laissé seul avec sept piqûres de guêpes dans le cou. Je l'aurais fait hospitaliser sur-le-champ.

— Maxime Leclerc est né en 1904, insista Adamsberg. Il était à la retraite depuis plus de trente ans.

— Non, répéta le médecin. Je suis formel. Mettez quinze ans de moins.

Adamsberg évita la cathédrale, de crainte de voir surgir Nessie, haletante dans le portail où elle s'était stupidement enfournée avec le dragon, ou le poisson du lac Pink se faufilant par une fenêtre haute de la nef.

Il s'arrêta et passa ses doigts sur ses yeux. Feuille après feuille dans les zones d'ombre, avait recommandé Clémentine, pour débusquer les champignons de la vérité. Pour le moment, il devait suivre pas à pas cette oreille déformée. Un peu en forme de champignon, en effet. Il devait rester attentif, s'efforcer que les nuages plombés de ses pensées ne viennent pas obscurcir le tracé de sa route étroite. Mais l'affirmation catégorique du médecin concernant Maxime Leclerc le désorientait. La même oreille, mais pas le même âge. Cependant, le docteur Courtin jugeait l'âge des hommes et non pas des fantômes.

De la rigueur, de la rigueur, et de la rigueur. Adamsberg serra les doigts au souvenir du surintendant et grimpa dans le train. À la gare de l'Est, il savait exactement qui appeler pour courir sur le chemin de cette oreille.

XLVI

Le curé de son village se levait avec les poules, comme le répétait la mère d'Adamsberg, à titre d'exemplarité. Adamsberg attendit qu'il soit huit heures et demie à ses montres pour appeler le prêtre qui, calcula-t-il, devait avoir passé quatre-vingts ans. L'homme avait toujours eu quelque similitude avec un gros chien à l'affût, et il n'y avait plus qu'à souhaiter qu'il eût gardé la pose. Le curé Grégoire absorbait des masses de détails inutiles, passionné par la diversité que le Seigneur avait introduite dans le monde vivant. Il s'annonça à lui par son nom de famille.

— Quel Adamsberg ? demanda le curé.

— Celui de tes vieux livres. Quel moissonneur de l'éternel été avait, en s'en allant, négligemment jeté cette faucille.

— Laissé, Jean-Baptiste, laissé, rectifia le curé, sans que l'appel semble le surprendre.

— Jeté.

— Laissé.

— Cela n'a pas d'importance, Grégoire. J'ai besoin de toi. Je ne te réveille pas ?

— Penses-tu, je me lève avec les poules. Et avec l'âge, tu sais. Donne-moi une minute, je vais vérifier. Tu me fais douter.

Adamsberg resta le téléphone à la main, inquiet. Grégoire ne savait-il plus entendre l'urgence ? Il était

335

connu au village pour réagir au moindre des soucis grinçant chez l'un de ses paroissiens. On ne pouvait rien dissimuler au curé Grégoire.

— Jeté. Tu as raison, Jean-Baptiste, dit le curé, déçu, en revenant au téléphone. Avec l'âge, tu sais.

— Grégoire, te souviens-tu du juge ? Du Seigneur ?

— Encore lui ? dit Grégoire avec un reproche dans la voix.

— Il est revenu d'entre les morts. J'attrape ce vieux diable par les cornes ou je perds mon âme.

— Ne parle pas ainsi, Jean-Baptiste, lui commanda le curé comme s'il était encore enfant. Si Dieu t'entendait.

— Grégoire, te souviens-tu de ses oreilles ?

— La gauche, veux-tu dire ?

— C'est cela, dit vivement Adamsberg en prenant un crayon. Raconte.

— On ne doit pas médire des morts mais cette oreille n'était pas bien venue. Non par le vouloir de Dieu mais par la faute des docteurs.

— Dieu l'avait tout de même fait naître avec des oreilles décollées.

— Mais Il lui avait donné la beauté. Dieu doit tout répartir en ce monde, Jean-Baptiste.

Adamsberg pensa que Dieu faillissait rudement à sa tâche et qu'il était bon que des Josettes lui donnent un coup de main dans son boulot bâclé.

— Parle-moi de cette oreille, dit-il, soucieux d'éviter que Grégoire ne s'égare dans les voies impénétrables du Seigneur.

— Grande, déformée, le lobe long et légèrement velu, l'orifice auriculaire étroit, le repli abîmé par un enfoncement en son milieu. Tu te souviens du moustique qui s'était coincé dans l'oreille de Raphaël ? On l'avait finalement fait sortir avec une bougie, comme quand on pêche au lampion la nuit.

— Je me souviens très bien, Grégoire. Il est venu grésiller dans la flamme, avec un petit bruit. Tu te rappelles le petit bruit ?

— Oui. J'avais blagué.

— C'est vrai. Mais parle-moi du Seigneur. Tu es certain de cet enfoncement ?

— Parfaitement. Il avait aussi une petite verrue sur le menton, à droite, qui devait le gêner pour se raser, ajouta Grégoire, lancé dans sa mine de détails. L'aile droite du nez était plus ouverte que la gauche et la plantation des cheveux avançait loin sur les joues.

— Comment fais-tu ?

— Je peux te décrire, toi aussi, si tu veux.

— Je ne préfère pas, Grégoire. Je marche assez de travers comme cela.

— N'oublie pas que le juge est mort, mon petit, n'oublie pas. Ne te fais pas de mal.

— J'essaie, Grégoire.

Adamsberg eut une pensée pour le vieux Grégoire assis à sa table de bois rance, puis il revint à ses photos avec une loupe. La verrue au menton était bien décelable, l'irrégularité des narines aussi. La mémoire du vieux curé était aussi affûtée qu'auparavant, un véritable téléobjectif. Hormis cet écart d'âge donné par le médecin, le spectre de Fulgence semblait enfin sortir de son suaire. Tiré par une oreille. Il est vrai, se dit-il en observant les clichés du juge au jour de sa retraite, que Fulgence n'avait jamais fait son âge. L'homme avait toujours été d'une vigueur anormale et cela, Courtin ne pouvait pas le concevoir. Maxime Leclerc n'avait pas été un patient ordinaire ni donc, par la suite, un fantôme ordinaire.

Adamsberg se refit un café et attendit impatiemment que Josette et Clémentine reviennent des courses. À présent qu'il avait quitté l'arbre Retancourt, il ressentait la nécessité de leur soutien, le besoin de leur annoncer chacune de ses progressions.

— On le tient par un bout de l'oreille, Clémentine, dit-il en la déchargeant de son panier.

— À la bonne heure. C'est comme une pelote, quand on tient le bout, il reste plus qu'à tirer.

— On explore un nouveau canal, commissaire ? demanda Josette.

— Puisque je te dis qu'il l'est plus. C'est un monde, ma pauvre Josette.

— On va sur Richelieu, Josette. Chercher le nom du médecin qui a signé le permis d'inhumer, il y a seize ans.

— C'est du travail mâché, dit-elle avec une petite moue.

Josette ne mit que vingt minutes pour identifier le généraliste, Colette Choisel, médecin traitant du juge depuis son arrivée dans la ville de Richelieu. Elle avait procédé à l'examen du corps, diagnostiqué un arrêt cardiaque et délivré le permis d'inhumer.

— Vous avez son adresse, Josette ?

— Elle a fermé son cabinet quatre mois après la mort du juge.

— À la retraite ?

— Sûrement pas. Elle avait quarante-huit ans.

— Parfait. C'est sur elle que l'on fonce à présent.

— C'est moins facile. Elle porte un nom assez courant. Mais à soixante-quatre ans, elle pourrait être encore en exercice. On va passer par les annuaires professionnels.

— Et aller faire un tour aux casiers judiciaires, chercher trace de Colette Choisel.

— Si elle a un casier, elle ne pourrait plus exercer.

— Justement. On cherche un acquittement.

Adamsberg laissa Josette à sa lampe d'Aladin et alla donner un coup de main à Clémentine qui épluchait les légumes pour le déjeuner.

— Elle se faufile là-dedans comme une anguille sous les roches, dit Adamsberg en s'asseyant.

— Ben dites, c'est son métier tout de même, dit Clémentine, qui ne concevait pas toute la complexité des manœuvres frauduleuses de Josette.

— C'est comme les patates, reprit-elle. Faut bien me les plucher, Adamsberg.

— Je sais plucher les pommes de terre, Clémentine.

— Non. Vous ôtez pas les yeux comme il faut. Faut y ôter les yeux, c'est poison.

D'un geste professionnel, Clémentine lui montra comment creuser prestement un petit cône dans le bulbe et en éjecter la pointe noire.

— C'est poison quand c'est cru, Clémentine.

— Même. On y ôte les yeux.

— Entendu. J'y veillerai.

Les pommes de terre, contrôlées par Clémentine, étaient cuites et la table servie quand Josette rapporta ses résultats.

— T'as de la satisfaction, ma Josette ? lui demanda Clémentine en emplissant les assiettes.

— Je crois, dit Josette en déposant une feuille près de ses couverts.

— J'aime pas trop qu'on travaille en mangeant. Ça me dérange pas personnellement mais ça aurait pas été du goût de mon père. C'est bien parce que vous avez que six semaines.

— Colette Choisel exerce à Rennes depuis seize ans, dit Josette en lisant ses notes. À vingt-sept ans, elle s'est retrouvée dans un mauvais cas. Le décès de l'une de ses patientes, âgée, dont elle calmait les douleurs à la morphine. Une erreur très grave de surdosage qui pouvait lui coûter sa carrière.

— Ben je pense bien, dit Clémentine.

— Où cela, Josette ?

— À Tours, dans le second fief juridique de Fulgence.

— Acquittée ?

— Acquittée. L'avocat a démontré la conduite irréprochable du médecin. Il a fait valoir que la patiente, ancienne vétérinaire, avait toute possibilité de se procurer de la morphine par ses propres moyens et se l'était administrée.

— Avocat à la botte de Fulgence.

— Les jurés ont conclu au suicide. Choisel en est ressortie toute blanche.

— Et otage du juge. Josette, ajouta Adamsberg en posant sa main sur le bras de la vieille dame, vos souterrains vont nous faire déboucher au grand air. Ou plutôt, sous la terre.

— À la bonne heure, dit Clémentine.

Adamsberg réfléchit longuement au coin de la cheminée, son assiette à dessert en équilibre sur les genoux. Le chemin n'était pas facile à prendre. Danglard, en dépit de son calme apparemment revenu, l'enverrait se faire foutre. Mais Retancourt l'écouterait de façon plus neutre. Il extirpa de sa poche le scarabée aux pattes rouges et vertes et composa le numéro sur son dos luisant. Il ressentit une petite secousse de bien-être et de repos en retrouvant la voix grave de son lieutenant d'érable.

— Pas d'inquiétude, Retancourt, je change de fréquence toutes les cinq minutes.

— Danglard m'a informée de votre sursis.

— C'est court, lieutenant, et je dois faire vite. Je crois que le juge a survécu à sa mort.

— Autrement dit ?

— Je n'ai rattrapé qu'une oreille. Mais cette oreille bougeait encore il y a deux ans à vingt kilomètres de Schiltigheim.

Seule et velue, virevoltant comme un gros papillon de nuit malfaisant dans le grenier du *Schloss*.

— Y a-t-il quelque chose au bout de cette oreille ? demanda Retancourt.

— Oui, un permis d'inhumer douteux. Le médecin qui l'a délivré était dans le panier à crabes des vassaux de Fulgence. Je pense, Retancourt, que le juge a été se fixer à Richelieu parce que ce médecin exerçait dans cette ville.

— Que sa mort y était programmée ?

— Je le crois. Passez l'information à Danglard.

— Pourquoi ne le faites-vous pas vous-même ?

— Ça l'énerve, lieutenant.

Danglard l'appela moins de dix minutes plus tard, la voix sèche.

— Si je comprends bien, commissaire, vous avez réussi à ressusciter le juge ? Rien de moins ?

— Je le pense, Danglard. Nous ne courons plus après un mort.

— Mais après un vieillard de quatre-vingt-dix-neuf ans. *Après un centenaire*, commissaire.

— Je m'en rends compte.

— Et c'est tout autant utopique. Quatre-vingt-dix-neuf ans, c'est rare pour un homme.

— Il y en avait un, dans mon village.

— En forme ?

— Pas vraiment, non, reconnut Adamsberg.

— Comprenez bien, reprit patiemment Danglard, qu'un centenaire capable d'agresser une femme, de la tuer au trident, de la traîner dans les champs, elle et sa bicyclette, c'est une chose à dormir debout.

— Ainsi vont les contes et je n'y puis rien. Le juge était d'une force anormale.

— *Était*, commissaire. Un type de quatre-vingt-dix-neuf ans n'est pas d'une force anormale. Et un meurtrier centenaire ne peut pas exister et ne peut pas agir.

— Le diable se fout de l'âge qu'il a. J'ai l'intention de demander l'exhumation.

— Bon sang, vous en êtes là ?

— Oui.

— Alors ne comptez pas sur moi. Vous marchez trop loin, dans des terres où je ne veux pas vous suivre.

— Je comprends.

— Je tenais pour le disciple, rappelez-vous, pas pour le mort-vivant ni pour un vieillard assassin.

— Je tenterai la demande moi-même. Mais si l'avis d'exhumation parvient à la Brigade, soyez présents à Richelieu, vous, Retancourt et Mordent.

— Non, sans moi, commissaire.

— Quoi qu'il y ait dans cette tombe, je veux que vous le voyiez, Danglard. Vous viendrez.

— Je sais ce qu'il y a dans un cercueil. Je n'ai pas besoin de voyager pour cela.

— Danglard, Brézillon m'a donné pour nom Lamproie. Cela vous dit quelque chose ?

— C'est un poisson primitif, répondit le capitaine avec un sourire dans la voix. Pas même un poisson, un agnathe plus exactement. D'allure mince comme une anguille.

— Ah, dit Adamsberg, déçu, et légèrement dégoûté en raison de la créature préhistorique du lac Pink. Il a quelque chose de spécial, ce primitif ?

— La lamproie n'a pas de dents. Pas de mâchoires. Elle fonctionne comme une ventouse, si vous voulez.

Adamsberg se demanda en raccrochant comment interpréter le choix du divisionnaire. Peut-être une allusion à un certain manque de raffinement ? Ou bien aux six semaines de sursis qu'il était parvenu à lui arracher ? Comme une ventouse qui aspire vers elle des volontés contraires ? À moins qu'il n'ait voulu signaler qu'il le pensait innocent, dépourvu de dents ? C'est-à-dire de trident ?

Convaincre Brézillon d'ordonner l'exhumation du juge Fulgence semblait une entreprise impraticable. Adamsberg se concentrait sur cette lamproie et s'efforçait d'attirer le divisionnaire dans son sens. Brézillon avait évacué d'une volée de mots cette oreille vivant seule dans le Bas-Rhin après le décès du juge. Quant au permis d'inhumer suspect du docteur Choisel, ce n'était pour lui qu'une supposition fragile.

— Quel jour sommes-nous ? demanda-t-il soudainement.

— Dimanche.

— Mardi, 14 heures, annonça-t-il en une brusque volte-face, semblable à celle dont Adamsberg avait bénéficié pour obtenir sa courte liberté.

— Retancourt, Mordent et Danglard sur les lieux, eut juste le temps de demander le commissaire.

Il rabattit le capot de son portable avec douceur, pour ne pas lui froisser les élytres. Peut-être le divisionnaire se sentait-il contraint, depuis qu'il avait laissé « son » homme libre, de poursuivre la logique de sa décision et d'accompagner ses errements jusqu'à leur terme. À moins qu'il ne fût aspiré par la ventouse de la lamproie. Dont le sens d'attraction s'inverserait un jour, quand Adamsberg, vaincu, irait le rejoindre dans son salon, dans son fauteuil. Il revit le pouce de Brézillon et ne put s'empêcher de se demander ce qu'il adviendrait si l'on fourrait une cigarette allumée dans la gueule d'une lamproie. Entreprise impossible puisque la bête vivait sous l'eau. Bête qui s'en alla rejoindre la troupe des créatures qui s'ingéniait à obstruer la cathédrale de Strasbourg. En compagnie du lourd papillon nocturne qui hantait le grenier du *Schloss*, mi-oreille, mi-champignon.

Et peu importe à quoi avait pensé le divisionnaire. Il avait autorisé l'exhumation. Et Adamsberg se sentit divisé entre la fébrilité et, tout simplement, de la peur véritable. Ce n'était pourtant pas la première fois qu'il procédait à une exhumation. Mais ouvrir le cercueil du magistrat lui apparut soudain une entreprise blasphématoire et menaçante. *Vous marchez trop loin*, avait dit Danglard, *dans des terres où je ne veux pas vous suivre*. Où ? Vers l'outrage, la profanation, l'épouvante. Une descente sous terre en compagnie du juge qui pourrait l'emporter dans son ombre. Il regarda ses montres. Dans quarante-six heures, exactement.

XLVII

La tête enfoncée dans son bonnet arctique et le col remonté, Adamsberg observait de loin la mise en place des opérations sacrilèges, sous la pluie froide qui noircissait les troncs des arbres, dans le cimetière de Richelieu. Les flics avaient ceinturé le tombeau du juge d'une bande plastique rouge et blanche, l'encerclant comme une zone de danger.

Brézillon s'était déplacé en personne, un acte très surprenant de la part d'un homme ayant depuis longtemps lâché le terrain. Il se tenait droit près de la tombe, dans un manteau gris à col de velours noir. Outre l'effet lamproie qui l'avait peut-être propulsé jusqu'à la cité du cardinal, Adamsberg le soupçonna de concevoir une curiosité secrète pour l'effrayant parcours du Trident. Danglard était venu, bien entendu, mais demeurait en retrait de la tombe, comme s'il tentait de dégager sa responsabilité. Aux côtés de Brézillon, le commandant Mordent s'agitait d'un pied sur l'autre, sous un parapluie déformé. C'était lui qui avait préconisé d'irriter le fantôme pour lancer le combat et, peut-être, en ce moment précis, regrettait-il son conseil téméraire. Retancourt attendait sans état d'âme apparent et sans parapluie. Elle seule avait repéré Adamsberg dans les fonds du cimetière et lui avait adressé un signe discret. Le groupe était silencieux, concentré. Quatre gendarmes de la ville avaient déplacé la dalle de la sépulture. Qui, nota Adamsberg, n'avait pas subi la patine du temps et brillait sous la pluie, comme si la tombe, pareillement au juge, avait défié les seize ans écoulés.

Le monticule de terre se formait lentement, les gendarmes peinant à creuser dans la terre humide. Les policiers soufflaient dans leurs mains ou tapaient des pieds pour se réchauffer. Adamsberg sentait son propre corps se tendre et gardait son regard braqué sur Retancourt, plaqué en corps à corps pour pouvoir respirer avec elle, voir avec elle, accroché sur son dos.

Dans un crissement, les pelles glissèrent sur le bois. La voix de Clémentine se projeta jusqu'au cimetière. Soulever les feuilles les unes après les autres dans les endroits sombres. Soulever le couvercle du cercueil. Si le corps du juge se trouvait dans cette caisse, Adamsberg savait qu'il plongerait avec lui dans la terre.

Les gendarmes avaient achevé de placer les cordes et halaient à présent le cercueil de chêne, qui s'éleva à l'air libre en chancelant, en assez bon état. Les hommes s'attaquaient aux vis quand Brézillon sembla leur demander d'un geste de faire sauter le couvercle au levier. Adamsberg s'était approché d'arbre en arbre, profitant de l'attention toute focalisée sur la bière. Il suivait les mouvements des pinces qui grinçaient sous la plaque de bois. Le couvercle se déchira et bascula au sol. Adamsberg scruta les visages muets. Brézillon s'accroupit le premier et approcha sa main gantée. Avec un couteau prêté par Retancourt, il donna quelques coups, semblant déchirer un linceul, puis se redressa, laissant couler de son gant un filet de sable brillant et blanc. Plus dur que le ciment, coupant comme du verre, fluide et mouvant, à l'image même de Fulgence. Adamsberg s'éloigna sans bruit.

Retancourt frappa une heure plus tard à la porte de sa chambre d'hôtel. Adamsberg lui ouvrit, heureux, posant rapidement la main sur son épaule pour la saluer. Le lieutenant s'assit sur le lit, le creusant en son milieu comme à l'hôtel Brébeuf de Gatineau. Et comme à Brébeuf, elle ouvrit une thermos de café et disposa deux gobelets sur la table de nuit.

— Du sable, dit-il en souriant.

— Un long sac de quatre-vingt-trois kilos.

— Mis en bière après l'examen du docteur Choisel. Couvercle déjà vissé à l'arrivée des pompes funèbres. Leurs réactions, lieutenant ?

— Danglard était réellement surpris, et Mordent brusquement détendu. Vous savez qu'il hait ce type de spectacle. Brézillon, secrètement soulagé. Et peut-être même très satisfait mais avec lui, c'est difficile à dire. Et vous ?

— Libéré du mort et talonné par le vivant.

Retancourt dénoua ses cheveux et refit sa courte queue de cheval.

— En danger ? demanda-t-elle en lui tendant une tasse.

— À présent oui.

— Je le crois aussi.

— Il y a seize ans, j'avais resserré l'écart et le juge était sérieusement menacé. C'est la raison, je crois, pour laquelle il a planifié sa mort.

— Il pouvait tout aussi bien vous tuer.

— Non. Trop de flics étaient au courant, ma mort pouvait se retourner contre lui. Tout ce qu'il désirait, c'était une route libre, et il l'a obtenue. Après son décès, j'ai abandonné toute recherche et Fulgence a poursuivi ses crimes sans entrave. Il aurait continué si le meurtre de Schiltigheim ne m'avait pas heurté par hasard. J'aurais sans doute mieux fait de ne jamais ouvrir ce journal, ce lundi-là. Qui m'a mené droit où j'en suis, ici, en meurtrier filant de planque en planque.

— Bonne chose ce journal, affirma Retancourt. On a trouvé Raphaël.

— Mais je ne l'ai pas sauvé de son acte. Ni moi. Tout ce que j'ai réussi à faire, c'est mettre à nouveau le juge en alerte. Il sait que j'ai repris la piste depuis sa fuite du *Schloss*. Vivaldi me l'a fait comprendre.

Adamsberg avala quelques gorgées de café et Retancourt acquiesça sans sourire.

— Il est excellent, dit le commissaire.

— Vivaldi ?

— Le café. Vivaldi aussi, un très bon chum. À l'heure où nous parlons, Retancourt, le Trident sait peut-être que je viens d'abolir sa mort. Ou le saura demain. J'encombre à nouveau sa route, sans moyen de le saisir. Ni de sortir Raphaël de ce champ des étoiles où il tourne sur orbite. Ni moi. Fulgence est à la barre, encore et toujours.

— Admettons qu'il ait suivi la mission Québec.

— Un centenaire ?

— J'ai dit « admettons ». Je préfère un centenaire à un mort. En ce cas, il a échoué à vous faire tomber.

— Échoué ? J'ai les trois quarts du corps pris dans les mâchoires de son piège et cinq semaines de liberté.

— Ce qui peut représenter beaucoup. Vous n'êtes pas encore en taule et vous bougez toujours. Il est à la barre, c'est entendu, mais dans la tempête.

— Si j'étais lui, Retancourt, je me débarrasserais de ce foutu flic au plus vite.

— Moi aussi. Je préférerais vous savoir avec votre gilet pare-balles.

— Il tue au trident.

— Pas forcément pour vous.

Adamsberg réfléchit un instant.

— Parce qu'il peut me flinguer sans cérémonial ? Comme si j'étais un hors-série, en quelque sorte ?

— Un à-côté, oui. C'est à une série finie que vous pensez ? Pas à une succession de meurtres compulsifs ?

348

— J'y ai souvent réfléchi et souvent hésité. Une compulsion meurtrière suit des ondes plus courtes que celles du juge, dont les crimes sont séparés par des silences de plusieurs années. Et chez un compulsif, l'onde s'accélère, les pics meurtriers se resserrent avec le temps. Ce n'est pas le cas du Trident. Ses meurtres sont réguliers, programmés, espacés. Comme l'œuvre patiente de toute une vie, sans précipitation.

— Ou qu'il fait durer à dessein, si sa vie se règle sur ce motif. Schiltigheim était peut-être son dernier acte. Ou le sentier de Hull.

Le visage d'Adamsberg s'altéra, rapide piqûre du désespoir, comme chaque fois qu'il repensait au crime de l'Outaouais. À ses mains barbouillées de sang jusque sous les ongles. Il reposa sa tasse et s'assit à la tête du lit, les jambes croisées.

— Ce qui ne plaide pas en ma faveur, reprit-il en examinant ses mains, c'est l'éventuel voyage du centenaire jusqu'au Québec. Après Schiltigheim, il avait tout le temps de prévoir la nasse dans laquelle me boucler. Il n'était pas à trois jours près pour opérer, n'est-ce pas ? Aucune raison de se propulser en urgence par-delà l'océan.

— Occasion idéale au contraire, objecta Retancourt. La technique du juge ne s'accommode pas d'une ville. Tuer sa victime, la planquer, amener son bouc émissaire étourdi sur les lieux, tout cela ne peut se faire à Paris. Il a toujours choisi la campagne comme terrain d'action. Le Canada lui offrait une situation rare.

— Possible, dit Adamsberg, le regard encore posé sur ses mains.

— Il y a autre chose. La déterritorialisation.

Adamsberg regarda son lieutenant.

— Disons, la sortie du territoire. Disparition des repères, des routines, des réflexes, et déstructuration. À Paris, il eût été presque impossible de faire croire qu'un commissaire, à la sortie ordinaire de son bureau, soit brusquement pris d'une fureur meurtrière en pleine rue.

— À espace vierge, être neuf et actes différents, approuva Adamsberg assez tristement.

— À Paris, personne n'aurait pu vous concevoir en meurtrier. Mais là-bas, oui. Le juge a saisi l'événement, et cela a fonctionné. Vous l'avez lu dans le dossier de la GRC : « déblocage des pulsions ». Un excellent programme, à la condition de pouvoir vous piéger seul en forêt.

— Il m'a très bien connu, depuis tout gosse jusqu'à mes dix-huit ans. Il pouvait savoir que j'irais marcher la nuit. Tout est possible, mais rien ne le prouve. Il lui fallait être informé du voyage. Or cette taupe, lieutenant, je n'y crois plus.

Retancourt replia ses doigts et fixa ses ongles courts, comme si elle consultait un bloc-notes secret.

— J'avoue que je n'aboutis pas, dit-elle, contrariée. J'ai parlé avec chacun, j'ai traîné invisible de salle en salle. Mais personne ne semble endurer l'idée que vous ayez pu tuer cette fille. À la Brigade, l'ambiance est à l'inquiétude, à la crispation, aux mots feutrés, comme si l'activité de l'équipe était suspendue dans l'attente. Heureusement, Danglard assume très bien l'intérim et maintient le calme. Vous ne doutez plus de lui ?

— Au contraire.

— Je vous laisse, commissaire, dit Retancourt en remballant sa thermos. La voiture part à dix-huit heures. Je vous ferai passer ce gilet.

— Je n'en ai pas besoin.

— Je vous le ferai passer.

XLVIII

— Bon sang, disait Brézillon, assez excité par son excursion funèbre, dans la voiture qui les ramenait sur Paris. Quatre-vingts kilos de sable. Il avait raison, nom d'un chien.

— Cela lui arrive très souvent, commenta Mordent.

— Cela change tout, reprit Brézillon. L'accusation d'Adamsberg devient solide. Un gars qui simule sa mort n'est pas un agneau. Le vieux est toujours en exercice, avec douze meurtres à son actif.

— Dont les trois derniers commis à quatre-vingt-treize ans, quatre-vingt-quinze ans et quatre-vingt-dix-neuf ans, précisa Danglard. Cela vous paraît-il envisageable, monsieur le divisionnaire ? Un centenaire traînant une jeune femme et sa bicyclette à travers champs ?

— C'est un problème, incontestablement. Mais Adamsberg a vu juste pour la mort de Fulgence, on ne peut pas le nier et les faits sont là. Vous vous désolidarisez de lui, capitaine ?

— Je m'occupe des faits et des probabilités, simplement.

Danglard se rencogna à l'arrière de la voiture et redevint silencieux, laissant ses collègues, troublés, discuter de la résurrection du vieux magistrat. Oui, Adamsberg avait eu raison. Et cela rendait la situation d'autant plus difficile.

Une fois chez lui, il attendit que les enfants soient endormis pour appeler le Québec. Il n'était encore que six heures du soir là-bas.

— Est-ce que tu avances ? demanda-t-il à son collègue québécois.

Il écouta avec impatience les explications de son correspondant.

— Il faut accélérer le pas, coupa Danglard. Cela bascule ici. L'exhumation a eu lieu. Pas de corps, mais un sac de sable... Oui, exactement... Et notre divisionnaire semble y croire. Mais rien n'est encore prouvé, tu comprends ? Fais au plus vite et fais de ton mieux. Il est capable de s'en sortir indemne.

Adamsberg avait dîné seul dans le petit restaurant de Richelieu, dans ce silence confortable et mélancolique si particulier aux hôtels de province en morte-saison. Rien à voir avec le tapage des *Eaux noires de Dublin*. À neuf heures, la cité du cardinal était déserte. Adamsberg était monté aussitôt après dans sa chambre et, allongé sur le couvre-lit rose, les mains sous la nuque, il tentait de ne pas laisser errer ses pensées mais de les séparer sur des médaillons, deux millimètres de diamètre, chacun dans leurs alvéoles. Le sable mouvant où le juge s'était coulé pour disparaître du monde des vivants. La menace à trois dents qui pesait sur lui. Le choix du Québec comme terrain d'exécution.

Mais l'objection de Danglard pesait lourd de l'autre côté de la balance. Il voyait mal le centenaire haler le corps d'Élisabeth Wind à travers les champs. La jeune fille n'était pas frêle, même si son nom évoquait la légèreté du vent. Adamsberg cligna des paupières. C'était ce que disait toujours Raphaël de son amie Lise : légère et passionnée comme le vent. Parce qu'elle portait le nom du vent chaud du sud-est, Autan. Deux noms de vent, Wind et Autan. Il se redressa sur un coude et passa en revue les patronymes des autres victimes à voix basse, dans leur ordre chronologique. Espir, Lefebure, Ventou, Soubise, Lentretien, Mestre, Lessard, Matère, Brasillier, Fèvre.

Ventou et Soubise émergeaient, venant se ranger auprès de Wind et Autan. Quatre évocations du vent. Adamsberg alluma le plafonnier, s'assit à la petite table de la chambre et dressa la liste des victimes, cherchant des combinaisons, des rapports entre leurs douze noms. Mais, hormis ces quatre souffles d'air, il ne décelait aucun autre lien.

Le vent. L'Air. L'un des Quatre Éléments, avec le Feu, la Terre et l'Eau. Le juge avait pu chercher à rassembler une sorte de cosmogonie le rendant maître des quatre éléments. Le rendant dieu, comme Neptune avec son trident, ou Jupiter avec sa foudre. Fronçant les sourcils, il relut sa liste. Seul Brasillier pouvait évoquer du feu, un brasier. Quant au reste, rien à voir avec la flamme, la terre ou l'eau. Il repoussa sa feuille, lassé. Un insaisissable vieillard s'acharnant sur une incompréhensible série. Il repensa au centenaire de son enfance, le vieil Hubert, à peine capable de se déplacer. Il habitait tout en haut du village et gueulait à sa fenêtre le soir dès qu'il entendait une explosion de crapaud. Quinze ans plus tôt, il serait descendu leur foutre une raclée. *Mettez quinze ans de moins*.

Cette fois, Adamsberg se redressa tout à fait, mains posées sur la table. Entendre les autres, avait dit Retancourt. Et le docteur Courtin avait été formel. Ne pas négliger son avis, ne pas négliger son professionnalisme, au prétexte que l'opinion du praticien ne cadrait pas avec ses propres connaissances. *Mettez quinze ans de moins*. Le juge avait quatre-vingt-dix-neuf ans parce qu'il était né en 1904. Mais que pouvait faire un état civil au diable ?

Adamsberg tourna un moment dans sa chambre puis attrapa sa veste et sortit dans la nuit. En longeant les rues droites de la petite ville, il déboucha dans un parc et entrevit dans l'ombre la statue du cardinal. Roué chef d'État à qui l'escroquerie ne faisait pas peur. Adamsberg s'assit auprès de la statue, le menton calé sur ses genoux. *Mettez quinze ans de moins*. Admettons. Né en 1919 et non en 1904. Cinquante ans et non pas soixante-cinq au jour de sa retraite. Quatre-vingt-quatre ans aujourd'hui et non pas quatre-vingt-dix-neuf ans. À cet âge, le vieil Hubert grimpait encore dans les arbres pour les tailler. Oui, le juge avait toujours fait plus jeune que son âge, même avec ses cheveux blancs. Vingt ans au début de la guerre, et non pas trente-cinq, récapitulat-il en comptant sur ses doigts. Vingt-cinq ans en 1944 et non pas quarante. Pourquoi 1944 ? Adamsberg leva les yeux vers le visage de bronze du cardinal, comme s'il attendait de lui une réponse. Tu le sais fort bien, jeune homme, sembla lui confier l'homme en rouge. Bien entendu qu'il le savait, jeune homme.

1944. Un meurtre à trois coups, en ligne droite, mais qu'il avait dû éliminer de sa moisson en raison de l'âge beaucoup trop jeune du coupable, vingt-cinq ans et non pas quarante. Adamsberg appuya son front sur ses genoux pour se concentrer. Une pluie fine l'enrobait dans une buée aux pieds du retors cardinal. Il attendait patiemment que les faits anciens remontent des brumes. Ou que le poisson sans nom émerge des vases historiques du lac Pink. Il s'agissait d'une femme. Elle avait été tuée par trois blessures. Il y avait aussi une histoire de noyade, qui se mêlait au drame. Quand ? Avant le meurtre ? Après ? Où ? Dans un marais ? Une saline ? Un étang ? Dans les Landes ? Non, en Sologne. Un homme s'était noyé dans un étang de Sologne. Le père. Et c'était après son enterrement que cette femme avait été tuée. Il voyait, de très loin, le cadre flou de photos dans le vieux journal. Le père et la mère sans doute, surmontés par un titre. Un événement assez choquant pour mériter un large encart, alors que l'attente fébrile du débarquement reléguait les faits divers en petites colonnes. Adamsberg serra les poings à la recherche de ce titre, la tête enfouie dans ses genoux.

Tragique matricide en Sologne. Tel était le titre de l'article. Fidèle à son habitude instinctive, Adamsberg ne bougea pas d'un pouce. Chaque fois qu'une pensée fragmentaire amorçait en lui une hasardeuse ascension, il ne faisait plus un mouvement, de crainte de l'effaroucher, tel le pêcheur aux aguets. Il ne se jetait dessus qu'une fois amenée sur la rive, de la tête à la queue. Au retour de l'enterrement, le fils unique du couple, vingt-cinq ans, avait tué sa mère et pris la fuite. Il y avait eu un témoin, un ou une domestique, que le jeune homme avait bousculé dans sa débandade. Avait-il été repris par la suite ? Ou s'était-il évaporé dans les bouleversements du débarquement et de la Libération ? Adamsberg ne le savait pas, il n'avait pas poussé plus loin sur cette affaire, le coupable étant bien trop jeune pour être Fulgence. *Mettez quinze ans de moins.* Coupable qui pouvait donc être Fulgence. Un matricide. Effectué au trident. Les paroles du commandant Mordent lui revinrent en flèche. *Sa faute originelle, son premier meurtre. Le genre de truc qui produit les fantômes, quoi.*

Adamsberg releva le visage sous la pluie et se mordit les lèvres. Il avait bloqué toutes les planques du spectre, il avait contraint le fantôme à se réincarner. Et à présent, il venait de poser la main sur son crime originel. Il composa dans la nuit le numéro de Josette, crispé sur son téléphone, espérant que la pluie n'endommagerait pas les pattes à nu de son appareil.

En entendant sa voix, il eut l'impression d'appeler naturellement l'un de ses plus efficaces collègues. Une vieille adjointe maigrichonne à la mine rusée, se faufilant en chaussons et en boucles d'oreilles dans les souterrains illicites. Lesquelles portait-elle, ce soir ? Celles en perle ou bien celles en or, en forme de trèfle ?

— Josette ? Je vous dérange ?

— Pas du tout, je bricole dans un coffre en Suisse.

— Josette, il y avait du sable dans le cercueil. Et je pense avoir délogé le meurtre d'origine.

— Attendez, commissaire, je prends de quoi noter.

Adamsberg entendit retentir dans le fond du couloir la voix forte de Clémentine.

— Puisque je te dis qu'il l'est plus, commissaire.

Josette répondit à son amie, lui transmettant en quelques mots l'histoire du sable.

— À la bonne heure, dit Clémentine.

— Je suis en ligne, je suis prête, reprit Josette.

— Une mère tuée par son fils, en 1944. C'était avant le débarquement, vers mars ou avril. Cela se passait en Sologne, au retour de l'enterrement du père.

— Trois trous en ligne ?

— Oui. Le jeune meurtrier, vingt-cinq ans, s'est échappé. Je n'ai aucun souvenir du nom de la famille, ni du lieu.

— Et c'est vieux. Cela a dû sombrer dans du béton armé. J'y vais, commissaire.

— Puisque je t'ai dit qu'il l'est plus, dit la voix lointaine. C'est un monde, ma Josette.

— Josette, rappelez-moi à n'importe quelle heure.

Adamsberg rangea son portable à l'abri de la pluie puis reprit à pas lents le chemin de l'hôtel. Chacun dans cette histoire avait dit son mot, un mot juste sous un certain angle. Sanscartier, Mordent, Danglard, Retancourt, Raphaël, Clémentine. Vivaldi bien sûr. Le docteur Courtin et le curé Grégoire. Josette. Et même le cardinal. Et peut-être aussi Trabelmann, avec sa foutue cathédrale.

Josette le rappela à deux heures du matin.

— Voilà, annonça-t-elle à son habitude. J'ai dû passer par les Archives nationales puis revenir aux greniers de la police. Du béton, je vous l'avais dit.

— Désolé, Josette.

— Il n'y a pas de mal, au contraire. Clémie m'a préparé un bol de café à l'armagnac et des pains chauds. Elle m'a choyée comme un sous-marinier qui prépare sa torpille. Le 12 mars 1944, au village de Collery, dans le Loiret, ont eu lieu les obsèques de Gérard Guillaumond, décédé à soixante et un ans.

— Noyé dans un étang ?

— C'est cela. Un accident ou un suicide, on ne l'a jamais su. Sa barque en mauvais état a coulé au milieu du plan d'eau. Après l'enterrement, et une fois les visites achevées à la demeure du mort, le fils, Roland Guillaumond, a assassiné sa propre mère, Marie Guillaumond.

— Je me souviens d'un témoin, Josette.

— Oui, la cuisinière. Elle a entendu un hurlement à l'étage. Elle a monté les escaliers et le jeune homme l'a bousculée dans les marches. Il sortait en courant de la chambre de sa mère. La cuisinière a trouvé sa patronne morte sur le coup. Il n'y avait personne d'autre dans la maison. Il n'y eut jamais aucun doute sur l'identité du tueur.

— On l'a arrêté ? demanda anxieusement Adamsberg.

— Jamais. On suppose qu'il a cherché refuge dans le maquis et qu'il a pu y trouver la mort.

— Vous avez trouvé des photos de lui ? Dans la presse ?

— Non, pas une. C'était la guerre, vous comprenez. La cuisinière est morte depuis, j'ai été vérifier à
l'Identité. Commissaire, l'auteur du meurtre, ce serait
notre juge ? Il avait quarante ans en 1944.

— Mettez-lui quinze ans de moins, Josette.

XLIX

Des rideaux se soulevaient discrètement au passage de l'inconnu. Adamsberg tournait dans les rues étroites de Collery, indécis. Le meurtre avait eu lieu cinquante-neuf ans plus tôt, et il lui fallait trouver ici une mémoire vive. Le petit bourg sentait la feuille mouillée et le vent y transportait l'odeur un peu moisie des surfaces vertes des étangs de Sologne. Rien de comparable avec la majestueuse ordonnance de Richelieu. Une bourgade rurale aux maisons irrégulières se serrant les coudes.

Un enfant lui indiqua la demeure du maire, sur la place. Il se présenta avec sa carte de Denis Lamproie, à la recherche de l'ancienne demeure des Guillaumond. Le maire était trop jeune pour avoir connu la famille mais personne ici n'ignorait le drame de Collery.

En Sologne comme ailleurs, il n'était guère possible d'extorquer un renseignement à la va-vite sur le pas d'une porte. La rapidité désinvolte de Paris n'était pas de mise. Adamsberg se retrouva les deux coudes sur une toile cirée, devant un petit verre d'eau-de-vie, à cinq heures de l'après-midi. Ici, porter un bonnet arctique dans la maison n'indisposait personne. Le maire avait sa casquette et sa femme un fichu.

— Normalement, expliqua le maire, les joues pleines et le regard curieux, on n'ouvre pas la bouteille avant les sept heures sonnées. Mais ma foi, la visite d'un commissaire de Paris, ça excuse. J'ai pas raison,

Ghislaine ? ajouta-t-il en se tournant vers sa femme, cherchant l'absolution.

Ghislaine, qui pelait des pommes de terre sur le coin de la table, approuva d'un signe de tête, blasée, retenant d'un doigt ses grosses lunettes dont la monture tenait avec du sparadrap. Il n'y avait pas beaucoup d'argent, à Collery. Adamsberg lui jeta un regard pour voir si, comme Clémentine, elle faisait sauter les yeux des légumes du bout de son couteau. Oui, elle le faisait. Faut y ôter le poison.

— L'affaire Guillaumond, dit le maire en enfonçant le bouchon dans la bouteille d'un coup de paume, Dieu sait si on en a causé. J'avais pas cinq ans qu'on me la racontait déjà.

— Les enfants devraient pas entendre des choses pareilles, dit Ghislaine.

— La maison est restée vide après ça. Personne en voulait. Les gens se figuraient qu'elle était hantée. Des bêtises, quoi.

— Évidemment, murmura Adamsberg.

— On a fini par la démolir. On disait que ce Roland Guillaumond n'avait jamais eu sa tête. À savoir si c'est vrai, c'est autre chose. Mais faut pas avoir sa tête pour embrocher sa mère comme ça.

— Embrocher ?

— Quand on tue quelqu'un avec un trident, j'appelle ça embrocher, je vois pas d'autre mot. J'ai pas raison, Ghislaine ? Tirer un coup de chevrotine, assommer le voisin d'un coup de pelle, je dis pas que j'approuve, mais disons que c'est des choses qui arrivent dans un coup de sang. Mais avec un trident, pardon, commissaire, c'est de la sauvagerie.

— Et sa propre mère encore, dit Ghislaine. Qu'est-ce que vous y cherchez dans cette vieille histoire ?

— Roland Guillaumond.

— Vous avez de la suite dans les idées chez vous, dit le maire. De toute façon, il y a prescription après tout ce temps.

— Bien sûr. Mais le père Guillaumond était relié par lointain cousinage à l'un de mes hommes. Et ça le tracasse. Une enquête un peu personnelle, en quelque sorte.

— Ah, si c'est personnel, c'est autre chose, dit le maire en levant ses mains rugueuses, un peu comme Trabelmann cédant respectueusement devant les souvenirs d'enfance. Je reconnais que ça doit pas être plaisant d'avoir un assassin pareil dans son cousinage. Mais Roland, vous le trouverez pas. Il est mort dans le maquis, à ce que tout le monde a dit. C'est que ça pétait de tous les côtés dans le coin, à cette époque-là.

— Vous saviez ce que faisait le père ?

— Il était métallier. Un brave homme. Il avait fait un beau mariage avec une vraie jeune fille de La Ferté-Saint-Aubin. Tout ça pour finir dans un bain de sang, si c'est pas malheureux. J'ai pas raison, Ghislaine ?

— À Collery, il y a quelqu'un qui a connu la famille ? Qui pourrait m'en parler ?

— Y aurait bien André, dit le maire après un moment de réflexion. Il va sur ses quatre-vingt-quatre. Il avait travaillé tout jeune avec le père Guillaumond.

Le maire jeta un œil à la grande horloge.

— Vous feriez mieux d'y aller avant qu'il entame son souper.

L'eau-de-vie du maire lui brûlait encore l'estomac quand Adamsberg frappa chez André Barlut. Le vieil homme, en veste de gros velours et coiffé d'une casquette grise, jeta un regard hostile à sa carte. Puis il la prit entre ses doigts déformés et l'examina sous ses deux faces, intrigué. Une barbe de trois jours, un petit regard noir et rapide.

— Disons que c'est très personnel, monsieur Barlut.

Attablé deux minutes plus tard devant un verre d'eau-de-vie, Adamsberg exposait à nouveau ses questions.

— Normalement, je débouche pas la bouteille avant l'angélus, expliqua le vieux sans répondre. Mais ma foi, quand on a du monde.

— On dit que vous êtes la mémoire du pays, monsieur Barlut.

André lui fit un clin d'œil.

— Si je racontais tout ce qu'il y a là-dedans, dit-il en aplatissant sa casquette sur son crâne, ça ferait un livre. Un livre sur l'humain, commissaire. Vous en dites quoi, de cette gnôle ? Pas trop fruitée, si ? Ça cale les idées, croyez-moi bien.

— Excellente, confirma Adamsberg.

— Je la fabrique moi-même, expliqua André avec fierté. Ça peut pas faire de mal.

Soixante degrés, estima Adamsberg. Le liquide lui transperçait les dents.

— Il était presque trop brave, le père Guillaumond. Il m'avait pris comme apprenti et on faisait une sacrée équipe à nous deux. Vous pouvez m'appeler André.

— Vous étiez métallier ?

— Ah non. Je vous parle du temps où Gérard faisait jardinier. La métallerie, c'était fini pour lui depuis longtemps. Depuis l'accident. Couic, deux doigts dans la meuleuse, expliqua André d'un geste significatif en frappant sur sa main.

— Comment cela ?

— Comme je vous le dis. Les deux doigts y sont passés. Le pouce et puis le petit doigt. Il lui en restait plus que trois à la main droite, comme ça, dit André en étendant trois doigts de sa main vers Adamsberg. Alors, forcément, la métallerie, c'était plus praticable, il faisait jardinier. Il était pas manchot pour autant. C'était le meilleur à manier la bêche, je peux le dire.

Adamsberg regardait, fasciné, la main ridée d'André. Trois doigts étendus. La main mutilée du père en forme de fourche, de trident. Trois doigts, trois griffes.

— Pourquoi dites-vous « trop brave », André ?

— Parce que c'est ce qu'il était. Bon comme le pain blanc, toujours à dépanner, toujours à vous servir une blague. J'en dirais pas autant de sa femme et j'ai toujours eu mon idée là-dessus.

— Sur quoi ?

— Sur sa noyade. Elle l'a usé, cet homme. Elle l'a miné. Alors au bout du compte, soit qu'il a pas fait attention à sa barque, qu'avait fendu pendant l'hiver, soit qu'il se soit laissé couler. Si on va chercher par là, ça a bien été de sa faute, à elle, s'il s'est perdu dans l'étang.

— Vous ne l'aimiez pas ?

— Personne l'aimait. Elle venait de la pharmacie de La Ferté-Saint-Aubin. Des gens bien, quoi. Le coup lui a pris de marier Gérard, parce que Gérard, en son temps, c'était un très bel homme. Et puis après, ça a viré autrement. Elle faisait sa dame, elle le prenait de haut. Vivre à Collery avec un métallier, c'était pas assez bon pour elle. Elle disait qu'elle s'était mariée en dessous de sa condition. Ça a été bien pis encore après son accident. Elle en avait honte, de Gérard, et elle s'embarrassait pas pour le dire. Une mauvaise femme, voilà tout.

André l'avait très bien connue, la famille Guillaumond. Tout gosse, il filait jouer avec le jeune Roland, un fils unique comme lui, du même âge, et qui habitait la maison d'en face. Il en avait passé des après-midi et des dîners chez eux. Tous les soirs après le repas, c'était la même chose, partie de Mah-Jong obligatoire. C'était comme cela qu'on faisait à la pharmacie de La Ferté et la mère maintenait la tradition. Elle ne manquait pas une occasion d'humilier

Gérard. Parce qu'attention, au Mah-Jong, c'était interdit de bocher. C'est-à-dire ? avait demandé Adamsberg qui ne connaissait rien à ce jeu. C'est-à-dire mélanger les familles pour gagner plus vite, quoi, comme mélanger des trèfles avec des carreaux. Ça ne se faisait pas, ce n'était pas chic. Bocher, c'était un truc de bouseux. Lui et Roland, ils n'osaient pas désobéir, ils préféraient perdre que bocher. Mais le père Gérard, il s'en foutait bien. Il piochait les dominos avec sa main à trois doigts et il faisait des blagues. Et Marie Guillaumond qui disait tout le temps : « Mon pauvre Gérard, le jour où t'auras la main d'honneurs, les poules auront des dents. » Façon de l'humilier, comme d'habitude. La main d'honneurs, c'était faire une belle partie, comme on abat un carré d'as. Combien de fois il l'avait entendue, cette satanée phrase, et sur quel ton, commissaire. Mais Gérard, il se contentait d'en rire et il faisait pas la main d'honneurs. Elle non plus d'ailleurs. Elle, la Marie Guillaumond, toujours en blanc pour pouvoir repérer la moindre tache sur ses vêtements. Comme si on en avait quelque chose à faire à Collery. Aux cuisines, on l'appelait « le dragon blanc », derrière son dos. C'est bien vrai que cette femme-là, elle l'avait usé, Gérard.

— Et Roland ? demanda Adamsberg.

— Elle lui bourrait la cervelle, il n'y a pas d'autre mot. Elle voulait qu'il fasse une carrière à la ville, qu'il devienne quelqu'un. « Toi, mon Roland, tu seras pas un incapable comme ton père. » « Tu seras pas un bon à rien. » Alors c'est vite venu qu'il se croyait au-dessus de nous, les autres gamins de Collery. Il faisait son prétentieux, il prenait ses grands airs. Mais au fond de ça, c'est le dragon blanc qui voulait pas qu'il nous fréquente. On n'était pas assez bien pour lui, elle lui disait. Au bout de ça, Roland était pas devenu agréable comme son père, ça non. C'était un taiseux, un fier, et gare à qui lui cherchait noise. Agressif et mauvais comme un jars.

— Il se battait ?

— Il menaçait. Pour vous dire, quand on avait pas quinze ans, on s'amusait des fois à attraper des grenouilles près de l'étang, et puis on les faisait exploser à la cigarette. Je dis pas que c'est bien joli, mais on n'avait pas beaucoup de distractions à Collery.

— Des grenouilles ou des crapauds ?

— Des grenouilles. Des rainettes vertes. Quand on leur met une cigarette dans la gueule, elles se mettent à aspirer et plof, elles explosent. Faut le voir pour le croire.

— Je me figure, dit Adamsberg.

— Eh bien, le Roland, combien de fois il est arrivé avec son couteau, et crac, il coupait directement la tête de la grenouille. Ça giclait le sang partout. Bon, au résultat, je reconnais que ça revenait au même. Je veux dire que la grenouille, elle était morte. Mais on trouvait que ça faisait une différence de façon de faire, et on n'aimait pas sa manière. Après, il essuyait le sang de la lame sur l'herbe et il s'en allait. Comme pour bien montrer qu'il pouvait toujours faire plus fort que nous.

Pendant qu'André se resservait une rasade, Adamsberg essayait de boire son eau-de-vie le plus lentement possible.

— Seulement, il y avait un os, ajouta André. C'est que Roland, tout obéissant qu'il était, il vénérait son père, ça je peux le dire. Il endurait pas comment le dragon le traitait bas. Il disait rien mais je voyais bien que le soir, au Mah-Jong, il serrait les poings quand elle lâchait ses phrases.

— Il était beau ?

— Comme un astre. Pas une fille de Collery qui lui tournait pas autour. Nous autres, on avait l'air de moins que rien. Mais Roland regardait pas les filles, à croire qu'il était pas normal de ce côté. Ensuite, il est parti à la ville pour faire des études de monsieur. Il avait son ambition.

— Des études de droit.

— Oui. Et puis il est arrivé ce qu'est arrivé. Il pouvait rien en sortir de bon, avec toute cette méchanceté dans la maison. À l'enterrement du pauvre Gérard, la mère a même pas eu une larme. J'ai toujours pensé qu'en revenant, elle avait dû lâcher une saleté.

— Par exemple ?

— Quelque chose à sa façon. « Eh bien maintenant, on n'a plus ce lourdaud sur les bras. » Une vacherie comme elle avait la manière d'en dire. Et le Roland, il a dû tourner au rouge, avec tout le chagrin qu'il avait des obsèques. Je le défends pas, mais j'ai mon idée. Il a dû perdre la tête, attraper l'outil de son père et lui courir après à l'étage. Et c'est arrivé. Il a tué le vieux dragon blanc.

— Avec le trident ?

— C'est ce qu'on a supposé, à cause de la blessure et que l'outil avait disparu. Son trident, Gérard était sans cesse à le bricoler dans la salle, à le mettre au feu, à en redresser les pointes, à l'affûter. C'est qu'il prenait soin de ses outils. Une fois qu'on labourait, le trident a cassé une pointe sur une pierre. Vous croyez qu'il en aurait changé ? Non, il a bricolé son outil dans le feu et il a ressoudé la pointe. Il connaissait son affaire en métallerie, forcément. Sinon, il s'occupait à graver des petites images dans le bois du manche. Ça la rendait folle, la Marie, qu'il s'amuse à des bêtises comme ça. Je dis pas que c'était de l'art, mais ça faisait très joli quand même, sur le manche.

— Quelles sortes de dessins ?

— Un peu comme à l'école. Des petites étoiles, des soleils, des fleurs. Ça allait pas bien loin mais je dis que Gérard, il avait un tempérament. Enjoliver, c'était son idée. Pareil pour le manche de sa pioche, de sa bêche, de sa pelle. On pouvait pas confondre ses outils avec les autres. À sa mort, j'ai gardé sa bêche en souvenir. Plus brave que lui, ça existait pas.

Le vieil André s'était éloigné et rapportait dans ses mains une bêche polie par les ans. Adamsberg en examina le manche lustré, et les centaines de petits dessins gravés sur le bois, imbriqués et patinés. Avec l'usure, cela faisait presque songer à un petit mât totem.

— C'est vrai que c'est joli, dit sincèrement Adamsberg en passant doucement ses doigts sur le manche. Je comprends que vous y teniez, André.

— Quand je repense à lui, j'ai de la peine. Toujours un mot pour les autres. Toujours une blague. Mais elle, non, personne l'a regrettée. Je me suis toujours demandé si c'était pas elle qui l'avait fait. Et si Roland l'avait pas su.

— Fait quoi, André ?

— Fendre la barque, grommela le vieux jardinier en serrant le manche de la bêche.

Le maire l'avait reconduit en camionnette jusqu'à la gare d'Orléans. Assis dans le hall d'attente glacé, Adamsberg attendait son train en mâchant un morceau de pain pour éponger l'eau-de-vie, qui lui brûlait le ventre comme les paroles d'André brûlaient encore sa tête. L'humiliation du père, portant sa main amputée, l'ambition de la mère, mortifiante. Dans cet étau, le futur juge, altéré, avide d'abolir la faiblesse du père, de transformer l'infirmité en pouvoir. En tuant avec le trident comme avec la main difforme, devenue instrument de toute-puissance. Fulgence avait gardé de sa mère la passion de la domination et de son père la vexation intolérable d'un faible. Chaque coup du trident meurtrier rendait honneur et valeur à Gérard Guillaumond, qui avait coulé vaincu dans les vases de l'étang. Sa dernière blague.

Et bien sûr, il était impossible au tueur de se séparer du manche orné de l'outil. C'était cette main du père qui devait frapper. Cependant, pourquoi n'avoir pas reproduit à l'infini le matricide ? Pourquoi n'avoir pas détruit des images maternelles ? Des femmes d'un certain âge, autoritaires et écrasantes ? Dans la liste sanglante du juge figuraient autant d'hommes que de femmes, des adolescents, des adultes, des gens âgés. Et parmi les femmes, des toutes jeunes filles, à l'opposé de Marie Guillaumond. S'agissait-il de prendre le pouvoir sur la terre entière, en frappant au hasard ? Adamsberg avala un morceau de pain brun en secouant la tête. Cette destruction furieuse avait un autre sens. Elle faisait plus qu'anéantir l'humiliation, elle amplifiait la puissance du juge, comme le choix de son patronyme. Elle était une élévation, un rempart contre tout amoindrissement. Et en quoi empaler un vieillard pouvait-il procurer à Fulgence une telle sensation ?

Il ressentit l'envie soudaine d'appeler et provoquer Trabelmann pour l'informer que, après avoir saisi l'oreille, il avait extirpé le corps entier du juge et qu'il s'approchait à présent de l'intérieur de sa tête. Tête qu'il avait promis de lui rapporter plantée sur son trident, sauvant le maigre Vétilleux du cachot. Quand il pensait à l'agression du commandant, Adamsberg ressentait l'envie de le fourrer dans une fenêtre haute de la cathédrale. Un tiers du commandant seulement, le haut du buste. Nez à nez avec le dragon des contes, le monstre du Loch, le poisson du lac Pink, les crapauds, la lamproie et autres bestioles qui commençaient à transformer le joyau de l'art gothique en un véritable vivier.

Mais coincer un tiers du commandant dans une fenêtre gothique n'effacerait pas ses paroles. Si la chose était si simple, chacun y aurait recours à la première vexation et il ne resterait plus une seule fenêtre libre dans le pays, jusqu'à la moindre baie d'une chapelle de campagne. Non, cela ne s'effaçait pas comme cela. Sans doute parce que Trabelmann n'était pas passé loin de la vérité. Vérité qu'il commençait à effleurer prudemment, grâce au puissant coup de pouce de Retancourt, dans ce café du Châtelet. Quand le blond lieutenant vous donnait un coup de pouce, cela vous traversait le cerveau comme la mèche d'une perceuse. Mais Trabelmann s'était trompé d'ego. Tout bonnement. Car parfois, il y a soi, et soi, songea-t-il en marchant le long du quai. Soi, et son frère. Et il était possible, pourquoi pas, que l'absolue protection due à Raphaël l'ait retenu en orbite assez loin du monde, à bonne distance des autres en tout cas, dans une apesanteur. Et bien sûr à distance des femmes. S'en aller dans cette voie, c'eût été lâcher Raphaël et le laisser crever seul dans son antre. Un acte impossible qui l'obligeait peut-être à s'absenter devant l'amour. Voire à le détruire ? Et jusqu'à quel point ?

Il fixa le train qui entrait en gare. Obscure question qui le ramenait en droite ligne à l'effroi du sentier de portage. Où rien ne prouvait que le Trident avait été présent.

En s'enfonçant dans la ruelle où logeait Clémentine, il claqua des doigts. Il lui faudrait penser à raconter à Danglard l'affaire des rainettes de l'étang de Collery. Il serait certainement content d'apprendre qu'avec les grenouilles, cela marchait aussi. Plof, et explosion. Un son un peu différent.

L

Mais l'heure n'était pas aux grenouilles. À peine arrivé, un appel de Retancourt lui apprenait le meurtre de Michaël Sartonna, le jeune homme en charge du nettoiement à la Brigade. Il y faisait le ménage de dix-sept à vingt et une heures. Depuis deux jours qu'on ne l'avait pas vu, on avait été s'informer à son domicile. Tué au silencieux de deux balles dans le torse dans la nuit du lundi au mardi.

— Crime crapuleux, lieutenant ? Il m'avait semblé que Michaël touchait au deal.

— Possible, mais il n'était pas riche. À l'exception d'une bonne somme créditée sur son compte le 13 octobre, quatre jours après l'information dans *Les Nouvelles d'Alsace*. Et chez lui, un ordinateur portable flambant neuf. Je vous rappelle que Michaël avait brusquement déposé un congé de quinze jours, superposé aux dates de la mission Québec.

— La taupe, Retancourt ? On a dit qu'il n'y avait plus de taupe.

— On y revient. Michaël a pu être contacté dès l'affaire de Schiltigheim pour faire du renseignement et nous suivre au Québec. Pénétrer chez vous également.

— Et tuer dans le sentier ?

— Pourquoi pas ?

— Je ne crois pas, Retancourt. En admettant que j'avais de la compagnie, le juge n'aurait pas laissé une

370

vengeance aussi raffinée aux mains d'un sans-grade. Et pas un trident, quel qu'il fût.

— Danglard n'y croit pas non plus.

— Quant au pistolet, cela ne ressemble pas au juge.

— Je vous ai dit mon avis là-dessus. Le pistolet est assez bon pour les outsiders, les assassinats parallèles. Pas besoin du trident pour Michaël. Je suppose que le jeune homme aura mal jaugé son commanditaire, qu'il se sera montré trop exigeant ou aura tâté du chantage. Ou que le juge l'aura simplement évacué.

— Si c'est lui.

— Sa bécane a été examinée. Le disque dur est vide ou plutôt lessivé. Les gars du labo vont l'emporter demain pour gratter dedans.

— Que devient son chien ? demanda Adamsberg, surpris de s'inquiéter du sort du gros compagnon de Michaël.

— Abattu.

— Retancourt, puisque vous voulez me passer ce gilet, envoyez-moi ce portable avec. J'ai dans les parages un hacker de première force.

— Comment voulez-vous que je détourne l'engin ? Vous n'êtes plus commissaire.

— Je m'en souviens, dit Adamsberg, entendant gronder la voix de Clémentine. Demandez à Danglard, convainquez-le, vous savez faire cela. Depuis l'exhumation, Brézillon penche de mon côté, et il le sait.

— Je vais faire ce que je peux. Mais c'est à lui qu'on obéit à présent.

LI

Josette s'était emparée avec passion de l'ordinateur de Michaël Sartonna. Adamsberg eut l'impression qu'il n'aurait pu lui faire plus plaisir qu'en lui offrant cette machine suspecte, un rêve de hackeuse. L'ordinateur n'avait été déposé à Clignancourt qu'en fin d'après-midi, et Adamsberg soupçonnait Danglard de l'avoir fait visiter auparavant par ses propres spécialistes. Logique, normal, il était à présent le chef de la Brigade. À la livraison, le coursier lui avait remis un billet de Retancourt confirmant le néant du disque dur, aussi récuré qu'un évier. Ce qui ne fit qu'accroître la concupiscence de Josette.

Elle s'acharna longtemps pour faire sauter les verrous successifs qui protégeaient la mémoire lavée de la machine, confirmant à Adamsberg que la bécane venait d'être visitée.

— Vos hommes n'ont pas pris la peine d'effacer leurs pas. C'est bien naturel, ils ne faisaient rien d'illégal.

Le dernier verrou ne se débloqua qu'avec le nom inversé du chien de Michaël, *ograc*. Il n'était pas rare que le jeune homme emmène son animal avec lui certains soirs de service, une grosse bête aussi baveuse et inoffensive qu'un escargot – d'où son nom, Cargo – qui avait pour passion de déchiqueter tous les papiers se trouvant à sa portée. Cargo était capable de transformer un rapport en une boule de pâte à coller. Ce qui convenait bien, comme nom de code, aux mystérieuses transmutations opérées dans les ordinateurs.

Mais une fois passés ces blocages, Josette se heurta au néant annoncé.

— Rincé, décapé à la brosse en fer, dit-elle à Adamsberg.

Évidemment. Si les spécialistes chevronnés du laboratoire n'y avaient rien décelé, il n'y avait pas de raison pour que Josette les distance. Les mains ridées de la hackeuse revinrent se poser avec obstination sur le clavier.

— Je cherche encore, dit-elle, butée.

— Inutile, Josette. Les gars du labo l'ont retourné dans tous les sens.

C'était l'heure du porto et Clémentine appela Adamsberg pour sa boisson du soir, comme on somme un adolescent de s'atteler à ses devoirs. À présent, Clémentine ajoutait un jaune d'œuf qu'elle battait dans le vin sucré. Le porto-flip était plus reconstituant.

— Elle s'obstine, expliqua Adamsberg à Clémentine en prenant le verre empli de cette mixture épaisse dont il avait pris l'habitude.

— À la voir comme ça, on croirait qu'on peut la pousser d'une pichenette, dit Clémentine en choquant son verre contre celui d'Adamsberg.

— Et on ne peut pas.

— Non, interrompit Clémentine en bloquant le geste d'Adamsberg, qui portait le verre à ses lèvres. Quand on choque les verres, faut se regarder dans les yeux. J'y ai déjà dit. Puis faut boire tout de suite sans reposer le verre. Sans quoye, ça marche pas.

— Qu'est-ce qui ne marche pas ?

Clémentine secoua la tête comme si la question d'Adamsberg était une pure ânerie.

— On recommence, dit-elle. Regardez-moi bien dans les yeux. De quoi je causais ?

— De Josette, des pichenettes.

— Oui. Faut pas se fier. Parce qu'à l'intérieur de ma Josette, y a une boussole qui quitte jamais le nord. Des mille et des mille, elle a piqué aux gros. Et c'est pas demain la veille qu'elle s'arrêtera.

Adamsberg apporta un verre de la mixtion reconstituante dans le bureau.

— Faut bien se regarder dans les yeux avant de choquer les verres, expliqua-t-il à Josette. Sinon, ça ne marche pas.

Josette cogna son verre dans les formes, souriante.

— J'ai pu repêcher les fragments d'une ligne, dit-elle de sa voix grêle. Il s'agit des débris explosés d'un message. Que vos hommes n'ont pas lu, ajouta-t-elle avec un menu brin de fierté. Il y a des recoins que les meilleurs dépisteurs oublient de passer au peigne à poux.

— Un interstice entre le mur et le pied du lavabo.

— Par exemple. J'ai toujours adoré faire le ménage à fond et cela indisposait mon armateur. Venez voir ça.

Adamsberg s'approcha de l'écran et lut une succession hermétique de quelques lettres qui avaient survécu à la débâcle : *dam rai ea aou emi ort oi eu il*.

Josette semblait comblée par sa trouvaille.

— C'est tout ce qu'il reste ? demanda Adamsberg, déçu.

— Rien d'autre mais c'est tout de même quelque chose, dit Josette, toujours gaie. Car ce groupe de voyelles, *aou*, c'est très rare en français : août, saoûl, yaourt et caoutchouc.

— Et raout.

— Raout ?

— Une grande fête mondaine, Josette.

— Ah oui. On appelait cela un cocktail, quand je vivais grand pied. Ce qui nous donne cinq mots comprenant ces voyelles, et trois seulement si l'on évacue ceux portant l'accent circonflexe.

— Je ne sais pas si Michaël était très doué en orthographe.

— On conserve donc *août* et *saoûl*. Il peut aussi s'agir d'un nom propre. Il y a également ce *dam*, qui est bien intéressant.

— Le code classique pour désigner la plaque tournante d'Amsterdam. Michaël touchait au deal, j'en suis presque certain.

— Cela pourrait correspondre. Avec ce *ea* pour *deal*. Est-ce que « caoutchouc » pourrait désigner le shit ?

— Comme nom de code ? Je ne l'ai jamais entendu mais c'est possible. La résine du cannabis, le « caoutchouc », pourquoi pas ?

— Ce qui ressemblerait à un courrier de dealer. À ce qu'il en reste.

Josette nota les lettres éparses sur un papier et ils travaillèrent un moment en silence.

— Je ne sais pas quoi faire de *oi eu il*, conclut Josette.

— « Poids neuf kilos » ? proposa Adamsberg.

— Ce qui nous donnerait quelque chose comme : Amsterdam – livraison – deal – caoutchouc – acheminemé – transport – poids neuf kilos.

— Et rien à voir avec le Trident, dit Adamsberg à voix basse. Michaël a dû être pris dans un trafic de dope trop gros pour lui. Un dossier pour les Stups mais pas pour nous, Josette.

Josette but délicatement son porto-flip, la contrariété multipliant les rides de son petit visage.

Retancourt s'était trompée de taupe, songeait Adamsberg en tisonnant le feu. Comment disaient donc les Québécois pour « tisonner » ? Ah oui. Achaler, achaler le feu. Les deux femmes étaient endormies et lui ne pouvait trouver le sommeil. Il achalait. Il n'identifierait jamais cette taupe, qui n'avait sans doute jamais existé. C'était bien le gardien de l'immeuble, et lui seul, qui avait informé Laliberté. Quant à la fouille à son domicile, elle ne se fondait pas sur grand-chose. Une clef déplacée de quelques centimètres, sans certitude, et un carton que Danglard s'imaginait avoir mieux rangé. Autant dire quasiment rien. Il ne trouverait jamais l'improbable compagnon du chemin de portage. Quand bien même restituerait-il tous les crimes de Fulgence, il resterait seul à vie sur ce sentier macabre. Adamsberg sentait les fils craquer les uns après les autres, l'isolant du monde comme un ours meurtrier sur un fragment de banquise, s'éloignant du continent. Terré ici, à l'abri sous les porto-flips de Clémentine et les chaussons gris de Josette.

Il enfila sa veste, enfonça son bonnet arctique et sortit sans bruit dans la nuit. Les ruelles délabrées de Clignancourt étaient vides et sombres, l'éclairage public défaillant. Il enfourcha la vieille mobylette de Josette, repeinte de deux bleus différents et, vingt-cinq minutes plus tard, il freinait sous les fenêtres de Camille. L'instinct d'un autre refuge, le désir de puiser, ne serait-ce qu'en regardant l'immeuble, un peu de cet air salutaire qui lui venait de Camille, ou bien qui se formait à la jonction de Camille et de lui-même. Il faut deux fenêtres pour faire un courant d'air, aurait asséné Clémentine. Il éprouva un choc en levant les yeux vers la verrière du septième étage. Allumée. Elle était donc revenue de Montréal. À moins qu'elle n'ait sous-loué. Ou à moins, bien sûr, que le nouveau père ne s'agite là-haut comme un propriétaire. Avec ses deux labradors, l'un bavant sous l'évier, l'autre sous le synthétiseur. Adamsberg scruta l'éclat provocant de la verrière, guettant son ombre. Cette prise de possession des lieux le perça comme une vrille, ouvrant sur la vue d'un type nu, déambulant les fesses fermes et le ventre plat, et l'image l'écorcha.

Du petit café logé en bas de l'immeuble sortaient des effluves piquants et le bourdonnement d'un chahut d'alcooliques. Exactement comme à *L'Écluse*. Parfait, se dit Adamsberg en accrochant nerveusement la mobylette à un poteau. Un bon verre de cognac pour dissoudre en purée ce type à poil qui se permettait de laisser baver ses labradors au sol de l'atelier. Face à l'homme aux chiens, il opterait pour la même technique définitive que celle de Cargo, paix à sa mémoire : transformer le gars en une boule gluante de papier buvard.

Deuxième cuite programmée de sa maturité, se dit Adamsberg en poussant la porte embuée. Peut-être ne tenterait-il pas les mélanges ce soir. Ou plutôt si. Dans cinq semaines, il se retrouverait cloué dans le fauteuil de Brézillon, ayant perdu sa mémoire, son métier, son frère, sa fille du Nord et sa liberté. Ce n'était guère le moment de s'attarder à une question de mélanges. Foutus labradors, pensa-t-il dès son premier cognac, qu'il irait encastrer directement dans la tour façade de la cathédrale, les pattes arrière fouettant l'air. Quand toutes les issues du joyau de l'art gothique seraient obstruées par cette ménagerie sauvage, qu'adviendrait-il du monument ? Est-ce qu'il finirait par s'étrangler par manque d'air ? Par se cyanoser et agoniser ? Ou bien paf paf paf et explosion ? Et ensuite, se demanda-t-il au second verre, est-ce que la cathédrale s'effondrerait comme une masse ? Et que ferait-on du tas de décombres, sans parler des bestioles échouées dans les gravats ? Un sacré problème pour Strasbourg.

Et s'il obturait les fenêtres de la GRC avec le surplus animal ? Bloquant l'arrivée d'oxygène, saturant l'air des émanations fétides des bêtes ? Laliberté tomberait mort dans son bureau. Il faudrait sauver Sanscartier le Bon de l'asphyxie, et Ginette aussi, avec sa pommade. Mais aurait-il assez d'animaux ? La question était importante, l'opération exigeait de grosses bêtes, non pas des escargots ou des papillons. Il lui fallait du bon matériel, si possible fumant, comme les dragons. Et les dragons ne se trouvaient pas sous le pas d'un cheval, mais se terraient comme des lâches dans d'inaccessibles cavernes.

Si, bien sûr, il y en avait tout un stock dans le Mah-Jong, pensa-t-il en frappant du poing sur le comptoir. La seule chose qu'il savait de ce jeu chinois, c'est qu'il contenait des tas de dragons, et de toutes les couleurs encore. Il n'aurait qu'à y piocher comme le père Guillaumond, avec trois doigts, et fourrer tous les reptiles nécessaires dans les portes, dans les fenêtres, et sans négliger les interstices. Des rouges pour Strasbourg, des verts pour la GRC.

Adamsberg n'eut pas la capacité d'achever son quatrième verre et se retrouva titubant devant la mobylette. Incapable de déverrouiller l'antivol, il poussa d'un coup la porte de l'immeuble et grimpa les sept étages en s'accrochant à la rampe. Histoire de causer un brin avec le nouveau père, histoire de lui donner l'heure et qu'il prenne sa débarque. Et de lui piquer ses deux clebs. Auxquels il ajouterait les dobermans du juge aussi, qui combleraient à merveille les béances de la cathédrale. Mais pas Cargo, non, qui était un baveux sympathique et qui était de son bord, de même que son scarabée portable. Un plan parfait, se dit-il en s'appuyant contre la porte de Camille. Un flux de pensées arrêta son doigt au moment d'appuyer sur la sonnette. Une alerte de sa mémoire. Attention. Il était ivre mort quand il avait massacré Noëlla. Attention, n'entre pas. Tu ne sais plus qui tu es, tu ne sais pas ce que tu vaux. Oui mais ces labradors, bon sang, il en avait besoin.

Camille ouvrit, stupéfaite de le découvrir sur son palier.

— Tu es seule ? demanda Adamsberg d'une voix lourde.

Camille hocha la tête.

— Sans les chiens ?

Les mots avaient du mal à se former dans sa bouche. N'entre pas, lui soufflait le grondement de l'Outaouais. N'entre pas.

— Quels chiens ? demanda Camille. Mais tu es bourré, Jean-Baptiste. Tu sonnes à minuit et tu me parles de chiens ?

— Je te parle de Mah-Jong. Laisse-moi entrer.

Incapable de réagir assez vite, Camille s'effaça devant Adamsberg. Il s'assit en déséquilibre au bar de la cuisine, sur lequel traînaient les restes du dîner. Il joua avec le verre, la carafe, la fourchette, tâtant ses extrémités piquantes. Perplexe, Camille s'était réfugiée au centre de la pièce, assise en tailleur sur son tabouret de piano.

— Je sais que ta grand-mère avait un Mah-Jong, reprit Adamsberg en déraillant sur les mots. Sûrement qu'elle ne voulait pas qu'on boche, hein ? *Si tu boches, je t'embroche !*

Quelle bonne rigolade, ces esti de grand-mères.

LII

Josette dormait mal et l'acmé d'un cauchemar l'éveilla à une heure du matin : les feuilles de papier sortaient rouges de son imprimante, volant dans la pièce et recouvrant le sol. On ne pouvait rien y lire, les résultats étaient noyés dans cette couleur envahissante.

Elle se leva sans bruit et s'installa dans la cuisine, se préparant une assiette de galettes au sirop d'érable. Clémentine la rejoignit, roulée dans sa grosse robe de chambre, tel un veilleur de nuit venant faire sa ronde.

— Je ne voulais pas te réveiller, s'excusa Josette.

— Toi, il y a quelque chose qui te trotte, affirma Clémentine.

— Je n'arrive pas à dormir. Ce n'est rien, Clémie.

— C'est ta machine qui te tracasse ?

— Je suppose que oui. Dans mon rêve, il n'en sortait que des feuilles illisibles.

— Tu y arriveras, Josette. Je te fais bien confiance.

Arriver à quoi ? se demanda Josette.

— J'ai l'impression d'avoir rêvé de sang, Clémie. Toutes les feuilles étaient rouges.

— Elle coulait de l'encre, ta machine ?

— Non. Juste ces feuilles.

— Ben c'était pas du sang alors.

— Il est sorti ? demanda Josette en réalisant que le canapé était vide.

— Faut croire. Quelque chose qu'a dû le démanger, ça se commande pas. Lui aussi, il se fait du tracas. Mange bien et puis bois, ça fait rendormir, conseilla-t-elle tout en se faisant chauffer un bol de lait.

Après avoir fermé la boîte de galettes, Josette se demandait à quoi donc elle devait arriver. Elle enfila un gilet sur son pyjama et s'assit, pensive, devant l'ordinateur éteint. Celui de Michaël gisait à côté, déchet inutile et provocant. Arriver au vrai résultat, pensa Josette, à celui qui lui avait échappé durant son cauchemar. Les feuilles illisibles lui indiquaient qu'elle avait fait erreur dans le décodage des lettres de Michaël. Une erreur grossière, barrée de rouge.

Évidemment, conclut-elle en reprenant sa traduction de la phrase rescapée. Il était grotesque d'imaginer une telle profusion de détails pour une livraison de dope. De rappeler le deal, la matière, le poids et la ville d'origine. Pourquoi ne pas donner son nom et son adresse, à tant faire ? Le bavardage excessif de Michaël n'avait aucun sens pour un courrier de dealer. Elle s'était trompée du tout au tout et sa copie était marquée de rouge.

Josette reprit patiemment la succession des lettres. *dam rai ea aou emi ort oi eu il*. Elle essaya divers mots, diverses combinaisons, sans succès. Ce verrouillage l'irritait. Clémentine vint se pencher par-dessus son épaule avec son bol.

— C'est ça qui te mine ? demanda-t-elle.

— Je me suis trompée et j'essaie de comprendre.

— Ben, ma Josette, tu veux que je te dise ?

— S'il te plaît.

— C'est du chinois, ton affaire. Et le chinois, y a que les Chinois qui le comprennent, ça coule de source. Je te prépare un lait chaud ?

— Non merci, Clémie. Je vais me concentrer là-dessus.

Clémentine ferma doucement la porte du bureau. Fallait pas déranger la Josette quand elle se creusait la cervelle.

Josette reprit son travail sur le seul groupe de lettres susceptible de guider ses pas, cet *aou*, cette rare combinaison de voyelles. Yaourt, raout, caoutchouc. Clémentine avait raison, c'était du chinois.

Josette pointa vivement son crayon sur la feuille. Bien entendu, c'était du chinois. Le mot n'était pas français, c'était du chinois, une langue étrangère. Et qui coulait de source, pour celui qui maniait cette langue. De source et de rivière, d'une rivière indienne. *Outaouais*, écrivit-elle fébrilement sous son bloc de voyelles. Cette fois, elle reconnut en elle le déclic bienheureux du hackeur qui saisit la bonne clef pour le bon verrou. Et « dam » pour Adamsberg et non pour Amsterdam. Il est étrange, pensa Josette, à quel point la proximité rend les évidences indistinctes. Mais elle l'avait su dans son sommeil, avec les feuilles rouges. Pas du sang, avait assuré Clémentine. Bien sûr. Mais les feuilles rouges du Canada, tombant à l'automne sur le chemin. Se mordant les lèvres, Josette inscrivit peu à peu les mots qui s'écoulaient enfin par cette ouverture, et se glissaient aisément les uns à côté des autres. « emi » pour chemin. « eu il » pour « jeune fille », et non pas « neuf kilos ».

Dix minutes plus tard, elle contemplait son œuvre, délassée, certaine à présent de se rendormir : *Adamsberg – travaille – Gatineau – Outaouais – chemin – portage – croise – jeune fille*. Elle reposa la feuille sur ses genoux.

Adamsberg avait donc bien traîné derrière lui un délateur, Michaël Sartonna. Cela ne prouvait rien pour le meurtre, mais au moins était-il certain que le jeune homme avait été à l'affût de ses déplacements, et informé de ses rencontres sur le sentier de portage. Et qu'il transmettait ses renseignements. Josette coinça la feuille sous son clavier et s'enfouit sous ses couvertures. Au moins n'était-ce pas une faute de hacker mais de simple décryptage.

LIII

— Ton Mah-Jong, répétait Adamsberg.

Camille hésita, puis le rejoignit dans la cuisine. L'ivresse ôtait son charme à la voix d'Adamsberg, la rendant plus aiguë et défaillante. Elle fit dissoudre deux cachets dans un verre d'eau et lui tendit.

— Bois, dit-elle.

— J'ai besoin de dragons, tu comprends. De gros dragons, expliqua Adamsberg avant de vider le verre.

— Ne parle pas si fort. Que veux-tu faire avec des dragons ?

— J'ai des fenêtres à boucher.

— Bien, admit Camille. Tu les boucheras.

— Avec les labradors du type aussi.

— Aussi. Ne parle pas si fort.

— Pourquoi ?

Camille ne répondit pas mais Adamsberg suivit son regard bref. Dans le fond de la pièce, il aperçut, assez flou, un lit miniature.

— Ah bien sûr, déclara-t-il en levant le doigt. L'enfant. Ne pas réveiller l'enfant. Ni le père aux chiens.

— Tu es au courant ? dit Camille d'une voix neutre.

— Je suis flic, je connais tout. Montréal, l'enfant, le nouveau père aux chiens.

— C'est bien. Comment es-tu venu ? À pied ?

— En mobylette.

Merde, se dit Camille. Difficile de le laisser rouler dans cet état. Elle sortit le vieux jeu de Mah-Jong de sa grand-mère.

— Joue, dit-elle en déposant la boîte sur le bar, amuse-toi avec les dominos. Je vais lire.

— Ne me laisse pas. Je suis perdu et j'ai tué une fille. Explique-moi ce Mah-Jong, je veux trouver les dragons.

Camille examina Adamsberg d'un rapide coup d'œil. Fixer l'attention de Jean-Baptiste sur ces dominos lui semblait pour le moment la seule chose à faire. Jusqu'à ce que les cachets agissent et qu'il puisse reprendre sa route. Et lui faire un café serré pour éviter qu'il ne tombe la tête sur le bar.

— Où sont les dragons ?

— Il y a trois familles dans le jeu, expliqua Camille d'une voix pacifiante, avec la prudence de toute femme abordée dans la rue par un type hors de lui.

Parler doucement et s'éclipser dès qu'on le peut. L'occuper avec les dominos de sa grand-mère. Elle lui tendit un bol de café noir.

— Ici, tu as la famille des Sapèques, ici, celle des Caractères et là, celle des Bambous, du numéro 1 au numéro 9. Tu comprends ?

— À quoi ça sert ?

— À jouer. Et voici les honneurs : Est, Ouest, Nord, Sud, et tes dragons.

— Ah, dit Adamsberg, satisfait.

— Quatre dragons verts, dit Camille en les regroupant sous ses yeux, quatre dragons rouges et quatre vierges. Douze dragons en tout, cela te suffira ?

— Et ça ? demanda Adamsberg en pointant un doigt incertain sur un domino chargé de décorations.

— C'est une Fleur, il y en a huit. Ce sont des honneurs qui ne comptent pas, sauf pour la beauté du geste.

— On fait quoi avec tout ce bazar ?

— On joue, répéta patiemment Camille. Tu dois composer des brelans ou des séquences de trois pièces, à mesure que tu pioches. Les brelans ont plus de valeur. Ça t'intéresse toujours ?

Adamsberg hocha la tête mollement et avala son café.

— Tu pioches jusqu'à ce que tu réunisses une main complète. Sans bocher si possible.

— Si tu boches, je t'embroche. C'est ce que disait mon esti de grand-mère. « J'ai dit au boche, si tu t'approches, je t'embroche. »

— D'accord. À présent tu sais jouer. Si cela te passionne tant, je te laisse la règle.

Camille alla s'asseoir au fond de la pièce avec un livre. Attendre que cela passe. Adamsberg construisait des petites piles de dominos qui s'écroulaient et qu'il recommençait en marmonnant, essuyant ses yeux de temps à autre, comme si ces éboulis lui procuraient un vif chagrin. L'alcool lui arrachait émotions et divagations, auxquelles Camille répondait par un léger signe. Après plus d'une heure, elle ferma son livre.

— Si tu te sens mieux maintenant, va, dit-elle.

— Je veux voir ce type aux chiens d'abord, déclara Adamsberg en se levant rapidement.

— Bon. Comment comptes-tu t'y prendre ?

— En le délogeant de sa planque. Un gars qui se cache et qui n'ose pas me regarder en face.

— C'est possible.

Adamsberg parcourut l'atelier d'un pas tanguant puis se dirigea vers la chambre en mezzanine.

— Il n'est pas là-haut, dit Camille en rangeant les dominos. Tu peux me croire sur parole.

— Où se planque-t-il ?

Camille écarta les bras en un geste d'impuissance.

— Pas là, dit-elle.

— Pas là ?

— C'est cela. Pas là.

— Il est sorti ?

— Il est parti.

— Il t'a laissée ? cria Adamsberg.

— Oui. Ne crie pas, et cesse de le chercher.

Adamsberg s'assit sur un bras de fauteuil, assez dessaoulé par les remèdes et la surprise.

— Bon sang, il t'a laissée ? Avec l'enfant ?

— Ça arrive.

Camille achevait d'entasser les pièces du Mah-Jong dans leur boîte.

— Merde, dit sourdement Adamsberg. Tu n'as carrément pas de veine.

Camille haussa les épaules.

— Je n'aurais pas dû m'en aller, proclama Adamsberg en secouant la tête. Je t'aurais protégée, j'aurais fait barrage, dit-il en écartant les bras, pensant soudainement au boss des bernaches.

— Tu tiens sur tes jambes à présent ? demanda doucement Camille en levant les yeux.

— Bien sûr que je tiens.

— Alors va maintenant, Jean-Baptiste.

LIV

Adamsberg rejoignit Clignancourt dans la nuit, surpris de pouvoir garder son guidon à peu près droit. Le traitement de Camille lui avait secoué le sang et délivré la tête, et il ne se sentait aucune envie de dormir, ni aucun mal au crâne. Il pénétra dans la maison sombre, replaça une bûche dans le foyer et la regarda s'embraser. Revoir Camille l'avait perturbé. Il s'en était allé d'un bond, et il la retrouvait dans cette situation impossible avec ce crétin de type qui s'était éclipsé en cravate sur la pointe de ses souliers cirés en emportant ses clebs. Elle s'était jetée dans les bras du premier abruti venu qui lui avait fait croire tout et n'importe quoi. Et le résultat était là. Bon sang, il n'avait pas même songé à s'informer du sexe de l'enfant, ni de son nom. Il n'y avait pas pensé du tout. Il avait fait des piles avec les dominos. Il lui avait parlé de dragons et de Mah-Jong. Et pourquoi tenait-il absolument à trouver ces dragons ? Oui, à cause des fenêtres.

Adamsberg secoua la tête. Les cuites ne lui valaient rien. Il n'avait pas vu Camille depuis un an et il avait débarqué en brute avinée, exigé qu'elle sorte le Mah-Jong, exigé de voir le nouveau père. Tout à fait le boss des bernaches. Celui-là, il allait aussi l'employer sans pitié pour engorger la cathédrale, caquetant comme un imbécile impuissant en haut du clocher.

Il tira la règle du jeu de la poche où il l'avait fourrée et la feuilleta d'un doigt triste. C'était une bonne vieille règle jaunie du temps de ces esti de grand-mères. Les sapèques, les bambous, les caractères, les vents et les dragons, il se souvenait de tout cette fois. Il parcourut lentement les pages, à la recherche de cette main d'honneurs que la mère Guillaumond reprochait à son époux d'être incapable de faire. Il s'arrêta aux *Figures particulières*, très difficiles à obtenir. Ainsi le *Serpent vert*, suite complète de bambous accompagnée d'un brelan de dragons verts. Pour jouer, pour se divertir. Il suivit du doigt la liste des Figures et s'arrêta sur *La main d'honneurs* : composée de brelans de dragons et de vents. Exemple : trois vents d'ouest, trois vents du sud, trois dragons rouges, trois dragons blancs et une paire de vents du nord. Figure suprême, presque inaccessible. Le père Guillaumond avait bien raison de s'en foutre éperdument. Comme il se foutait de cette règle qu'il tenait à la main. Ce n'était pas ce papier qu'il aurait voulu tenir, mais Camille, c'était là une des choses de sa vie. Et qu'il avait bousillée. Comme il s'était bousillé sur ce sentier, comme il avait bousillé sa chasse au juge, qui s'achevait en impasse à Collery, aux origines du dragon blanc maternel.

Adamsberg s'immobilisa. Le dragon blanc. Camille ne lui en avait pas parlé. Il récupéra la règle tombée au sol et l'ouvrit rapidement. Honneurs : dragons verts, dragons rouges et dragons blancs. Ceux que Camille avait appelés les « vierges ». Les quatre vents : Est, Ouest, Sud, Nord. Adamsberg serra sa main sur le papier fragile. Les quatre vents : Soubise, Ventou, Autan et Wind. Et Brasillier : le feu, et donc un parfait dragon rouge. Au dos de la règle, il inscrivit rapidement les noms des douze victimes du Trident, en ajoutant la mère, égale treize. La mère, le Dragon Blanc originel. Les doigts pressés sur son crayon,

Adamsberg cherchait à repérer les pièces du Mah-Jong logées dans la liste du juge, dans sa *main d'honneurs*. Celle que le père n'avait jamais pu accomplir et que Fulgence rassemblait furieusement en lui rendant la dignité suprême. Avec un trident, comme la main du père piochant les dominos. Fulgence piochait ses victimes avec ses trois doigts de fer. Et combien fallait-il de dominos pour composer la main ? Combien, bon sang ?

Les paumes moites, il revint au début de la règle : quatorze pièces à rassembler. Quatorze. Il manquait donc une pièce pour achever la série du juge.

Adamsberg relisait les noms et les prénoms des victimes, à la recherche de la pièce cachée. Simone Matère. Mater pour maternel, pour la mère, pour un dragon blanc. Jeanne Lessard, un dragon vert comme le lézard. Les autres noms lui échappaient. Impossible d'y trouver un sens, qu'il s'agisse d'un dragon ou d'un vent. Il ne voyait pas quoi faire de « Lentretien », de « Mestre », de « Lefebure ». Mais il tenait déjà quatre vents et trois dragons, sept pièces sur treize et beaucoup trop pour un hasard.

Et, réalisa-t-il brusquement, s'il ne faisait pas erreur, si le juge s'efforçait de rassembler les quatorze pièces de la main d'honneurs, alors Raphaël n'avait pas tué Lise. Le choix de la jeune *Autan* désignait la main du Trident et libérait celle de son frère. Mais pas la sienne. Le nom de Noëlla Cordel n'évoquait aucune sorte d'honneur. Les fleurs, se rappela Adamsberg, Camille avait dit quelque chose des fleurs. Il se pencha sur la règle. Les fleurs, honneurs excédentaires que l'on conserve à la pioche mais qui n'entrent pas dans la composition de la main. Des ornements en quelque sorte, des hors-série. Des victimes supplémentaires, autorisées par la loi du Mah-Jong, et qu'il n'était donc pas nécessaire de transpercer au trident.

À huit heures du matin, Adamsberg guettait dans un café l'ouverture de la bibliothèque municipale, surveillant ses montres, s'imprégnant de la règle du Mah-Jong, repassant les noms des victimes. Bien sûr, il aurait pu faire appel à Danglard, mais son adjoint se serait certainement cabré devant ce nouvel égarement. Il l'avait fait passer par un mort-vivant, puis par un centenaire, et maintenant par un jeu chinois. Mais un jeu chinois très répandu dans l'enfance de Fulgence, jusque dans les campagnes et chez la grand-mère de Camille.

Maintenant, il savait pourquoi, dans son ivresse, il avait réclamé instamment ce jeu à Camille. Il avait déjà pensé aux quatre vents, dans la chambre d'hôtel de Richelieu. Il avait fréquenté les dragons. Il avait connu le jeu qui avait scandé chaque soir l'enfance du juge, cette main glorifiante face à la main tronquée du père.

Il courut vers le bâtiment à l'ouverture des portes et, cinq minutes plus tard, on déposait sur sa table un épais dictionnaire étymologique des noms et prénoms de France. Avec la même tension que le joueur lance ses dés, priant pour un triple six, il déplia sa liste de noms. Il avait avalé trois cafés pour résister à sa nuit blanche et ses mains tremblaient sur le livre, comme celles de Josette.

Il vérifia tout d'abord Brasillier : *dérivé de « brasier » et « braise »*. *Le marchand de braises*. Parfait, le feu, un dragon rouge. Puis il contrôla le sens caché de Jeanne Lessart : *nom de localité, Essart, Essard, ou signifiant « lézard »*. Dragon vert. Plus inquiet, il aborda Espir, souhaitant le rapprocher du vent par le biais d'une respiration. Espir : *ancien français « souffle »*. Un cinquième vent, huit pièces sur treize. Adamsberg passa la main sur son visage, avec l'impression angoissée de sauter des obstacles hasardeux, le ventre du cheval pouvant frôler la barre ou s'y fracasser.

Le plus obscur était devant lui. L'énigmatique « Fèvre », qui allait peut-être le faire chuter des hauteurs de son échafaudage de pelleteux de nuages. Fèvre : *forgeron*. Une intense déception lui serra le ventre. Fèvre, un simple et maudit forgeron. Adamsberg s'adossa à sa chaise et ferma les paupières. Se concentrer sur ce forgeron, marteau en main. Forgeant les pointes du trident ? Il rouvrit les yeux. Sorti du livre d'école où il avait, il y a des semaines, scruté l'image de Neptune, lui apparut en vis-à-vis Vulcain, le dieu du Feu, représenté sous les traits d'un travailleur devant la gueule d'un four brûlant. Le forgeron, le maître du feu. Il prit une inspiration et, face à « Fèvre », il inscrivit à la hâte son divin forgeron, c'est-à-dire son deuxième dragon rouge. Et passa à Lefebure : *voir Lefèvre, Fèvre*. Même chose et troisième dragon rouge. Un brelan. Dix pièces sur treize.

Adamsberg laissa tomber ses bras et referma un instant les yeux, avant d'affronter les obstacles de « Lentretien » et de « Mestre ».

Lentretien : *altération de Lattelin, signifiant « lézard »*. Dragon vert, inscrivit-il en vis-à-vis, d'une écriture que la contraction croissante de sa main déformait. Il étendit et replia plusieurs fois ses doigts avant d'aborder « Mestre ».

Mestre : *ancien occitan « moestre », forme méridionale de Maître. Diminutifs Mestrel ou Mestral, variante de Mistral. A désigné le nord exposé au Mistral, le vent maître*. Le vent maître, écrivit-il.

Il posa son stylo et reprit son souffle, aspirant au passage une longue bouffée de ce vent maître et froid, rigoureux, qui venait clore sa liste et apaiser la chaleur de ses joues. Adamsberg classa rapidement sa série : un brelan de dragons rouges avec Lefebure, Fèvre et Brasillier, deux brelans de vents avec Soubise, Ventou, Autan, Espir, Mestre et Wind, une paire de dragons verts avec Lessart et Lentretien, et une paire de dragons blancs avec Matère et le matricide. Égale treize. Sept femmes, six hommes.

Manquait la quatorzième pièce pour clore *La main d'honneurs*. Qui serait soit un dragon blanc, soit un dragon vert. Un homme sans doute, pour obtenir un équilibre parfait entre les deux sexes, entre père et mère. Courbatu et en sueur, Adamsberg rapporta le précieux livre au bibliothécaire. Il tenait à présent l'obscur sésame, la clef, la petite clef d'or de la Barbe-Bleue qui ouvrait la porte de la pièce aux morts.

Il rentra épuisé chez Clémentine, tendu par l'urgence de lancer à son frère cette clef par-delà l'Atlantique, de crier le terme de son cauchemar. Mais Josette ne lui en laissa pas le temps et lui mit aussitôt sous les yeux le nouveau décryptage qu'elle avait effectué. *Adamsberg – travaille – Gatineau – Outaouais – chemin – portage – croise – jeune fille*.

— Je n'ai pas dormi, Josette, je ne suis plus en état de comprendre.

— Les lettres volantes de l'ordinateur de Michaël. J'ai fait erreur sur toute la ligne et je suis repartie du *aou*. Ni yaourt ni caoutchouc, mais *Outaouais*. Et cela donne ça.

Adamsberg se concentra sur les mots tremblés de Josette.

— Chemin de portage, murmura-t-il.

— Michaël renseignait bel et bien un commanditaire. Vous n'étiez pas seul sur le sentier. Quelqu'un savait.

— Ce n'est qu'une interprétation, Josette.

— Il n'existe pas des milliers de mots comportant cet assemblage de voyelles. Je suis certaine du décodage, cette fois.

— C'est remarquable, Josette. Mais une interprétation n'aura jamais pour eux valeur de preuve, vous comprenez ? Je viens d'arracher mon frère de l'abîme, mais moi, j'y suis encore, bloqué, sous de très gros rochers.

— Verrous, corrigea Josette, sous de très gros verrous.

LV

Raphaël Adamsberg trouva le message le vendredi matin, message que son frère avait appelé « Terre », du cri des marins, pensa Raphaël, du cri des navigateurs découvrant les prémices nuageuses d'un continent. Il dut relire le courrier plusieurs fois pour oser comprendre le sens de cet entrelacs confus de dragons et de vents, écrit dans l'impatience et la fatigue, mêlant l'oreille du juge, le sable, le matricide, l'âge de Fulgence, la mutilation de Guillaumond, le village de Collery, le trident, le Mah-Jong, la main d'honneurs. Jean-Baptiste avait tapé si vite qu'il avait sauté des lettres et des mots entiers. Dans un tremblement qui venait jusqu'à lui, transmis de frère à frère de rive à rive, porté de vague en vague, déferlant dans son abri de Detroit et déchirant sans ménagement le réseau d'ombres au sein duquel il déplaçait sa vie furtive. Il n'avait pas tué Lise. Il resta étendu sur son siège, laissant son corps flotter sur ce rivage, incapable de découvrir par quelle suite de bonds étranges Jean-Baptiste avait pu exhumer l'itinéraire de la tuerie du juge. Enfants, ils s'étaient enfoncés si loin dans la montagne que ni l'un ni l'autre n'étaient plus capables de repérer le village et pas même un sentier. Jean-Baptiste s'était hissé sur ses épaules. « Ne pleure pas, avait-il dit. On va chercher à comprendre par où sont passés les hommes, avant. » Et tous les cinq cents mètres, Jean-Baptiste grimpait sur son dos. Par là, disait-il en redescendant.

C'est ce que Jean-Baptiste avait fait. Se hisser et regarder par où était passé le Trident, retrouver sa piste sanglante. Comme un chien, comme un dieu, pensa Raphaël. Pour la seconde fois, Jean-Baptiste le ramenait au village.

LVI

Ce soir-là, c'était Josette qui s'occupait du feu. Adamsberg avait appelé Danglard et Retancourt puis dormi tout l'après-midi. Au soir, encore engourdi, il avait pris sa place devant la cheminée et regardait la hackeuse *achaler*, puis jouer avec une branchette enflammée. Elle dessinait dans la pénombre des cercles et des huit incandescents. Le point orange tournoyait en tremblant, et Adamsberg se demandait si, comme la cuiller en bois dans la casserole de crème, la baguette avait le pouvoir de dissoudre les grumeaux, tous ces grumeaux qui demeuraient serrés autour de lui. Josette avait chaussé des tennis qu'il ne lui avait encore jamais vues, bleues et barrées d'une bande dorée. Comme la faucille d'or dans le champ des étoiles, pensa-t-il.

— Vous pourriez me prêter la baguette ? demanda-t-il.

Adamsberg enfonça la pointe de la branchette dans les braises puis la promena dans l'air.

— C'est joli, dit Josette.

— Oui.

— On ne peut pas dessiner des carrés dans l'air. Juste des ronds.

— Ce n'est pas grave, je n'aime pas tellement les carrés.

— Le crime de Raphaël était un grand verrou carré, hasarda Josette.

— Oui.

— Et aujourd'hui, il a sauté.

— Oui, Josette.

Paf paf paf et explosion, pensa-t-il.

— Mais il en reste un autre, reprit-il. Et l'on ne peut pas aller plus loin qu'on ne l'a fait.

— Il n'y a pas de bout aux souterrains, commissaire. C'est conçu pour aller d'un endroit à un autre. Tous reliés les uns aux autres, de sentier en sentier, de porte en porte.

— Pas toujours, Josette. Devant nous se dresse le plus impénétrable des verrous.

— Lequel ?

— Celui de la mémoire stagnante, au fond du lac. Mon souvenir bloqué sous les pierres, mon propre piège, ma chute dans le sentier. Celui-là, aucun pirate ne saurait le saborder.

— Verrou par verrou et l'un après l'autre, c'est la clef du bon hacker, dit Josette en regroupant les braises égarées au centre du foyer. On ne peut pas ouvrir la porte numéro neuf avant d'avoir débloqué la numéro huit. Vous comprenez cela, commissaire ?

— Mais oui, Josette, dit gentiment Adamsberg.

Josette continuait à ranger les brandons le long de la bûche enflammée.

— Avant le verrou de la mémoire, reprit-elle en désignant une braise du bout des pincettes, il y a celui qui vous a fait boire à Hull, et hier soir.

— Également défendu par une imprenable barrière.

Josette secoua la tête, obstinée.

— Je sais, Josette, soupira Adamsberg, que vous êtes allée vous délasser au FBI. Mais on ne peut pas hacker les verrous de la vie comme ceux des machines.

— Il n'y a pas de différence, répliqua Josette.

Il étendit ses pieds vers la cheminée, faisant lentement tourner la baguette dans l'air, laissant la chaleur des flammes filtrer à travers ses chaussures. L'innocence de son frère revenait vers lui en un lent mouvement de boomerang, le déplaçant de ses marques habituelles, modifiant son angle de vue, lui ouvrant des parages interdits où le monde semblait discrètement changer de texture. Quelle texture, il ne savait au juste. Ce qu'il savait, c'est qu'en d'autres temps et hier encore, il n'aurait jamais confié l'histoire de Camille, la fille du Nord, à une fragile hackeuse en tennis bleu et or. Ce qu'il fit pourtant, depuis ses origines jusqu'à sa conversation d'ivrogne de la veille au soir.

— Vous voyez, acheva Adamsberg. Pas de passage.

— Pourrais-je reprendre la baguette ? demanda timidement Josette.

Adamsberg lui donna la branchette. Elle réactiva sa pointe dans le feu et reprit ses cercles tremblants.

— Pourquoi cherchez-vous ce passage puisque vous l'avez bouclé vous-même ?

— Je ne sais pas. Parce que de là vient l'air sans doute, et sans air, c'est l'asphyxie, ou l'explosion. Comme la cathédrale de Strasbourg aux fenêtres obstruées.

— Ah tiens ? s'étonna Josette en suspendant son geste. Ils ont bouché la cathédrale ? Mais pour quoi faire ?

— On ne sait pas, dit Adamsberg avec un geste évasif. Mais ils l'ont fait. Avec des dragons, des lamproies, des chiens, des crapauds, et un tiers de gendarme.

— Ah bon, dit Josette.

Elle abandonna la baguette sur le chenet et disparut dans la cuisine. Elle en rapporta deux verres à porto qu'elle posa en tremblant sur la margelle de la cheminée.

— Vous connaissez son nom ? demanda-t-elle en versant le vin et en en répandant à côté des verres.

— Trabelmann. Un tiers de Trabelmann.

— Non, je parle de l'enfant de Camille.

— Ah. Je ne me suis pas renseigné. Et j'étais ivre.

— Tenez, dit-elle en lui tendant son porto. C'est le vôtre.

— Merci, dit Adamsberg en prenant son verre.

— Je ne parlais pas du verre, corrigea Josette.

Elle traça encore quelques cercles incandescents, finit son vin et repassa la baguette à Adamsberg.

— Voilà, dit-elle, je vais vous laisser. C'était un petit verrou mais cela fait passer de l'air, trop peut-être.

LVII

Danglard prenait des notes rapidement tout en écoutant son collègue québécois.

— Arrache-moi ça au plus vite, répondit-il. Adamsberg a mis à nu le parcours du juge. Oui, et tout se tient à présent, ça devient solide. À l'exception du meurtre du sentier qui n'entre toujours pas dans le cadre. Alors, ce truc, ne le lâche pas... Non... Eh bien, arrange-toi... Le message de Sartonna sera sans valeur, ce n'est qu'une reconstitution. L'accusation le fera voler en éclats. Oui... Certain... Il peut encore s'en tirer, acharne-toi.

Danglard échangea encore quelques mots puis raccrocha. Il avait l'impression nauséeuse que tout allait se jouer sur un fil. Tout perdre ou tout gagner sur ce coup. Il ne lui restait que peu de temps, et peu de fil.

LVIII

Adamsberg et Brézillon avaient convenu d'un rendez-vous dans un café discret du 7e arrondissement, à l'heure creuse du milieu d'après-midi. Le commissaire s'y dirigeait tête baissée sous son bonnet arctique. Hier soir, il avait veillé longtemps après le départ de Josette, dessinant des ronds aériens et brûlants dans la nuit. Depuis qu'il avait négligemment feuilleté ce journal à la Brigade, il lui semblait avoir traversé un tumulte sans répit, jeté dans les tempêtes sur un radeau secoué par les vents de Neptune, depuis cinq semaines et cinq jours. En parfaite hackeuse, Josette avait touché à la cible, et il s'étonnait de n'avoir pas saisi plus tôt. L'enfant avait été conçu à Lisbonne et c'était le sien. Cette vérité stupéfiante avait apaisé une bourrasque en même temps que soulevé un souffle d'inquiétude qui haletait et sifflait à l'horizon proche.

Vous êtes un véritable con, commissaire. De n'avoir rien compris. Danglard était resté assis comme un poids triste et lourd sur son secret. Lui et Camille tous deux raidis dans le silence, il avait fui si loin. Aussi loin que Raphaël avait été exilé.

Raphaël pouvait s'asseoir à présent mais lui devait toujours courir. Verrou après verrou, avait commandé Josette, chaussée de ses grosses tennis célestes. Le verrou du sentier restait inaccessible. Mais celui de Fulgence était à sa portée. Adamsberg poussa la porte tournante du luxueux café, à l'angle de l'avenue

Bosquet. Quelques dames y prenaient un thé, l'une un pastis. Il repéra son divisionnaire posé comme un monument gris sur une banquette de velours rouge, un verre de bière sur la table de bois brillant.

— Ôtez ce bonnet, lui dit aussitôt Brézillon. Vous avez l'air d'un paysan.

— C'est mon système de camouflage, expliqua Adamsberg en le déposant sur une chaise. Technique arctique qui dissimule yeux, oreilles, joues et menton.

— Hâtez-vous, Adamsberg. Je vous fais déjà une faveur en acceptant cet entretien.

— J'ai demandé à Danglard de vous informer des suites de l'exhumation. L'âge du juge, la famille Guillaumond, le matricide, la main d'honneurs.

— C'est fait.

— Votre avis, monsieur le divisionnaire ?

Brézillon alluma une de ses épaisses cigarettes.

— Favorable à deux points près. Pourquoi le juge s'est-il attribué quinze ans de plus ? Qu'il ait changé de nom après le matricide, c'est évident. Et dans le maquis, l'opération était facile. Mais son âge ?

— Fulgence accordait du prix au pouvoir et non à la jeunesse. Diplômé de droit à vingt-cinq ans, que pouvait-il attendre après la guerre ? Rien que le lent parcours d'un petit juriste grimpant un à un les échelons. Fulgence voulait bien autre chose. Avec son intelligence et quelques fausses références, il pouvait atteindre rapidement aux degrés les plus élevés. À la condition qu'il ait l'âge d'y prétendre. La maturité était nécessaire à son ambition. Cinq ans après sa fuite, il était déjà juge au tribunal de Nantes.

— Compris. Second point : Noëlla Cordel n'a rien qui la désigne comme quatorzième victime. Son nom échappe à tout rapport avec les honneurs du jeu. Si bien que je suis toujours à bavarder avec un meurtrier en fuite. Tout cela ne vous innocente pas, Adamsberg.

— Il y a eu d'autres victimes excédentaires sur le parcours du juge. Michaël Sartonna, par exemple.

— Rien n'est encore prouvé.

— Mais c'est une présomption. Présomption aussi pour Noëlla Cordel. Et présomption pour moi.

— C'est-à-dire ?

— Si le juge a choisi de me piéger au Québec, son mécanisme s'est enrayé. J'échappe aux mains de la GRC et l'exhumation le prive de son abri mortuaire. Si je parviens à me faire entendre, il perd tout, sa réputation, son *honneur*. Il ne prendra pas ce risque. Il va réagir au plus vite.

— En vous éliminant ?

— Oui. Je dois donc lui faciliter les choses. Je dois revenir chez moi en pleine visibilité. Et il viendra. C'est ce que je suis venu vous demander, pour quelques jours.

— Vous êtes cinglé, Adamsberg. Vous comptez faire le vieux coup de la chèvre ? Avec un fou furieux qui a treize meurtres sur les bras ?

Ou plutôt le vieux coup du moustique enténébré dans le fond d'une oreille, pensa Adamsberg, le vieux coup du poisson enfoui dans les boues d'un lac, et qu'on attire l'un et l'autre avec la clarté d'une lampe. Pêche nocturne aux lampions. Et cette fois, c'était le poisson qui tenait le trident et non pas l'homme.

— Il n'y a pas d'autre moyen de le faire émerger.

— Comportement sacrificiel, Adamsberg, et qui ne vous lavera pas du crime de Hull. Si le juge ne vous tue pas.

— C'est le risque.

— Si vous êtes pris à votre domicile, mort ou vif, la GRC m'accusera d'incompétence ou de complicité.

— Vous direz avoir levé la garde pour me harponner.

— Ce qui m'obligera à vous extrader sur-le-champ, dit Brézillon en étouffant son mégot sous son large pouce.

— De toute façon, vous m'extraderez dans quatre semaines et demie.

— Je n'aime pas envoyer mes hommes au casse-pipe.

— Dites-vous que je ne suis plus votre homme, mais un fugitif autonome.

— Accordé, soupira Brézillon.

Aspiré par l'effet lamproie, songea Adamsberg. Il se leva et enfila son camouflage arctique. Pour la première fois, Brézillon lui tendit la main pour le saluer. Aveu, sans doute, qu'il n'était pas certain de le revoir debout.

LIX

À Clignancourt, Adamsberg fourra son gilet pare-balles et son arme dans son sac, et embrassa les deux femmes.

— Juste une petite expédition, dit-il. Je reviendrai.

Pas sûr, pensa-t-il en s'engageant dans la vieille ruelle. À quoi bon ce duel inégal ? À jouer son dernier coup, ou bien à devancer la mort, à s'exposer au trident de Fulgence plutôt que s'engluer dans l'ombre du sentier et vivre sans savoir, avec Noëlla empalée. Il voyait, comme à travers une vitre trouble, le corps de la jeune fille onduler sous la couverte de glace. Il entendait sa voix plaintive. *Et tu sais ce qu'il m'a fait, mon chum ? Pauvre Noëlla, le bec dans l'eau. Noëlla t'en a déjà parlé ? Du coch de Paris ?*

Adamsberg marcha plus vite, tête baissée. Il ne pouvait embringuer personne dans son vieux coup du moustique enténébré. L'enclume de la culpabilité qui le courbait depuis le meurtre de Hull l'en rendait incapable. Fulgence pouvait s'entourer de vassaux et déclencher un véritable carnage, abattant Danglard, Retancourt, Justin, ensanglantant la Brigade entière. Sang qui se déploya devant ses yeux, rapportant dans ses plis la robe rouge du cardinal. Vas-y tout seul, jeune homme.

Le sexe et le prénom. La perspective de crever sans le savoir lui parut incongrue, ou fautive. Il sortit son portable par une de ses pattes rouges et téléphona à Danglard dans la rue.

— Du neuf ? demanda le capitaine.

— À voir, dit prudemment Adamsberg. Hormis cela, figurez-vous que j'ai mis la main sur le nouveau père. Il ne s'agit pas d'un homme fiable avec des chaussures cirées.

— Non ? De quoi alors ?

— D'une espèce de type.

— Content que vous ayez la réponse.

— Justement. Je voulais savoir avant.

— Avant quoi ?

— Simplement savoir son sexe et son prénom.

Adamsberg s'arrêta pour graver correctement l'information. Rien ne pénétrait dans sa mémoire s'il bougeait.

— Merci, Danglard. Une dernière chose : sachez qu'avec les grenouilles, en tout cas les rainettes vertes, cela marche aussi. L'explosion.

Une nuée morose l'accompagna dans sa marche jusqu'au Marais. Il se ressaisit en vue de son immeuble et observa longuement les alentours. Brézillon avait été de parole, la surveillance était levée et le passage ouvert, de l'ombre à la lumière.

Il inspecta rapidement son appartement puis rédigea cinq lettres destinées à Raphaël, à la famille, à Danglard, à Camille et à Retancourt. Sur une impulsion, il ajouta un mot pour Sanscartier. Il déposa le petit paquet funèbre dans une planque de sa chambre, connue de Danglard. À lire après sa mort. Après un dîner froid avalé debout, il entreprit de ranger les pièces, trier le linge et faire disparaître ses courriers privés. Tu pars vaincu, se dit-il en déposant la poubelle dans le hall de l'immeuble. Tu pars mort.

Tout lui semblait en place. Le juge n'entrerait pas par effraction. Il s'était certainement fait adresser un double de sa clef par Michaël Sartonna. Fulgence savait anticiper. Et trouver le commissaire l'attendant l'arme au poing ne l'étonnerait pas. Il le savait, comme il savait qu'il serait seul.

Le temps que le juge soit alerté de son retour, il n'apparaîtrait pas avant demain, ou après-demain soir. Adamsberg l'attendait sur un détail ténu : l'heure. Le juge était un symboliste. Cela lui conviendrait certainement d'achever la course d'Adamsberg à l'heure où il avait frappé son frère, il y a trente ans. Entre onze heures et minuit. Il pouvait donc prévoir un léger effet de surprise sur ce créneau de temps. Attaquer droit dans l'orgueil de Fulgence, là où il se pensait encore inviolé. Adamsberg avait acheté un jeu de Mah-Jong sur son chemin. Il disposa une partie sur la table basse et exposa la main d'honneurs du juge sur une réglette. Il y ajouta deux fleurs, pour Noëlla et Michaël. La vision de ce secret éventré obligerait Fulgence, peut-être, à prononcer quelques mots avant l'assaut. Ce qui laisserait à Adamsberg, peut-être, un répit de quelques secondes.

LX

Le dimanche soir à vingt-deux heures trente, Adamsberg enfila le lourd gilet pare-balles et accrocha son holster. Il alluma toutes les lampes pour signaler sa présence, pour que le grand insecte lové dans sa caverne vienne ramper jusqu'au point de lumière vive.

À vingt-trois heures quinze, le cliquetis de la serrure l'avertit de l'entrée du Trident. Le juge claqua la porte avec désinvolture. Parfaitement dans ses manières, songea Adamsberg. Fulgence était chez lui partout, où il le voulait et quand il le voulait. *J'abattrai la foudre sur toi quand il me plaira.*

Il leva son arme dès qu'il eut le vieillard dans son champ de vision.

— Quel accueil barbare, jeune homme, dit Fulgence d'une voix grinçante et vieillie.

Négligeant le canon braqué sur lui, il ôta son long manteau qu'il jeta sur une chaise. Adamsberg avait beau s'être préparé à la rencontre, il s'était tendu à la vue du haut vieillard. Beaucoup plus ridé que lors de leur dernière rencontre, il avait conservé le corps droit, la posture hautaine, les gestes seigneuriaux de son enfance. Les plis profonds du visage lui donnaient plus encore cette beauté du diable qu'admiraient en s'en repentant les femmes de son village.

Le juge s'était assis et, jambes croisées, examinait le jeu exposé sur la table.

— Prenez place, commanda-t-il. Nous avons quelques mots à nous dire.

Adamsberg garda sa position, ajustant son angle de tir, guettant tout à la fois le regard et le déplacement des mains. Fulgence sourit et s'adossa à sa chaise, parfaitement à l'aise. Le droit sourire du juge, élément constitutif de sa beauté, présentait la singularité de découvrir la denture jusqu'à la première molaire. Cette laxité s'était accrue avec le temps et altérait son maxillaire d'une raideur un peu macabre.

— Vous n'êtes pas de taille, jeune homme, et vous ne l'avez jamais été. Savez-vous pourquoi ? Parce que je tue. Au lieu que vous n'êtes qu'un petit homme, un petit flic. Que le moindre assassinat de sentier maladroit transforme en véritable loque. Oui, un petit homme.

Adamsberg contourna lentement Fulgence et vint se placer derrière lui, le canon à quelques centimètres de sa nuque.

— Et nerveux, reprit le juge. Bien naturel de la part d'un petit homme.

Il désigna de la main l'alignement des dragons et des vents.

— Tout cela est parfaitement exact, dit-il. Il vous a fallu bien du temps.

Adamsberg surveilla le mouvement de cette main redoutée, main blanche aux doigts trop longs, aux articulations aujourd'hui noueuses, aux ongles aussi soignés, que le poignet déplaçait avec cette grâce étrange et un peu déhanchée, pourrait-on dire, qu'on voit sur les tableaux anciens.

— Il y manque la quatorzième pièce, dit-il, et ce sera un homme.

— Mais pas vous, Adamsberg. Vous bocheriez ma main.

— Dragon vert ou dragon blanc ?

— Que vous importe ? Même en prison, même dans la tombe, cette dernière pièce ne m'échappera pas.

De l'index, le juge pointa les deux fleurs qu'Adamsberg avait posées au côté de la main d'honneurs.

— Celle-ci figure Michaël Sartonna, et celle-ci Noëlla Cordel, affirma-t-il.

— Oui.

— Laissez-moi corriger cette main.

Fulgence enfila un gant, saisit le domino correspondant à Noëlla et le relança d'un coup sec dans la pioche.

— Je n'aime pas l'erreur, dit-il froidement. Soyez certain que je ne me serais pas donné la peine de vous suivre au Québec. Je ne suis personne, Adamsberg, je devance. Je ne suis jamais allé au Québec.

— Sartonna vous informait sur le sentier de portage.

— Oui. Je guettais vos mouvements depuis Schiltigheim, vous ne l'ignorez pas. Votre meurtre sur ce sentier m'a considérablement amusé. Un crime d'ivrogne sans grâce ni préméditation. Quelle vulgarité, Adamsberg.

Le juge se retourna, face à l'arme.

— Navré, petit homme, mais c'est votre crime et je vous le laisse.

Un bref sourire du juge et une suée qui couvrit le corps d'Adamsberg tout entier.

— Rassurez-vous, poursuivit Fulgence. Vous verrez que c'est plus aisé à porter qu'on ne se le figure.

— Pourquoi avoir tué Sartonna ?

— Trop informé, dit le juge en se retournant vers le jeu. Ce sont des risques que je ne prends pas. Vous apprendrez aussi, dit-il en piochant une nouvelle fleur et en la posant sur la réglette, que le docteur Colette Choisel n'est plus de ce monde. Un malheureux accident de voiture. Et que l'ex-commissaire Adamsberg va la suivre dans les ténèbres, ajouta-t-il en déposant une troisième fleur. Écrasé par sa faute, trop faible pour affronter la prison, il s'est donné la mort, que voulez-vous. Ce sont des choses qui arrivent, chez les petits hommes.

— C'est ainsi que vous comptez vous y prendre ?

— Aussi simplement. Asseyez-vous, jeune homme, votre crispation m'importune.

Adamsberg vint se poser face au juge, l'arme braquée sur son buste.

— Vous pouvez m'en savoir gré, d'ailleurs, ajouta Fulgence en souriant. Cette rapide formalité vous débarrassera d'une existence intolérable, puisque le souvenir de votre crime ne vous laissera aucune paix.

— Ma mort ne vous sauvera pas. Le dossier est bouclé.

— Des coupables ont tous été jugés pour ces crimes. Rien ne sera prouvé sans mes aveux.

— Le sable de la tombe vous accuse.

— Précisément et c'est là le seul point. C'est pourquoi le docteur Choisel a disparu. Et c'est pourquoi je suis là, à m'entretenir avec vous avant votre suicide. C'est une faute de goût, jeune homme, que d'aller creuser dans les tombes. Une faute gravissime.

Le visage de Fulgence avait perdu son expression dédaigneuse et souriante. Il fixait Adamsberg avec toute la dureté du souverain juge.

— Que vous allez réparer, poursuivit-il. En signant de votre main une petite confession, bien naturelle avant un suicide. Indiquant que vous avez falsifié la sépulture. Enterré mon cadavre dans les bois de Richelieu. Poussé par votre obsession, bien entendu, et prêt à tout pour me faire endosser le meurtre du sentier. Vous saisissez ?

— Je ne signerai rien pour vous aider, Fulgence.

— Mais si, petit homme. Car si vous refusez, nous trouverons deux fleurs supplémentaires à ce tableau. Votre amie Camille et son enfant. Que j'exécuterai sitôt après votre décès, soyez-en assuré. Septième étage, atelier gauche.

Fulgence tendit à Adamsberg une feuille et un stylo, qu'il essuya soigneusement avant de les lui remettre. Adamsberg passa son arme dans la main gauche et écrivit sous la dictée du juge. En agrandissant les D et les R.

— Non, dit le juge en lui arrachant la page. Votre écriture normale, entendez-vous ? Recommencez, dit-il en lui tendant une nouvelle feuille.

Adamsberg s'exécuta et déposa la feuille sur la table.

— Parfait, dit Fulgence. Rangez ce jeu.

— Comment espérez-vous me suicider ? demanda Adamsberg en rassemblant les dominos d'une seule main. Je suis armé.

— Mais stupidement humain. Je compte donc sur votre entière coopération. Vous allez vous laisser faire, très simplement. Porter l'arme à votre front, et tirer. Si vous m'abattez, deux de mes hommes se chargeront de votre amie et de votre progéniture. Suis-je assez clair ?

Adamsberg abaissa son revolver sous le sourire du juge. Si certain de son entreprise qu'il s'était présenté ostensiblement sans arme à feu. Il laisserait derrière lui un suicidé parfait et une confession lui restituant sa liberté. Adamsberg examina son Magnum, ridicule petite puissance, et se redressa. Danglard était posté à moins d'un mètre derrière le juge, progressant avec le silence de La Boule. Son pompon rasé sur la tête, une bombe de gaz dans la main droite, son Beretta dans la main gauche. Adamsberg éleva le revolver vers son front.

— Donnez-moi un peu de temps, demanda-t-il en posant le canon sur sa tempe. Du temps pour quelques pensées.

Fulgence eut une moue de mépris.

— Petit homme, répéta-t-il. Je compte jusqu'à quatre.

À deux, Danglard avait projeté le gaz et repris son Beretta dans la main droite. Fulgence se releva dans un cri et fit face à Danglard. Le capitaine, qui découvrait pour la première fois le visage du Trident, eut une demi-seconde de recul et le poing de Fulgence le saisit au menton. Danglard heurta violemment le mur et tira, manquant le juge qui avait déjà atteint la porte. Adamsberg courut dans les escaliers, suivant l'échappée furieuse du vieillard. Il l'eut dans sa ligne de mire pour une demi-seconde et visa au dos. Son adjoint le rejoignit alors qu'il abaissait son arme.

— Écoutez, dit Adamsberg. Sa voiture démarre.

Danglard dévala les dernières marches et déboucha dans la rue, l'arme au bout de son bras tendu. Trop loin, il n'atteindrait pas même les pneus. La voiture devait attendre le juge porte ouverte.

— Pourquoi n'avez-vous pas tiré, bon sang ? cria-t-il en remontant les étages.

Adamsberg était assis sur une marche en bois, le Magnum à ses pieds, tête baissée et mains pendant sur ses genoux.

— Cible de dos et cible en fuite, dit-il. Pas de légitime défense. J'ai assez tué comme cela, capitaine.

Danglard entraîna le commissaire jusqu'à l'appartement. Avec un flair de flic, il retrouva sa bouteille de genièvre et en servit deux verres. Adamsberg leva son bras.

— Regardez, Danglard. Je tremble. Comme une feuille, comme une feuille rouge.

Tu sais ce qu'il m'a fait, mon chum ? Le coch de Paris ? Je te l'ai déjà dit ?

Danglard avala d'un coup son premier verre de genièvre. Puis il décrocha son téléphone tout en s'en servant aussitôt un second.

— Mordent ? Danglard. Haute protection au domicile de Forestier Camille, 23, rue des Templiers, 4ᵉ arrondissement, 7ᵉ étage, porte gauche. Deux hommes jour et nuit, deux mois. Faites-lui savoir que l'ordre vient de ma part.

Adamsberg but une gorgée du genièvre, le bord du verre claquant contre ses dents.

— Danglard, comment vous êtes-vous démerdé ?

— Comme un flic qui fait son boulot.

— Comment ?

— Dormez d'abord, dit Danglard, attentif aux traits creusés d'Adamsberg.

— Pour rêver de quoi, capitaine ? C'est moi qui ai tué Noëlla.

Il l'a laissée le bec dans l'eau. Pauvre Noëlla. Je te l'ai dit, cela ? Mon chum ?

— Je le sais, dit Danglard. J'ai l'enregistrement complet.

Le capitaine fouilla dans la poche de son pantalon et en sortit une quinzaine de comprimés usés, de formes et de couleurs différentes. Il inspecta sa réserve d'un œil expert et y choisit un cachet grisâtre qu'il tendit à Adamsberg.

— Avalez cela et dormez. Je vous emmène à sept heures demain matin.

— Où ?

— Voir un flic.

LXI

Danglard était sorti de Paris et conduisait prudemment sur une autoroute embuée par des brouillards compacts. Il parlait seul, grondait seul, ressassant sa rage de n'avoir pu saisir le juge. Voiture inidentifiable, barrages impossibles. À ses côtés, Adamsberg semblait indifférent à cet échec, prisonnier du sentier. En l'espace d'une courte nuit, la certitude de son crime l'avait sanglé comme une momie.

— Ne regrettez rien, Danglard, dit-il enfin d'une voix plate. Personne n'attrape le juge, je vous l'avais dit.

— Je le tenais à portée de main, nom de Dieu.

— Je sais. Cela m'est arrivé.

— Je suis flic, j'étais armé.

— Moi aussi. Cela ne change rien. Le juge coule comme du sable.

— Il va vers son quatorzième meurtre.

— Comment étiez-vous là, Danglard ?

— Vous lisez dans les yeux, dans les voix, dans les gestes. Moi, je lis dans la logique des mots.

— Je ne vous ai parlé de rien.

— Au contraire. Vous avez eu l'excellente intuition de m'alerter.

— Je ne vous ai pas alerté.

— Vous m'avez appelé à propos de l'enfant. « J'aimerais savoir avant », m'avez-vous dit. Avant quoi ? D'aller voir Camille ? Non, vous y étiez déjà passé, ivre mort. J'ai donc téléphoné chez Clémen-

tine. J'ai eu en ligne une femme à la voix grelottante
– c'est bien elle, votre hackeuse ?

— Oui, Josette.

— Vous aviez emporté votre arme et votre gilet.
« Je reviendrai », aviez-vous dit en les embrassant.
Arme, baisers et assurances qui signaient votre incertitude. Avant quoi ? Avant un combat où vous ris-
quiez votre peau. Avec le juge, nécessairement. Et
pour cela, pas d'autre solution que de vous exposer
à lui sur votre territoire. Le vieux coup de la chèvre.

— Du moustique, oui.

— De la chèvre.

— Si vous voulez, Danglard.

— Où la chèvre se fait généralement bouffer. Paf,
et explosion. Ce que vous saviez.

— Oui.

— Mais que vous ne souhaitiez pas puisque vous
m'en avez prévenu. Dès samedi soir, je me suis mis
en planque dans la cave de l'immeuble d'en face. Par
le soupirail, j'avais une vue parfaite sur la porte
d'entrée. Je pensais que le juge ne frapperait qu'à la
nuit, éventuellement à partir de onze heures. C'est un
symboliste.

— Pourquoi êtes-vous venu seul ?

— Pour la même raison que vous. Pas de carnage.
J'ai eu tort ou beaucoup trop présumé de moi. On
l'aurait coincé.

— Non. Six hommes n'arrêtent pas Fulgence.

— Retancourt l'aurait bloqué.

— Justement. Elle aurait foncé et il l'aurait tuée.

— Il n'avait pas d'arme.

— Sa canne. C'est une canne-épée. Un tiers de trident. Il l'aurait embrochée.

— C'est possible, dit Danglard en passant les
doigts sur son menton.

Ce matin, Adamsberg lui avait légué la pommade
de Ginette, et le maxillaire du capitaine luisait de
jaune.

— C'est certain. Ne regrettez rien, répéta Adamsberg.

— J'ai abandonné la planque à cinq heures du matin et je l'ai reprise le soir même. Le juge est apparu à onze heures treize. Très à l'aise et si grand, si haut, si vieux, que je ne pouvais pas le manquer. Je me suis plaqué derrière votre porte, avec le micro. J'ai ses aveux en boîte.

— Et son déni du crime du sentier.

— Aussi. Il a haussé le ton en disant : « Je ne suis personne, Adamsberg. Je devance. » J'en ai profité pour ouvrir la porte.

— Et sauver la chèvre. Je vous en remercie, Danglard.

— Vous m'aviez appelé. C'est mon boulot.

— Ainsi que me livrer à la justice canadienne. C'est votre boulot aussi. Car on roule bien vers Roissy, n'est-ce pas ?

— Oui.

— Où m'attendra un foutu coch québécois. C'est cela, Danglard ?

— C'est cela.

Adamsberg se laissa aller contre le dossier et ferma les yeux.

— Conduisez lentement, capitaine, avec cette brume.

LXII

Danglard entraîna Adamsberg dans un des nombreux cafés de l'aéroport et choisit une table à l'écart. Adamsberg s'assit, le corps absent, les yeux stupidement fixés sur ce pompon rasé qui surmontait la tête de son adjoint, comme une figure riante et inappropriée. Retancourt l'aurait saisi à bras-le-corps, elle l'aurait projeté comme une balle par-delà les frontières, elle l'aurait lancé dans la fuite. C'était encore possible, Danglard ayant eu la délicatesse de ne pas lui passer les bracelets. Il pouvait encore bondir et s'échapper, le capitaine étant incapable de le rattraper à la course. Mais l'idée de son bras armé transperçant Noëlla lui ôtait toute pulsion vitale. À quoi bon fuir s'il ne pouvait marcher ? Figé par la terreur de frapper encore, de se retrouver titubant avec un cadavre au sol ? Autant finir ici, dans les mains de Danglard, qui buvait tristement un café-cognac. Des centaines de voyageurs passaient devant ses yeux, sur le départ ou l'arrivée, libres, la conscience aussi nette qu'une pile de linge propre et plié. Au lieu que sa conscience lui répugnait comme un lambeau de chiffon durci et sanglant.

Danglard leva soudain un bras en signe de bienvenue et Adamsberg ne fit pas l'effort de bouger. Le visage vainqueur du surintendant était la dernière chose qu'il avait envie de voir. Deux grandes mains se fermèrent sur ses épaules.

— J'avais-tu pas dit qu'on pognerait ce maudit ? entendit-il.

Adamsberg se retourna pour fixer le visage du sergent Fernand Sanscartier. Il se leva et le serra instinctivement par les bras. Bon dieu, pourquoi avait-il fallu entre tous que Laliberté désigne Sanscartier pour venir prendre livraison de lui ?

— C'est toi qui as écopé de la mission ? demanda Adamsberg, désolé.

— J'ai suivi les ordres, répondit Sanscartier sans abandonner son sourire de Bon. Et on a beaucoup à jaser, ajouta-t-il en prenant place face à lui.

Il serra fortement la main de Danglard.

— De la bonne job, capitaine. Et bienvenue. Criss, il fait chaud chez vous, dit-il en ôtant sa veste matelassée. Voilà le double du dossier, ajouta-t-il en le tirant de sa sacoche. Et voici l'échantillon.

Il agita une petite boîte devant les yeux de Danglard, qui fit un signe approbateur.

— On a déjà procédé aux analyses. La comparaison suffira à clouer l'accusation.

— Échantillon de quoi ? demanda Adamsberg.

Sanscartier arracha un cheveu de la tête du commissaire.

— De ça, dit-il. C'est traître, les cheveux. Ça tombe comme des feuilles rouges. Mais il a fallu charrier six mètres cubes d'esti de merdier pour en retrouver. Tu te figures-tu ? Six mètres cubes pour quelques cheveux. C'est comme chercher une aiguille dans un voyage de foin.

— Tu n'en avais pas besoin. Vous aviez mes empreintes sur la ceinture.

— Mais pas les siennes.

— Quelles siennes ?

Sanscartier se tourna vers Danglard, les sourcils froncés sur ses yeux de Bon.

— Il est pas au courant ? demanda-t-il. Tu l'as laissé bouillir sous la pelouse ?

— Je ne pouvais rien dire tant qu'on n'avait pas de certitude. Je n'aime pas les faux espoirs.

— Mais hier soir, criss ! Tu pouvais lui dire !

— Hier soir, on a eu de la cogne.

— Et ce matin ?

— Entendu, je l'ai laissé bouillir. Huit heures.

— T'es un maudit chum, gronda Sanscartier. Pourquoi tu l'as-tu niaisé ?

— Pour qu'il sache ce qu'avait vécu Raphaël jusqu'aux tréfonds. La frayeur de soi, l'exil et le monde interdit. C'était nécessaire. Huit heures, Sanscartier, c'est pas la mort pour rattraper son frère.

Sanscartier se retourna vers Adamsberg, et frappa la table avec sa boîte à prélèvements.

— Les cheveux de ton diable, dit-il. Qui se débattaient dans six mètres cubes de feuilles pourries.

Adamsberg comprit dans l'instant que Sanscartier était en train de le hisser vers la surface et vers l'air libre, hors des vases inertes du lac Pink. Ayant suivi les ordres de Danglard et non pas ceux de Laliberté.

— Ça n'a pas été tout seul, dit Sanscartier, parce que je devais tout faire en dehors de l'office. Le soir, la nuit, ou à l'aube. Et sans que le boss me pogne. Ton capitaine se faisait du sang de punaise, il pouvait pas accroire cette affaire de jambes molles, et juste après la branche. J'ai été me rendre compte sur le sentier et chercher l'endroit où t'avais pris une fouille. J'ai marché comme toi depuis *L'Écluse*, le temps que t'avais dit. J'ai exploré sur une centaine de mètres. J'ai trouvé des brindilles cassées neuves et des pierres chamboulées, juste en face du chantier. Les gars avaient débarrassé le camp mais il y avait les plants d'érable.

— J'avais dit que c'était près du chantier, dit Adamsberg, la respiration courte.

Il avait croisé les bras, les doigts contractés sur ses manches, son attention focalisée sur les paroles du sergent.

— Ben il n'y avait pas de branche basse dans les parages, mon chum. C'est pas ça qui t'a envoyé dans les étoiles. Après quoi ton capitaine m'a demandé de chercher le gardien de nuit. C'était le seul témoin possible, tu comprends-tu ?

— Je comprends-tu, mais l'as-tu trouvé ? demanda Adamsberg qui, les lèvres presque raidies, avait de la peine à articuler.

Danglard arrêta le serveur et commanda de l'eau, des cafés, de la bière et des croissants.

— Criss, ça a été le plus dur. J'ai prétexté que j'étais indisposé pour quitter la GRC et filer me renseigner aux services municipaux. Tu penses-tu. C'étaient les fédéraux qui s'en étaient chargés. Il a fallu que je remonte jusqu'à Montréal pour trouver le nom de l'entreprise. Je peux te dire que Laliberté, il en avait plein le casque de mes maladies à répétition. Et ton capitaine qui se mettait en beau démon au téléphone. J'ai eu le nom du gardien. Il faisait chantier en amont de l'Outaouais. J'ai demandé un autre congé pour m'y rendre et j'ai bien cru que le surintendant allait se briser le gros nerf.

— Et il y était, le gardien ? demanda Adamsberg en vidant d'un trait son verre d'eau.

— Inquiète-toi pas, je l'ai pogné par les chnolles dans son pick-up. Mais pour le faire jaser, ça a été une autre affaire. Il se tenait sur sa grandeur et il m'a d'abord conté des romances par poignées. Alors j'y suis allé tout fin drette et je l'ai menacé de le mettre à la glacière s'il continuait à me niaiser avec ses bêtises. Refus de coopérer et dissimulation de preuves. Je suis gêné de raconter la suite, Adrien. Tu veux-tu pas lui dire ?

— Le gardien, Jean-Gilles Boisvenu, reprit Danglard, a vu un gars qui attendait sur le sentier en contrebas, le dimanche soir. Il a pris ses jumelles de nuit et il a maté.

— Maté ?

— Boisvenu était certain que le gars allait aux hommes et qu'il guettait son petit chum, expliqua Sanscartier. Tu sais que le sentier de portage est un lieu de rendez-vous.

— Oui. Le gardien m'avait demandé si j'y allais, aux hommes.

— Ça l'intéressait beaucoup, reprit Danglard. Il était donc vissé contre son pare-brise. Un témoin de choix, tout ce qu'il y a d'attentif. Il a été ravi d'entendre un autre gars s'approcher. Il distinguait tout parfaitement dans ses jumelles. Mais ça n'a pas tourné comme il l'espérait.

— Comment savait-il que c'était la nuit du 26 ?

— Parce que c'était un dimanche et qu'il pestait contre le gardien de week-end qui avait fait faux bond. Il a vu le premier gars, un grand aux cheveux blancs, frapper l'autre à la tête d'un coup de branche. L'autre gars, vous, commissaire, s'est écroulé au sol. Boisvenu s'est fait petit. Le grand avait l'air mauvais et il ne tenait pas à se mêler d'une querelle de ménage. Mais il continuait à regarder.

— Collé à cul-plat sur son siège.

— Exactement. Il pensait, il espérait que ça tournerait à une scène de viol sur victime assommée.

— Tu comprends-tu ? dit Sanscartier, le rouge aux joues.

— Et en effet, le grand a commencé à dégager l'écharpe du gars au sol, et à ouvrir sa veste. Boisvenu s'est collé plus que jamais à ses jumelles et au pare-brise. Le grand a pris vos deux mains et les a serrées sur quelque chose. Une lanière, a dit Boisvenu.

— La ceinture, dit Sanscartier.

— La ceinture. Mais le déshabillage et les attouchements se sont arrêtés là. Le type vous a planté une seringue dans le cou, Boisvenu en est certain. Il l'a vu la sortir de sa poche et régler la pression.

— Les jambes molles, dit Adamsberg.

— Je vous avais dit que cela me chiffonnait, dit Danglard en se penchant vers lui. Jusqu'à la branche, vous marchez normalement, en titubant. Mais au réveil, les jambes ne portent plus. Le lendemain non plus. Les mélanges d'alcool et leurs effets, je les connais sous toutes leurs teintes. L'amnésie est loin d'être systématique et quant aux jambes en chiffon, ça ne cadrait pas. Il me fallait un autre ingrédient.

— Dans son livre à lui, précisa Sanscartier.

— Une drogue, un médicament, expliqua Danglard, pour vous comme pour tous les autres coupables qu'il a plongés dans une amnésie certaine.

— Ensuite, reprit Sanscartier, le vieux gars s'est relevé en te laissant par terre. Boisvenu a voulu intervenir à ce moment, dès la seringue. Il a pas les foies blancs, il est pas gardien de nuit pour rien. Mais il a pas pu. Tu peux-tu lui dire pourquoi, Adrien ?

— Parce qu'il était bloqué, coincé aux jambes, expliqua Danglard. Il s'était préparé pour le spectacle, assis sur sa banquette, sa combinaison de chantier baissée jusqu'aux chevilles.

— Boisvenu était gêné de le raconter, il avait la graine serrée, ajouta Sanscartier. Le temps qu'il remonte toutes ses guenilles, le vieux avait clairé la place dans le sentier. Le gardien t'a trouvé dans les faillettes avec du sang plein la face. Il t'a tiré jusqu'à son pick-up, il t'a étendu dedans et abrié avec une couverte. Et il a attendu.

— Pourquoi ? Pourquoi n'a-t-il pas prévenu les cochs ?

— Il voulait pas qu'on lui demande pourquoi il avait pas bougé. Impossible de lâcher la vérité, elle était pas disable. Et s'il mentait en racontant qu'il avait pissé dans ses bottes ou piqué un petit somme, ça lui coûterait sa job. Ils ne recrutent pas des veilleurs pour qu'ils aient le chien ou qu'ils dorment

424

comme un ours. Il a préféré taire son bec et te monter dans le pick-up.

— Il pouvait me laisser là et s'en laver les mains.

— Devant la loi. Mais dans son opinion, il pensait que Dieu se mettrait en beau calvaire s'il le voyait laisser mourir un gars, et il voulait ravaler sa gaffe. Avec le frimas qu'était tombé, tu pouvais geler comme une balle. Il a décidé de voir comment tu devenais, avec cette bosse au front et cette seringue dans le corps. Savoir si c'était un somnifère ou du poison. Il verrait vite. Et si ça tournait vinaigre, il appellerait les cops. Il t'a veillé plus de deux heures et comme tu dormais, le pouls régulier, il s'est trouvé rassuré. Quand t'as commencé à donner des signes d'éveil, il a fait démarrer son pick-up, il a pris par la piste cyclable et il t'a déposé à la sortie du chemin. Il savait que tu venais de par là, il te connaissait.

— Pourquoi m'a-t-il transporté ?

— Dans l'état que t'étais, il s'est dit que tu pourrais pas remonter le sentier et que tu prendrais une fouille dans l'Outaouais glacé.

— Un bon chum, dit Adamsberg.

— Il restait une petite goutte de sang séché à l'arrière de son pick-up. J'ai fait un prélèvement, tu connais nos méthodes. Le gars ne niaisait pas, c'était bien ton ADN. Je l'ai comparé à...

Sanscartier buta sur le mot.

— La semence, compléta Danglard. Si bien qu'entre onze heures et une heure et demie du matin, vous n'étiez pas dans le sentier. Vous étiez dans le pick-up de Jean-Gilles Boisvenu.

— Mais avant ? demanda Adamsberg, en frottant ses lèvres froides. Entre dix heures trente et onze heures ?

— À dix heures quinze, tu quittais *L'Écluse*, dit Sanscartier. À la demie, t'empruntais le sentier. Tu pouvais pas atteindre le chantier ni le trident avant onze heures, quand Boisvenu t'a vu arriver. Et t'as pas pris de trident. Il manquait aucun matériel. Le juge avait déjà son arme.

— Achetée sur place ?

— Précisément. On a remonté la traque. Sartonna s'était chargé de l'achat.

— Il y avait de la terre dans les blessures.

— T'es dur de comprenure ce matin, dit Sanscartier en souriant. Mais c'est que t'oses encore pas y accroire. Ton diable a assommé la jeune fille à la pierre Champlain. Il lui avait donné rendez-vous de ta part et il l'attendait. Il l'a frappée par-derrière, puis il l'a traînée sur une dizaine de mètres jusqu'au petit lac. Avant de l'empaler, il a dû briser la glace du lac boueux, rempli de feuilles. Ça a sali les pointes.

— Et il a tué Noëlla, murmura Adamsberg.

— Bien avant onze heures, peut-être avant dix heures et demie. Il savait vers quelle heure tu prenais le sentier. Il a ôté la ceinture puis enfoncé le corps dans la glace. Ensuite, il est venu te surprendre.

— Pourquoi pas près du corps ?

— Trop risqué si quelqu'un passait et voulait jaser. Du côté du chantier, il y avait de grands arbres, il pouvait se cacher facilement. Il t'a cassé le front, drogué, et été reposer la ceinture près du corps. C'est le capitaine qu'a pensé aux cheveux. Parce que rien ne prouvait que c'était le juge, tu suis-tu ? Danglard espérait qu'il ait pu perdre des cheveux sur les quelques mètres qui séparaient la pierre Champlain du petit lac, pendant qu'il traînait le corps. Il pouvait s'arrêter pour souffler, se passer la main dans le crâne. On a prélevé la surface sur un pouce et demi d'épaisseur. Ça avait regelé, après ton escapade. Il y avait de bonnes chances pour que les cheveux se soient pas dispersés dans la glace. C'est comme ça que je me suis retrouvé avec six mètres cubes d'esti de merdier de feuilles et de brindilles. Et ça, dit Sans-cartier en désignant la boîte. Paraît que t'as quelques cheveux du juge.

— Prélevés au *Schloss*, oui. Merde, Danglard, Michaël ? J'avais planqué le sachet chez moi. Dans le placard de la cuisine avec les bouteilles.

— J'ai ôté le sachet en même temps que les documents sur Raphaël. Michaël ne savait pas qu'il existait et il ne l'a pas cherché.

— Qu'est-ce que vous faisiez dans le placard ?

— Je cherchais un truc pour réfléchir.

Le commissaire approuva d'un signe, heureux que le capitaine ait trouvé son genièvre.

— Il a aussi laissé son manteau chez vous, ajouta Danglard. J'y ai pris deux cheveux sur le col, pendant que vous dormiez.

— Vous ne l'avez pas jeté ? Son manteau noir ?

— Pourquoi ? Vous y tenez ?

— Je ne sais pas. C'est possible.

— J'aurais préféré tenir le démon plutôt que sa défroque.

— Danglard, pourquoi m'a-t-il accusé du meurtre ?

— Pour vous faire souffrir et, surtout, pour que vous acceptiez de vous tirer une balle.

Adamsberg hocha la tête. Les perversités du diable. Il se tourna vers le sergent.

— Les six mètres cubes, Sanscartier, tu ne les as pas triés tout seul ?

— À partir de là, j'ai prévenu Laliberté. J'avais le témoignage du gardien et l'ADN de la goutte de sang. Criss, il a étouffé bleu que je lui aie conté des menteries sur mes maladies. Je peux t'açartener qu'il m'a donné de la marde et défilé son chapelet. Il m'a même accusé d'avoir été de complice avec toi et de t'avoir aidé à prendre le bord. Faut dire que j'avais royalement mis le doigt entre l'arbre et l'écorce. Mais je lui ai parlé raison et j'ai réussi à lui faire baisser le diapason. Parce qu'avec le boss, tu sais, c'est la rigueur qui compte avant tout. Alors il s'est refroidi les sangs et il a pigé qu'il y avait quelque chose qui faisait pas la centaine. D'un coup, il a soulevé mer et monde et il a autorisé les prélèvements. Et il a levé l'accusation.

Adamsberg regardait tour à tour Danglard et Sanscartier. Deux hommes qui ne l'avaient pas lâché d'un centimètre.

— Cherche pas tes mots, dit Sanscartier. Tu reviens de trop loin.

La voiture avançait péniblement dans les embouteillages à l'entrée de Paris. Adamsberg s'était installé à l'arrière, à moitié allongé sur les sièges, la tête appuyée contre la vitre, les yeux mi-clos, attentif au paysage connu qui défilait devant lui, attentif à la nuque des deux hommes qui l'avaient tiré de là. Fin de la fuite de Raphaël. Et fin de la sienne. La nouveauté et l'apaisement étaient tels qu'ils l'assommaient d'une fatigue irrépressible.

— Je peux pas accroire que t'as arrimé cette histoire de Mah-Jong, lui dit Sanscartier. Laliberté était abasourdi, il a dit que c'était une job d'équerre. Il t'en parlera après-demain.

— Il vient ?

— C'est normal que tu le ressentes plus, mais après-demain, c'est la remise de promotion de ton capitaine. Tu te souviens-tu ? Ton gros casque, Brézillon, il a convié le surintendant, histoire qu'ils ramarrent les bouts ensemble.

Adamsberg eut du mal à réaliser que, s'il le voulait, il pouvait entrer ce jour à la Brigade. Marcher sans son bonnet arctique, pousser la porte, dire bonjour. Serrer des mains. Acheter du pain. S'asseoir sur le parapet de la Seine.

— Je cherche un moyen de te remercier, Sanscartier, et je ne le trouve pas.

— Inquiète-toi pas, c'est fait. Je retourne sur le terrain à Toronto, Laliberté m'a nommé inspecteur. Grâce à ton esti de cuite.

— Mais le juge s'est fait la quille de l'air, dit Danglard sombrement.

— Il sera condamné par contumace, dit Adamsberg. Vétilleux sortira de taule et les autres aussi. C'est tout ce qui compte après tout.

— Non, dit Danglard en secouant la tête. Il y a la quatorzième victime.

Adamsberg se redressa et posa ses coudes sur les dossiers des sièges avant. Sanscartier dégageait un parfum de lait d'amande.

— La quatorzième victime, je l'ai pognée par les gosses, dit-il en souriant.

Danglard lui jeta un œil dans le rétroviseur. Le premier sourire vrai, observa-t-il, depuis plus de six semaines.

— La dernière pièce, dit Adamsberg, est l'élément *majeur*. Sans elle, rien n'est fait, rien n'est joué et rien n'a de sens. Elle détermine la victoire de la main d'honneurs, elle porte le jeu tout entier.

— Logique, dit Danglard.

— Et cette pièce majeure et précieuse entre toutes sera un dragon blanc. Mais un dragon blanc suprême pour l'achèvement, l'honneur par excellence. *L'éclair*, la foudre, la lumière blanche. Ce sera lui-même, Danglard. Le Trident rejoignant père et mère en un brelan parfait, de *trois* pièces, une fois l'œuvre accomplie.

— Il va s'empaler ? Au trident ? dit Danglard en fronçant les sourcils.

— Non. C'est sa mort naturelle qui fermera d'elle-même la main. C'est dans votre enregistrement, Danglard, il l'a dit. *Même en prison, même dans la tombe, cette dernière pièce ne m'échappera pas.*

— Mais il doit tuer ses victimes avec ce foutu trident, objecta Danglard.

— Pas celle-ci. Le juge *est* le trident.

Adamsberg se rejeta sur les sièges arrière et s'endormit brusquement. Sanscartier lui jeta un regard étonné.

— Ça lui arrive souvent de s'endormir tout d'une fripe ?

— Quand il s'ennuie, ou quand il est secoué, expliqua Danglard.

LXIII

Adamsberg salua deux flics inconnus qui gardaient le palier de Camille et leur montra sa carte – encore au nom de Denis Lamproie.

Il pressa sur la sonnette. Il avait passé la journée de la veille à reprendre vie dans la solitude et dans un formidable étourdissement, éprouvant des difficultés à renouer le contact avec lui-même. Après ces sept semaines passées dans la tourmente des vents cardinaux, il se retrouvait projeté sur le sable, brossé, trempé, et les plaies du Trident refermées. En même temps qu'abruti et surpris. Il savait au moins qu'il devait dire à Camille qu'il n'avait pas tué. Au moins cela. Et, s'il trouvait un moyen, lui faire savoir qu'il avait débusqué le type aux chiens. Il se sentait mal à l'aise avec sa casquette sous le bras, son pantalon gansé, sa veste aux épaulettes ornées d'argent, médaille à la boutonnière. La casquette couvrait au moins les restes voyants de sa tonsure.

Camille ouvrit sous le regard des deux policiers. Elle leur adressa un signe pour confirmer qu'elle connaissait le visiteur.

— Deux flics me veillent en permanence, dit-elle en refermant la porte, et je n'arrive pas à joindre Adrien.

— Danglard est à la Préfecture. Il boucle un monstrueux dossier. Les flics te garderont pendant au moins deux mois.

431

Allant et venant dans l'atelier, Adamsberg parvint à peu près à conter son histoire, essayant de contourner Noëlla, emmêlant à nouveau les alvéoles. Il interrompit le récit en son milieu.

— J'ai aussi débusqué ce type aux chiens, dit-il.

— Bon, dit lentement Camille. Comment le trouves-tu ?

— Comme le précédent.

— C'est bien qu'il te plaise.

— Oui, c'est plus facile comme cela. On pourra se serrer la main.

— Par exemple.

— Échanger quelques mots entre hommes.

— Aussi.

Adamsberg hocha la tête et acheva son récit, Raphaël, la fuite, les dragons. Il lui rendit la règle du jeu avant de partir et ferma doucement la porte derrière lui. Son léger claquement le choqua. Chacun d'un côté de cette planche de bois, vivant sur des plaques dissociées, verrouillées de ses propres mains. Ses deux montres, au moins, ne se délaçaient pas, s'entrechoquant en un accouplement discret sur son poignet gauche.

LXIV

Tout le monde en tenue réglementaire dans la Brigade. Danglard promenait un regard satisfait sur la centaine de personnes rassemblées dans la salle du Concile. Au fond, une estrade était préparée pour le discours officiel du divisionnaire, états de service, compliments, accrochage du nouvel insigne. Suivrait son propre discours, remerciements, traits d'humour et émotion. Puis accolades avec tous les collègues, détente générale, bouffe, boisson et bruit. Il surveillait la porte, attentif à l'entrée d'Adamsberg. Il était possible que le commissaire renonce à reprendre pied à la Brigade dans des conditions aussi formelles et festives.

Clémentine était là, dans sa plus belle robe à fleurs, accompagnée de Josette en tailleur et tennis. Clémentine était parfaitement à son aise, cigarette aux lèvres, ayant retrouvé son brigadier Gardon qui lui avait obligeamment prêté, en un temps, un jeu de cartes qu'elle n'avait pas oublié. La fragile hackeuse, la précieuse hors-la-loi immergée dans ce monde de flics, restait collée aux pas de Clémentine, tenant sa coupe à deux mains. Danglard avait veillé à l'excellence de la qualité du champagne et l'avait commandé à l'excès, comme s'il avait voulu imprimer à cette soirée une densité maximale, y incruster des bulles si fines qu'elles la parcourent comme autant de molécules d'exception. Pour lui, cette cérémonie était bien moins la remise de son grade que l'achèvement du tourment d'Adamsberg.

Le commissaire fit une discrète apparition à la porte et, pour une seconde, Danglard fut contrarié de voir qu'il n'avait pas même endossé son uniforme. Il rectifia aussitôt en voyant l'homme s'avancer, hésitant parmi la foule. Ce type-là, beau visage brun aux traits osseux, n'était pas Jean-Baptiste mais Raphaël Adamsberg. Le capitaine comprit comment le plan Retancourt avait pu fonctionner à vingt pas des cochs de Gatineau. Il le désigna du doigt à Sanscartier.

— Lui, dit-il. Le frère. Celui qui parle avec Violette Retancourt.

— Je conçois qu'il ait pu niaiser les collègues, dit Sanscartier en souriant.

Le commissaire suivit son frère de peu, casquette calée sur la tonsure. Clémentine le jaugea sans discrétion.

— Trois kilos qu'il a repris, ma Josette, dit-elle avec une fierté pour l'œuvre accomplie. Ça lui seye bien son costume bleu, c'est joli.

— Maintenant qu'il n'a plus de verrous, on n'ira plus marcher ensemble dans les souterrains, dit Josette avec du regret.

— Te chagrine pas. Les flics, ça ne fait que ramasser des ennuis, par leur profession. Il a pas fini de marcher, tu peux me croire.

Adamsberg serra les bras de son frère et jeta un regard alentour. Tout compte fait, cette façon de réintégrer la Brigade d'un bloc, face à la masse de ses officiers et brigadiers au complet, lui convenait. En deux heures, tout serait achevé, retrouvailles, questions, réponses, émois et gratitudes. Beaucoup plus simplement que par un lent parcours d'homme à homme, de bureau à bureau, dans des échanges confidentiels. Il lâcha les bras de Raphaël, adressa un signe de connivence à Danglard et rejoignit le couple officiel que formaient Brézillon et Laliberté.

— Hey, man, lui dit Laliberté en lui frappant l'épaule. J'étais parti sur une chire, royalement à côté de la piste. Tu peux-tu accepter mes excuses ? De t'avoir traqué comme un maudit killer ?

— T'avais tout pour le croire, dit Adamsberg en souriant.

— Je parlais prélèvements avec ton boss. Votre labo a fait de l'overtime pour que tout soit bouclé ce soir. Mêmes cheveux, man. Ceux de ton esti de diable. Je voulais pas y accroire mais t'étais dans ton bon sens. Une job d'équerre.

Déstabilisé par la familiarité de Laliberté, Brézillon, très vieille France dans son uniforme, serra raidement la main d'Adamsberg.

— Content de vous voir en vie, commissaire.

— Tu m'as quand même bien niaisé en prenant le bord tout d'une fripe, interrompit Laliberté en secouant vigoureusement Adamsberg. Pour te parler dans la face, je dois te dire que je me suis fâché noir.

— Je me figure, Aurèle. T'as pas de porte de derrière.

— Inquiète-toi pas, je t'en veux plus. Right ? C'était ta seule manière de bien tenir ta rame. T'as la tête croche pour un pelleteux de nuages.

— Commissaire, intervint Brézillon. Favre est muté à Saint-Étienne, sous contrôle. Pas de suites en ce qui vous concerne, j'ai abondé dans le sens d'une simple intimidation. Mais ce n'est pas ce que je crois. Le juge vous avait déjà débordé. Je ne me trompe pas ?

— Non.

— Je vous mets donc en garde pour l'avenir.

Laliberté saisit Brézillon par l'épaule.

— Alarme-toi pas, lui dit-il. Un diable comme son esti de démon, il peut pas y en avoir d'autre.

Embarrassé, le divisionnaire se dégagea de la

grande main du surintendant et s'excusa auprès d'eux. L'estrade l'attendait.

— Ennuyant comme la mort, ton boss, commenta Laliberté avec une moue. Il parle comme un grand livre, raide comme s'il avait chié la colonne. Il est toujours comme ça ?

— Non, il lui arrive d'écraser son mégot avec son pouce.

Trabelmann arrivait vers lui à pas déterminés.

— Fin de votre souvenir d'enfance, dit le commandant en lui serrant la main. Il arrive que les princes puissent cracher du feu.

— Les princes noirs.

— Les princes noirs, tout bonnement.

— Merci d'être là, Trabelmann.

— Désolé pour la cathédrale de Strasbourg. J'avais sans doute tort.

— Ne regrettez rien, surtout. Elle m'a accompagné tout au long du voyage.

Adamsberg s'aperçut, en considérant la cathédrale, que la ménagerie avait déserté les lieux, clocher, fenêtres hautes, fenêtres basses et portail compris. Les bêtes avaient réintégré leurs lieux ordinaires, Nessie dans son loch, les dragons dans les contes, les labradors dans les fantasmes, le poisson dans son lac rose, le boss des bernaches sur l'Outaouais, le tiers du commandant dans son bureau. La cathédrale était à nouveau le pur joyau de l'art gothique s'élevant librement dans les nuages, bien plus haut que lui.

— Cent quarante-deux mètres, dit Trabelmann en prenant une coupe de champagne. Personne ne peut atteindre ça. Ni vous ni moi.

Et Trabelmann eut un éclat de rire.

— Sauf dans les contes, ajouta Adamsberg.

— Évidemment, commissaire, évidemment.

Les discours achevés et Danglard médaillé, la salle du Concile s'emplit des effusions, discussions, voix et cris rehaussés par le champagne. Adamsberg alla saluer les vingt-six agents de sa Brigade qui, depuis sa fuite, avaient tous attendu le souffle court durant vingt jours, sans qu'aucun ne vacille vers l'accusation. Il entendit la voix de Clémentine, autour de qui s'étaient soudés le brigadier Gardon, Josette, Retancourt – suivie pas à pas par Estalère – et Danglard, qui surveillait le niveau des coupes pour les emplir dès qu'il les sentait en faillite.

— Quand je disais qu'il était bien agrippé, ce fantôme, j'avais pas raison des foyes ? Comme ça c'est vous, ma petite fille, ajouta Clémentine en se tournant vers Retancourt, qui l'avez porté sous vos jupes, au nez de la flicaille ? Combien qu'ils étaient ?

— Trois, dans six mètres carrés.

— À la bonne heure. Un homme comme ça, ça se soulève comme une plume. Je dis toujours, les idées les plus simples, c'est souvent les meilleures.

Adamsberg sourit, rejoint par Sanscartier.

— Criss, ça fait plaisir de voir ça, dit Sanscartier. Tout le monde est habillé fouledresse, hein ? T'es bien beau sur ton forty-five. C'est quoi, ces feuilles d'argent sur ton épaulette ?

— Ce n'est pas de l'érable. C'est du chêne et de l'olivier.

— Ça veut dire quoi ?

— La Sagesse et la Paix.

— Prends pas ça frette mais je dirais pas que ça te convient. L'inspiration, ce serait mieux, et je le dis pas pour que tu te fasses péter les bretelles. Seulement, il y a pas de feuilles d'arbres pour figurer ça.

Sanscartier plissa studieusement son regard de Bon à la recherche d'un symbole de l'Inspiration.

— L'herbe, suggéra Adamsberg. Que dirais-tu de l'herbe ?

— Ou les tournesols ? Mais ça ferait niais sur les épaules d'un coch.

— Mon intuition, c'est parfois de la vraie marde, comme tu dirais. De la mauvaise herbe.

— Ça se peux-tu ?

— Ça se peut beaucoup. Et il arrive qu'elle se coince royalement les doigts dans le tordeur. J'ai un fils de cinq mois, Sanscartier, et je l'ai compris il y a trois jours.

— Criss, t'avais manqué le bateau ?

— Complètement.

— C'est elle qui t'avait mis au pacage ?

— Non, moi.

— T'étais plus en amour ?

— Si. Je ne sais pas.

— Mais tu galopais les filles.

— Oui.

— Alors tu l'emberlinais et ça peinait ta blonde.

— Oui.

— Et puis, moment donné, t'as cassé ta parole et t'as déguerpi sans civilité ?

— Tu ne peux pas mieux dire.

— C'est pour ça que t'es parti sur un flatte, ce soir-là, à *L'Écluse* ?

— Entre autres.

Sanscartier avala son verre de champagne d'un trait.

— Le prends pas personnel, mais si ça te colle les bleus, c'est que tu te mélanges dans ton tricotage. Tu me suis-tu ?

— Très bien.

— Je suis pas devineux, mais je dirais de prendre ta logique à deux mains et d'allumer tes lumières.

Adamsberg secoua la tête.

— Elle me regarde de très loin comme un esti de danger.

— Ben si t'as le goût de refaire sa confiance, tu peux toujours tenter.

— Et comment ?

438

— Ben comme sur le chantier. Ils dessouchent les troncs morts et ils replantent les érables.

— Comment ?

— Comme je viens de te le dire. Ils dessouchent les troncs morts et ils replantent les érables.

Sanscartier dessina du doigt des cercles sur sa tempe, manière de dire que l'opération nécessitait de la réflexion.

— Assieds-toi dessus, puis tourne ? lui dit Adamsberg en souriant.

— C'est cela, chum.

Raphaël et son frère rentrèrent à pied à deux heures du matin, au même pas, au même rythme.

— Je vais au village, Jean-Baptiste.

— Je te suis. Brézillon m'a assigné huit jours de congé forcés. Il paraît que je suis secoué.

— Tu crois que les gosses font toujours exploser des crapauds, là-haut près du lavoir ?

— Pas de doute, Raphaël.

LXV

Les huit membres de la mission Québec avaient accompagné Laliberté et Sanscartier à Roissy, au vol de 16 h 50 pour Montréal. En sept semaines, cela faisait la sixième fois qu'Adamsberg se retrouvait dans cet aéroport, et en six états d'esprit différents. En se regroupant sous le tableau des départs et arrivées, il fut presque étonné de ne pas y trouver Jean-Pierre Émile Roger Feuillet, un brave type ce Jean-Pierre, auquel il aurait volontiers serré la main.

Il s'était éloigné à quelques mètres du groupe avec Sanscartier, qui voulait lui donner sa veste spéciale intempéries à douze poches.

— Mais attention, expliquait Sanscartier, c'est croche comme veste, parce que c'est réversible. Du côté noir, t'es bien à l'abri, et la neige et l'eau te coulent dessus sans que tu t'en ressentes. Et du côté bleu, on te repère bien sur la neige mais c'est pas étanche. Tu peux te mouiller. Alors selon ton humeur, moment donné tu la mets dans un sens, moment donné dans un autre. Prends-le personnel, c'est comme dans la vie.

Adamsberg passa la main dans ses cheveux courts.

— Je comprends, dit-il.

— Prends-la, dit Sanscartier en fourrant sa veste dans les bras d'Adamsberg. Comme ça, tu m'oublieras pas.

— Il n'y a pas de risques, murmura Adamsberg.

Sanscartier lui frappa l'épaule.

— Allume tes lumières, prends tes skis et suis ta traque, chum. Et bienvenue.

— Salue l'écureuil de garde pour moi.

— Criss, tu l'avais remarqué ? Gérald ?

— C'est son nom ?

— Oui. La nuit, il se ouache dans le petit trou de la gouttière, qu'est emmitouflé d'antigel. Rusé, tu trouves pas ? Et la journée, il veut rendre service. Tu sais-tu qu'il a eu des chagrins ?

— Je ne sais rien. Moi aussi, j'étais dans un trou.

— T'avais remarqué qu'il était accoté avec une blonde ?

— Bien sûr.

— Eh ben sa blonde, moment donné, elle a abandonné la partie. Gérald était comme de la guenille, il restait canté dans son trou tout le jour. Alors le soir à la maison, je lui pilais des noisettes, et puis je les posais le matin près de la gouttière. Après trois jours, il a fini par crinquer et venir s'alimenter. Le boss a demandé en gueulant qui c'était le niaiseux qui portait des noisettes à Gérald et j'ai tu mon bec, tu penses bien. Déjà qu'il me criait des noms avec ton affaire.

— Et maintenant ?

— Il est pas resté à l'ancre trop longtemps, il a repris la job et la blonde est revenue.

— La même ?

— Ah ça, je sais pas. Avec les écureuils, c'est pas facile de distinguer. Sauf Gérald, que je reconnaîtrais entre mille. Pas toi ?

— Je crois que oui.

Sanscartier lui secoua à nouveau l'épaule et Adamsberg le laissa s'éloigner à regret sous le portail d'embarquement.

— Tu reviendras-tu ? lui demanda Laliberté en lui serrant puissamment la main. Je te dois du retour et j'ai le goût de te le dire. Sens-toi à tes aises, viens revoir les feuilles rouges et le sentier. C'est plus un maudit sentier présentement, et tu peux remettre tes bottes dedans à aucun temps.

Laliberté retenait la main d'Adamsberg dans sa pogne de fer. Dans le regard du surintendant, où il n'avait jamais décelé que trois expressions, la chaleur, la rigueur et la colère, passait une brume méditative qui modifiait son visage. Il y a toujours quelque chose d'autre, sous la surface des eaux, songea-t-il, avec un regard pour le lac Pink.

— Tu veux-tu que je te dise ? poursuivit Laliberté. Il en faut peut-être aussi, chez les cops, des pelleteux de nuages.

Il lâcha sa main et disparut à son tour. Adamsberg suivit des yeux son dos massif qui s'éloignait dans la foule. Il distinguait encore au loin la tête de Sanscartier le Bon. Il aurait bien aimé faire un petit prélèvement de sa bienfaisance, sur un carton, puis la déposer sur un médaillon de papier, puis dans le fond d'une alvéole, pour se l'injecter ensuite dans ses brins d'ADN.

Les sept membres de la Brigade regagnaient la sortie. Il entendit la voix de Voisenet l'appeler. Il se retourna et rejoignit le groupe à pas lents, tenant le manteau double du sergent sur son épaule.

Prends tes skis et suis ta traque, le pelleteux de nuages.

Et assieds-toi dessus, man.

Et puis tourne.

Notes

« De la rigueur, de la rigueur et de la rigueur, je connais pas d'autre moyen de réussir » est extrait d'une publicité télévisée québécoise pour l'UQAM (Université du Québec à Montréal), Québec, années 2001, 2002.

Les modes opératoires et les formulations scientifiques concernant le traitement des empreintes génétiques au Canada sont extraits de « La banque de données génétiques de la GRC tient lieu de modèle mondial », in *La Gazette*, vol. 62, n° 5/6, publications de la Gendarmerie Royale du Canada, 2000.

La Banque nationale de données génétiques du Canada est installée à la Direction générale de la GRC à Ottawa. L'« antenne » située dans le parc fédéral de la Gatineau est une invention de l'auteur.